Winter

Asia Greenhorn

Winter

MONDADORI

Prima edizione febbraio 2011
Stampato presso Mondadori Printing S.p.A.
Stabilimento N.S.M., Cles (TN)
Printed in Italy
ISBN 978-88-04-60759-5

Alle mie colleghe:
ragazze, sono tornata.
Grazie di tutto!

Prologo

L'ombra del vampiro sull'aggressione di Walton Street
Per le autorità l'ennesima montatura dei media
Il parere dell'esperto
"The Times", 20 agosto 2009

Oxford

Dopo due giorni di ricovero torna a casa Laura Campbell, diciannove anni, la studentessa aggredita tra Walton e Cranham Street all'uscita del cinema.

«È ancora sotto shock» ha dichiarato la sua famiglia. Il medico curante la definisce spaventata, ancora incapace di offrire una ricostruzione chiara del tragico episodio che l'ha vista protagonista.

Ma il suo caso continua a destare scalpore per via delle prime indiscrezioni trapelate. Sì, perché Laura avrebbe dichiarato di essere stata morsa alla gola da una sconosciuta alla fermata dell'autobus, prima che l'intervento tempestivo di un passante mettesse fine all'attacco.

Un episodio di violenza conclusosi fortunatamente senza troppi danni, ma che getta la tranquilla cittadina universitaria nell'inquietudine.

Pochissimi osano parlare apertamente del "vampiro di Walton" ma la voce si diffonde sussurrata. I meno impressionabili (e più cinici, ci viene da dire) addirittura ne ridono. Magari quegli stessi che dopo il calare del sole fanno in modo di trovarsi al riparo della propria abitazione.

Intanto la polizia viene sommersa di segnalazioni, per la maggior parte anonime e approssimative, di studenti e residenti che avrebbero visto la vampira o sentito parlare di lei. E lo stesso capita nelle redazioni dei giornali.

«Questo è l'effetto del solito sciacallaggio mediatico, il risultato degli articoli sensazionalistici delle testate locali» dice il portavoce della polizia. «L'allarme è sproporzionato, infondato.»

Nelle sue dichiarazioni è ribadita la necessità di non lasciarsi prendere dal panico che genera falsi indizi, riducendo le possibilità di concludere quello che è solo un comune caso di violenza. Spaventosa, certo. Ma semplice.

«Stiamo seguendo una pista, e una ragazza che risponde alla descrizione è attualmente in stato di fermo. Il resto è superstizione, leggenda metropolitana.»

Abbiamo chiesto un parere al professor Kevin McArthur, esperto di folklore, che proprio a Oxford insegna fin dal 1987.

«Ciò che definiamo comunemente leggenda metropolitana è proprio una storia nata dalle ceneri della cronaca. Inizia magari per gioco e si diffonde con leggerezza fino a ricostruire la realtà nell'immaginario pubblico urbano» spiega McArthur. «Nella nostra società, civile e moralmente codificata, simili episodi, terrificanti e privi di un movente logico, hanno un forte impatto. Da questo il fiorire di una mitologia contemporanea che dia una versione alternativa e più accettabile dei fatti, perché il colpevole non può essere l'uomo della porta accanto: è necessario diventi il mostro, il diverso. Solo così si può ancora continuare a fingere che il male non arriverà mai a toccarci.»

In un appartamento di Londra una ragazza di sedici anni richiuse il giornale con uno sbadiglio e tornò a dedicarsi alla colazione.

PARTE I

La notte e quel che ti combina

1

Erano le dieci ma il sonno stava evaporando lentamente. Winter Starr mise da parte il quotidiano e contemplò tristemente i cereali zuppi che cominciavano ad affondare nel latte della tazza.

La sua colazione era ridotta in poltiglia. *Ecco come cominciare male una giornata!* protestò tra sé prendendone una cucchiaiata con diffidenza.

Il riso soffiato produsse gli ultimi scoppiettii, poi tacque lasciandole almeno la consolazione di essere ancora in vacanza.

Winter si perse a elaborare progetti per la giornata, mentre il suo viso da bambina assumeva un'espressione troppo seria.

C'erano tantissime cose che aveva rimandato fino ad allora: mostre da vedere, libri da leggere…

Oddio, lo shopping! ricordò d'improvviso. *Ma come ha fatto Mad a incastrarmi di nuovo?*

Mad – Madison Winston – era senza dubbio la sua migliore amica, e decisamente l'unica che riuscisse a trascinarla in giro per negozi quasi volentieri nonostante il caldo d'agosto.

Si erano conosciute il giorno stesso in cui era arrivata a Londra. Winter e la nonna avevano scaricato i primi bagagli dall'auto e Madison le aveva osservate per un po' dalla finestra della casa accanto. Poi, come fosse la cosa più naturale del mondo, era andata ad aiutarle insieme a suo fratello.

Da lì, lei e Kenneth erano diventati un'estensione della famiglia, qualcosa che si mescolava misteriosamente al concetto di casa.

Poi Kenneth aveva esteso quel concetto di clan anche ai suoi amici: Cob, Voice, Bad e Hard. Così, quando avevano messo in piedi una band metal, i Sin-derella, Winter si era ritrovata a essere la loro mascotte.

A farla riemergere dai suoi pensieri fu la voce della nonna.

— Hai già preparato i bagagli per la partenza, tesoro? — domandò Marion Starr entrando in cucina a passo spedito.

Era una sessantenne piena di energia, e di sicuro amava viaggiare, dato che, prima di approdare definitivamente a Londra, aveva girato con lei tutto il Regno Unito.

— Sì, nonna. Spero di aver preso le cose giuste... Non mi hai neanche detto dove andiamo.

La donna la studiò per un istante, poi il suo sguardo si posò sul quotidiano abbandonato all'estremità del tavolo.

— Hai sempre preferito le sorprese, no? — replicò mettendoselo sotto il braccio.

I grandi occhi grigi di Winter sorrisero. Dal giorno in cui le aveva annunciato che avrebbero fatto un nuovo viaggio, nonna Marion era sempre stata vaga sulla loro meta.

— Stai uscendo?

— Sì, devo fare le ultime commissioni. E tu?

— Shopping con Madison. Deve procurarsi qualcosa di nuovo per il concerto dei Sin...

Marion Starr carezzò la massa scura dei suoi capelli.

— Ha ragione. È la prima volta che si esibiscono in un locale: bisogna festeggiare — disse dolcemente.

Sovrappensiero, sollevò la catenina d'argento che sua nipote portava sempre al collo. Il ciondolo che vi era appeso, una sferetta di cristallo sfaccettato, scintillò nella luce mattutina.

Marion lo osservò per qualche secondo. Poi gettò un'occhiata all'orologio e sospirò.

— Devo andare, se non voglio fare tardi. Ci vediamo nel pomeriggio?

Winter annuì.

— A dopo, nonna.

Lavò la tazza della colazione e, stiracchiandosi per bene un'ultima volta, si arrese all'idea di cominciare la giornata.

2

Marion Starr stava sbrigando le ultime commissioni al minimarket in fondo alla strada. Doveva fare in fretta se voleva raggiungere la tintoria prima che chiudesse.

Ci era già passata davanti nel pomeriggio, ma si era dimenticata di dover ritirare dei capi, aveva girovagato per un po' lasciandosi attrarre dalle vetrine ed era tornata verso casa per fare la spesa.

Per tutto il giorno la cappa d'afa aveva reso ogni cosa più pesante e adesso sembrava addirittura toglierle le energie.

O forse Marion era semplicemente nervosa perché aveva avuto a che fare con gli assistenti sociali. Non le piaceva vederli e rispondere alle loro domande su Winter, su di lei e la loro vita, la metteva immancabilmente a disagio, le faceva sempre venire un mal di testa pulsante e difficile da scacciare.

Facendosi coraggio, continuò a vagare tra gli scaffali soffermandosi a valutare ogni acquisto.

— Buongiorno, signora Marion.

Il saluto di Penny Ford, la proprietaria del negozio, la colse di sorpresa. Non l'aveva sentita avvicinarsi.

— Buongiorno.

Marion infilò nel cestino qualche scatoletta e, pochi metri più in là, si arrestò davanti alle confetture.

— La marmellata di arance non c'è più?

— Mi dispiace, c'è stato un ritardo con le consegne. Ma se passa domani la trova di sicuro...

Scosse il capo.

— Peccato, credo che per un po' non riuscirò a tornare.

Un bel po', se tutto va bene, specificò tra sé.

Doveva essere il caldo. Non riusciva a concentrarsi e le mancavano sempre più le forze.

All'improvviso le parve addirittura che gli scaffali si inclinassero in avanti, minacciando di caderle addosso. Tentò di allontanarsi, ma i muscoli rifiutarono di obbedirle. Eppure quella sera era necessario che riuscisse a guidare...

— Dicevo, vi fate un'altra vacanza prima che sua nipote ricominci la scuola? — dovette ripetere Penny Ford.

Marion trasse un lungo respiro, cercando di dominare quelle vertigini improvvise.

— Ma no... sarò solo un po' impegnata.

Mentre la stanza ricominciava a ondeggiare, tuttavia, si chiese se sarebbe riuscita a partire davvero. Non potevano più rimandare.

Sempre che non sia già troppo tardi!

Marion Starr conosceva il significato dell'incontro di quella mattina.

Le vertigini aumentarono improvvisamente e la donna si lasciò scivolare in ginocchio, certa che altrimenti sarebbe caduta a terra. Si sentiva la testa ovattata e aveva la vista sfocata.

— Signora, si sente bene?

Penny Ford le si avvicinò preoccupata, ma Marion quasi non se ne accorse.

— Venga, signora Marion, la aiuto a rialzarsi!

Le cinse la schiena e cominciò a tirarla su. Quel contatto non riuscì a schiarirle la mente.

Quando Winter rincasò dopo un tour de force di shopping erano le sei passate. Era piuttosto stupita che la nonna non avesse risposto al campanello.

A quanto pare anche lei si diverte più di me a fare acquisti! si disse ironica girando le chiavi nella toppa.

Aveva un estremo bisogno di bere qualcosa di fresco e di sfilarsi le scarpe.

Al contrario della nonna, trovava che il girare per negozi con quel caldo fosse una sofisticata forma di masochismo della civiltà moderna, e il ritorno alla quiete domestica le parve per qualche istante un sogno.

Indossò una maglietta larga, vecchia di anni, e pantaloncini sformati che avevano l'unico pregio di essere comodi, ed estrasse dai suoi pacchetti uno dei nuovi libri che aveva comprato. Si perse nella lettura, sul suo lettino, di fronte al ventilatore, con una bottiglia d'acqua fredda a portata di mano.

Questa sì che è vita! pensò.

Ne riemerse solo molto tempo dopo, nella luce ormai tenue della sera, quando il telefono di casa squillò facendola sobbalzare.

— Pronto? — rispose in tono svogliato, dandosi della stupida per il proprio spavento.

Ma presto il suo viso perse espressione, e i suoi occhi si spalancarono per la sorpresa e la preoccupazione.

— La signorina Starr?

— Sono io.

— Sono il dottor Jonathan Taylor dell'Ospedale St Charles. Si tratta di sua nonna...

Winter deglutì a vuoto per ricacciare indietro le lacrime, perché la nonna era tutta la sua famiglia.

3

Quando l'auto dei Winston si fermò nel parcheggio visitatori dell'ospedale, Winter aveva gli occhi lucidi e anche Madison era tremendamente preoccupata.

Marion Starr era in rianimazione da qualche ora.

— Mi dispiace, cara — disse Susan Bray, che aveva acconsentito ad accompagnarle.

Era il legale della Family Division che da sempre si occupava di Winter e di sua nonna, un tipo asciutto dalla bocca sottile generalmente atteggiata in un sorriso benevolo.

In quel momento, invece, sul suo volto scarno e maturo si leggeva un'espressione sinceramente addolorata.

— Dopo parlerò di nuovo coi medici per saperne di più...

Winter sopportava tutto in silenzio, limitandosi a osservare la lancetta dei minuti percorrere l'orologio della sala d'attesa, con un *tic tac* che si perdeva nel brusio dei visitatori.

L'avvocatessa le lanciava ogni tanto occhiate preoccupate.

— Bevi, Win! — esclamò Madison porgendo all'amica un caffè del distributore automatico.

Sorrise, cercando di smorzare la tensione, per poi aggrottare le sopracciglia in un buffo cipiglio autoritario.

Winter bevve il caffè. Si scottò la lingua e non ne sentì il sapore.

Era mezzanotte passata.

— Dove dormirai stanotte, Winter? — domandò Susan, mettendole una mano sulla spalla.

La giovane fece un sorriso tirato.

— Probabilmente qui, Susan. Non me ne vado prima di avere notizie della nonna...

L'avvocatessa sospirò, cercando di definire meglio i limiti della propria posizione e di pianificare rapidamente le prossime mosse.

Fortunatamente era una donna pratica, e in tutti gli anni in cui si era occupata delle due Starr si era ben preparata a un'eventualità di quel genere.

Per prima cosa aveva bisogno di fare qualche telefonata.

Verso le quattro Winter si addormentò, stremata, sui sedili della sala d'attesa, stringendosi addosso una felpa leggera che non riusciva a ripararla dal freddo dell'aria condizionata.

Il sonno iniziò a sopraffarla piano piano, come un narcotico implacabile.

Tentò di resistere con tutta se stessa, poi scivolò in un dormiveglia inquieto, angoscioso.

Non riusciva nemmeno a concepire che potesse davvero succedere qualcosa alla nonna, non nel suo mondo. La sola idea le toglieva il fiato.

Mugolò nel sonno, stanca e infreddolita, e si raggomitolò sul sedile scomodo, protendendosi senza saperlo verso l'amica che sonnecchiava al suo fianco.

Poi un tocco leggero la fece trasalire.

— Winter — la chiamò piano Susan Bray.

Nella frazione di secondo che seguì, la ragazza si sentì mancare. Notizie dai medici, di sicuro.

Si portò la mano alla gola e si premette sulla pelle il ciondolo portafortuna.

— Il peggio è passato, ma devi essere forte, tesoro.

Per la prima volta, la donna la avvolse in un abbraccio che sapeva di profumo costoso, e la cullò lentamente finché la sua presa si allentò piano.

— I dottori non temono più per la sua vita, però tua nonna è in coma — le spiegò guardandola con serietà e dolcezza. Non c'era altro modo per darle una simile notizia. — È probabile che il motivo sia semplicemente la caduta, ma devono fare altri accertamenti.

Winter contrasse le labbra.

Le girava la testa e negli occhi si addensarono le lacrime.

Madison la strinse forte e Susan Bray lasciò che quel momento fosse solo per loro.

4

— È pazzesco! — esplose Madison percorrendo a grandi passi il perimetro della sua stanza. — Che accidenti di procedura è?

— I medici prevedono che il ricovero della nonna durerà almeno qualche settimana, Mad — replicò Winter nel tono più neutro che riuscì ad adottare — le stanno facendo centinaia di esami e sperano che a breve uscirà dal coma, ma Susan nel frattempo mi ha dovuto trovare una sistemazione.

Winter si agitò inquieta.

Neanche lei era troppo entusiasta di lasciare Londra diretta in casa di sconosciuti. Ma aveva davvero scelta?

Il documento d'ordinanza parlava chiaro e lei ne aveva visti talmente tanti nella sua vita che ormai aveva smesso di ribellarsi.

— Mad — la richiamò in un sussurro.

Era un po' deprimente lanciarsi ancora una volta in quella spiegazione, nel tentativo di far capire come funzionava a chi aveva una bella famigliola felice.

Abbassò istintivamente lo sguardo e si sforzò di essere più chiara e rapida che poteva.

Perché la situazione non sarebbe cambiata in alcun modo: finché Marion Starr non si fosse ripresa, Winter sarebbe stata affidata a dei tutori temporanei.

— Lo sai come stanno le cose. Quando i servizi sociali ritengono che per noi sia utile un cambio d'aria ci trasferiamo, se pensano che ci serva aiuto ad ambientarci ci vengono a trovare tutti i giorni. E se dobbiamo prendere delle decisioni, sono loro che ce le suggeriscono. Quindi finché la nonna rimane in ospedale, io filo dritta in uno stupido paese del Galles e me lo faccio anche piacere.

Sentiva su di sé lo sguardo perplesso dell'amica ma si sforzò di ignorarlo. Per quanto fossero unite, c'erano dei momenti in cui le due ragazze sembravano vivere davvero in due mondi diversi.

— Ma è un sistema che fa schifo! — insistette Madison scuotendo i codini arruffati.

Winter osservò il piercing che portava sotto il labbro e la sua espressione battagliera: Madison era così semplice e piena di coraggio che a volte le faceva tenerezza.

— Sarà solo per poche settimane, Mad — la consolò con l'ombra di un sorriso — passeranno in fretta...

— Sono dei tiranni! Almeno telefonami tutti i giorni e vedi di tornare presto o con i secondini della Family Division ci parlo io, ok?

Quella sì che sarebbe stata una scena interessante, considerò Winter tra sé. Pescò un DVD a caso e lo spinse nel lettore con decisione.

The Big Bang Theory, prima stagione. Avevano già visto ogni puntata più di una volta, ma non importava. Le avventure di quattro nerd asociali della California erano ciò che ci voleva per non pensare ai propri problemi.

Sdraiate sul letto, le mani allacciate, si impegnarono a fingere che tutto andasse bene.

5

Mentre fuori dal finestrino dell'auto scorreva veloce il paesaggio – una campagna tinta d'ogni sfumatura del verde e intrisa di pioggia – Winter non aveva smesso un istante di mordicchiarsi nervosamente le labbra e tamburellare le dita sul bracciolo del sedile.

In effetti era ancora ossessionata dal ricordo dell'ultima visita alla nonna: Marion Starr, che lei aveva sempre visto forte e sicura giaceva da giorni incosciente in un lettino del St Charles.

I medici non erano ancora in grado di identificare la causa del suo stato. Continuavano a sottoporla a tutti gli esami di routine e a mostrare un pacato ottimismo.

— Vedrai che ti troverai bene dai Chiplin — disse Susan Bray dopo averla sentita sospirare per l'ennesima volta. Non si erano parlate molto dall'inizio di quel viaggio.

Susan si era immersa nella guida e Winter nei propri pensieri, azzardando qualche domanda solo ogni tanto e ottenendo esclusivamente risposte quasi telegrafiche.

L'avvocatessa non era molto brava a consolare le sedicenni in crisi, o forse non aveva semplicemente gli argomenti per farlo.

Comunque, nel momento in cui un cartello stradale le aveva avvisate che mancavano poche miglia a Cae Mefus nel Galles Settentrionale, aveva almeno intuito il secondo motivo d'angoscia della ragazza.

— Sono una famiglia squisita — ritentò.

Winter le rispose con un cenno del capo, abbandonando riluttante la propria posizione aderente al finestrino.

Quando le era venuto in mente che la precisissima e metodica Susan potesse non gradire l'alone del suo respiro e l'impronta delle sue mani sul vetro era stato troppo tardi perché scostare il viso avesse un senso.

— Tanto saranno solo poche settimane — replicò secca, raddrizzandosi sul sedile.

Ma era inevitabile, a quel punto, e comunque almeno a se stessa non poteva nascondere la curiosità.

— I signori Chiplin si chiamano Griffith e Morwenna. Il maggiore dei loro figli, Gareth, ha un anno più di te e la seconda, Eleri, uno in meno. Potreste andare d'accordo... Il più piccolo invece si chiama Dai e ha nove anni. Spero di non aver sbagliato a dire a Morwenna che non ti seccherebbe dovertene occupare di tanto in tanto...

La ragazza imbronciò le labbra: Susan aveva fatto così bene i compiti da trovarle addirittura un lavoro!

È solo un altro trasferimento, tutto qui, cercò ancora di convincersi senza troppo successo, *e appena la nonna starà meglio potrai tornartene a casa!*

— Come vedi, Cae Mefus è un centro modesto, e rispetto a Londra temo che ti sembrerà un buco... Però mi hanno detto che c'è una biblioteca ben fornita. E casa Chiplin è in una posizione abbastanza comoda. Avrai una stanza tutta per te, con la connessione Internet e l'ADSL.

Dal momento che i Chiplin sembravano la Famiglia Perfetta, Winter fu tentata di chiedere il nome del cane di casa.

Si trattenne appena in tempo. L'avvocatessa non era responsabile di tutto quello che stava succedendo, e stava anzi cercando di aiutarla come poteva.

— Bene — commentò quindi, sforzandosi di apparire tranquilla.

In realtà, mentre l'auto si inoltrava ormai tra le vie della cittadina, il cuore le batteva fortissimo e un sudore freddo aveva iniziato a strisciarle sul corpo.

Andiamo, si ripeté decisa, *passerà in fretta...*

Dedicò una stretta lieve e automatica al suo ciondolo e finse che davvero fosse tutto a posto.

— Lascia la borsa a Gareth, Winter — disse Morwenna Chiplin con gentile fermezza dopo le prime esitanti strette di mano — per prima cosa ti facciamo vedere la tua stanza.

Aveva superato da poco la quarantina ed era il genere di donna che veniva spontaneo associare al concetto di madre di famiglia: viso piacente, sorriso dolce e un cipiglio disinvolto che suggeriva fosse abituata a farsi ubbidire.

Aveva capelli biondi e occhi verdeazzurro. In effetti tutti i Chiplin che Winter aveva conosciuto fino a quel momento – Gareth, Eleri e Dai – parevano aggirarsi su quella gamma cromatica.

Fino ad allora l'incontro si era svolto sul vialetto d'ingresso, approfittando di una breve pausa della pioggia, ma era evidente che la padrona di casa aveva intenzione di spostarsi all'interno del cottage.

Winter invece non aveva alcuna fretta di farlo, quasi che rimanere vicino all'auto di Susan Bray la illudesse di avere ancora una via di fuga. Sperando di rimandare l'inevitabile, si finse interessatissima all'aspetto esterno della casa.

Rispetto all'appartamento di Londra, la residenza dei suoi ospiti sembrava quasi anacronistica, una villetta bianca dal tetto grigio, uguale ad altre dieci, in una via appena ai margini di Cae Mefus.

Il giardinetto sul davanti era ben tenuto, con una piccola betulla ricadente, il vialetto perfettamente pulito. A delimitare i confini c'era un basso muro bianco, qua e là macchiato di muschio.

— Forza, ragazzi — li sollecitò Morwenna facendo strada.

Gareth le prese la borsa prima che lei riuscisse a dire qualcosa e Winter non poté far altro che seguirli.

La signora Chiplin stava per dirigersi verso la scala quando l'avvocatessa la richiamò.

— Cosa ne dice se compiliamo qualche noiosa scartoffia mentre i ragazzi portano Winter di sopra, Morwenna?

Gli sguardi delle due donne si trovarono attraverso il corridoio e stabilirono subito un'intesa.

— Buona idea, Susan — convenne la padrona di casa — e accetti almeno un tè!

Mentre loro sparivano in quella che doveva essere la cucina, Eleri Chiplin sorrise a Winter.

— Vieni — la invitò — c'è da fare un po' di scale, ma ne vale la pena!

La nuova stanza di Winter era un locale spazioso ricavato nella soffitta.

— È un po' spoglio, ma abbiamo pensato che ti avrebbe fatto piacere personalizzarlo a tuo gusto... — le spiegò l'altra ragazza mostrandole il piccolo armadio a sua disposizione, la scrivania, una libreria capiente che aspettava solo di accogliere i suoi libri e un letto da una piazza e mezza, più grande di quello che aveva a Londra.

Era un ambiente ampio con tre finestroni sul tetto. Appartato ma confortevole come la stanza di un ospite d'onore.

Osservando ogni cosa, Winter si ritrovò ad apprezzare il gusto dei Chiplin più di quanto immaginasse. Era una stanza semplice, pulita. E fin troppo accogliente per essere una sistemazione tanto temporanea.

Solo fino alla guarigione della nonna! tornò a ripetersi per l'ennesima volta.

Eleri e Dai vi si addentrarono con disinvoltura. Gareth invece, appoggiato allo stipite della porta, attese in disparte.

Era un gesto carino, come se in quel modo stesse comunicando che la stanza apparteneva già a lei. Un messaggio che Winter trovò quasi inquietante, date le circostanze.

Gareth Chiplin era alto per i suoi diciassette anni, e il suo fisico sottile non aveva l'aspetto bambinesco o effeminato di tanti suoi coetanei allungatisi troppo in fretta. Al contrario era asciutto e forte, e la maglietta nera che indossava lasciava intuire una corporatura atletica. Solo il viso conservava ancora una vaga traccia della morbidezza infantile, che in qualche modo però si limitava ad addolcire tratti decisi e occhi di un colore indefinibile tra l'ambra, il verde e l'azzurro, seminascosti tra lucidi capelli biondo cenere.

La sua espressione, invece, era indolente e difficile da decifrare: c'era la possibilità che fosse solo annoiato a morte.

Il borsone che aveva trasportato giaceva abbandonato ai suoi piedi.

— Grazie per la borsa.

— Figurati. È leggera — replicò lui con un sorrisetto obliquo. — El mi aveva quasi convinto che le ragazze non possono viaggiare senza portarsi dietro tutta la stanza...

Sua sorella gli scoccò un'occhiata minacciosa, poi guardò Winter con estrema serietà.

— Non credergli mai — suggerì. — È un consiglio migliore di quanto sembri!

Il sogghigno di Gareth si accentuò, ma Winter ebbe l'impressione che i due fossero molto affiatati, complici.

— Lascerei a mamma l'onore di farti fare il giro della casa — annunciò d'un tratto Eleri scuotendo la coda bionda. Si era seduta sulla scrivania a gambe incrociate e non sembrava intenzionata ad andarsene tanto presto. — È piuttosto orgogliosa di come l'ha sistemata, e privarla del suo momento di gloria non sarebbe una grande idea. Tanto vorrà vedere tutto anche l'avvocatessa prima di lasciarti qui...

Winter non ne era troppo convinta. Era più probabile che Susan riuscisse a scoprire tutto ciò che le interessava già davanti alla sua tazza di tè.

E comunque, a meno di non trovare un cadavere nel congelatore, dubitava che potesse cambiare idea su quel trasferimento.

— Però non guardate troppo i vasi cinesi — intervenne Gareth. — Dai ne ha rotto uno giocando a palla in sala e abbiamo dovuto incollarlo. La mamma non se n'è ancora accorta...

Il bambino si imbronciò subito e lanciò a Winter un'occhiata sospettosa. Probabilmente riteneva che un segreto del genere non andasse condiviso con gli estranei.

— Sei tu che hai lanciato male — protestò quindi in tono rissoso. Almeno, se Winter avesse fatto la spia, non sarebbe stato l'unico ad andarci di mezzo!

— Se non sai parare non è colpa mia — replicò prontamente suo fratello.

Winter sbatté le palpebre. Osservare le dinamiche familiari la metteva sempre in difficoltà. Come i litigi tra Madison e Kenneth... La facevano sentire ancora più estranea, un'intrusa invadente capitata dove non avrebbe dovuto.

D'un tratto continuare a fissarsi le punte dei piedi le parve stupido. Un po' rigidamente, decise di sistemarsi sul letto.

— In giro per il paese invece ti portiamo noi. Non c'è un accidente da vedere, ma se ti impegni potresti addirittura trovarlo divertente — propose Eleri.

— Grazie.

L'altra ragazza si strinse nelle spalle, divertita.

— Non farti illusioni, però, questo posto è un mortorio.

Istintivamente Winter si passò la mano sulla gola alla ricerca del familiare spessore della sua catenina.

Benvenuta in Galles, Winter Starr, si disse senza allegria.

6

Eleri non aveva affatto esagerato dicendo che a Cae Mefus non c'erano molte possibilità di divertimento. Il centro era piccolo, pochi negozi pieni di cose molto utili a una casalinga e ben poco a un'adolescente, un videonoleggio i cui titoli non erano esattamente prime visioni, un parchetto pieno di bambini e un pub, il Manaros, i cui proprietari rifiutavano quasi sempre di vendere alcolici ai minorenni.

Erano passati cinque giorni dal suo arrivo e Winter li aveva trascorsi praticamente tutti rintanata nella soffitta, incontrando i suoi ospiti solo al momento dei pasti. Non aveva voglia di socializzare e i Chiplin per il momento avevano deciso di concederle tempo.

Il risultato era che lei aveva dedicato più tempo alla lettura che a ogni altra occupazione. E, facendo un rapido calcolo dell'autonomia concessale dalla sua scorta personale di libri, aveva compreso che era necessario correre ai ripari.

La biblioteca di Cae Mefus occupava un edificio piuttosto grande annesso al complesso del St Dewi's, la scuola superiore locale, ed era l'unica ala già aperta al pubblico.

La suola delle sue scarpe da tennis squittiva sui pavimenti levigati mentre Winter passava in rassegna gli scaffali, ma l'esplorazione fu confortante. C'erano libri di ogni tipo, vecchissime edizioni e pubblicazioni recenti.

Il fatto strano era che, a dispetto dell'evidente investimento di fondi cittadini, il luogo era praticamente deserto.

Forse, pensò Winter, i ragazzi di Cae Mefus non amavano avvicinarsi alla scuola quando non vi erano costretti...

Un po' di solitudine, comunque, era quello che le occorreva. Sperò di farne il pieno prima di tornare tra le mura affollate di casa Chiplin.

Scelse uno dei tanti romanzi che l'avevano incuriosita e si sedette al banco di consultazione più vicino all'ampia finestra.

La luce cominciò a diminuire.

Rhys Llewelyn sospirò richiudendo il suo libro e fece ruotare le spalle per sciogliere i muscoli rimasti troppo tempo immobili nella stessa posizione.

Doveva essere piuttosto vicino l'orario di chiusura e il signor Graves avrebbe cominciato presto a lamentarsi della presenza di quei due lettori ritardatari.

Non aveva mai visto la ragazza seduta vicino alla finestra, ed era strano in un posto piccolo come Cae Mefus. Era entrata silenziosamente ore prima ed era rimasta parecchio ad aggirarsi tra quei filari di libri con passo leggero prima di compiere la sua scelta.

L'aveva osservata per qualche istante e aveva notato un velo triste nei suoi occhi chiarissimi.

E ora il signor Graves l'avrebbe di certo scacciata con le sue maniere poco gentili.

Il ragazzo fu tentato di avvisarla, ma il bibliotecario gli si fece incontro senza lasciargli possibilità di scelta.

— Llewelyn — lo richiamò — metti a posto i libri ed esci. E fai uscire anche quella lì. Fatevi una passeggiata se avete tempo da perdere.

Rhys mascherò una risata con un colpo di tosse.

— Certo, signor Graves. Non si preoccupi.

Winter sollevò gli occhi, riscossa dalle voci.

Fino a un istante prima la biblioteca era stata così silenziosa che il fruscio delle pagine era sembrato rimbombare.

Cercando la fonte di quell'improvviso baccano, incrociò casualmente lo sguardo di un ragazzo dai capelli castani che veniva verso di lei.

— Temo che il signor Graves abbia fretta di chiudere — le disse in tono di spiegazione.

Era alto, sottile ma non esile, e i capelli gli ricadevano sui lineamenti scolpiti del volto in un intricato gioco di luci e ombre che catturava l'attenzione.

— Oh!

Winter annuì prima di realizzare quanto potesse suonare stupida un'esclamazione del genere.

Quindi, distogliendo in fretta gli occhi, richiuse il libro e si infilò la felpa dedicando a quei brevi gesti molto più tempo di quanto ne richiedessero davvero, nella speranza di scivolare via inosservata.

Lei e il ragazzo sconosciuto riuscirono tuttavia a raggiungere i carrelli della restituzione in sincronia perfetta.

— Dopo di te — disse lui cedendole il posto con inappuntabile cortesia.

— Grazie.

Questa volta, Winter fece in modo di muoversi rapidamente. Ripose il libro e scoprì che lui le stava tendendo la mano.

— Rhys Llewelyn — si presentò.

— Winter Starr — replicò lei stringendogliela in fretta. Non potendo fare altrimenti, si rassegnò a ricambiare anche lo sguardo che le rivolgeva, sperando di esprimere un disinteresse adeguato. Non era dell'umore giusto per fare conversazione e non le dispiaceva che lui lo capisse.

I suoi occhi si sollevarono fino a incontrare quelli di lui.

Rosso ocra, realizzò in quell'istante. Le iridi di Rhys Llewelyn erano rosso ocra. Di un castano caldo e cangiante dalle sfumature rosse, decisamente il colore più strano che lei avesse mai visto.

Dominando la sorpresa, Winter si impedì di guardare altrove.

— Ti sei trasferita da poco? — chiese il ragazzo in tono garbato, strappandole un brivido.

Trasferita?! Come gli veniva in mente?

— Certo che no! — si affrettò a rispondere. — Voglio dire... sono qui solo temporaneamente.

L'espressione che gli baluginò nello sguardo fu impossibile da decifrare, e la voce del bibliotecario non gliene lasciò neppure il tempo.

— Potete chiacchierare fuori — suggerì secco cominciando a spegnere le luci.

Rhys Llewelyn alzò le spalle quasi con aria di scusa.

— Ha una specie di fissa per gli orari — si sentì in dovere di spiegarle.

Winter annuì.

Come se un bibliotecario antipatico che cacciava fuori gli unici due lettori del paese e gli occhi color diaspro del ragazzo che le parlava fossero qualcosa che vedeva tutti i giorni.

Sorrise e lui ricambiò.

Sembrava incuriosito almeno quanto lei. E in qualche modo capace di catalizzare tutta la sua attenzione.

Rhys studiò la sua interlocutrice per tutto il tempo che ebbe a disposizione.

E seppe con certezza che lei stava facendo lo stesso, in modo straordinariamente simile. Alla ricerca di dettagli, sfumature…

Di quello che, attraverso la vista, si riesce a decifrare dell'animo.

Bizzarro, pensò, in genere l'osservatore era lui. Era piuttosto raro che lo scrutassero così.

Sicura che sia una buona idea, Winter Starr? le disse senza parlare, continuando ad avvolgerla con lo sguardo mentre già le teneva aperta la porta per uscire.

7

Il giudice Moore era intento a osservare il colore paglierino del suo scotch da diversi secondi, come se la presenza di Susan Bray dall'altra parte della sua scrivania fosse un dettaglio che aveva dimenticato.

— Sei proprio certo della tua decisione, Richard? — tornò a domandargli l'avvocatessa dopo una ragionevole attesa.

Gli occhiali gli si sollevarono dall'arco del naso mentre l'uomo aggrottava la fronte, sempre senza guardarla.

Richard Moore sapeva essere esasperante quando ci si metteva.

— Sì — sentenziò in tono autoritario. — Ho valutato bene la situazione. Cielo! Mi sono addirittura riletto tutti i fascicoli e sorbito le elucubrazioni psicologiche della Norton tutta la mattina, Susan.

Stava facendo del suo meglio per apparire irremovibile e annoiato, ma la donna non si lasciò ingannare. Il caso Starr era il più difficile tra quelli sotto la sua supervisione e Moore non era poi così duro.

Tentò un ultimo affondo.

— Ma allontanare Winter da Londra a questa età…

— Per l'appunto — ribadì il giudice — la ragazzina ha bisogno di qualcuno che sappia occuparsi di lei! I Chiplin mi sono stati indicati come i tipi giusti, in un ambiente sicuro. Hanno i mezzi e le competenze di cui abbiamo bisogno. E come se non bastasse, hanno già dato piena disponibilità.

In effetti era decisamente sensato. Gente affidabile e un po' di stabilità.

Il giudice però non era mai stato a cena dalle due Starr, non le aveva mai osservate insieme, nel microcosmo perfetto della loro cucina.

— Richard, posso almeno prometterle che sua nonna la raggiungerà non appena starà meglio? — azzardò.

Moore annuì lentamente.

— Certo, se sarà il caso — convenne — ma avere a che fare con una specie di vegetale non può fare bene a una ragazza così giovane. I referti clinici non escludono ancora il danno neurologico, Susan. Anche la Norton è stata categorica. Allontanarsi dalla nonna al momento è la cosa migliore. Vuoi far vivere un'adolescente con una sospetta malata di Alzheimer?

Susan Bray ebbe un brivido di ripulsa. Poi si innervosì.

— I medici non hanno ancora capito un accidente, Richard. E non hanno il diritto di basarsi su semplici supposizioni!

Fu allora che il giudice comprese. La trafisse con uno sguardo penetrante e lei si sentì arrossire.

— Sei il loro avvocato, Bray. E un referente della Family Division — scandì piano. — Devo proprio ricordarti io quante cose vengono prima dell'amicizia?

Recuperando rapidamente tutto il proprio autocontrollo, Susan Bray lo fece tacere con un cenno.

Prese in mano il telefono e compose il numero scritto sul primo dei moduli che il giudice le aveva dato.

Dopo tre squilli le risposero gli archi di *Greensleeves* e la voce preregistrata di un centralino.

— St Dewi's. Per la segreteria amministrativa premere uno. Per la segreteria di direzione premere due...

Eseguì le istruzioni con tanta energia che Moore scosse il capo.

— Avvocatessa Susan Bray, Family Division. Vorrei avviare le pratiche per il trasferimento nella vostra scuola di una mia assistita...

8

Le sere a casa Chiplin erano sempre troppo caotiche. Winter trovava qualcosa di profondamente sbagliato in sei persone riunite sotto lo stesso tetto. Ma probabilmente era solo troppo abituata alla sua vita con la nonna per potersi adattare in fretta al cambiamento.

E, a dire il vero, non aveva neppure voglia di farlo finché riusciva a credere che fosse questione di altre due settimane.

Attese che il DVD che stavano vedendo riuscisse a coinvolgere tutti gli altri e poi sgattaiolò fuori dalla porta della cucina, nel giardinetto sul retro.

I Chiplin avevano dimenticato di accendere le luci, ma lei vi badò a stento. Provò un certo sollievo nel sentirsi avvolgere dall'oscurità della sera estiva.

Oltre la recinzione si stendeva l'ombra profumata dei pascoli e l'aria era carica dell'elettricità che preannunciava un nuovo temporale.

Istintivamente Winter si allontanò di qualche passo dall'illuminazione artificiale che filtrava dalle finestre e respirò a pieni polmoni.

Immaginò di essere sola, in un momento che sfiorò la perfezione.

L'odore del Galles era un insieme dolce e torbato di erba umida e foglie cadute che affondavano nel terriccio.

Se non si ascoltavano i suoni provenienti dall'interno della casa, gli unici rumori udibili erano quelli delle fronde agitate dal vento, e più lontano uno scalpiccio troppo silenzioso.

Winter si concentrò su quei passi e riuscì a individuare un'ombra emersa dai cespugli, sfocata e irriconoscibile ai limiti del suo campo visivo. Si teneva a distanza: un animale selvatico, probabilmente, visto che era troppo tardi perché i pony fossero ancora in giro a pascolare. Qualche giorno prima Dai le aveva raccontato che tassi e volpi la notte tendevano a varcare i confini dell'abitato.

Winter sorrise. Di tutti i suoi nuovi coinquilini, il bambino era di sicuro quello con cui aveva più contatti. Probabilmente il fatto che lei non avesse riferito a Morwenna del vaso cinese rotto l'aveva favorevolmente impressionato.

Poi si accorse che Gareth veniva verso di lei.

— Il film non ti divertiva? — le domandò non appena riuscì a individuarla nel buio.

— Non molto — replicò la ragazza in tono vago.

Anche se turbava il suo momento di solitudine, Winter immaginava di doversi sforzare a essere almeno cortese con lui. I Chiplin, in fondo, lo erano fin troppo nei suoi confronti.

— Immaginavo — disse Gareth, avvicinandosi fino a lasciarle scorgere vagamente i suoi tratti.

La piccola fiamma di un accendino illuminò veloce il suo viso mentre si accendeva una sigaretta. Era la prima cosa che gli vedesse fare che stonava un po' con la sua immagine di ragazzo modello e Winter ne fu stupita e sollevata insieme.

Gli lasciò il tempo di soffiare fuori una boccata di fumo.

— In che senso? — domandò quindi.

Prima di rispondere, lui le dedicò il sorrisetto obliquo che Winter si era abituata ad associare ai suoi lineamenti, un qualcosa a metà strada tra un sogghigno e un sorriso autentico.

— Nel senso che sei qui da quasi due settimane e non ti ho ancora vista ridere. Solo con Dai ci vai vicina qualche volta...

La guardò dritta negli occhi, per quanto possibile con quella luce fioca, poi scrollò le spalle.

— Scusami — disse quindi — immagino non siano affari miei.

Winter annuì prima di poterselo impedire.

Poi tentò di recuperare.

— Scusa tu, suppongo di non essere esattamente la compagnia ideale.

Dietro a quell'aria noncurante, Gareth sembrava piuttosto sveglio. Soffiò fuori altro fumo scuotendo la testa conciliante.

— Non è un gran momento — si ritrovò allora a spiegargli Winter. — Sai, la nonna...

— E Cae Mefus — ironizzò lui. — Ci sono stato qualche volta a Londra. Dovevi essere abituata a un'altra vita...

Innegabilmente vero, ma Winter non aveva nessuna voglia di parlarne.

— In effetti è un po' diverso — ammise in un soffio.

— Puoi sfogarti, se ne hai bisogno — propose Gareth d'impulso.

— Non c'è molto da dire.

O meglio, c'era fin troppo. Ma Winter Starr non aveva nessuna intenzione di fare davvero amicizia con un Chiplin del Conwy.

Gareth incurvò le labbra nella solita espressione. La sigaretta gli si era consumata tra le dita e con l'ultima nuvola di fumo parve languire anche la conversazione.

Winter sbadigliò e il ragazzo lanciò un'ultima occhiata sospettosa ai pascoli bui prima di seguirla dentro casa.

Era all'ospedale. Il ronzio dei macchinari che tenevano in vita la nonna era un rumore orrendo che sembrava lacerarle i timpani. La nonna continuava a rimanere immobile e Winter studiava il movimento quasi impercettibile e irregolare del petto, respiri lunghissimi, strascicati. Mentre si chiedeva se al precedente ne sarebbe seguito un altro, sentiva le lacrime rincorrersi sulle guance.

E d'improvviso fu troppo.

Winter lasciò la stanza e si lanciò nel corridoio. Le mancava l'aria. Non riusciva a respirare.

Doveva fare in fretta...

C'erano tante porte e non ricordava più da che parte fosse l'uscita.

Ne varcò una a caso e si ritrovò sulle scale. Iniziò a scendere, tre gradini alla volta, una rampa dopo l'altra.

Scale e ancora scale.

Salivano e scendevano e non arrivavano da nessuna parte...

Winter cominciò a urlare.

Fu il suo stesso grido a svegliarla.

Con la tachicardia più violenta che avesse mai avuto, Winter barcollò fino al bagno per sciacquarsi la faccia, cercando di allentare la tensione.

Fuori era ancora buio, ma qualche uccellino tra i rami aveva iniziato a cinguettare, segno che la giornata stava cominciando.

Controllò la sveglia. Le sei e mezzo.

Inutile rimettermi a letto...

Con una scrollata di spalle si diresse verso la cucina. Nell'attesa che il battito del suo cuore tornasse regolare, si concentrò esclusivamente sulle operazioni necessarie a prepararsi un'enorme tazza di caffè solubile.

Il suo aroma era così familiare e rassicurante da farla sorridere. Non vedeva l'ora di risentire Madison e raccontarle...

Che a Cae Mefus non succedeva nulla di interessante. E che le mancava casa, e la nonna. Che stava morendo di preoccupazione.

Che il bibliotecario era antipatico e che non aveva mai letto tanto in vita sua.

Winter sospirò. Sarebbe stata una telefonata piuttosto patetica.

Ripensare alla biblioteca, però, le aveva fatto venire in mente che doveva passarci più tardi per procurarsi qualcosa di nuovo.

Era così orribilmente presto...

Magari prima avrebbe controllato la mail. Stava per tornare alla sua soffitta quando udì dei rumori dal piano di sopra.

A quanto pareva, i suoi ospiti erano mattinieri.

La reazione fu istintiva. Prese un foglio dal blocchetto magnetico appeso al frigorifero e scarabocchiò un appunto frettoloso.

Faccio un giro qui intorno.
A più tardi,
Winter

Trascorse l'intera mattina esplorando le boscaglie lungo il fiume Elwy.

9

— Quello che voglio io non conta proprio niente?

La voce di Winter quel pomeriggio era di un'ottava sopra la media ma, per sfortuna dell'avvocatessa Susan Bray, i timpani della sua interlocutrice erano davvero l'ultima delle sue preoccupazioni.

La ragazza era furiosa. Così tanto che non le importava nemmeno che Dai, nel salotto, avesse dovuto alzare il volume del televisore per non sentirla.

Susan non l'aveva mai vista così, anche se avrebbe dovuto prevederlo.

In tanti anni di lavoro alla Family Division almeno questo l'aveva imparato. La regola aurea era: prendi un'adolescente qualsiasi, sconvolgile la vita e aspettati di tutto.

E Winter, nella sua particolarissima situazione, non si poteva nemmeno lontanamente considerare un'adolescente qualsiasi.

— Neanche per te? Non è importante che io abbia degli amici, una casa? Che mi piaccia la scuola che frequento?

Scostando la cornetta dall'orecchio, Susan attese che si fosse sfogata tamburellando una penna sul fascicolo del St Dewi's.

Se Moore non le fosse stato col fiato sul collo per tutta la settimana magari sarebbe riuscita a convincere la dottoressa Norton a fare quella telefonata al posto suo. Lei era un avvocato, accidenti, non un'unità di soccorso psichiatrico!

Quando le parve che la piccola Starr avesse esaurito il fiato, riprese da dove era stata interrotta.

— So che sei spaventata, Winnie — osservò pacata, rassicurante — e mi dispiace tanto. Siamo tutti preoccupati, per tua nonna, per te... ma i supervisori ritengono sia la soluzione migliore, e se devo essere sincera non credo sbaglino.

Winter sentì affiorare le lacrime e dovette lottare per trattenerle. Era sconvolta, arrabbiata e, per quanto si rendesse conto che era stupido, si sentiva tradita. Non avrebbe voluto aggredire Susan in quel modo, ma la tensione di quei giorni e la confusione le davano le vertigini.

Non doveva succedere! prese a ripetere una vocetta dentro di lei mentre la vita le sembrava più che mai ingiusta.

Si era sempre fidata di Susan Bray, non si era mai neppure opposta alle decisioni del tribunale fino a quel momento, eppure non riusciva ad accettare che la sua esistenza venisse sconvolta in modo tanto improvviso.

— Non sono un pacco postale, Susan — disse in un sussurro rabbioso — non potete semplicemente prendermi e spostarmi. Credevo fossi amica della nonna... come pensi che la prenderà?

Anche questo! Susan Bray sospirò rumorosamente e prese a strofinarsi le palpebre sotto le lenti degli occhiali.

— Marion saprà accettarlo, Winter — assicurò senza esitazione. Cominciava a essere stanca di sentirsi sotto accusa. — E comunque, oltre a essere sua amica, sono e rimango anche il vostro avvocato. In questo momento ti sto semplicemente riferendo quello che il tribunale ritiene più *opportuno* per il tuo benessere.

Calcò enfaticamente l'aggettivo, pratica e glaciale. Richard sarebbe stato fiero di lei. Susan invece lo era un po' meno, ma una cosa era certa: avere a che fare con le due Starr non era mai stato semplice.

Come fai a rimanere indifferente quando una ragazzina con gli occhi limpidi ti sorride, o ti accusa?

Le separavano miglia e miglia, ma le pareva di averla davanti a sé, con tutta la sua rabbia.

È sempre lavoro, Susan! dovette ripetersi.

— D'accordo, avvocato — sibilò Winter — Grazie.

Mentre apriva bocca per proseguire il suo discorso, Susan comprese che l'altra aveva riattaccato.

Winter si lasciò scivolare a terra priva di forze, si strinse le ginocchia al petto e pianse. La nonna non migliorava. Da più di due settimane attendeva di ricevere l'autorizzazione per tornare a trovarla, e l'assistenza sociale l'aveva trasferita al St Dewi's.

Le lacrime cominciarono a scendere silenziose, poi si trasformarono in singhiozzi.

Voleva la sua vecchia vita. La voleva disperatamente.

Finché pareva una situazione temporanea, poteva sopportare di tutto, ora invece si sentiva come nell'incubo di quella notte. Era intrappolata su scale buie che non portavano in nessun luogo, non importava da che parte le prendesse.

Era la prima volta che i suoi nervi cedevano davvero da quando la nonna era stata ricoverata.

Fu spaventoso e liberatorio.

Dai Chiplin osò avvicinarsi a Winter solo dopo molto tempo. Aveva capito subito che lei non amava che le si stesse troppo attorno, ed era rimasto in attesa.

Ma non era ancora tornata e solo in quel momento, in una scena silenziosa del suo cartone animato preferito, si era reso conto che stava piangendo.

Il rumore dei suoi passi sulla moquette le fece alzare la testa di scatto.

Dio, pensò Winter vedendolo, *devo avere un aspetto orrendo!*

Il peggio era passato e si sentiva svuotata e stranamente calma. Ma il pianto le aveva lasciato sul viso una devastazione di lacrime e mascara colato.

Il bambino infatti esitò per qualche istante. Le iridi di Winter erano dischi argentei e liquidi negli occhi arrossati, e brillavano di una luce talmente triste...

Facendosi forza andò a sedersi al suo fianco.

— Piangi per tua nonna? — le chiese. — La mamma e il papà dicono che sta male...

La sua vicinanza le diede un conforto dolce e Winter si sentì un po' in colpa.

— Anche. Ma adesso è passato.

Dai rispose con un sorriso dolceamaro.

Rimasero in silenzio per un po' guardando la parete di fronte, con le ombre delle foglie del giardino.

— Vuoi la merenda? — chiese poi la ragazza rialzandosi.

Dai saltò in piedi, sorridente come se non fosse successo nulla. — Forse c'è ancora la torta — disse.

Le afferrò una manica e la condusse verso la cucina.

Per quale inspiegabile motivo si fosse già affezionato a un tipo scombinato come lei, Winter non riusciva davvero a spiegarselo.

— Lo sai? — gli disse d'istinto davanti a una tazza di tè. — Credo che rimarrò qui più a lungo del previsto.

Dai deglutì e ridacchiò.

— Ti piacerà — garantì.

Lei era convinta del contrario, ma rispose al sorriso.

10

Mentre camminava verso il St Dewi's per affrontare il suo primo giorno nella nuova scuola, Winter era così immersa nei propri pensieri da aver quasi dimenticato la presenza di Gareth ed Eleri a poca distanza da lei.

Il cielo bianco latte si rifletteva nelle pozzanghere che costellavano la strada e l'aria era ferma, di un'umidità appiccicosa.

Un clima che contribuiva a farle rimpiangere di essersi alzata.

— Lettere alla prima ora? — domandò Eleri partendo dall'argomento più facile. Era decisamente una ragazza esuberante e trascorrere l'intero tragitto in silenzio doveva cominciare a sembrarle insostenibile. — Allora hai la Bertrand! Un inizio soft, sei fortunata! Io l'anno scorso avevo Fowler. Una bella lezione di biologia, tanto per cominciare...

— Che crudeltà! — commentò Gareth.

Eleri lo ignorò.

— Non è stato bello. Fortuna che poi c'era educazione fisica — continuò.

— Ti piace lo sport? — chiese Winter con candore.

Eleri sogghignò in perfetto stile Chiplin.
— Per niente. Ma adoro vederlo fare! Lo trovo rilassante.
La squadrò con attenzione, poi fece un cenno col capo.
— A te invece sì?
— Non esattamente — replicò Winter. Non era un'appassionata, non le piaceva sudare e si annoiava negli esercizi ripetitivi, ma era piuttosto agile e aveva riflessi pronti che non le dispiaceva allenare, di tanto in tanto.
Eleri però evidentemente si aspettava una risposta migliore.
— Ho fatto un po' di atletica... — le rivelò allora Winter, non troppo entusiasta.
— Be', è una sorpresa! — esclamò l'altra. — Senza offesa, ma credevo ti piacesse solo leggere.
— No davvero! Correre mi piace moltissimo.
— A scuola abbiamo un club d'atletica...
Winter si strinse nelle spalle.
— In realtà preferisco farlo per conto mio. Mi distende, tutto qui.
Intanto erano giunti davanti al St Dewi's.
Quasi le cedettero le gambe. Nuova scuola e compagni sconosciuti. Una parte di lei continuava a ripetersi che non poteva essere vero.
Eppure in teoria avrebbe dovuto esserci abituata, visto che era andata alle scuole dell'infanzia a Edimburgo, alle primarie nei dintorni di Sheffield e aveva iniziato le secondarie a Birmingham prima di trasferirsi stabilmente a Londra.
E invece ogni trasferimento era ancora un trauma.
Sorpassando la biblioteca Winter provò l'impulso di cercarvi rifugio. E non le importava di trovarci lo scortese signor Graves. Meglio lui che frotte di gente nuova proveniente da tutti i paesini del circondario, che probabilmente avevano saputo del suo trasferimento anche prima di lei.

Purtroppo, Eleri era tenacemente attaccata al suo braccio. Perciò, a meno di fare qualcosa di drammatico, il suo destino era segnato.

Eleri fu comunque abbastanza generosa da concederle un lungo sguardo al parco e al complesso di edifici.

Avevano forme geometriche e moderne, un'alternarsi di vetri a specchio e mattoni rossi che non riusciva ad armonizzarsi del tutto con gli alberi frondosi del parco circostante.

In pochi secondi, Eleri le indicò i due padiglioni di aule e laboratori, la palestra oltre un vasto campo da football e il capanno degli attrezzi. Poi se la tirò dietro nella fossa dei leoni.

E mentre cominciava una sfilata interminabile in mezzo a persone che continuavano a girarsi per vederle meglio, Winter riuscì solo a consolarsi pensando che la nuova scuola aveva almeno ampie finestre che parevano garantire buone possibilità di distrazione.

Poi fu tutto un susseguirsi di saluti e strette di mano, e l'atroce sospetto di convivere con la reginetta del St Dewi's.

— Andrew Lloyd — un ragazzone massiccio, piacente e con l'aria un po' ottusa, capitano della squadra di football.

— Piacere, Winter.

— Cynthia Earle — bruna, occhi scuri. Simpatica.

— Ciao!

— Ciao.

— Owen Pearson — il ragazzo di Eleri. Normale.

— Charles Atkins — ossuto, occhiali spessi, aria da secchione emarginato.

E poi Lorna Carter, faccia a cuore sorridente, Mary Compton, ragazza pompon, Claire Mason, bionda, truccatissima, carina. Annie Parry, una vipera, annotò Winter mentalmente per ricordare in futuro di guardarsi da lei. Jimmy Miller, metallaro e capellone, che ricordava un po' Cob. Georgie Qualchecosa, anonimo. E poi una serie di nomi incomprensibili.

Winter cominciava ad averne abbastanza. Quando ormai si fu rassegnata all'idea che avrebbe conosciuto tutta la scuola ancor prima di metterci piede, si accorse che Eleri seguiva un criterio preciso nel presentarle le persone, e aveva ormai imparato a decifrare i suoi rapporti con gli altri dal tono in cui pronunciava il loro nome.

In un oceano di visi e di nomi, uno solo le rimase impresso. Apparteneva a qualcuno che la ragazza si limitò a indicarle da lontano. Assieme ad altri tre o quattro, se ne stava in disparte a una certa distanza dalla ressa degli studenti.

— Quello è il presidente dei Nox. Ma lui e il suo gruppetto lasciali perdere.

La campanella suonò prima che Winter potesse chiedere di più.

11

Winter tornò a casa, scalpitando per tenere il passo di Gareth ed Eleri, e si affrettò a controllare sul cancello la casella della posta.

Niente.

Nooo! mugolò mentalmente.

Susan aveva promesso che glielo avrebbe spedito, eppure del permesso del tribunale non c'era traccia.

Andiamo, cercò di calmarsi, *magari Morwenna o Griffith hanno già ritirato la posta!*

Aggrappandosi a quella timida speranza, ignorò gli sguardi incuriositi dei suoi due accompagnatori e puntò dritta alla cucina.

— Ciao, Winter — la accolse la signora Chiplin con un gran sorriso. — Allora, com'è andato il primo giorno di scuola?

Winter fece spallucce.

— Bene — replicò in fretta. Raccontare del suo primo impatto col St Dewi's in quel momento era l'ultima cosa di cui avesse voglia.

La sua espressione dovette tradirla.

— Dimmi pure, cara — la invitò Morwenna.

Winter spostò il peso da una gamba all'altra cercando di non sembrare pressante.

— Non è arrivata posta per me? — domandò infine.

Lesse la risposta sul viso della donna prima ancora che la formulasse a parole.

— Purtroppo no — replicò prevedibilmente la signora Chiplin — ma l'avvocatessa Bray ha chiamato stamattina.

Si interruppe scuotendo il capo e Winter si irrigidì nell'attesa.

— Purtroppo non ci sono miglioramenti.

Il viso della ragazza perse espressione, ma i suoi occhi si fecero più brillanti. Era triste vederla così e Morwenna provò a confortarla.

— Vedrai, andrà tutto bene! E comunque Susan dice di chiamarla.

— Grazie — mormorò Winter, già certa che non l'avrebbe fatto.

— Tesoro, se c'è qualcosa che posso fare per te...

Le tremava il labbro per lo sforzo di dominarsi. Morwenna se ne accorse e desiderò abbracciarla.

Winter però si era rinchiusa nella fortezza della propria mente senza lasciare alcuna via d'accesso.

— Vado in camera. Grazie lo stesso.

Si allontanò, i nervi a fior di pelle.

Quando Winter scese per la cena, la cucina di casa Chiplin era come sempre troppo affollata per i suoi gusti. C'era la famiglia al completo, intenta a chiacchierare.

Griffith Chiplin tagliava il pane. Aveva i capelli biondo chiaro e gli occhi azzurri, dallo sguardo limpido. La sua pipa, posata sul portacenere, fumava pigramente.

Winter aveva ancora poca confidenza con lui, ma sapeva già riconoscere il profumo vanigliato del tabacco che si portava intorno.

Morwenna era intenta a rigirare il contenuto di una pentola, Dai era appollaiato su uno sgabello e leggeva un fumetto, ed Eleri sembrava molto impegnata a discutere con Gareth. Mentre Winter indugiava per qualche istante sulla porta, chiedendosi se sarebbe mai riuscita a sopportare la situazione, quest'ultimo si voltò lanciandole uno sguardo fugace, per poi continuare la conversazione.

Il disagio di lei non gli era sicuramente sfuggito, né la sua espressione sconvolta, ma pareva che avesse deciso di concederle il vantaggio di una sbirciatina prima di scendere nella mischia. Winter si trovò ancora una volta ad apprezzarlo.

L'intera scena pareva il fotogramma di una commedia natalizia, così rigonfio di affetto e buoni sentimenti che la ragazza temette le venisse il diabete.

Eppure era anche un universo parallelo perversamente affascinante, e forse sarebbe riuscito a distoglierla dalla buia pesantezza dei suoi pensieri.

In realtà non c'era nulla di sdolcinato e forzato: Morwenna e suo marito discutevano con serietà, senza chiamarsi l'un l'altra "cara", "tesoro" o qualche altro nomignolo stupido. Dai giocava tranquillo, senza bisogno di chiamare continuamente la mamma, mentre Gareth ed Eleri parlavano animatamente, esprimendo un fiero, fraterno disaccordo.

Insomma, era tutto autentico, non molto diverso dalle sue cene con la nonna.

— Buonasera — disse infine Winter, decidendosi a manifestare la propria presenza.

Per un istante credette che quella bolla di cristallo sarebbe andata in frantumi, poi Griffith la salutò con un buffetto sulla spalla.

Winter si rifugiò in sala subito dopo cena.

Dal momento che era ricominciata la scuola, Dai l'aveva salutata con un grosso bacio sulla guancia ed era corso a dormire, mentre Eleri, il cellulare incastrato tra l'orecchio e la spalla, pareva dover sbrigare un bel po' di pubbliche relazioni.

Quindi niente film in famiglia. E quello almeno poteva essere un miglioramento.

Approfittando della quiete, non le rimase molto altro da fare che esplorare il salotto deserto.

Casa Chiplin la incuriosiva, ma nel disperato tentativo di evitare ogni membro della famiglia, Winter non aveva avuto molte occasioni di guardarsi in giro fino ad allora.

Il caminetto la affascinava. Da piccola, quando lei e la nonna vivevano a Edimburgo, ne avevano avuto uno anche loro e Winter ricordava di aver trascorso sere e sere guardando il fuoco che vi scoppiettava.

Quello dei Chiplin sembrava antico, e la pietra della mensola in alcuni punti era irrimediabilmente annerita dal fumo.

Sulla cappa, i padroni di casa avevano esposto in bella mostra una balestra di legno e metallo, che poteva avere la stessa età del camino.

Winter la studiò per qualche istante, soffermandosi sullo stemma inciso sull'impugnatura. Si aspettava di trovare il drago rosso del Galles, e invece si trattava di un'effigie mai vista: il sole su uno scudetto uniforme.

Era una placca d'argento priva di smalto, minuscola, ma l'incisione, fatta con maestria, era perfettamente riconoscibile.

— Ti piacciono le armi?

Questa volta Gareth la colse di sorpresa, facendola sussultare.

Doveva essersi avvicinato mentre lei era assorta a contemplare la balestra, e ora le parlava a un passo di distanza. Il modo intenso in cui la guardava le diede l'impressione di aver fatto qualcosa di sbagliato.

— Non ne avevo mai vista una così da vicino.

Lui annuì, decidendosi finalmente a distogliere lo sguardo dal suo viso.

— È molto vecchia — disse in tono serio. — Appartiene alla nostra famiglia da sempre.

Sembrava parlare più con se stesso che con lei, e Winter lo guardò incuriosita.

— Ha una storia?

— Come ogni cosa, immagino... — rispose Gareth distrattamente.

Voltò le spalle al camino e andò a sedersi sul bracciolo del divano di fronte.

— Sono solo passato a vedere come andava — buttò lì quindi cambiando argomento.

A meraviglia, fu tentata di rispondere lei, *come vuoi che vada?*

— Tutto bene — replicò invece con noncuranza. — Alla fine stare qui non è troppo male...

Si scambiarono un'occhiata. Gareth aveva la solita espressione, sicura di sé e un po' beffarda.

— Sai, pensavo di fare una passeggiata — gli rivelò poi Winter.

Gareth inarcò le sopracciglia, perplesso.

— Voglio dire, non piove... Bisogna approfittarne.

— Lascia perdere, Win. Non stasera. I primi giorni di scuola ai miei non va che usciamo troppo.

Winter ascoltò solo a metà.

L'aveva chiamata Win, non Winnie come la nonna o Susan, ma come facevano Madison e i Sin-derella.

Stavano forse diventando amici?

12

Era ancora sulle scale buie, ma stavolta voleva disperatamente tornare indietro, dalla nonna.

Le sembrava che la chiamasse. Era lì in quel letto, la aspettava, ma lei non poteva raggiungerla.

I gradini salivano, poi scendevano in una successione senza fine. I suoi passi rimbombavano, il battito del suo cuore la assordava.

Poi si accorse di non essere sola.

A ogni svolta le sembrava che qualcuno fosse lì a osservarla. Un respiro che la seguiva.

Le tornò in mente quello che le aveva detto Dai. «Vedrai, stare qui ti piacerà...»

E allora perché voleva andarsene?

Poi solo una girandola confusa di luoghi che le scorrevano davanti veloci: il Rainbow, Camden Town, la biblioteca di Cae Mefus, il St Dewi's.

Casa.

Ma Winter non poteva andare da nessuna parte.

Li osservava inseguirsi dal finestrino di un'auto, mentre Eleri, da fuori, diceva cose che non riusciva a sentire.

Si svegliò più stanca di quando era andata a dormire, avvolta in un bagno di sudore. Si sentiva indifesa, esposta, quasi che le ombre del sogno l'avessero seguita nella soffitta. La sua mano salì al collo per toccare la vecchia catenina d'argento.

Quando era agitata lo faceva sempre, un gesto automatico che ripeteva sin dall'infanzia e che le dava conforto.

Per un momento, non trovando nulla, fu presa dal panico.

Poi accese l'abat-jour e vide il ciondolo sul comodino, esattamente dove l'aveva lasciato la sera prima dopo la doccia.

Le mani le tremavano tanto che riuscì a fissare il gancino solo al terzo tentativo.

Quel ciondolo era l'eredità dei suoi genitori, la prova che un tempo erano esistiti davvero.

Il pensiero svanì da solo, come ogni volta.

Quel giorno, Winter entrò in aula a testa bassa. Dopo il modo in cui gli incubi l'avevano svegliata, contemplare le proprie occhiaie allo specchio le aveva dato un nuovo moto di sconforto. Circonfusi di quell'alone nero, gli occhi brillavano umidi e arrossati.

E non era il massimo, il secondo giorno di scuola.

Perciò non raccolse i capelli e sperò che bastassero a coprirle la faccia.

Non sapendo dove altro andare finì col sedersi in terza fila accanto a Lorna Carter, la ragazza con la faccia a cuore sorridente, l'unica in quella stanza di cui ricordasse il nome.

Avrebbe preferito mettersi più indietro, ma, mentre cercava un posto, i suoi occhi incrociarono troppi sguardi invadenti.

— Bonjour! — esclamò poco dopo una donna non più

giovane, alta e snella. Portava occhiali tartarugati appesi al collo con una catenina dorata e un abito severo che ben si accordava all'espressione del suo viso.

— La Wace — mormorò Lorna di traverso — non è carogna come sembra...

Winter la ringraziò con un sorriso.

Poi la professoressa si lanciò in un monologo francese tanto lungo e serrato da farle rimpiangere di essere uscita di casa. Ora che l'adrenalina stava scendendo, aveva un sonno tremendo.

Mettendosi nella posizione più scomoda che riuscì a trovare, Winter cercò di prendere appunti.

— Lorna — sussurrò poco dopo una voce maschile. — Ehi, Lo...

Veniva dal banco dietro il loro.

— Non voltarti — suggerì Lorna. — È Cameron Farland...

Lo disse come se il nome spiegasse tutto, ma naturalmente per Winter non significava niente.

Fu piuttosto la tensione nelle spalle della ragazza ad attirare la sua attenzione. Lorna, con quel sorriso allegro, non sembrava tipo da agitarsi per così poco.

— Eddai, Lo!

C'era qualcosa in quella voce, una sfumatura. Forse la certezza che lei si sarebbe girata a guardarlo, e Winter ipotizzò che si trattasse di un ex ragazzo un po' troppo insistente.

La sua compagna di banco non sorrideva più. Era contratta, nervosa.

— Non lo sopporto quando fa così! — disse d'un tratto.

Si passò una ciocca dietro l'orecchio in un movimento goffo e riabbassò il viso sul quaderno quando la Wace guardò per un momento nella loro direzione.

— Voglio dire, mi piace... ma tratta gli altri come se

fossero cani a cui fare un fischio. Sono tutti così, quelli.

Lorna sbuffò e Winter non riuscì a trattenersi.

— Quelli? — volle sapere.

— I Nox, ovviamente.

In quel momento Cameron Farland decise di aver aspettato abbastanza.

— Lo, ho arte alla prossima ora...

E Winter smise di seguire il consiglio di Lorna, voltandosi a squadrarlo.

Fu un duro colpo perché era convinta che i tipi come lui non avessero il diritto di essere belli.

Il problema era che nessuno doveva averlo mai spiegato a Cameron Farland...

Winter dovette distogliere lo sguardo per non arrossire perché all'inizio le sembrò perfetto. Occhi brillanti dal taglio allungato, capelli color ambra, bocca piccola e ben disegnata, e un'espressione affascinante, vagamente capricciosa.

— Tu sei la nuova studentessa, vero? — le domandò angelico.

— Sì. E tu quello con cui Lorna non ha voglia di parlare.

Era stata costretta a respirare per poter rispondere e l'imbarazzo l'aveva resa poco diplomatica. Ma in quel momento il mondo sembrò tornare al suo ordine.

Quel ragazzo non era poi così perfetto. Aveva tratti duri e sorrideva a labbra chiuse, in modo più enigmatico che cortese.

Rimaneva affascinante, certo, ma non valeva proprio la pena di lasciarsi maltrattare solo per ottenere un suo sguardo.

— Però! — replicò lui per tutta risposta. Sembrava quasi stupito...

La ragazza seduta al suo fianco invece era decisamente divertita.

Si limitò a scoccare un'occhiata a Winter e, dal momento che non pareva affatto intenzionata a parlarle, Winter tornò a guardare davanti a sé.

— Stavolta ti è andata male, Cam — la sentì cantilenare. — Lascia in pace la Carter.

— Mi servono gli appunti, Nerys!

— Allora impara a prenderli...

Fuori dalla scuola l'aria settembrina era straordinariamente tiepida e piacevole. E, dovette riconoscere Winter, profumata come mai lo sarebbe stata a Londra.

Approfittando di quella che avrebbe potuto benissimo essere l'ultima bella giornata dell'anno, Eleri e una ragazza di nome Dylis Allbright, che a quanto pareva aveva lo straordinario privilegio di essere amica di Gareth, avevano avuto l'idea di mangiare un panino sul prato in compagnia.

Era bello. Si erano seduti al sole sull'erba e, se dava le spalle alle mura del St Dewi's, a Winter sembrava quasi di stare a Hyde Park con Madison e i vecchi amici.

— Allora hai conosciuto i Nox — se ne uscì dopo un po' Dylis.

— Lorna mi ha raccontato quello che hai detto a Farland! — intervenne Trevor Biven entusiasta. Era un tipo non troppo alto, con un'espressione vivace che sembrava fatta apposta per suscitare simpatia e una maglietta verde acido di Bart Simpson che non passava certo inosservata.

— Hai fatto troppo bene!

L'aneddoto doveva essere più interessante del previsto perché tutti si girarono a fissarla.

— Ragazzi — non poté che mormorare lei — vi rendete conto che quasi non capisco di cosa parliate?

— Già. È evidente — borbottò Gareth.

Fino a un attimo prima aveva sonnecchiato al sole ignorando gli altri e ora, appoggiato su un fianco, non sembrava troppo felice.

Trevor Biven invece era deliziato.

— Avrei voluto vederla — sospirò arrivando alla citazione quasi perfetta. — «Tu sei quello con cui Lorna non vuole parlare»... Sei un eroe, sorella!

Nessuno però aveva ancora risposto alla sua domanda.

— Chi sono i Nox? — chiese Winter senza rivolgersi a qualcuno in particolare.

Trevor e Dylis la guardarono come se fosse un'aliena.

— Ma come, non lo sai? Sono gli eletti, i migliori, i perfetti...

Colto da un'ispirazione improvvisa, Trevor si voltò verso Eleri e Gareth puntando il dito.

— Chiplin, ragazzacci, non avete parlato alla nostra povera amica dei fighi della scuola? Siete davvero imperdonabili!

— Rimedio subito — fece Gareth cupo. — Tutto quello che devi sapere dei Nox è che è meglio lasciarli perdere.

Era la terza volta che se lo sentiva dire. E per quanto riguardava Cameron Farland poteva essere un consiglio che valeva la pena seguire, ma di sicuro non era una risposta sufficiente.

Winter intercettò lo sguardo di Eleri alla ricerca di una spiegazione.

— Sono un club — fu però tutto ciò che ne ottenne. — Una specie di confraternita.

— Già. E i qui presenti Chiplin sono gli unici che non abbiano mai sognato di farne parte, Win — interloquì nuovamente Trevor, che forse non brillava per tatto ma di certo non era timido. — Il Club Nox è un'istituzione nella nostra scuola. Sul serio. Solo i pezzi grossi ne fanno parte...

— Il quoziente intellettivo di Nerys Maddox supera la

media di decine di punti, e gli Uprice hanno già frequentato dei corsi estivi a Cambridge. — La voce di Dylis Allbright tradì l'ammirazione che non poteva fare a meno di provare.

Il commento di Trevor fu invece immediato e molto più pragmatico.

— E il padre di Farland, a quanto si dice, è uno degli uomini più ricchi del Regno. Alcuni di loro saranno anche brillanti, ma i membri del club Nox essenzialmente sono figli di papà con la puzza sotto il naso.

Eleri scosse il capo.

— Non esagerare, Trev!

— Perché? Sono ricchi, belli, intelligenti e riescono sempre a fare quello che vogliono! Non è orribile?

L'ultima cosa a Winter parve tutto tranne che orribile.

13

Winter era sopravvissuta alla sua prima settimana al St Dewi's.

Non era stata una passeggiata: tra tutte le presentazioni cui Eleri la costringeva nelle pause pranzo e le differenze nei programmi, quella poteva senza dubbio essere inserita nel novero delle sue esperienze più impegnative, ma almeno si era rivelata un buon modo per non pensare alla nonna.

Non ne era certa, ma forse era addirittura riuscita a trovare delle amiche, visto che, dopo l'episodio della lezione di francese, Lorna Carter aveva iniziato a sedersi al suo fianco piuttosto spesso.

Erano insieme anche quel pomeriggio, sedute sopra un tavolone dell'aula studio. Avrebbero dovuto fare una ricerca su Fielding per la Bertrand, ma si erano perse da diversi minuti a chiacchierare.

Lorna le ricordava Madison, sempre allegra e stravagante. Aveva un che di contagioso che riusciva a far sentire Winter un po' più leggera.

Solo all'arrivo di Annie Parry e delle sue amiche il sorriso di entrambe vacillò per una frazione di secondo.

— Ciao, ragazze! — le salutò nel suo tono più dolce.

Annie, con la sua voce squillante e il suo aspetto da Barbie, sapeva essere uno zuccherino, peccato che di solito non si impegnasse molto per diventarlo.

Non che fosse cattiva, ma dava la sgradevole sensazione di uscire da un telefilm, di cui lei stessa era protagonista.

Era una sedicenne da gara, del genere che Winter si era sempre rifiutata di frequentare. Fin troppo abituata al ruolo della primadonna, le sue amiche, Claire e Meg, erano la sua degna spalla.

Sembrava ingiusto perché con Winter era sempre stata gentile, ma la sua prima impressione non era ancora stata smentita.

Vipera, da tenere d'occhio.

— Sabato sera ho la casa libera — annunciò Annie con una soddisfazione tanto evidente da costringere lei e Lorna a simulare un vivo interesse. — Quindi festa!

— Ci saranno tutti quelli del nostro anno e anche gli studenti più grandi — aggiunse Meg eccitata. — Forse verrà persino qualcuno dei Nox e Claire inviterà il tuo amico Chiplin, Starr. Anche se, detto tra noi, con quel carattere avere una faccia da urlo non gli serve a molto!

Winter si accigliò per il disappunto, scoprendo così che non le faceva affatto piacere sentir parlare di Gareth in quel modo.

Lorna, invece, si chiese cosa facesse loro pensare che proprio questa volta, dopo una serie incalcolabile di rifiuti, lui avrebbe accettato.

Abituata alle regole dell'istituto, comunque, si tenne per sé le sue considerazioni, nascoste dietro un sorriso incoraggiante.

— Che bello! — mormorarono anzi lei e Winter cercando di sembrare convinte.

Inutile dire che Winter non aveva alcuna intenzione di andarci.

— Non tollero rifiuti! — le avvisò Annie.

Fu abbastanza convincente e, quando furono solc, Lorna ribadì il concetto.

— Sarà meglio che vieni! — disse. — Non stava scherzando. E farla arrabbiare in genere è... pericoloso! Tipo pestare i piedi al presidente degli Stati Uniti.

Winter sbuffò. Quanto le mancava Londra.

— Hai appena cominciato la scuola e ti hanno già invitata a una festa — disse Eleri all'improvviso. — Di questo passo ti vedrò solo al St Dewi's.

Winter rischiò di strozzarsi con l'acqua che stava bevendo ancor prima di capire se il leggero sarcasmo nella voce della ragazza fosse orgoglio o autentica derisione.

— Quando sei nuovo ti invitano sempre alle feste — replicò in tono nient'affatto entusiasta. — E poi conosci Annie...

— Non devi mica venirci se non vuoi!

Dal tono, però, era chiaro che Eleri non avrebbe mai approvato. Era la prima volta che veniva invitata, e già faticava ad accettare la mancanza di entusiasmo del fratello. Che nemmeno Winter fosse contenta di trascorrere una serata diversa dal solito, rischiava di essere troppo.

Winter dedicò tutta la propria attenzione a richiudere la bottiglia, fissando il tappo che stava avvitando come se fosse l'oggetto più interessante al mondo.

— Tutti pensano che sarebbe un suicidio sociale starmene a casa.

Eleri sorrise.

— Che dire? Così vanno le cose nello sperduto Galles! Ci vai con qualche ragazzo? Sai, io e Trev abbiamo fatto una scommessa...

— Piantala! — ordinò Winter secca. — E poi che cavolo c'è da scommettere?

— Dammi retta: meglio la sorpresa...

Andare d'accordo con Eleri era facile, ma ultimamente lei insisteva un po' troppo a prendersi gioco della sua fobia sociale.

Erano sdraiate sul letto di Winter a chiacchierare prima di andare a dormire, non era la prima volta che capitava.

— E poi non posso mica svelarti i segreti degli altri... — insistette Eleri.

Le rivolse un sorriso adorabile e Winter sospirò, fingendosi esasperata.

— Non sarà così terribile, vedrai! Piuttosto sai già come vestirti? Se non la metti, mi presti la mini di velluto?

Mentre annuiva in risposta, a Winter venne da chiedersi chi di loro due fosse davvero la più grande. A dispetto del suo viso da angioletto, Eleri sembrava molto più a suo agio di lei nelle pubbliche relazioni.

— Penso che metterò i jeans — tagliò corto Winter.

Era già venerdì, e si stava ancora accuratamente sforzando di evitare l'argomento abbigliamento per la festa.

— Comunque abbiamo il divieto di lasciare casa Parry da sole — la informò ancora l'altra — e, purtroppo per me, vuol dire che papà mi passa a prendere alle undici e mezza. Tu e Gareth invece avete un'ora in più...

Winter provò uno strano imbarazzo.

— Non siamo a Londra, cosa vuoi che succeda se mi sposto da sola? — protestò seccata. — Che mi perda tra i covoni di fieno?

La provocazione, però, cadde nel vuoto.

— Ordini superiori, Win. Se non ti va di stare con mio fratello, devi trovare qualcun altro che ti accompagni o venire via con me. Cioè abbastanza presto da fare una bella figuraccia...

Come dire che non aveva alternative, tanto per cambiare.

Non che stare con Gareth fosse un problema, ma non aveva bisogno di un baby-sitter.

14

Sabato sera, nel salotto di casa, il signor Chiplin continuava a fumare e a chiedersi se lasciar andare i ragazzi alla festa fosse una buona idea.

— Mi raccomando, Gary! — ripeté di nuovo.

Gareth lo osservava oltre la cortina azzurrognola del fumo di pipa.

Il messaggio era semplice e, anche se non gli fosse stato chiaro fin dall'inizio, reputava che ripeterlo tre volte potesse essere sufficiente.

Ma tanto valeva fare le cose per bene.

— Tranquillo, papà — gli rispose quindi — andiamo alla festa insieme e torniamo indietro insieme. Ricevuto.

Evidentemente avere la responsabilità di una terza adolescente in famiglia metteva i suoi genitori sotto pressione.

— E vedete di non sgarrare troppo con gli orari — intervenne Morwenna sollevando gli occhi dalla scacchiera per la prima volta. Per tutto quel tempo aveva finto di prestare la massima attenzione alle mosse di Dai, ma Gareth non dubitava che avesse seguito ogni singola parola.

D'altra parte suo fratello aveva nove anni e negli scacchi era tutto sommato una frana.

— No, mamma. Parcheggerò la carrozza di Winter in cortile a mezzanotte e mezza spaccata. E alla festa sarò la sua ombra.

Sempre se non le viene una crisi di nervi a girare con un secondino...

Poi, dallo sguardo di sua madre, comprese che la sua sorvegliata speciale era appena entrata nella stanza.

Gli bastò un'occhiata per decidere che, truccata e senza uniforme scolastica, Winter Starr era ancora più carina.

Aveva un po' di matita nera attorno agli occhi. Non troppo, ma bastava a mettere ancora più in risalto la loro luce argentea. E per quanto il suo abbigliamento fosse semplice – un paio di jeans e una maglietta nera con un disegno di Victoria Frances – quel look un po' dark le conferiva quel non so che di intrigante che ci si attendeva da una londinese.

Starle vicino durante la festa non sarebbe stato esattamente uno sforzo.

— Andiamo? — disse Eleri senza troppe cerimonie.

Per raggiungere casa Parry non attraversarono Cae Mefus. Tagliando per quella che Eleri giurava essere la scorciatoia più breve del mondo, lasciarono invece la strada asfaltata e si immersero tra le ombre del bosco.

Giunsero alla meta circa venti minuti più tardi. L'ampio salone di casa Parry era stracolmo di gente per lo più sconosciuta, pervaso da una musica di qualità scadente che gli altoparlanti rendevano ancor meno piacevole, e intriso di fumo. Winter provò l'irrefrenabile desiderio di fare subito dietrofront e darsela a gambe. Se Eleri non avesse sorvegliato ogni sua mossa, probabilmente l'avrebbe fatto davvero.

Annie e Claire erano già intente a ballare al centro della pista, in gonna corta e tacchi alti, circondate da buona parte degli studenti del St Dewi's.

Kenneth, Madison e gli altri l'avrebbero presa in giro a vita se avessero visto l'ambiente...

Dalla porta spalancata la corrente gelida della notte la raggiunse strappandole un brivido. Rinunciando alla fuga, Winter si addentrò nella casa insieme agli altri.

— Ciao, Chiplin — esordì quello che sembrava il leader del gruppo che li aveva avvicinati, rivolgendosi a Gareth con fare amichevole. A Winter però non sfuggì il rapido aggrottarsi della fronte del suo amico. Forse tra i due non correva buon sangue.

A quanto le pareva di ricordare, doveva chiamarsi Lloyd. Alfred, Anthony, qualcosa del genere...

— Andrew Lloyd. Ricordi?

Ecco, appunto: Andrew.

Comprese che stava parlando con lei solo perché la sua grossa mano tesa aveva invaso il suo campo visivo.

Lloyd sfoderava il suo sorriso più accattivante, gli occhi pungenti che la squadravano da capo a piedi con una certa approvazione.

Winter li detestava, i ragazzi, quando facevano così.

— Non sono fisionomista — replicò infatti con freddezza calcolata.

Mentre Gareth faceva del suo meglio per reprimere una risata, Sam Bell, Owen Pearson, Cynthia Earle e naturalmente Lloyd la impegnarono in un'assurda conversazione su Cae Mefus e i suoi abitanti per una buona mezz'ora prima che due di loro si decidessero a levare le tende.

Owen e Cynthia erano cordiali e piuttosto simpatici, Andrew Lloyd invece era così esasperante che più volte Eleri tentò invano di sottrarre Winter alle sue grinfie.

Evidentemente aveva deciso di fare colpo su di lei.

— E come ci si diverte a Londra? — le chiese infatti con fare suadente. — Sarà pieno di locali, eventi…

— Immagino di sì — replicò Winter. Tanto per migliorare le cose, cominciava a farle male la testa.

Si strinse nelle spalle, chiedendosi quanto ancora fosse prematuro allontanarsi con la scusa di sistemare il trucco.

— Piantala, Lloyd! Sarà come Conwy, ma più grande…

A quanto pareva, anche Cynthia mal sopportava la presenza del ragazzo. Gettò uno sguardo d'intesa a Eleri, e le due si alzarono facendo a Winter cenno di seguirle.

— Noi andiamo in veranda a fumare — annunciò quindi Eleri, decidendo che era giunto il momento di tagliarlo fuori. — Peccato interrompere questa conversazione, ma sai come siamo noi fumatori. Fortuna per te che sei salutista, Lloyd!

Winter non fumava, ma accettò il diversivo con sollievo evidente.

In veranda l'aria pungente della notte gallese era il solo rifugio per tutti coloro che alla festa si stavano annoiando, ma Winter si rallegrò di trovarlo deserto perché non avrebbe mai sopportato altre pubbliche relazioni.

— Grazie, ragazze, quel tipo è uno sfinimento!

— Chi? Il capitano della squadra di football? — Cynthia rise. — Molte non ti perdonerebbero un commento del genere, Winter. Tra lui e il fratello di El, scommetto che sei piuttosto invidiata stasera!

Si sedettero vicine sui gradini d'ingresso e si godettero un po' di tranquillità.

Quando la porta alle loro spalle si aprì, le ragazze si voltarono in perfetta sincronia sperando che fosse Trevor, o Owen. O chiunque, ma non Lloyd.

— Che casino infernale — borbottò il nuovo arrivato.

— Puoi dirlo forte, Gareth — esclamò Eleri annuendo con convinzione.

Visto il modo in cui era cominciata la serata, Winter non fu troppo stupita di vederlo avvicinarsi. Lui si sedette al suo fianco e si passò una mano tra i capelli.

— Hai davvero intenzione di piantonarmi tutta la sera? — gli chiese diffidente.

— Volevo solo accertarmi che andasse tutto bene… — rispose il ragazzo col solito sorrisetto obliquo, decidendo di ignorare il suo tono.

— A meraviglia — dichiarò sarcastica.

Si scambiarono un'occhiata eloquente.

— Non demoralizzarti, il meglio viene adesso.

Era evidente che non ci credesse nemmeno lui. A parte il benservito di Winter a Lloyd – uno spettacolo piuttosto soddisfacente – Gareth non si aspettava molte altre emozioni da quella serata.

— Non vedo l'ora — replicò Winter con lo stesso tono.

La strana confidenza che si era creata tra loro la agitava un po'. Ed Eleri, che non si perdeva una sola parola fingendo di scrutare l'orizzonte, certo non la tranquillizzava.

Il ragazzo si strinse nelle spalle.

— Dentro stanno iniziando il giro di vodka — le informò senza interesse.

Eleri ridacchiò.

— Allora io e Cy andiamo a vedere.

Gareth le scoccò uno sguardo penetrante, poi scosse il capo con un certo divertimento.

— Avvisami quando è ora di recuperare Trev — fu il suo laconico commento.

Poco dopo il suo mal di testa giunse agli apici storici, ma una perversa forma d'orgoglio impediva ancora a Winter di gettare la spugna.

Finché avesse atteso l'ora del coprifuoco poteva almeno illudersi che lei e Gareth rientrassero insieme per caso e non perché i signori Chiplin l'avevano esplicitamente preteso.

Poi, una nuova vibrazione si aggiunse a quella dei bassi dello stereo.

Winter estrasse di tasca il telefono, già certa di chi fosse. *Solo Mad può chiamarmi a quest'ora.*

Non tentò neppure di rispondere in mezzo a quel frastuono, visto che doveva praticamente strillare anche per parlare con Lorna e Gareth seduti al suo fianco. Toccò un braccio del ragazzo mostrandogli il cellulare e corse all'esterno.

— ...'llora... esilio?... raccon...

Dovette allontanarsi diversi metri dalla casa prima che le parole di Madison smettessero di sembrare un linguaggio in codice.

15

— Alla fine hai deciso di andarci alla festa…

— Be', c'è praticamente tutto il paese…

Winter camminava avanti e indietro sull'asfalto della stradina sperando che l'aria fresca la facesse sentire meglio.

— Cavolo! Sembra ti stia divertendo un mucchio! — commentò Madison ironica, facendola sorridere.

— Dimmi qualcosa della compagnia, piuttosto. Novità?

Madison fece una pausa.

— In realtà sì. Ma non dei ragazzi… — prese quindi a dire in uno stranissimo tono. Trasse un lungo sospiro, come se stesse cercando le parole. — Senti, non so come dirtelo, ma a essere sinceri ti ho chiamato per questo, quindi… — cominciò poi. — È solo che è stato un po'… be', strano!

— Mad, mi stai facendo preoccupare sul serio…

— Scusa. Sono stata al Saint Charles oggi. Volevo andare da tua nonna ma… Win… Ecco, non c'era. L'unica cosa che sono riuscita a sapere è che l'hanno trasferita in un altro reparto. E non è stato facile scoprirlo!

— Cosa?

— Te lo giuro, Winter: tutto quello che so è che adesso sta in una singola. — Madison sbuffò. Conoscendola, doveva essersi data piuttosto da fare. — Peccato che per la privacy non possano dirmi quale. Ho tentato di parlare con tutti – medici, infermieri, volontari – ma siccome non sono una parente, nessuno può dirmi un accidente. Da non crederci!

Winter deglutì a vuoto. La nonna era stata trasferita e a nessuno era venuto in mente di avvisarla...

— Magari è successo proprio oggi. Susan me l'avrebbe detto se no.

Madison evitò di rispondere. Che ultimamente non avesse troppa simpatia per l'avvocatessa Bray era fin troppo chiaro.

— Comunque domani riprovo a vedere — garantì poi in tono agguerrito — tua nonna ha il diritto di ricevere visite!

Per un attimo, Winter fu sfiorata dall'idea di salire sul primo treno per Londra.

Si trattava della nonna, l'unica famiglia che avesse mai conosciuto...

— Grazie, Mad — mormorò con la voce più triste che l'altra le avesse mai sentito. — Fammi sapere qualunque cosa.

— Contaci! A costo di perquisire l'intero ospedale.

Winter rimise il cellulare in tasca e scosse il capo.

Non avendo nessuna voglia di tornare in mezzo alla confusione di casa Parry si appoggiò al tronco d'un albero ai bordi della stradina e osservò la luna.

Automaticamente ricominciò a giocherellare col suo ciondolo, lisciando il cristallo con le dita.

La musica le giungeva finalmente attutita e alle sue spalle c'erano solo i rumori del bosco. Avrebbe desiderato potersi incamminare nella notte, godersi un po' di solitudine...

La voce di Andrew Lloyd, però, infranse subito l'incantesimo. Parlava con qualcuno e sembrava venire verso di lei.

Winter non ebbe bisogno di riflettere, scivolò di lato e si nascose nella vegetazione.

Ne riemerse qualche minuto dopo con la certezza di non essere sola.

C'era qualcuno poco lontano, un uomo giovane, ma non abbastanza da poter essere uno studente del St Dewi's. Winter ne studiò il viso. Non le pareva di averlo mai visto.

Aveva i capelli lunghi raccolti in una coda arruffata e tra le labbra stringeva una sigaretta spenta. Non l'aveva sentito avvicinare e, per qualche strano motivo, la sua presenza la mise a disagio.

— Scusami — l'apostrofò lui in tono cortese — per caso hai da accendere?

Ok. Niente di preoccupante, Win, decise con uno sbuffo.

— Mi spiace, non fumo.

— Ah — disse con aria delusa — sai, prima mi era parso che fossi in veranda, quindi credevo...

Strano, non ricordava di averlo visto alla festa, e un tipo del genere l'avrebbe notato di sicuro... Era bizzarro, aveva qualcosa che attirava l'attenzione.

Poi ricordò di aver raccolto l'accendino che Cynthia Earle aveva dimenticato.

— Aspetta... lasciami controllare...

In fondo non le costava nulla essere gentile. Frugò nella tasca e gli si avvicinò senza fretta.

— *Diolch* — ringraziò quello in gallese. — Grazie davvero, sei gentilissima!

Attese che lei gli fosse di fronte, ma nemmeno allora accennò a prendere l'accendino che gli porgeva.

Aveva uno sguardo vagamente stralunato, notò la ragazza in quel momento inarcando le sopracciglia. Era possibile che fosse uno dei reduci del giro di vodka.

Winter fece scattare il meccanismo e una luce azzurrognola li illuminò.

Mentre lui aspirava per accendere, tenendo le mani a coppa intorno alla piccola fiammella, i loro occhi si incrociarono e Winter fu scossa da un brivido.

Scattò all'indietro e cominciò a correre. Lo sconosciuto si lanciò al suo inseguimento.

16

Stava andando nella direzione sbagliata.

Correndo all'impazzata ed evitando alla meglio radici e rami, Winter riusciva solo a pensare che si stava allontanando sempre di più da casa Parry e da ogni possibilità di soccorso.

L'uomo le stava appresso, e anche se lei non sarebbe mai riuscita ad andare più veloce guadagnava terreno.

Forza, Win!

Per un po' cercò di trattenersi nei dintorni, poi l'adrenalina e la velocità la spinsero dove la boscaglia si infittiva, facendole perdere l'orientamento.

Non aveva mai corso tanto in vita sua: l'aria fredda le bruciava la gola e il cuore pareva potesse esploderle nel petto da un momento all'altro.

Aveva bisogno di riprendere fiato.

Senza fermarsi, provò a voltarsi indietro, nella vana speranza che il suo inseguitore avesse finalmente desistito.

— Non puoi scappare per sempre, *cariad* — le gridò.

Era vero, ma con ogni probabilità nemmeno lui sarebbe stato in grado di inseguirla ancora a lungo.

Ignorando le suppliche dei suoi polmoni, Winter accelerò con un ultimo sforzo disperato.

Dopo i giri di vodka, Trevor non sembrava nello stato adatto a sostenere una conversazione, e comunque, da quando stava insieme a Dylis Allbright, Gareth si sentiva spesso di troppo in loro compagnia.

Sospirò e distese le gambe. Per lo meno era riuscito a conquistare un pacchetto di patatine. Consapevole del fatto che Claire Mason stava disperatamente cercando di attirare la sua attenzione dal centro della pista, si dedicò a sceglierle accuratamente a una a una.

Winter non era ancora rientrata ma sua sorella l'aveva abituato alle lunghe telefonate tra ragazze. E poi Winter non vedeva la sua amica da settimane.

Si preparò a una lunga attesa.

L'ho seminato.

Winter non riusciva quasi a crederci. Una risata esausta le raschiò la gola. Scaturì simile a un rantolo e le diede una fitta di dolore. *Ce l'ho fatta!*

Mentre ricominciava a respirare, si accorse di tremare in tutto il corpo. Le faceva male ogni muscolo e, dopo il lungo sforzo, le sue gambe erano ancora attraversate da brevi spasmi.

Facendosi forza si portò il cellulare all'orecchio. Doveva chiamare Gareth.

— Rispondi — supplicò mentre i suoni di linea riempivano il silenzio.

— Risponde la segreteria telefonica...

Maledizione!

Attorno a lei non c'era altro che una distesa di alberi resi ancor più vaghi dalla nebbia che si stava alzando. Impossibile dire a che distanza si trovasse da qualsiasi riferimento noto. Si guardò attorno disperatamente, doveva nascondersi prima che l'uomo la raggiungesse.

Se solo Gareth avesse risposto...

All'ennesimo tentativo fallito, il telefono le sfuggì di mano. Scivolò sul terreno in pendenza e lei si gettò a terra tentando freneticamente di inseguire la luce fioca del display.

Quando anche quella debole luminosità si spense, la ragazza sentì ondate di panico strisciarle lungo la schiena. Non era abituata ad avere paura.

Perquisì il suolo, tastando con mani tremanti.

Poi, la risata la fece urlare.

— Cercavi questo, tesoro?

A pochi passi di distanza, l'uomo sogghignava compiaciuto, mostrandole il suo cellulare. Mentre un soffio di vento apriva un varco tra le fronde, lei poté vedere la sua espressione: ora non era più febbrile come le era sembrata prima. C'era divertimento nei suoi occhi, e ancora più sotto una strana, bruciante concentrazione.

— Non è saggio per una ragazza così carina andarsene a spasso nei boschi di notte — le disse carezzevole. — Da sola, poi. Nessuno ti ha detto che si rischiano brutti incontri?

Winter si rialzò lentamente, cercando di capire se i suoi muscoli fossero di nuovo pronti a obbedirle.

— Che cosa vuoi? — mormorò prendendo tempo, nonostante il terrore.

Ma la domanda cadde nel vuoto mentre lui continuava a fissarla come se la notte intera gli appartenesse.

— Ti avverto, ho chiamato la polizia!

Lui cominciò ad avvicinarsi, muovendosi fluido.

— Bel tentativo — replicò — ma ho un buon udito.

Era la sua ultima possibilità.

Winter ricominciò a correre.

Tutto, attorno a lei, si trasformò in un vortice di fronde, tronchi e foglie nella corsa più disperata della sua vita.

E all'improvviso Winter non sentì più il terreno sotto i piedi, ma solo l'aria che spostava nella caduta.

— Presa! — esultò l'uomo guardandola beffardo appena prima di sollevarla tra le braccia.

Winter prese a scalciare violentemente nel tentativo disperato di liberarsi dalla sua stretta. Tentò di colpirlo, la mano stretta su una pietra raccattata per caso sul terreno.

Riuscì solo a sfiorarlo perché il suo aggressore balzò all'indietro mandandola a sbattere contro un tronco.

— *Da yawn, cariad* — rise quindi guardandola crollare al suolo — *da yawn*.

— Che cosa vuoi? — ripeté lei tentando di rialzarsi.

Barcollò, in preda ai capogiri. Sentiva un rivolo caldo sulla tempia e comprese con orrore che doveva essere sangue. Quando lui l'afferrò nuovamente, immobilizzandola in una stretta ferrea, sorrise amara.

Tentò un ultimo scatto, poi perse le forze, afflosciandosi completamente tra le braccia del suo probabile assassino.

Mentre rimanevano stretti l'una all'altro il tempo parve fermarsi.

Winter lo sentì ansimare contro la sua guancia, respirare il suo odore.

Le sue dita le scivolarono sul collo in una carezza lenta.

Le danze si erano susseguite senza interruzioni e persino Annie Parry appariva sempre più provata.

Gareth Chiplin sorrise nell'osservarsi coinvolto in una situazione che francamente detestava. Forse era lì perché i suoi genitori gliel'avevano chiesto. Forse ci sarebbe andato comunque se a chiederglielo fosse stata Winter Starr con i suoi occhi grigi che sembravano d'argento.

Comunque l'ora del rientro si stava avvicinando. Gareth decise di andare a controllare.

Si alzò e si diresse verso la porta d'ingresso tentando di aggirare la folla danzante. Qualcuno si appese letteralmente al suo braccio.

— Te ne vai già? — chiese Claire Mason con un sorriso provocante.

— Direi di sì.

La ragazza gli girò attorno, poi gli si fermò di fronte sbarrandogli la strada.

— Mi ha fatto piacere che tu sia venuto. Non ti si vede spesso alle feste...

Gareth annuì, ma il suo sguardo non smise un istante di scandagliare la sala. Winter non era ancora rientrata.

— Allora ti farai vedere qualche altra volta? Annie organizza feste di continuo... Dovevi esserci a quella di fine anno!

Gli istanti passavano e l'uomo rimaneva a studiarla senza fretta. Sembrava allo stesso tempo attentissimo a ogni particolare e spiritato, come se la realtà in cui era immerso non fosse la stessa che viveva lei.

Sorrideva sornione, un predatore ormai certo di aver la propria vittima in pugno.

I respiri di Winter erano velocissimi e ansanti. Ogni cosa davanti ai suoi occhi era vivida e contemporaneamente confusa, come nel peggiore degli incubi.

— Che cosa credi di fare? — qualcuno gridò all'improvviso.

Un braccio avvolse il collo del suo aggressore strattonandolo violentemente all'indietro.

L'uomo venne catapultato a terra ed emise un gemito di dolore, fissando il nuovo venuto con espressione rovente.

Con le palpebre che quasi le si chiudevano per lo sfinimento, Winter non vide altro che due corpi avventarsi l'uno contro l'altro in una lotta feroce.

Il suo assalitore era massiccio e forte, scattò in avanti con un urlo e si gettò all'attacco. L'altro poté contare solo sulla propria velocità per sfuggirgli.

Winter li osservò trattenendo il respiro. Qualcuno era giunto a soccorrerla. Qualcuno che era troppo confusa per poter identificare.

Eppure i suoi movimenti, la sua voce...

I due si divisero per riprendere fiato e confusamente li sentì scambiarsi qualche rabbiosa frase in gallese di cui non comprese il senso.

Si sentiva troppo debole persino per potersi preoccupare ancora e continuava a oscillare tra sogno e realtà come in una specie di trance, tenendo i pugni serrati per cercare di non abbandonarsi del tutto.

Le sembrò che fosse trascorsa un'eternità quando si sentì scuotere delicatamente, e un suono scivolò dentro il turbine della sua confusione.

17

— Winter?! Winter, mi senti?

Gareth scosse la ragazza pianissimo. Era inginocchiato al suo fianco e ascoltava ansiosamente il suo respiro. Qualcosa gli diceva che lei riusciva a sentirlo perciò continuò a parlarle, studiandola con attenzione alla ricerca di qualche indizio.

— *Rech*! — ringhiò quindi sfoderando la sua imprecazione gallese preferita.

Mentre il suo cervello riprendeva a funzionare, si accorse del sangue che le colava sulla guancia.

— *Rech*! — ripeté.

Costrinse Winter a voltare il viso di lato con la maggior delicatezza possibile e le esaminò il taglio sulla tempia.

Il volto di Gareth si fece duro, pieno di rabbia nell'immaginare cosa sarebbe accaduto se l'avesse trovata solo qualche minuto dopo.

Era colpa sua.

Non sarebbe successo nulla se lui avesse davvero fatto il suo dovere. E ora doveva trovare in fretta una soluzione.

Trascorsero istanti interminabili e lo stato della fanciulla si fece più simile al sonno, finalmente calmo. Respirava regolarmente, emettendo nuvolette bianche di condensa nel freddo della notte.

— Winter... — la chiamò nuovamente.

Gli occhi della ragazza si aprirono lenti.

— Gareth — lo riconobbe. Si raddrizzò piano, confusa ma di nuovo vigile. — L'uomo... dov'è?

Lui le sorrise lievemente, scuotendo la testa.

— Scomparso. Non devi più preoccuparti.

— Era così strano... Io non l'ho sentito arrivare, però sapevo che voleva farmi del male e... era così silenzioso, Gareth... e velocissimo...

Gareth le diresse una strana occhiata, ma annuì comprensivo.

— Come ti senti? — le domandò dopo qualche istante, avvicinandole un fazzoletto alla tempia per tamponare la ferita. La stoffa bianca si macchiò immediatamente di rosso.

— Fa male — rispose sinceramente Winter — ma immagino che potrei stare molto peggio se tu...

La prima lacrima le sfuggì dalle ciglia e bruciò scivolando sulla guancia escoriata. I suoi occhi saettarono al viso del ragazzo per scoprirne la reazione e fu stupita quando vide il suo sorriso farsi ancora più dolce.

— Va tutto bene, Win — la rassicurò Gareth — siamo stati fortunati.

Raggiungere la soffitta era stata la parte più difficile, e, mentre porgeva a Winter un batuffolo di cotone imbevuto di disinfettante, Gareth comprese di essere esausto.

Si sedette ai piedi del letto e attese in silenzio che lei si tamponasse la ferita alla tempia. Aveva smesso di sanguinare. A quanto sembrava, più che Winter, i danni maggiori li aveva riportati la sua giacca.

— Grazie — mormorò infine la ragazza rompendo il silenzio.

Gareth si sentì improvvisamente a disagio. Non aveva voglia di parlarne.

Si limitò a un cenno svogliato e lei si voltò a studiarlo per qualche istante.

— Non è stata colpa tua — gli disse sorprendendolo.

Gareth rimase in silenzio. Doveva interrompere quel discorso.

Si alzò con un certo sforzo e nei suoi occhi lampeggiò il nervosismo quando lei lo trattenne. Decisamente, quella sera le cose non stavano andando come avrebbero dovuto.

— Cosa facciamo adesso?

Era strano, ma tutto ciò che aveva creduto di sapere di lei, in quel momento gli parve sbagliato. Non riusciva a leggere lo sguardo intenso che lo trafiggeva, né a comprendere perché lo turbasse tanto. Si sentiva confuso.

— Intendo dire, riguardo a quello che è successo…

— Forse è meglio che ne discutiamo domattina con i miei — replicò lui con uno sbadiglio.

Winter, però, scosse il capo con decisione.

Sembrava che avesse già deciso il da farsi.

— Saresti disposto a tenerlo segreto? — domandò infatti con una strana urgenza.

Fu totalmente inaspettato e questa volta toccò a Gareth scrutarla perplesso.

— Non ti seguo — ammise confuso.

Winter gli rispose con un sorriso triste.

— I tuoi genitori dovrebbero comunicarlo alla Family Division, Gareth — spiegò — Susan Bray darebbe i numeri se lo sapesse.

Era vero. Anche se fino a quel momento Gareth non

era ancora arrivato a pensarci. E complicava notevolmente le cose.

— Potrebbero trasferirmi di nuovo e, francamente, non ne posso più di essere trasferita da un posto all'altro! Nessuno mi ha chiesto se volevo venire qua lasciando casa mia. Però adesso ci sono, ho iniziato la scuola, sto facendo delle amicizie... Non voglio ricominciare tutto da capo! Non ce la farei...

Si fidava di lui e lasciò che glielo leggesse in viso anche se gli occhi le brillavano di lacrime represse.

Il ragazzo si sedette sul letto, al suo fianco, e il silenzio parve meno teso.

— Non ti spaventa l'idea di rimanere a Cae Mefus dopo stanotte?

— Sì. Da matti...

Non stava mentendo, né esagerando. Non osava quasi muoversi, certa di non saper controllare il proprio tremore. Ma era soprattutto stanca, sfinita da tutti quei cambiamenti. Non poteva accettarne altri. Perciò non avrebbe permesso a Gareth di parlare, a costo di sembrargli pazza.

— Ma sarebbe potuto capitare ovunque. E voglio cominciare a riprendere il controllo della mia vita, riesci a capirlo?

Oh, sì, pensò il ragazzo iniziando a intravvedere le conseguenze di ciò che gli stava chiedendo. Certo, su alcune cose non c'era davvero possibilità di scelta, ma...

Il suo silenzio la turbò.

— Per favore, Gareth! — lo implorò.

— D'accordo, Win.

L'aveva detto. Stava agendo nel modo migliore o forse nell'unico possibile, eppure dovette fuggire lo sguardo di quegli occhi lucidi.

Prima di andarsene, Gareth attese che Winter si fosse addormentata.

Scese la scala e percorse il corridoio, sperando solo di poter raggiungere presto il proprio letto. Restava da fare un'unica cosa.

— Perdonami, Win — sussurrò, bussando alla stanza dei suoi genitori.

18

Winter era immobile, come pietrificata. Non poteva fare altro che attendere, assordata dal martellare stesso del suo cuore, mentre la figura sottile e nervosa del suo aggressore avanzava verso di lei.

Non di nuovo! *supplicò con gli occhi dilatati dall'angoscia. Non era possibile, eppure stava succedendo ancora: la radura, il rumore di passi, l'aria della notte che per la prima volta le faceva paura...*

Non l'aveva sentito arrivare.

Riuscì a convincere il proprio corpo a muoversi, scattò veloce, ma mentre correva qualcosa di denso, vischioso, le appesantiva i vestiti, qualcosa di umido e caldo che impregnava la stoffa. Era sempre più pesante e le dava un senso di orrore.

Winter dovette fermarsi, si passò le mani sulla maglietta fino a sentirle bagnate. Il suo istinto sapeva cos'era, l'aveva capito sin dall'inizio, da quell'odore dolciastro, rugginoso...

Sollevò le mani al viso e urlò vedendole piene di sangue.

Ce n'era dappertutto. Impregnava il terreno rendendolo scivoloso, tutto il suo corpo ne era intriso...

Che fosse suo lo comprese solo dopo: sgorgava dai polsi recisi e dalla tempia, sporcandole il viso e il collo.

Eppure la ragazza non provava dolore. Incongruamente, riusciva solo a pensare che quel liquido rubino era caldo, che stava portando fuori da lei tutto il calore del suo corpo e che presto avrebbe avuto freddo.

Poi tentò nuovamente di correre via, lottando con la stoffa bagnata e pesante che la intrappolava. Ora sapeva solo di dover fuggire.

Barcollò, malferma, e l'uomo le fu addosso.

Le facevano male le spalle sotto la sua presa. Mi rimarranno di certo i lividi, *realizzò senza lucidità.*

Occhi feroci, alieni, continuavano a fissarla.

L'aggressore la strinse ancora, quasi volesse inghiottirla attraverso la pelle, e per un folle, incredibile istante, il terrore svanì e ogni cosa evaporò in nebbia.

In quello spazio privo di dimensione, Winter afferrò disperatamente la catenina che le cingeva il collo, e un unico lucido pensiero si dibatté oltre i margini della coscienza per affiorare.

Sapeva che era importante e tentò con tutte le sue forze di afferrarlo. Era circondato di paura, di un'angoscia sepolta...

L'uomo dagli occhi spiritati rise e Winter non seppe più trattenere le lacrime.

Si risvegliò singhiozzando, in un mare di sudore, l'immagine del suo aggressore impressa dentro di lei come non lo era mai stata fino a quel momento.

Ancora terrorizzata si impose di respirare profondamente, a lungo, per rallentare i battiti cardiaci.

Era tutto talmente confuso...

Probabilmente quel giorno avrebbe chiamato la dottoressa Norton: non ricordava di aver mai avuto tanti incubi quanto in quelle ultime settimane, anche se forse non ci voleva una seduta di psicoterapia per capire che erano soltanto la rielaborazione dello stress che stava accumulando

Un incubo... si disse la ragazza, nient'altro che l'ennesimo stupido incubo.

Continuò a ripeterselo, eppure riuscì a calmarsi solo dopo essersi osservata a lungo le mani. Erano bianche, senza alcuna traccia di sangue.

Il taglio invece le bruciava ancora e si sentiva indolenzita in tutto il corpo.

Anche se le sarebbe piaciuto, l'aggressione non era stata un parto della sua mente. Era tutto vero. Era stata assalita e Gareth l'aveva salvata.

Aveva capito, promesso che non ne avrebbe parlato con nessuno.

Quel pensiero le riportò una leggerezza dimenticata da tempo.

L'ha promesso... si ripeté stringendosi nelle coperte.

All'improvviso, avvolta dall'oscurità della sua soffitta, Winter si sentì meno sola.

19

— Quest'oggi, ragazzi, terminiamo qui la nostra lezione — annunciò il signor Harris nel suo tono più solenne. — Vorrei infatti dare modo al mio collega di presentarsi e illustrarvi brevemente la parte di programma che svolgerà con voi...

Nell'aula affollata al primo piano del St Dewi's, furono in parecchi ad accorgersi della sua mancanza di entusiasmo.

Con ogni probabilità, Harris era un tipo metodico, e non doveva apprezzare particolarmente che la sua abituale routine venisse turbata. Per esempio, dall'entrata in scena di un nuovo professore.

Winter provò un moto di solidarietà nei suoi confronti, smettendo addirittura di scarabocchiare disegnini sul proprio foglio d'appunti. Ultimamente nemmeno a lei piacevano troppo le novità.

Lorna invece non doveva essersi persa neppure un particolare.

— Oddio, l'hai visto? — domandò infatti alla sua compagna di banco con una gomitatina eccitata.

Dal giorno prima, Cynthia Earle e i pochi altri che avevano avuto la fortuna di incontrarlo non facevano altro che parlare del nuovo insegnante. Le ragazze sostenevano che fosse un tipo affascinante, i ragazzi lo definivano "particolare".

Decidendosi a sollevare lo sguardo su di lui, Winter rimase troppo stupita da ciò che vide per comprendere a chi dare ragione.

— Buongiorno a tutti — esordì l'uomo. — Come forse già saprete, sono Darran Vaughan.

Aveva i lineamenti affilati e precisi di un bassorilievo medievale e occhi chiarissimi e freddi che scivolavano decisi su tutti i presenti. Il suo viso era indecifrabile, quasi privo d'espressione, ma gli studenti ebbero comunque l'impressione che gli bastasse quell'unica occhiata per inquadrarli tutti.

Uno sguardo che metteva decisamente in soggezione.

— L'aggiunta di questi seminari al programma non comporterà alcun aumento delle ore di lavoro. Con il professor Harris stiamo pianificando una redistribuzione degli impegni.

La sua voce si stava rivelando meno fredda di quanto Winter si fosse aspettata e l'espressione si stava facendo più gentile.

I capelli piuttosto corti e ordinatissimi, che prima le erano sembrati d'un biondo quasi albino, assunsero sfumature miele.

— Alcune attività saranno invece facoltative e riceveranno un differente riconoscimento. Saranno a numero limitato e non riservate esclusivamente agli studenti del vostro anno.

Tra i banchi cominciarono a girare le fotocopie del programma.

— I moduli di iscrizione potrete venire a ritirarli direttamente nel mio ufficio — chiarì ancora Vaughan.

Continuava a scandagliare l'aula in un modo che impediva di distogliere l'attenzione dal suo viso.

— Mi scusi, professore...

La voce di Cameron Farland quasi rimbombò nel silenzio.

Come al solito, Lorna Carter si irrigidì e Winter ebbe l'impressione che la cosa non fosse sfuggita al nuovo insegnante.

L'uomo si voltò verso Farland con un lampo di curiosità negli occhi.

— Prego.

— Volevo chiederle quando cominceranno i seminari...

— Più o meno tra una decina di giorni. Le date precise verranno esposte in bacheca. Qualcuno ha altre domande?

Nessuno alzò la mano.

La mattina trascorse lenta, in una monotonia in qualche modo rassicurante, e nel primo pomeriggio Winter seguì Eleri, Gareth e Dylis Allbright fino al campo da football per assistere alle selezioni dei nuovi membri della squadra. Il tempo incerto aveva scoraggiato molti degli studenti, e le gradinate riservate al pubblico erano semivuote.

Trevor Biven non aveva grandissime possibilità di essere ammesso. Soprattutto perché l'attuale capitano della squadra non aveva nessuna simpatia per lui e si stava impegnando parecchio a mettergli i bastoni tra le ruote.

— Lloyd è un cretino! — bofonchiò Dylis fissando la sua schiena in mezzo al campo con aria bellicosa.

Con i suoi occhialetti squadrati non sembrava esattamente un'amante dello sport, ma da quando si erano seduti non si era persa un solo passaggio di quelle selezioni, o almeno delle prestazioni di Trevor.

Eleri invece si guardava in giro con più scioltezza.

— Sapevamo tutti che sarebbe andata così — replicò tendendo i palmi davanti a sé.

Stava cominciando a piovere, tanto per cambiare, e la ragazza contemplò le gocce limpide sulle sue mani con disappunto.

— Condizioni climatiche sfavorevoli... — commentò voltandosi verso il fratello senza riuscire a strappargli neppure un cenno.

Gareth se ne stava in disparte a braccia conserte.

Winter non aveva idea di cosa gli passasse per la testa, e sospettava che non lo sapesse nessuno. Non l'aveva mai visto in quello stato, ma immaginava di doverlo tollerare: neppure lei era esattamente allegra in quel periodo.

— Tu perché non partecipi alle selezioni? — gli domandò Eleri in un ultimo tentativo.

A differenza di Winter non sopportava troppo bene il suo malumore. O, più semplicemente, tra loro e Dylis che non riusciva a staccare gli occhi dal suo ragazzo, si stava annoiando.

Gareth spostò almeno il viso nella sua direzione.

— Le ragazze adorano i rudi sportivi quasi quanto i Nox, lo sapevi? — aggiunse Eleri sarcastica. — E poi se entrassi in squadra potresti presentarmi i tuoi compagni!

Gareth inarcò le sopracciglia.

— Io non corro dietro alle palle. È da idioti — replicò.

Fu troppo per sua sorella. Lo raggiunse in due soli passi e gli pungolò una spalla.

— Si può sapere che ti prende oggi? — domandò in un sussurro. — È dall'ora di pranzo che non ti si può parlare.

— Lascia perdere, El... ho solo bisogno di pensare.

Per un momento Eleri si chiese se suo fratello la stesse prendendo in giro. Poi qualcosa nella sua espressione la insospettì.

— Gary, quello che è successo non è colpa tua — cercò di confortarlo.

Gareth però le rispose con uno sguardo rabbioso.

— Oh, fantastico! Lo sai anche tu... Fortuna che Winter mi ha chiesto di non parlarne. Quando se ne accorgerà sarà felicissima!

Eleri scosse la testa con decisione.

— Non sarò certo io a dirglielo. E lo sai. Quindi stai tranquillo.

Continuarono a fissarsi per qualche istante, poi Gareth fece il solito sorriso traverso.

— Ok. A proposito, hai già avuto il piacere di conoscere il nuovo professore?

20

Susan Bray sbirciò attraverso la porta semiaperta di una stanza al reparto di lunga degenza dell'ospedale St Charles. Era fortunata: Marion Starr era ancora in stato d'incoscienza. Non le piaceva incontrare i suoi occhi verdi appannati dai medicinali e dal delirio.

Avrebbe potuto accontentarsi dei resoconti degli assistenti sociali o limitarsi a una telefonata, eppure una bizzarra, nostalgica forma di affetto continuava, di tanto in tanto, a trascinarla personalmente in quella stanzetta pulita e asettica.

Si impose di salutarla per bene, provando un sollievo colpevole nel sentire che le rispondeva solo il silenzio.

Si sedette sulla sedia accanto al comodino e inforcò gli occhiali facendosi passare la catenella dietro alla testa.

Si dedicò a studiare un fascicolo d'udienza che non aveva avuto modo di consultare in ufficio, riflettendo sul fatto che le sue visite in ospedale si stavano trasformando sempre più nell'occasione di portare a termine un po' di lavoro arretrato.

— Come va, signora Marion? — domandò una giovane infermiera indiana, affacciandosi alla porta.

Era un saluto di prassi, gentile, ma che non pretendeva alcuna reazione da parte dei pazienti.

Poi si accorse di Susan e sorrise un po' imbarazzata.

— Buongiorno, avvocato — disse con una vaga traccia del suo accento esotico. — Non l'avevo vista...

— Buongiorno — ricambiò lei interrompendo la lettura. — Qualche novità?

— No, signora. Ogni tanto apre gli occhi e fa qualche movimento... I risultati degli esami migliorano e da qualche giorno i medici non parlano più di coma, ma non possiamo ritenerla nemmeno lucida.

Susan annuì, non sapendo bene che espressione adottare.

— Non sono riusciti a capire la causa delle anomalie?

L'infermiera scosse il capo tristemente.

— Non con certezza, avvocato... Adesso sta tornando tutto nella norma, ma c'è stata un'intossicazione di qualche tipo, magari solo un'intolleranza a qualche sostanza comune o a un farmaco. Capita più spesso di quanto si creda.

La donna rifletté massaggiandosi la fronte.

— Già, un'intossicazione, certo... — osservò senza alcuna inflessione.

Marion era uno spettacolo abbastanza penoso per chi l'aveva conosciuta prima della malattia, forte e piena di energie, e Susan Bray non se la sentiva di biasimare del tutto Richard e la Norton: vedere la nonna in quello stato sarebbe stato un duro colpo per Winter.

Solo che, a parer suo, non si poteva rimandare ancora a lungo quel momento.

— Non chiede mai della nipote? — indagò quietamente.

L'infermiera sorrise comprensiva.

— Il suo nome è l'unica cosa che riesco a capire quando è sveglia. Quando l'abbiamo trasferita qui ho portato anche quei fiori perché ho pensato che gliela facessero sentire più vicina...

Si ritrovarono entrambe a scrutare la composizione di fiori finti sul comodino.

Susan l'aveva fissata tante volte e così a lungo che avrebbe saputo descriverla a occhi chiusi.

A Marion Starr non piacevano i fiori recisi, le parevano una bellissima cosa morta, e lei amava circondarsi di vita. Il personale dell'ospedale però si era fermamente opposto quando Winter aveva tentato di lasciarle in camera una piantina in vaso nei primi giorni di degenza e la ragazza non aveva trovato niente di meglio per rallegrare quell'ambiente malinconico.

Trasferire i fiori insieme alla paziente era stato un gesto carino. Susan ringraziò l'infermiera e rimase in silenzio mentre lei sostituiva la flebo con gesti rapidi ed efficienti.

Quando fu uscita, riabbassò lo sguardo e ricominciò a scorrere pigramente i suoi documenti finendo quasi col dimenticarsi dove si trovasse.

Era tutto così quieto e silenzioso, che la voce le strappò il respiro.

— Susan — chiamò Marion Starr rivolgendole per la prima volta uno sguardo cristallino.

L'avvocatessa Bray balzò in piedi. Le capitava raramente di rimanere senza parole.

— Mi hai riconosciuto?

— Dov'è mia nipote? Dove l'avete portata, tu e gli altri?

Meno di cinque minuti più tardi un nugolo di infermieri e medici si affollava intorno al suo letto.

Nell'auto di Susan Bray, Winter aveva smesso di mordicchiarsi le unghie dopo un tempo indefinibile. Da circa un'ora, però, non faceva altro che tamburellare le dita sul finestrino.

Mentre entravano a Londra, l'avvocatessa non riuscì più a tollerarlo.

— Ti spiacerebbe...?

Riemergendo dalla foschia dei propri pensieri, Winter sbatté le palpebre.

— Scusa — mormorò con una scrollata di spalle.

Ottenere il permesso di far visita alla nonna aveva attenuato solo in parte la sua rabbia nei confronti di Susan.

Il viaggio era stato addirittura più teso del trasferimento in Galles.

— Perché non mi hai lasciato venire prima? Ho aspettato più di un mese — si decise a chiedere mentre l'auto dell'avvocatessa si fermava nel parcheggio visitatori dell'ospedale.

Susan Bray sfilò le chiavi dal cruscotto e la fissò di sottecchi.

— Winnie, forse non immagini i numeri che ho dovuto fare per portarti qui oggi!

A questo non poteva proprio replicare.

Winter aveva una voglia matta di vedere la nonna, l'avevano avvisata che non era sempre molto in sé, ma aveva lo stesso bisogno di incontrarla di persona.

Ora che il momento si avvicinava, però, una paura sorda aveva cominciato a morderle le viscere. Scese dall'auto stringendo tra le dita il ciondolino di cristallo e seguì la donna nell'androne dell'ospedale.

All'interno dell'edificio faceva un caldo quasi soffocante. Percorsero fianco a fianco i corridoi, una svolta dopo l'altra, e infine Winter si sentì prendere dal panico.

I sogni! realizzò d'un tratto. L'ospedale, le scale che salivano e scendevano... era tutto orribilmente simile agli incubi delle notti prima. Le sembrava di essere intrappolata in un labirinto confuso, senza vie di fuga.

Rallentò istintivamente il passo e Susan non tardò ad accorgersene.

— Sicura che te la senti? — le chiese nel suo tono pacato e sicuro.

Respira, Win, ordinò la ragazza ai propri polmoni, *respira... va tutto bene...*

Era una pietosa bugia, e lo sapeva, ma poteva andar bene se la faceva proseguire.

Annuì. Non riusciva a parlare.

— Stanza 407, Winnie.

Quando corse ad abbracciarla, la nonna sembrò quasi normale.

— Sono così felice di vederti, tesoro — disse Marion Starr stringendo la nipote tra le braccia magre. — Mi dispiace per il nostro viaggio... e mi sei mancata tanto tutto questo tempo!

Winter la strinse più forte. Susan Bray si accorse che aveva gli occhi lucidi di lacrime.

— Anche tu, nonna — mormorò premendole il viso contro il collo. — Non mi importa del viaggio. Lo faremo quando starai bene.

Era un quadretto commovente e l'avvocatessa dovette fare appello a tutta la propria freddezza per continuare a osservarle. Marion sembrava perfettamente padrona di sé, eppure lei continuava a sentirsi inquieta.

Se solo la Norton fosse qui! si lamentò silenziosamente. Ma la psicologa non c'era. Aveva espresso tutto il suo disaccordo e non era uscita dal proprio ufficio. Susan sapeva interpretare il messaggio...

In effetti quella visita, organizzata così in fretta, era un grosso azzardo. C'era sempre la possibilità che Marion attaccasse con uno dei suoi deliri, delle sue storie incredibili.

Ma Winter era forte. Sarebbe riuscita ad accettare persino che sua nonna stesse rapidamente impazzendo.

Un'intolleranza... tornò a ripetersi l'avvocatessa. A uno stadio tanto avanzato che, se Penny Ford non avesse chiamato d'urgenza un'ambulanza, le sarebbe costata la vita.

— Raccontami... — disse Marion.

E Winter si accorse di non sapere da che parte cominciare: i Chiplin, la scuola, i Nox... la stupida festa di Annie Parry. Il professor Vaughan e gli sbalzi d'umore di Gareth. O Lorna, persa per quello stupido di Farland.

Dell'aggressione aveva già deciso che non avrebbe parlato, neppure in assenza di Susan. Sarebbe potuto capitare ovunque e preoccupare la nonna non aveva senso.

— Ci sono così tante cose — cominciò.

Poi vide lo sguardo della nonna appannarsi per un istante. Marion fu scossa da un tremore, deglutì un paio di volte, e la sua espressione si riempì d'angoscia.

— Non ho mai voluto che ti portassero via, Winnie — esclamò, apparentemente dimentica della conversazione appena interrotta.

Winter sentì che un brivido gelido le strisciava lungo la spina dorsale.

— Non è la fine del mondo, nonna — mormorò con convinzione — mi trovo bene a Cae Mefus.

Questo forse era un tantino eccessivo, ma voleva disperatamente cancellare l'angoscia dal viso della donna.

— Avrei tanto voluto parlarti prima, tesoro!

— Lo so, nonna. Anch'io...

Marion ridacchiò a lungo e, quando ricominciò a parlare, sembrò aver perso nuovamente il filo.

— E vai a una scuola nuova, vero?

La tristezza saliva a fiotti caldi.

Winter realizzò di non aver mai creduto davvero che fosse in simili condizioni fino a quel momento.

Gettò uno sguardo di supplica a Susan e lei la ricambiò con un'ombra di malinconia.

— Sì. Si chiama St Dewi's...

— E la signora che è con te? Come si chiama? Che gentile a venirci a trovare!

Capire che parlava di Susan fu scioccante.

— È Susan... il nostro avvocato.

Marion Starr scosse il capo.

— Non ci serve un avvocato, bambina! Loro vogliono solo controllare le cose, ma noi sappiamo che non sono giuste... Dovevo portarti via prima.

Era orribile.

Winter desiderò disperatamente scappare lontano e l'avvocatessa comprese di dover prendere in mano la situazione.

— Marion, sono la tua amica Susan. Susan Bray, ricordi? — intervenne.

L'anziana donna inclinò il capo di lato.

— Mi pare. Ma ho tanta confusione in testa...

Lo disse quasi cantilenando, in un modo infantile e tragico che alla ragazza parve peggiore di ogni incubo.

— Allora dobbiamo lasciarti riposare, Marion.

— Forse. Sono tanto stanca, mi dispiace, bambina...

Winter lasciò la stanza tremando.

21

L'avanzare dell'autunno rendeva il vento delle colline freddo e pungente, ma a Winter non importava.

Aveva bisogno di starsene da sola, di rabbrividire nella sera. E di muoversi.

Avrebbe dato qualsiasi cosa per potersi concedere una lunga passeggiata tra i pascoli o nella boscaglia nonostante l'oscurità crescente, invece di starsene confinata nel giardino di casa Chiplin.

In parte lo trovava incredibile anche lei. In fondo era trascorso così poco dall'aggressione nel bosco... eppure la notte la chiamava.

Era sempre stato così, forse perché la vita le aveva insegnato presto che le cose brutte accadono anche quando c'è luce. Era giorno quando la nonna le aveva parlato per la prima volta della morte dei suoi genitori.

Nell'oscurità invece era diverso, il buio inghiottiva tutto e si poteva immaginare che il mondo fosse sereno, privo di angosce e pericoli.

E poi la notte aveva una sua quiete, fatta di piccoli suoni, fruscii, sussurri...

Era accogliente, a modo suo, rassicurante, perché sotto la sua coltre ci si aggira a passi leggeri, cercando di fare meno rumore possibile.

Nella macchina di Susan Bray, tornando verso il Galles, aveva deciso che non avrebbe più pianto, che nonostante la paura e la confusione non voleva più versare lacrime.

La sua vita si era trasformata rapidamente in un inferno, forse la nonna non si sarebbe mai più ripresa, e lei non le avrebbe mai potuto raccontare dei suoi studi, delle difficoltà e dei successi. Del fatto che le mancava terribilmente. E che sentiva anche la mancanza di Madison e dei Sin-derella.

Un giorno si sarebbe innamorata, ma anche se gliel'avesse raccontato, Marion probabilmente non l'avrebbe compreso davvero.

Winter non riusciva neanche a immaginare di poter essere più triste, o più sola, ma doveva afferrare i brandelli di ciò che le rimaneva e rimetterli insieme.

Non posso più piangere! si ripeté decisa.

Una calma innaturale cominciò ad affiorare. Solo una minuscola scintilla, ma poteva bastare per ricominciare.

Winter strinse il suo ciondolo tra le dita e decise che ce l'avrebbe fatta.

A luci spente, in cucina, Gareth non poteva fare a meno di guardarla. Era più forte di lui, ed era la prima volta che gli capitava una cosa del genere.

In quella manciata di settimane, Winter Starr era entrata a far parte della sua vita. Con i suoi occhi d'argento, i suoi capelli neri e la sua tonnellata di problemi...

Essere suo amico non sarebbe stato facile, lo vedeva con chiarezza. Ma, *cer'yr Diawl*, era un po' tardi per impedirselo!

Uno strano sorriso gli affiorò sulle labbra mentre attraversava il corridoio.

Dai lo fissò e scosse il capo. I grandi, a volte, non li capiva proprio.

22

Dopo una lunga corsa solitaria, Winter si infilò nelle docce soddisfatta. Impegnare il corpo l'aveva aiutata, concedendole interi minuti di silenzio mentale, di fatica semplice e rassicurante.

Aveva corso più forte che poteva, concentrandosi solo sul battito pulsante del cuore e sul respiro sempre più profondo, lasciandosi alle spalle i problemi. E si era sentita viva.

La sensazione che qualcosa non tornasse però rimaneva, l'acqua calda che continuava a scorrere non riusciva a cancellarla.

Oh, accidenti! Eppure fino a un attimo prima quell'ansia indefinibile le aveva concesso una tregua...

Cos'era?

Si insaponò le mani. Il docciaschiuma sotto quel getto era diventato tiepido, tiepido e vischioso, e d'improvviso sentirsene ricoperta fece aumentare le sue pulsazioni. Dovette lavarlo via.

Ignorando lo shampoo che prendeva a colarle sul viso, spalancò gli occhi e rimase a fissarsi i palmi.

Qualcosa non tornava: un pensiero, no, il ricordo di un

incubo. Che si portava dietro immagini di sangue e scariche di adrenalina.

Sono troppo stressata, si disse, *calmati! Calmati!*

Si risciacquò velocemente e si avvolse nell'asciugamano.

A ogni passo i suoi piedi lasciavano umide impronte sulle mattonelle del pavimento mentre raggiungeva l'armadietto, rabbrividendo per il freddo.

Si rivestì alla meglio e lasciò gli spogliatoi raccattando in fretta tutte le sue cose.

Un ragazzo dagli occhi color diaspro attraversava, solo, i corridoi della scuola. Aveva un'ora buca e nessun motivo ragionevole per aggirarsi in quell'ala del St Dewi's.

Un posto buono come un altro, a ben vedere, dal momento che non aveva alcuna voglia di raggiungere la sede del club Nox con troppo anticipo. Detestava l'aria di aristocratica superiorità che si respirava lì dentro.

Forse sarebbe andato in biblioteca a consultare qualche libro.

Sì, sembrava proprio una buona idea...

Camminando rapido, decise di evitare le zone troppo affollate. Scese le scale che portavano al seminterrato.

Non era il percorso più ovvio da fare, gli sarebbe bastato uscire semplicemente dall'ingresso principale e attraversare il parco, ma aveva voglia di concedersi un po' di solitudine.

Gli edifici del St Dewi's erano quasi tutti collegati tra loro, anche se erano in pochi a servirsi dei corridoi sotterranei.

Rhys Llewelyn raggiunse il seminterrato delle palestre. Uscendo da lì, solo il campo di football l'avrebbe separato dalla biblioteca.

C'era qualcosa, però, una sensazione, una strana atmosfera che lo attraeva...

Istintivamente allungò il passo. Fu quasi tentato di mettersi a correre.

Quando svoltò l'angolo ebbe appena il tempo di realizzare che qualcuno arrivava a passo rapido dalla direzione opposta.

I capelli, imprigionati in fretta in un fermaglio, erano ancora tanto umidi da farla rabbrividire nel corridoio male illuminato dai neon.

A Winter però non importava: almeno adesso aveva un buon motivo per tremare, invece di agitarsi al ricordo di un brutto sogno!

Camminare le stava un po' schiarendo le idee, ma per qualche strano motivo non vedeva l'ora di riemergere dal seminterrato e trovarsi all'aria aperta.

Aveva avuto così tanta fretta che non si era neppure preoccupata di infilarsi il maglione della divisa, nonostante quel giorno il clima si fosse fatto improvvisamente rigido. Vedendola avanzare come una furia con i capelli bagnati e tutti i vestiti stretti al petto, gli altri studenti avrebbero di certo avuto la conferma che la nuova era fuori di testa.

Winter si impose di rallentare, riuscendo finalmente a infilare scarpe e tuta nel borsone di tela.

Il ciondolo lo teneva ancora stretto nel pugno.

Espirò sonoramente e riprese a camminare.

Una sagoma conosciuta svoltò l'angolo in quell'istante. Troppo tardi per evitare l'impatto.

Winter gli finì addosso con un grido di sorpresa e Rhys non poté far altro che serrarle le mani attorno alle braccia per impedirle di cadere.

Riconoscerla non fu difficile. A Cae Mefus non succedeva mai niente e ogni faccia nuova rappresentava un diversivo, fosse un professore o una ragazza dall'espressione troppo spesso triste.

L'aveva vista parecchie volte a scuola. Impossibile dire per quale motivo quel giorno fosse tutto diverso.

23

Winter si immobilizzò contro il petto del ragazzo. Dovette respirare a fondo prima di riuscire a sollevare il viso per guardarlo. C'era una strana atmosfera, una sorta di sospensione.

I suoi occhi incontrarono quelli ocra rossastri di Rhys e non riuscirono a sfuggirgli, sprofondarono in quella superficie di velluto e pietra perdendosi veloci.

Il presidente dei Nox le rivolse un'espressione stupita, quasi diffidente.

— Scusami — disse poi, lasciando ricadere le braccia con cui ancora la stringeva.

La sua voce aveva un suono carezzevole.

— No, è colpa mia — replicò Winter sentendosi arrossire.

Fu come se ogni cosa fosse stata inghiottita dalla nebbia o avesse perso consistenza, quello sguardo castano invase completamente il suo campo visivo, le scivolò dentro catturandola senza scampo. Non c'era confine né differenza, solo curiosità, una curiosità bruciante di crogiolarsi in quello sguardo, in quelle sensazioni indefinibili.

— Non guardavo dove stavo andando — aggiunse in un sussurro.

Ciocche scure sfuggite all'acconciatura incorniciavano un viso di porcellana. Gocce d'acqua le scivolavano lentamente lungo il collo.

Rhys si costrinse a dire qualcosa per distrarre la propria attenzione da lei. Sapeva che il suo sguardo doveva essersi fatto fin troppo intenso.

— Nemmeno io ero attento — mormorò chinandosi a raccogliere la borsa che le era sfuggita di mano.

Gliela porse e le loro dita si sfiorarono fuggevolmente, il contatto di un istante.

Accadde così all'improvviso da strapparle brividi, da congelarle il pensiero. Era folle, inspiegabile, ma Rhys Llewelyn pervase in un momento ogni battito del suo cuore, ogni suo respiro, divenendo l'essenza stessa del suo sangue.

A Winter parve di annegare in acque tiepide e dolcissime, d'esserne pervasa in ogni scintilla della sua consapevolezza.

Fu altrove, quasi in un'altra dimensione, in cui tutto ciò che desiderava era quello sguardo di diaspro, che l'avvolgeva e la cullava. Le batteva forte il cuore, una pulsazione violenta e lontana che scandiva i secondi l'uno dopo l'altro.

Quasi fossero scivolati in un luogo cui nessun altro aveva accesso, Winter ebbe l'irragionevole sensazione che lui provasse la stessa cosa.

— Non può essere vero... — si ritrovò a mormorare tra sé.

Era totalizzante, spaventoso, troppo forte per essere reale, troppo rapido per essere compreso.

Per qualche istante nessuno dei due riuscì a interrompere quel contatto.

La risposta sembrava così vicina che era quasi doloroso pensare di non riuscire ancora ad afferrarla.
Poi fu troppo.
Winter abbassò risolutamente il viso.
Accorgendosi solo in quel momento di tenere ancora il ciondolo nel pugno, se lo rimise al collo e respirò a fondo.
Rhys mosse un passo indietro, solo per essere sicuro di poterci riuscire.

Il ragazzo tornò in sé con un tremito, non avrebbe saputo definire altrimenti ciò che era appena capitato. Un sogno a occhi aperti, o forse un incubo, in cui la sua anima aveva sfiorato quella di lei.
Era incredibile.
Ma era certo di aver sentito quel richiamo, non c'era possibilità d'errore. Era come un'increspatura, uno squilibrio lieve che scivolava sulla pelle e lambiva i sensi. Lui l'aveva percepito, e l'avevano fatto in molti nell'ultimo periodo.
Non aveva neppure un nome, era solo una piccola brace di disordine in una quiete apparente.
L'effetto del movimento, pensò Rhys.
Poteva averlo avvertito anche lei, Winter Starr, l'odore del Potere. Sarebbe stato strano, ma forse non si doveva escludere del tutto.
Cos'altro poteva averli uniti in modo così completo e separati in un battito di ciglia?
Costringendo il proprio viso a una calma inespressiva, s'incamminò al fianco di Winter, fingendo che nulla fosse accaduto.
Raggiunsero il cortile. L'aria pungente era tagliata da lame di luce dorata.
— E così ti sei trasferita davvero… — osservò Rhys dopo qualche tempo.

Era rassicurante sentirgli dire una frase tanto innocua dopo quegli attimi sconvolgenti. Winter Starr annuì fissandosi la punta delle scarpe.

Sperò che la sua voce non suonasse troppo turbata.

— Sì. È stata una sorpresa anche per me…

— E ti trovi bene?

— Vedremo. È un po' presto per dirlo.

Rhys sorrise, ancora senza guardarla.

— Vero — concesse.

Continuarono a camminare insieme nel parco. Winter si sentiva più calma a ogni passo.

— Tu invece sei sempre stato qui?

— Sì e no — rispose il ragazzo in tono enigmatico. — I miei sono di Cardiff… ma praticamente io ormai vivo al dormitorio del club.

— E poi?

Si pentì di quella domanda. Era invadente, fuori luogo. Lui invece sembrò quasi divertito.

— Chissà… ho tanto di quel tempo per pensarci!

Senza sapere perché, Winter sentì un brivido spaventoso e dolce al tempo stesso risalirle la schiena.

Era ancora turbata, e si guardò attorno nel parco affollato della scuola, contenta che ogni cosa sembrasse finalmente normale.

Intravide Lorna in mezzo a un gruppetto di studenti.

Rhys seguì la direzione del suo sguardo.

— Perdonami, ti sto trattenendo…

Si sorrisero un po' imbarazzati, scambiandosi un ultimo sguardo incerto.

— A presto — disse infine Winter allontanandosi in fretta.

Rhys scacciò il profumo del Potere dai propri ricordi.

C'era un turbamento sottile, impalpabile nell'aria.

Qualcosa che avevano creduto sopito, ma forse si era solo limitato ad attendere.

Si sentiva strano, pervaso da un'inspiegabile agitazione.

Avrebbe dovuto indagare su ciò che stava accadendo, sulla giovane Starr...

Ma prima doveva occuparsi di se stesso.

24

— A presto, Susan.

Winter posò il cellulare sul comodino con un sospiro.

Negli ultimi tempi la nonna cominciava a fare progressi. I suoi valori stavano tornando tutti nella norma e i periodi di veglia si stavano allungando.

Ciò che invece rimaneva preoccupante erano le sue condizioni mentali, la confusione in cui continuava a scivolare.

Winter non riusciva neppure a pensare che la nonna restasse intrappolata nei suoi deliri.

Si lasciò cadere sul letto, affranta, e si perse a guardare le gocce di pioggia che picchiettavano incessantemente sui finestroni. Si sentiva tesa, irrequieta persino più del solito.

Il ricordo di ciò che era accaduto con Rhys continuava a tormentarla.

Sbuffò rumorosamente, incapace di dare un nome alle proprie emozioni. Non era così semplice: che Rhys Llewelyn fosse bello era fuori discussione, ma ciò che sentiva andava al di là della pura attrazione fisica.

Ma se non lo conosci nemmeno... non puoi esserti già innamorata!

Il punto però era proprio quello. Era come se invece lo fosse stata, profondamente, totalmente. In quei pochi minuti eterni che avevano trascorso insieme.

Con un gesto nervoso, la ragazza afferrò il portafoto di fianco all'abat-jour e osservò le facce incorniciate dei Sin-derella.

Ricordava benissimo il momento in cui aveva scattato quella foto, alla fine della scuola. Era giugno, ma le sembrava trascorso un secolo invece che pochi mesi. Quel giorno era la festa di Hard, il batterista, che aveva terminato gli studi e ancora non sapeva se iscriversi al college o concedersi la libertà di un anno sabbatico.

Passò in rassegna ciascuno dei suoi amici: Madison appollaiata sulla schiena del festeggiato, Kenneth che rideva allungando verso la macchina fotografica una bottiglietta di birra, gli altri tutt'attorno con le loro smorfie da metallari cattivi.

Di lì a poco si era scatenato un acquazzone memorabile, che aveva rovinato il pomeriggio al parco e procurato al cantante del gruppo un brutto raffreddore, ma in quella foto nessuno di loro pareva avere un solo problema al mondo.

Per la prima volta, le dispiacque di non essersi portata dietro qualche scatto in cui fosse presente anche lei. Forse si sentiva semplicemente sola...

Prese di nuovo in mano il telefono e compose il numero di Madison.

— Winnie!

L'urlo che le rispose dopo pochi squilli rischiò di assordarla.

— Ciao, Mad.

— Allora?! Cosa succede in mezzo ai pascoli?

Winter sorrise.

— Ovviamente niente — si affrettò a rispondere. — Calma piatta.

— Ma fammi il piacere! — replicò l'altra vivacemente. — Sei un'esotica bellezza londinese... farai furore a Cae-come si chiama!

— Cae Mefus. E, per la cronaca, non sto affatto facendo furore...

Lei e Madison non avevano mai avuto segreti prima del suo trasferimento, ma Winter non se la sentiva di raccontarle dell'aggressione. Era solo una preoccupazione che poteva risparmiarle.

— Sul serio, l'unica festa a cui ho partecipato è stata un disastro, te l'ho detto! La musica faceva schifo, non conoscevo quasi nessuno e mi è venuto un mal di testa allucinante...

— Ok, ok — un po' dell'entusiasmo di Madison parve evaporare. — Va da schifo.

— Sto cercando di ambientarmi, Mad. Però è tutto così diverso! C'è...

Un maniaco che se ne va in giro ad aggredire la gente di notte?

— Non c'è niente, Mad, sono solo nervosa, con la nonna e tutto il resto...

Un piccolo aggiustamento della realtà, solo una trascurabile omissione.

— Lo so, tesoro... Vorrei essere lì con te!

Anche Winter lo desiderava disperatamente.

— È che a volte mi sento così sola, Madison.

Che avesse usato il nome intero era un pessimo segno. Per un istante quindi non ci fu altro rumore che i loro respiri.

— Ehi, Win, cosa è successo? — chiese l'altra ragazza, facendosi improvvisamente seria. — Sei sempre stata forte, non ti ho mai sentito così...

Winter sospirò, cercando una risposta adatta.

— Vorrei tornare a casa — disse piano. — Mi mancano le nostre chiacchierate, quando ce ne andavamo in giro insieme, persino i Sin!

— Wow — rispose Madison con più tenerezza. — Allora è crisi nera!

Winter rise. — Scusami. Sono proprio in un brutto momento. — La risata si spense in un sospiro.

— Io non ne sono sicura, ma forse c'è qualcuno...

— Colpo di fulmine?

— Non lo so nemmeno io, è... — si interruppe cercando le parole.

Come un amore eterno che dura pochi istanti. Come osservare qualcuno che in passato hai amato con tutta te stessa e che ora è vicino ma irraggiungibile. Persino guardarlo fa male al cuore, Madison, mi fa sentire come se non potessi mai più essere padrona di me. Come posso dirtelo questo? Come farti capire che ne ho nostalgia?

Magari stava solo impazzendo... una prospettiva perversamente affascinante.

— ... è un po' complesso — terminò in fretta. — Probabilmente non sono ancora pronta, mi stanno succedendo troppe cose tutte insieme.

Silenzio, ma Winter riuscì a immaginare il sorriso comprensivo dell'amica.

— Prima o poi le cose si risistemeranno, vedrai...

Si salutarono e Winter rimase a osservare attraverso i finestroni del tetto le nuvole infiammate dal sole del tramonto.

Era possibile essere sconvolte dal ricordo di un amore che non era mai esistito? Che era divampato e si era consumato in un battito di ciglia?

25

Forse i problemi non sarebbero mai finiti, era questo che sembrava dire la foto di Emma Jones.

Era affissa a ogni muro del paese, ed era l'unico motivo per cui Winter ne ricordasse la faccia paffuta, anche se avevano frequentato lo stesso corso di arte fino al giorno della sua scomparsa.

Ora Emma osservava Cae Mefus da un triste manifesto, sopra al recapito telefonico dei suoi genitori. C'era persino una ricompensa per chi avesse dato sue notizie.

Il suo era solo il caso più tragico: un anziano signore che abitava poco lontano dai Chiplin era a stento riuscito a seminare due inseguitori e a Glan Gors due ragazze erano state aggredite e derubate.

Proprio per quel motivo, il Manaros aveva anticipato l'orario di chiusura e i docenti del St Dewi's, quel lunedì mattina, avevano addirittura organizzato nell'aula magna della scuola un'assemblea plenaria sul tema della sicurezza.

— Perché in una settimana non c'è stata alcuna evoluzione nelle indagini? — chiese Charles Atkins sovrastando il brusio dei circa duecento studenti dell'istituto.

Ioan Evans, capo della polizia locale, si sporse rigidamente verso il microfono. Era un tipo massiccio ormai più vicino ai cinquanta che ai quaranta, ma vestiva ancora bene la sua uniforme e aveva l'espressione di chi sa il fatto suo.

Sospirò come se si fosse aspettato quella domanda.

— Il caso di Emma non è in alcun modo riconducibile agli altri — disse. — La vostra compagna è scomparsa ma nulla prova che sia stata aggredita o le sia successo qualcosa di grave. Le ricerche seguono piuttosto altre piste...

— Sono delle belle coincidenze, però... — insistette Charles. Winter aveva scoperto solo quel giorno che era il direttore del giornalino scolastico.

— Orribili, direi piuttosto — replicò il poliziotto cupamente — ma restano, appunto, coincidenze.

Attese che il brusio che si era levato tacesse, massaggiandosi gli zigomi.

Era sotto pressione, con tutto quello che stava succedendo. Charles Atkins non aveva fatto altro che rigirare il coltello nella piaga.

— Emma è scomparsa all'ora di chiusura della biblioteca, dopo essersi fermata a studiare qui, al St Dewi's — disse ancora il ragazzo. — Era appena il tramonto! L'aveva già fatto centinaia di volte, e come lei lo facciamo in tanti. Abbiamo il diritto di sapere se è pericoloso!

L'ultimo a vederla era stato il signor Graves al momento di chiudere la biblioteca.

Avevano parlato brevemente e la ragazza aveva detto di essere in ritardo per la cena. A casa, però, non era mai arrivata.

Era scomparsa nel nulla, senza lasciare traccia.

Evans scambiò un'occhiata esasperata con il suo vice, Danny Roberts, un ragazzo alto dall'espressione attenta, e sospirò spazientito.

— Sono qui apposta per ribadire che non c'è nessun pericolo — sentenziò quindi. — Vi ripeto che il livello di allarme è sproporzionato. Di questi tempi simili episodi sono purtroppo all'ordine del giorno nelle cronache. Il fatto che alcuni abbiano avuto luogo proprio qui non è nient'altro che una triste coincidenza...

— E allora come spiega che in quest'ultimo periodo si stiano verificando tanto spesso? — intervenne una ragazza seduta nelle prime file.

— Posso garantirvi che abbiamo individuato molti dei presunti responsabili — spiegò Evans in tono fermo — che attualmente sono trattenuti a Conwy in stato di fermo. Non è il caso di creare allarmismi, si tratta di pochi episodi che purtroppo hanno riguardato gli studenti della nostra scuola, acquisendo fin troppa notorietà.

Winter, che lo ascoltava dall'ultima fila dell'aula magna, si incupì. Le sembrava una gigantesca ipocrisia. L'istituto sospendeva le lezioni perché la polizia potesse spiegare a tutti che non c'era in fondo nulla di cui preoccuparsi.

Si sforzò di concentrarsi sulle parole di Roberts, cui Evans aveva appena ceduto la parola.

— Vi ribadiamo solo alcune elementari norme di prudenza... — esordì il giovane facendo vagare su tutti i presenti uno sguardo fermo. — Spostarsi almeno a coppie quando fa buio, evitare i posti poco frequentati e accertarsi di avere sempre il cellulare carico.

Winter si agitò sulla sedia e Gareth, seduto al suo fianco, si voltò a guardarla.

— Tutto bene? — sussurrò curvandosi verso di lei.

Forse tutta la confusione che si era creata nella sua vita la stava facendo diventare paranoica, ma Winter non riusciva a togliersi dalla testa l'impressione che non potesse essere una semplice casualità.

Troppo strano, si disse ancora, rispondendo però a Gareth con un sorriso rassicurante.

Continuava a pensare che da quelle parti stesse succedendo qualcosa.

Al termine della riunione lasciarono insieme l'aula magna.

— Sabato sera vanno tutti al Manaros... — disse Gareth mentre camminavano verso la mensa. — Cosa dici... andiamo anche noi?

Il peso del suo sguardo riscosse Winter dai propri pensieri.

— Perché no?

Gareth comprese che era la risposta migliore che potesse attendersi.

26

Winter non sapeva perché avesse accettato quell'invito. Certo, al pub era venuta anche Eleri, mentre Dylis Allbright e Trevor Biven li avrebbero raggiunti entro poco, ma, seduta accanto a Gareth, non si sentiva del tutto a suo agio.

Lo sguardo del ragazzo era cambiato negli ultimi giorni, si era fatto più pressante e allo stesso tempo sfuggente.

Sembrava sempre sul punto di dirle qualcosa, ma lei non riusciva a capire cosa.

Winter cercò di dirottare altrove il corso dei propri pensieri. Non aveva certo bisogno di perdersi dietro a sensazioni confuse.

Voleva godersi la serata, per una volta, e distrarsi.

Afferrò il bicchiere che le stava davanti e bevve senza riflettere.

Quando lo riabbassò, scoprì che il ragazzo al suo fianco sorrideva sornione.

— Ehi — disse guardandola da dietro le ciglia color miele — era la mia Coca…

— Scusami! — replicò Winter con un leggero imbarazzo — te ne vado a prendere un'altra…

Gareth però si era già alzato.
— No. Stasera offro io.
Winter lo osservò raggiungere il bancone e tornare verso di lei sorridendo.
— Tieni!
Sollevò il proprio bicchiere e la guardò.
— A cosa brindiamo?
Era bello averlo accanto.
Winter ricambiò il sorriso. Non aveva più voglia di essere triste, quella sera.
— Ai cambiamenti — rispose senza rifletterci troppo.
I loro occhi si incontrarono.
— Ai cambiamenti — ripeté Gareth.
Le sembrava di essere sulle montagne russe, in una corsa velocissima, troppo sfrenata per riuscire a soffermarsi su un dettaglio: tutto le scorreva davanti all'impazzata, e lei non poteva aggrapparsi a niente.
Gareth le sembrò all'improvviso l'unica cosa stabile in quella girandola, e non le importava che Eleri li stesse osservando in qualche punto del locale. Non c'era nulla di sbagliato…
Parlarono.
Parlarono a lungo, di niente in particolare, ma almeno Winter riuscì ad allontanare i pensieri, che sembravano schizzare via come faville.
Sembrava una serata così normale… Che cosa c'era allora di tanto malinconico, di così intollerabilmente triste?
Anche Gareth si era accorto che Winter non era sempre presente, che talvolta si smarriva in se stessa lasciandosi dietro un guscio vuoto che lo fissava senza vederlo.
Ma non gli importava. Solo, doveva provare a trattenerla, ad afferrarla prima che scivolasse troppo lontano.
Gli piaceva, pur con tutti i suoi problemi. Non riusciva a starle lontano.

Seduta da sola a qualche tavolo di distanza, Lorna Carter rinunciò a cercare di richiamare l'attenzione di Winter e tornò a controllare il cellulare.

Lo sapeva che continuare a frequentare Cameron era un errore, e neppure non riusciva a impedirselo.

Sarebbe stato meraviglioso e struggente poter dire che lo amava alla follia, ma anche falso: dalla prima volta che l'aveva visto aveva subito saputo che di un tipo del genere non ci si innamora.

La verità era che per quel ragazzo provava un'attrazione irresistibile.

Cameron Farland era troppo sicuro di sé e troppo bello per potergli dire di no, tutto qui. La prendeva e la lasciava con la disinvoltura degli inguaribili egoisti perché sapeva che lei era incapace di resistergli.

Ogni tanto la chiamava solo per metterla alla prova, o meglio ancora per mettere alla prova se stesso e il proprio fascino.

Quella sera, per esempio, Lorna sapeva che era possibile non si presentasse nemmeno.

Magari si sarebbe limitato a chiamarla per accertarsi che fosse andata al pub, e sarebbe stato inutile mentire, gli sarebbe bastato sentire la musica...

E intanto io sono qui ad aspettarlo!

Se al masochismo c'era un limite, Lorna non l'aveva ancora scoperto.

Dieci minuti soli. Altri dieci minuti d'attesa e se ne sarebbe andata. Solo il tempo di una sigaretta davanti al pub.

Gareth sospirò all'ennesimo lungo silenzio.

Winter stava rincorrendo di nuovo i propri pensieri, lontana miglia e miglia dal Manaros e da lui.

— Non è stata una buona idea questa serata, vero? — le chiese.

Lei distolse il viso, fissando la schiuma che scoppiettava contro il vetro del bicchiere.

— Non lo so, Gareth — ammise con un sospiro.

Mezzanotte, e la carrozza ritornava zucca.

— Stanno succedendo tante cose tutte insieme. Troppe. A volte semplicemente mi sento triste...

— Troppo spesso — disse il ragazzo con dolcezza — e non mi piace vederti così...

Sospirò a sua volta, ma non fece ciò che Winter si era aspettata. Si chinò verso di lei, per la prima volta quasi un po' timido.

— Non pretendo di capire fino in fondo come ti senti, ma la vita deve andare avanti — sussurrò infine sul suo viso.

Un istante dopo sentì le braccia di lei stringerlo nella penombra rumorosa del locale, e la sensazione di un sogno che si realizza.

Winter lasciò che quell'abbraccio soffocasse la solitudine, mentre lui ricambiava la stretta con l'esitazione di un momento.

— Non sei sola, Win...

Lei gli abbandonò la testa sulla spalla.

Le batteva forte il cuore. Per una volta, tra le braccia di Gareth, si sentiva al sicuro ed era felice di poter mostrare ciò che provava davvero.

— Grazie — mormorò.

Sorrise, sentendosi un po' più leggera.

Mentre allentava riluttante la stretta attorno alla sua schiena, Gareth avrebbe voluto trattenerla, dirle centinaia di cose, farle capire ciò che aveva sperato potesse succedere...

E se l'avesse baciata? Fissò le sue labbra e decise che l'avrebbe fatto.

— Puoi contare su di me, Win — si ritrovò invece ad assicurarle del tutto inaspettatamente.

Fu allora che qualcuno entrò nel pub gridando.

27

Appena fu fuori, Gareth si guardò attorno cercando di decidere il da farsi.

Winter era immobile davanti alla porta del Manaros. I suoi occhi erano fissi su di lui, ma il suo corpo rifiutava di muoversi.

Da dietro l'angolo provenivano urla e i rumori inconfondibili di una rissa.

— Che cosa sta succedendo?

A Gareth era chiaro solo che non poteva permetterle di correre dei rischi.

— Torna dentro! — le gridò.

Altra gente stava cominciando a uscire dal pub. Doveva decidere in fretta.

— Per favore, Win — insistette — vado a dare un'occhiata, ma tu resta lì.

Un tonfo e un grido.

Winter sentì un brivido gelido percorrerle la schiena.

— Una ragazza è stata aggredita — disse qualcuno passandole accanto.

Fuori dal Manaros cominciava a riunirsi una piccola folla. Parlavano tutti insieme, spaventati, confusi. Alcuni si chiedevano se intervenire, altri sembravano solo attendere.

— Il barista ha chiamato la polizia... — annunciò un'altra voce.

— Torna dentro, Winter! — ripeté Gareth un istante prima di mettersi a correre.

Winter invece svoltò l'angolo dietro di lui e si appiattì contro il muro col cuore che batteva all'impazzata.

Lo sguardo di Cameron Farland sembrava fiammeggiare. Era stralunato e feroce, e anche se lo vide strappare il corpo dell'aggressore lontano da Lorna, stentò a riconoscerlo.

La terrorizzò almeno quanto la sagoma ossuta che mordeva l'aria, tentando di rispondere ai suoi colpi.

Gocce di sudore gelido presero a correrle lungo la schiena, mentre il ricordo dell'aggressione che lei stessa aveva subito le esplodeva in testa.

Vide Gareth lanciarsi nella mischia, ma ogni cosa le sembrava irreale e distante come un film.

Solo i lamenti dell'amica riuscirono a riscuoterla.

Lorna! comprese all'improvviso.

Riprendendo il controllo dei propri muscoli corse verso di lei. Gareth e Cameron Farland, a pochi passi di distanza, erano impegnati ad affrontare una figura agile e fortissima.

Lorna Carter era raggomitolata a terra e si stringeva la gamba appena sopra il ginocchio, piangendo di dolore. Il sangue le macchiava i vestiti.

Winter le passò un braccio attorno al busto.

— Coraggio, Lo! — disse cominciando a trascinarla lontano, verso la luce dei lampioni.

Solo dopo qualche minuto si accorse che Cameron aveva immobilizzato l'aggressore.

Lorna continuava a gemere. La sua giacca era strappata, le calze ridotte a brandelli e il sangue scorreva copioso da un taglio circolare nell'incavo del ginocchio.

Winter le sollevò goffamente la gamba.

Doveva arrestare l'emorragia. Si sfilò la sciarpetta di cotone e la usò per tamponare la ferita, mentre la rissa proseguiva.

L'aggressore lottava con una forza impressionante, e fu con sgomento che Winter si accorse che si trattava di una ragazza pelle e ossa, dall'espressione folle.

Ma questo non intenerì affatto Cameron Farland, che la teneva schiacciata a terra sotto le sue ginocchia e la guardava come se avesse voluto ucciderla.

Sentiva dai suoi strilli che le stava facendo male.

— Hai commesso l'ultimo errore della tua vita, dolcezza! — le sibilò contro con un sorriso malevolo. — Non si toccano le cose di chi è più forte di te...

Lei tentò nuovamente di dibattersi, infine si arrese e giacque a terra, uggiolando di dolore.

— È il Potere — disse con un filo di voce. — Non l'hai sentito anche tu? Aveva quell'odore addosso!

Povera pazza! Cameron ne provò quasi pietà. Quelli come lei non avevano controllo, e non era neppure tutta colpa sua se ora si trovava in quella situazione, sconfitta e agonizzante al suolo. Ma non sarebbe durato a lungo, si ripromise Cameron mentre la rabbia tornava a divampargli nelle mani.

Gareth Chiplin lo richiamò appena in tempo. L'aria era ancora pervasa di adrenalina e violenza, ma la sirena annunciava l'arrivo della polizia.

Distendendo i muscoli uno per uno, Cameron sferrò alla sua prigioniera un ultimo pugno che le fece perdere i sensi, e rinunciò a infierire ulteriormente su di lei. Almeno per il momento.

Ioan Evans scese dall'auto d'ordinanza con un'espressione tetra.

C'era un'inquietudine anomala in quelle notti, aveva già ricevuto segnalazioni per capi di bestiame scomparsi, atti poco più che vandalici; era solo questione di tempo prima che succedesse qualcosa del genere.

Il capo della polizia conosceva il copione: niente allarmismi, raccogliere le testimonianze, stendere il rapporto in duplice copia e segnalare ogni cosa a chi di dovere.

Si guardò attorno seccato e scorse una studentessa ferita tra le braccia di un'amica, e a una certa distanza due ragazzi intervenuti per evitare il peggio.

Ma guarda, due facce note! considerò, identificando immediatamente i ragazzi. Scrutavano ancora con diffidenza un corpo inerte, una giovane donna.

— Buonasera, giovanotti — esordì in tono volutamente duro. Gareth Chiplin gli era simpatico, il Nox un po' meno. — C'è stato del movimento, vedo...

Farland lo ricambiò a mascella contratta.

— Porti via questa feccia! — disse in un basso ringhio mentre lui estraeva di tasca le manette.

Le serrò attorno ai polsi della donna. Era magrissima e respirava appena, tanto che trascorreva una piccola eternità tra l'alzarsi e l'abbassarsi del petto.

Poco lontano, l'emorragia si era ormai bloccata ma Lorna continuava a piangere. Era sotto shock e Winter non poteva fare altro che tenerla stretta e carezzarle il volto.

Le parlava in continuazione, tentando di farla reagire.

— Come ti senti, Lo?

L'altra ragazza tirò su col naso, si passò la mano sul viso e sbuffò scoprendola sporca di rimmel colato.

— Devo essere orrenda! — esclamò inopportunamente. Frugò per un po' nella borsetta e ne estrasse un fazzolettino di carta.

— La ferita ti fa tanto male?

Lorna sfiorò delicatamente la pelle arrossata attorno al taglio e scosse il capo.

— No, ora no. Win, mi ha morso! Quella è tutta fuori!

Winter credette di non aver capito bene.

— Voglio dire, non voleva il cellulare o i soldi... — disse Lorna in un crescendo di consapevolezza e di rabbia. — Mi ha buttato a terra e mi ha morso!

Winter la sentì rabbrividire. Sembrava di nuovo sull'orlo di una crisi di nervi.

Cameron Farland sopraggiunse in quel momento.

— Lo, è tutto finito — disse in tono rassicurante. Forse, in fondo, anche in lui c'era qualcosa di buono.

L'occhiata che rivolse a Winter, però, non fu del tutto amichevole.

— A lei ci penso io, Starr! — ringhiò.

Suonava come un congedo, e Lorna si era già rifugiata tra le sue braccia, facendo intendere a Winter che non sarebbe stata più di nessun aiuto.

Cameron sollevò delicatamente il viso della ragazza in lacrime e la baciò sugli occhi. Era un gesto così intimo che Winter si allontanò in fretta.

— Tu sai chi era? Cosa voleva da me?

— Ti ha rubato il portafogli, Lo... Evans gliel'ha trovato in tasca.

Poi il vento si portò via le loro parole.

Winter andò a sedersi sul gradino d'ingresso del Manaros e rimase a fissare un punto imprecisato per terra con gli occhi lucidi.

Era l'unica rimasta, ed Evans la raggiunse dopo poco.

Non la conosceva, perciò non ebbe difficoltà a intuire che si trattasse della londinese appena trasferita.

— Come ti chiami? — le domandò in tono gentile accucciandosi di fronte a lei.

La osservò passarsi le mani tra i capelli prima di rispondere, tirandoseli dietro le orecchie con gesti incerti.

— Winter — disse lei — Winter Starr.

— Conosci Lorna, o chi l'ha attaccata?

Era surreale, pareva di essere dentro un film giallo. La luce blu dell'auto della polizia roteava sui muri a un ritmo fastidioso, e l'uomo aveva la classica faccia da sbirro.

— Solo Lorna — rispose scuotendo il capo.

— Hai assistito a tutta la scena?

Winter scosse il capo.

— No, quando Gareth e io siamo arrivati, Farland era già intervenuto.

Il capitano si rialzò.

— D'accordo. Fatti una dormita, Winter Starr, i signori Chiplin sono venuti a prendervi.

Lei lo fissò stupita.

— Non devo testimoniare? — domandò poco convinta.

— L'hai appena fatto.

Evans le tese una mano e l'aiutò a rialzarsi.

28

La notizia si era sparsa in fretta. Così, il giorno dopo, persino le pareti della scuola erano al corrente di ciò che era successo.

La versione che tutti conoscevano era che qualcuno aveva cercato di derubare Lorna Carter, salvata in extremis dall'intervento di Cameron e Gareth.

Peccato che quello non fosse ciò che Winter aveva visto, né ciò che le aveva detto Lorna stessa meno di ventiquattro ore prima.

Non ne avevano parlato per tutto il giorno, ma mentre la scortava verso la sede dei Nox, Winter non riuscì più a trattenersi.

— La gamba ti fa ancora tanto male? — si arrischiò a domandarle.

Per un attimo Lorna non rispose e Winter temette quasi che il rumore della pioggia sulla cerata dell'ombrello le avesse impedito di sentire la domanda.

— No. È strano… eppure dovrebbe, vero?

Qualche passo ancora e sarebbero arrivate. Qualcosa le diceva che Farland sarebbe stato lì ad attenderle.

Rimaneva pochissimo tempo.

— Non saprei, non mi è mai capitato di essere morsa... — disse con una risata.

Sentire Lorna ridere a sua volta fu sconcertante.

— Morsa? — esclamò la ragazza guardandola divertita. — Chi ti ha detto un'assurdità del genere?

Tu?! pensò Winter, certa di non sbagliarsi.

— Ieri mi era parso di aver capito così...— minimizzò.

Lorna scosse il capo tanto forte da far ondeggiare l'ombrello.

— Ma dai! Ti pare possibile?

All'interno della sede del Club Nox, una costruzione separata che pareva ben più vecchia di quasi ogni altra parte del complesso scolastico, qualcuno scostò una tenda per guardare fuori.

Winter ebbe la certezza di doversi sbrigare.

— Senti, Lo, cos'è successo ieri di preciso? È vero che quella ragazza ha cercato di derubarti?

— Sì. Cos'altro poteva volere? — replicò la sua amica con troppa enfasi. — All'inizio ero solo troppo spaventata per capirlo.

Qualcuno stava uscendo dal club. Winter voleva risposte.

— Quindi non ti ha morso?

— Santo cielo, no!

Stavolta Lorna alzò decisamente la voce. Farland era ormai a pochi metri.

— Lo, come ti sei fatta quel taglio allora?

— Ma cosa vuoi, Win? Non me lo ricordo!

L'aveva persa.

Farland la cinse in un abbraccio e Lorna parve volersi nascondere in quella stretta.

— Qualche problema, ragazze? — domandò il nuovo venuto squadrando Winter senza simpatia.

— Nessuno. — Lei sentiva che se non avesse fatto

qualcosa, la sua amicizia con Lorna sarebbe terminata in quel momento, perciò disse la prima cosa che le venne in mente: — Domani andiamo a fare acquisti, ti va, Lo?

Ricambiò sfacciatamente lo sguardo ostile di Farland, ma dentro di sé non si sentì affatto sicura della risposta.

Lui le scoccò un sorriso di sfida.

— Magari potrei accompagnarti io, tesoro — propose carezzevole a Lorna.

— Non se ne parla! — intervenne Winter sforzandosi addirittura di ridere. — Lo shopping è una cosa da ragazze! Per favore, Lo, voglio farmi perdonare...

Finalmente, il broncio di Lorna si attenuò.

— Ok. Però devi offrirmi una cioccolata.

Winter esultò per il sollievo.

— Contaci, Lo! — le disse con un sorriso.

Nel salotto principale del Club Nox, il professor Vaughan lasciò ricadere con espressione meditabonda i pesanti tendoni di velluto cremisi che coprivano le finestre.

Era in quella scuola da poche settimane, ma aveva già scoperto un bel po' di cose sui suoi studenti. Osservarli lo divertiva e, raramente, poteva persino tornare utile.

In effetti, di quei tempi era meglio tenere gli occhi aperti. Stavano succedendo un po' troppe cose in quello sperduto angolo del Galles per permettersi distrazioni.

Farland, per esempio, lo preoccupava.

— Che genere di rapporto c'è tra Cameron e quelle due ragazze? — domandò senza preoccuparsi di essere discreto.

Nerys Maddox interruppe la sua lettura per la prima volta.

— Intende Lorna Carter? — chiese in un tono che lasciava intuire cosa pensasse al riguardo. — Lo vorremmo sapere tutti. Spero solo che lo sappia almeno Cam...

— Ed è qualcosa di cui dovrei preoccuparmi? — volle sapere Vaughan. — Conoscete le regole, intendo.

Idris Uprice sollevò su di lui uno sguardo perplesso. Non gli piaceva prendere parte alle discussioni.

Tutti conoscevano le regole, naturale, quindi parlarne gli era sempre parso uno spreco di tempo. Non aveva neppure una simpatia particolare per Cameron, ma non era giusto rischiare che un errore di valutazione del professore compromettesse tutti i membri del club.

— Tecnicamente — scandì con la sua voce ben modulata — Lorna Carter è il tipo ideale per Cameron. Ha una "ricettività" molto sviluppata nei nostri confronti, e flirtare con lei credo lo diverta, tutto qui. Lui ha sempre rispettato i limiti, comunque.

Vaughan non aveva motivo di dubitarne, ma non si era mai pentito di un eccesso di sospetto.

— Cameron c'entra qualcosa con l'aggressione, Llewelyn? — domandò.

Rhys scosse il capo con solennità.

— È sotto controllo, professore — garantì. — Piuttosto, la disposizione della Carter ci sta tornando utile per sistemare le cose.

Bene! C'era da aspettarsi che Llewelyn avesse già fatto le sue considerazioni. Vaughan decise che prima o poi ne avrebbero parlato.

Restava un'ultima domanda.

— E l'altra ragazza? — volle sapere. — Winter Starr?

Rhys aveva sperato che non glielo chiedesse.

Indugiò per una frazione di secondo, lasciando che fosse Nerys a rispondere.

— È amica della Carter — disse infatti lei. — Diciamo pure che la sua mancanza di simpatia nei confronti di Cam è pienamente ricambiata...

Il professore si concesse un sorriso. Quello, almeno, non era difficile da immaginare.

— Sta dai Chiplin... — osservò distrattamente.

— Immagino non sia un caso — replicò Nerys Maddox con un'alzata di spalle.

29

— Guardate questo!

Cynthia Earle esibì trionfante un vestitino di velluto nero, probabilmente il capo migliore che avrebbero trovato in tutta Cae Mefus, e di certo il più apprezzabile che avessero adocchiato nelle ultime due ore.

Anche se era tentata di vederci lo zampino di Farland, Winter aveva il sospetto che invitare la ragazza a unirsi a loro per lo shopping fosse la vendetta di Lorna o un modo per accertarsi che non avrebbero più riparlato di cose strane.

Era semplicemente una reazione allo stress fingere che niente fosse accaduto, con ogni probabilità anche più intelligente che continuare a tormentarsi ossessivamente nel dubbio come invece faceva lei.

Winter si concentrò sul tubino nero.

— Sembra carino... — commentò in tono poco convinto.

Lorna invece ne era addirittura entusiasta.

— Ragazze — annunciò — lo provo!

Sfilò il cappotto e glielo tese con un sorriso sfacciato.

— Una di voi può aiutarmi con la zip? — le sentì chiedere poi da oltre la tenda a righe del camerino.

L'idea fu improvvisa. Poteva funzionare...

Winter s'infilò dietro di lei.

— Allora? — chiese Lorna civettuola. — Come sto?

Fece una smorfia provocante, rimirandosi nello specchio soddisfatta.

Lei la guardò a lungo, soppesando ciò che vedeva come se non volesse perdersi alcun dettaglio.

— Benissimo. Devi prenderlo! — le disse poi meccanicamente.

In effetti la sua amica faceva un figurone. L'abito le stava a pennello, metteva in risalto il suo fisico. Le gambe, in particolare. E non recavano più alcuna traccia del profondo taglio che lei stessa aveva medicato non più di due giorni prima.

Rintanata nella propria soffitta davanti al portatile, Winter fece una ricerca.

Graffi, tagli, lacerazioni.

Consultò Wikipedia e diverse enciclopedie mediche. La ricerca per immagini le diede addirittura il voltastomaco, ma da nessuna parte trovò traccia di una guarigione tanto miracolosa.

Poteva aver sopravvalutato l'entità del danno, questo sì, ma una ferita c'era stata. Almeno questo neanche Lorna l'aveva mai negato.

Che meno di quarantotto ore dopo la sua pelle fosse di nuovo integra e perfetta, quindi, aveva dell'incredibile.

Winter pensava di poter escludere che Lorna fosse una specie di super eroe con capacità di rigenerazione straordinarie. Non le era mai parsa particolarmente forte.

Piuttosto, lo era la sua assalitrice se davvero per atterrarla due ragazzi avevano dovuto unire le forze. Potente, rapida e incontrollabile, come l'uomo che l'aveva aggredita nel bosco.

Senza un attimo di riflessione, Winter si precipitò di sotto e bussò alla porta di Gareth.

— Posso parlarti? — domandò senza quasi lasciargli il tempo di aprirla.

Il ragazzo si fece di lato e la lasciò entrare nella propria stanza.

— Qualche problema? — domandò sedendosi sul bordo del letto perché lei potesse occupare la sedia vicina alla scrivania.

Ancora una volta evitò di guardarla negli occhi, ma Winter se ne accorse a stento.

— No. Cioè, forse...

Gareth inarcò le sopracciglia ma non disse niente.

Lei gli si sedette di fronte a gambe incrociate.

Ora che lo stava mettendo in atto, il suo piano le pareva piuttosto vago e impreciso. Non sapeva come avrebbe dovuto formulare la domanda. Ma, fortunatamente, non ne ebbe bisogno.

— Immagino che quello che è successo alla Carter ti abbia turbato... — commentò Gareth con gentilezza.

— A dire il vero sì.

— Sei sempre convinta di non voler denunciare quello che è capitato a te?

Winter assentì decisa.

— Sempre di più, in realtà. Gli assistenti sociali pensavano di avermi mandato in un posto tranquillo...

Si guardava la punta delle dita, e il ragazzo ne approfittò per studiare il suo volto. A volte non poteva fare a meno di chiedersi se prima o poi avrebbe capito.

No, impossibile... lei non sa niente! si disse.

Ma quella tensione nell'aria, tutti i disordini che si stavano verificando...

— Cae Mefus è un posto tranquillo! — commentò, quasi volesse convincere anche se stesso.

Winter sospirò.

— Vogliono crederlo tutti — disse — ma possiamo farlo anche noi? Tu, io, Lorna...

— Mi rendo conto che è difficile, con tutto quello che hai passato. Però avevi ragione tu, sarebbe potuto capitare ovunque.

La vide annuire, anche se la sua espressione rimaneva tutt'altro che convinta.

— Non riesco a togliermi dalla testa la sensazione che ci sia sotto qualcosa di strano — ammise dopo un istante — e forse sto solo impazzendo anch'io...

Levò su di lui uno sguardo argenteo carico dell'ironia più amara e Gareth desiderò poterle strappare di dosso ogni angoscia.

— Credo sia normale, Win.

Come avesse colmato la distanza che li separava non avrebbe saputo dirlo. Starle accanto stava diventando sempre più normale, quasi un riflesso automatico. Le posò una mano sulla spalla e il modo in cui lei vi premette il viso ebbe per ciascuno un significato diverso.

— Stai sopportando fin troppi problemi, sei sotto stress...

La spalla di lei si riabbassò, interrompendo quel contatto. Occhi grigi pieni di nuvole lo trafissero.

— Lorna ha detto di essere stata morsa.

A Gareth mancò il respiro.

— Ieri però sembrava averlo dimenticato. — Era una mossa subdola, ma Winter aveva l'impressione che la verità fosse più che mai vicina. Non poteva lasciarsela sfuggire. — Anche tu l'hai vista sanguinare, vero?

Il disagio del ragazzo crebbe.

— Un taglio, Win — replicò teso.

— E se ti dicessi che oggi non aveva più alcun segno? — insistette lei. — Hai appena ammesso di aver visto il sangue anche tu! Che cosa sta succedendo, Gareth?

Lui si schiarì la gola, guardando altrove.

— Forse era poco profondo... — osservò poi in modo ragionevole. — Capita che ferite superficiali sanguinino tanto. Devi cercare di calmarti, o finirai per immaginare chissà cosa!

E Winter ebbe la tentazione di mandarlo al diavolo.

Stava mentendo, non sapeva dire perché o fino a che punto, ma Gareth Chiplin non le stava dicendo la verità.

Perché mentire? Che scopo aveva farle credere che Cae Mefus fosse un'oasi di pace?

— Io non ti sto giudicando, Winter — dovette aggiungere lui. Non sopportava quell'espressione confusa nei suoi occhi. — È normale che tutto ti sembri maledettamente strano, lo penserebbe chiunque al tuo posto. Però devi essere ragionevole...

Winter ne ebbe abbastanza.

— No! — esclamò cedendo alla rabbia. — Non iniziare anche tu a dirmi cosa devo pensare! So quello che ho visto, e non era uno stupido graffio! Anche ammettendo che Lorna all'inizio fosse troppo confusa, be', accidenti, l'ho medicata io!

Lui sospirò.

Doveva mentire. Se con lei gli riusciva difficile, doveva solo impegnarsi di più. Era inaccettabile il modo in cui perdeva il controllo in sua presenza, non c'erano scuse, per quanto gli piacesse, per quanto gli fosse diventata ormai intollerabile l'idea di perderla.

— E Farland? — insistette lei. — Voglio dire, Lorna è una ragazza intelligente, vivace, ma quando si tratta di lui non capisce più niente. Si fa trattare come uno straccio, se le dicesse che la luna è una lampadina al neon, lei gli crederebbe! E perché lui non vuole che riparliamo dell'aggressione?

Per un sacco di buoni motivi, fu tentato di rispondere

il ragazzo, provando un autentico moto di solidarietà nei confronti del Nox per la prima volta in vita sua.

Insomma, Cameron Farland era uno dei peggiori, e lui stesso sopportava a stento le libertà che si prendeva con Lorna. Ma rispettava le regole, non si poteva negare.

Dimenticare i Nox, ecco piuttosto cosa doveva fare Winter.

— Non sono un medico — disse con un punta di asprezza — e non ho idea del perché Lorna sia già guarita. Lasciali perdere, Win...

Ottenne uno sguardo duro, pieno di collera, che lo fece sentire in colpa.

— Che cosa vorresti dire?

— Nulla forse: non ho niente contro Lorna Carter. Ma a stare con lei si ha un po' troppo a che fare con Farland e i suoi amichetti... e non è una buona idea.

Ancora i Nox. Perché?

— Perché? — ripeté Winter ad alta voce. — Cameron è una carogna, non ci piove. Ma perché bisogna evitare i Nox? Lo ripetete sempre tutti quanti, ma nessuno si è mai degnato di dirmene il motivo!

Gareth si irrigidì all'istante.

— Perché non hanno niente in comune con noi — rispose. E il suo tono le fece capire che non era disposto ad aggiungere altro.

Winter espirò rumorosamente. Ora la sensazione che ci fosse un mistero, da qualche parte, era divenuta certezza.

— Lasciamo stare. Fai conto che non ci siamo detti niente — mormorò rialzandosi. Non voleva litigare con lui, non ancora.

Si avvicinò alla porta e il ragazzo continuò a tacere.

Poi non seppe più resistere: c'era una soluzione, ed era di una semplicità addirittura dolorosa.

Winter aveva già la mano sulla maniglia quando Gareth la richiamò.

— Dimmi perché vuoi restare qui — le chiese fissandola dritta in volto. — Non sarebbe più facile andartene? Ti basterebbe parlarne con l'avvocato.

Winter contrasse le labbra, soffermandosi a riflettere. Non se l'era mai chiesto davvero.

È così? Voglio rimanere qui? In un luogo che la confondeva, la spaventava, eppure la attraeva fin nelle viscere...

Già, si disse, per quale motivo?

Nel rispondere non mentì.

— Non lo so — disse in un sussurro. — Forse è proprio quello che ho bisogno di capire.

Winter detestava aver paura, e le notti di Cae Mefus erano quasi troppo spaventose per i suoi gusti.

In realtà, a parte procurarsi uno spray antiaggressione, non c'era molto che potesse fare.

Era stanca, però, di attendere che qualche nuovo evento del tutto imprevedibile le piombasse ancora addosso. Aveva bisogno di agire.

Fu quello spirito a riportarla davanti al suo computer.

Chiavi di ricerca: aggressione, Cae Mefus, Conwy.

Invio.

Si era attesa una valanga di risultati che le sarebbe costata ore di studio. Una decina scarsa di articoli di giornale, invece, le ricordò che non si trovava più a Londra.

Cane pastore aggredisce impiegato.

Rissa dopo la partita, studente ferito.

Disordini all'assemblea di condominio.

Il distretto di Conwy sembrava il posto più tranquillo del mondo, nessuno stupore che la Family Division l'avesse relegata lì.

Se si escludevano le ultime novità, i fatti di cronaca erano tutti di quel tenore.

E se da un lato era rassicurante, dall'altro la lasciava al punto di partenza: come aveva fatto la contea degli hobbit a trasformarsi all'improvviso in un luogo pericoloso?

— D'accordo, riproviamo! — borbottò tra sé, decidendo di ampliare l'area di ricerca.

Digitò in fretta i nuovi parametri e rimase in attesa.

Caernarfon, scippo fuori dalla banca.

Aggressione a un pendolare.

Arresto per furto e spaccio a Flint.

Tre ore dopo, Winter non aveva ottenuto nulla di convincente. Si sentiva stupida e irragionevolmente testarda quando si decise a spegnere la luce.

30

— Come si ricostruisce la storia? — domandò il professor Vaughan a una classe insolitamente attenta. — Cosa ci porta a trasformare una manciata casuale di dettagli, vecchie scartoffie, reperti in una narrazione logica e consequenziale?

A Winter sfuggì un sorriso. Avrebbe tanto desiderato saperlo...

Mentre fuori dall'aula gocce di pioggia affilate rigavano i vetri, gli studenti attesero una risposta.

Darran Vaughan catalizzava l'attenzione come un attore consumato, la sua voce era affascinante, ricca di sfumature.

— Qualcuno ne ha idea? O se l'è mai chiesto?

Gli rispose il silenzio.

Solo Dylis Allbright osò intervenire.

— Si studiano le datazioni, si riflette...

— Naturalmente. Non vi aspetterete che sia facile, però, collegare gli eventi... o che sia sempre sufficiente. Dovreste almeno sapere cosa cercare, non trovate?

Gli occhi del professore sorvolarono l'intera classe, e ciascuno ebbe l'impressione che lo sguardo fosse rivolto a lui.

— Si cercano cause ed effetti — osservò Nerys Maddox. — Si creano concatenazioni. Si potrebbe partire da un oggetto di indagine e risalire la corrente alla ricerca di ciò che l'ha provocato.

La sua chioma ramata ondeggiò mentre parlava, catturando i riflessi della luce. Non pareva né a disagio né inadeguata, e Winter ebbe la sensazione che i Nox lo fossero raramente.

— Ottimo — riconobbe il professore — davvero una buona osservazione. Ma in che rapporto diresti che si trova l'indagine con le ipotesi teoriche, Maddox?

La ragazza tacque qualche istante.

— Immagino che le teorie dovrebbero essere il risultato di un buon lavoro di ricerca, non il punto di partenza...

Winter sollevò la penna dal foglio, lasciando a metà la spirale distratta che stava scarabocchiando.

— Anche questo può essere vero — concesse Vaughan. — Un errore di molti studiosi è la mancanza di creatività. Troppi, in altre parole, si sforzano di ricondurre ciò che osservano a un sistema di interpretazione codificato.

Quella riflessione la colpì. Era insolita ma interessante.

— Però in assenza di riferimenti — si ritrovò a domandare mentre l'uomo camminava non troppo lontano dal suo banco — come si procede?

Vaughan si fermò a osservarla e Winter si sentì attraversare da quello sguardo.

Era diretto, fermo, non privo di curiosità.

— Quello che intendo dire è che si rischia di procedere a caso — dovette allora aggiungere lei — senza ottenere risultati...

Il sorriso vago che aleggiò sul viso del professore fu impossibile da decifrare.

— Si usa la testa — disse l'uomo — e l'intuito, per chi ne è provvisto. La vita non procede in modo lineare, e posso assicurarvi che è sempre stato così. Fatti lontanissimi, apparentemente disgiunti, possono essere in realtà profondamente connessi. E tuttavia il metodo storico è affine a quello scientifico: la storia è una reazione chimica che dal passato ci porta al presente. Ma, allo stesso tempo, è molto difficile comprendere quali siano gli elementi in gioco. Forse è una delle difficoltà maggiori.

— Quindi consiglia di seguire una pista, un'intuizione, qualunque essa sia? — volle sapere la ragazza.

Vaughan sollevò il viso, apparentemente intento a riflettere.

— Credimi, a volte non esiste alternativa — dichiarò infine rivolgendole un ultimo sguardo obliquo.

Il suono prepotente della campanella le impedì di insistere.

Winter prese lo zaino e si affrettò a raggiungere la biblioteca.

Ampliare le vedute. Guardare i fatti da un altro punto di vista, si ripeteva.

Avrebbe perso tutta la pausa pranzo, ma non sarebbe stato un grosso sacrificio se fosse riuscita a capirci qualcosa.

E, in fondo, era ancora troppo arrabbiata con Gareth per aver davvero voglia di vederlo.

— Mi scusi, signor Graves — richiamò lo scorbutico bibliotecario nel suo tono più cortese. Visto che prevedeva di diventare una frequentatrice fissa, tanto valeva cercare di tenerselo buono. — Sto cercando la sezione dei giornali locali, le edizioni più recenti in particolare.

Graves la fissò come se la vedesse per la prima volta.

Indossava occhiali dalle lenti incredibilmente spesse, con una montatura antiquata, e i suoi capelli si erano ritirati fin sulla cima della testa. La fronte spaziosa, tuttavia, non bastava a farlo sembrare intelligente.

— Da quella parte — rispose con un cenno vago verso la sua destra, con ogni probabilità la sola indicazione che le avrebbe dato.

Winter si armò di pazienza e cominciò a perlustrare gli scaffali.

Fino ad allora aveva avuto una tale confusione in testa da non sapere da che parte cominciare.

Riesaminare gli articoli su Emma Jones e Lorna le parve un buon inizio. Era alla ricerca di dettagli, di un indizio vago che accomunasse i due episodi. Una partenza così disorganizzata che pensarci la gettava nello sconforto.

— Bene. Al lavoro! — si incoraggiò afferrando una delle ultime edizioni del "North Wales Pioneer".

Rhys Llewelyn notò la ragazza non appena mise piede in biblioteca e non poté perdersi alcuna delle sue mosse. Almeno con se stesso doveva ammettere di esserne attratto in modo anomalo.

Non se lo spiegava del tutto e non gli interessava nemmeno saperlo. Ma come dimenticare il loro ultimo incontro?

Sì, era il Potere che aveva reso vulnerabile la sua corazza, ma Winter Starr si era infilata nella crepa.

Nell'osservarla da lontano si sentì a disagio. Era così incredibile…

I suoi movimenti precedettero il pensiero, e questo gli piacque ancor meno.

Winter era così immersa nella lettura che impiegò qualche istante ad accorgersi del brivido che le correva lungo la schiena. L'unico collegamento tra la sparizione di Emma e quello che era successo a Lorna era che in entrambi i casi non sembravano esserci moventi definiti.

Pura fatalità. Non era un grande indizio su cui lavorare.

Emma non aveva molti amici, ma era anche difficile immaginare che qualcuno volesse farle del male. Lorna invece era tutto il contrario: era disinvolta, spigliata e tutti la conoscevano. Neppure lei, però, sembrava avere lati oscuri o segreti. Persino il suo rapporto inquieto con un Nox era cosa nota.

Il terzo caso, quello di cui Winter era stata protagonista in prima persona, naturalmente non compariva sui giornali.

Si sforzò di considerare tutto dall'esterno: forse si trattava di un maniaco.

I brividi aumentarono.

Istintivamente si passò una mano sulla nuca, come per proteggersi da uno sguardo indiscreto.

Cosa sto facendo?

Rhys si rendeva conto che si stava comportando in modo irrazionale, ma non poté comunque impedirsi di sbirciare oltre le spalle della ragazza. Il "Pioneer". Dunque lei faceva indagini su Cae Mefus.

Dammi solo un istante... la implorò dentro di sé, *non voltarti ancora...*

Ma Winter Starr non era un tipo ubbidiente.

Si girò in quel momento e sussultò nella frazione di secondo che impiegò a identificare il ragazzo alle sue spalle.

— Accidenti, mi hai fatto morire di paura!

— Scusami...

Rhys aveva la gola secca, un'arsura bruciante e improvvisa che non l'avrebbe abbandonato presto.

— Lascia stare — gli concesse lei prestando attenzione solo alla piccola spilla sulla sua giacca, un minuscolo scudetto con tre stelline, il simbolo dei Nox. — È che sono un po' nervosa in questi giorni...

Lo credo bene, si trattenne dal rispondere lui. Era il tocco del Potere, che anche lei avvertiva.

Rhys sentì i battiti che andavano rallentando e si accorse che il suo stesso cuore stava pulsando alla stessa cadenza.

Paura e attrazione sorsero insieme. Winter Starr era mistero... Avrebbe desiderato scoprirla, comprenderla.

Winter sentiva il calore salirle alle guance. Sapeva che lui le avrebbe letto in viso ciò che stava provando.

— Credo lo siano un po' tutti. Soprattutto se si ritrovano uno sconosciuto alle spalle.

Rhys sorrise. Non un sorriso autentico, era troppo turbato, solo un freddo incurvarsi delle labbra.

La luce fioca che filtrava dai finestroni impolverati rendeva ancora più chiara la pelle di Winter. Rhys riusciva ad avvertire il profumo dei suoi capelli. A un tratto provò l'impulso irrefrenabile di sfiorarli per sentirne la consistenza sotto le dita. Si immobilizzò, serrando le dita.

Winter sentì un nuovo brivido risalirle la schiena, il suo cuore riprese a correre.

— Ma io ti conosco — sussurrò senza riflettere.

Era un amante incontrato in sogno: al risveglio i ricordi sbiadiscono, ma sulla pelle rimangono, ancora impressi come il fantasma di una carezza. Avvampò di nuovo.

Rhys comprese di doversi allontanare.

Non sapeva cosa lei avesse percepito al loro precedente incontro, ma ne era ancora scossa, turbata. E lui...

Lui era sconvolto. La fiamma era divampata riempiendogli la bocca, invadendo i suoi sensi.

Rhys conosceva le regole.

— Lo pensi davvero? — domandò con un'espressione che sperava sembrasse neutra.

Un nuovo brivido la scosse. Una scintilla di paura.

In genere quello sguardo era un avvertimento sufficiente. Il ragazzo gentile scompariva e rimaneva il Nox.

Gli occhi argentei di lei invece continuarono a guardarlo.

— Sì — rispose con semplicità. — Non è così anche per te?

Le mancava il respiro. *Che cosa sto facendo?*

Rhys non poté più attendere. Si voltò lentamente e si allontanò senza un cenno.

Continuò ad avvertire il suo sguardo sulla schiena fino a che non ebbe oltrepassato la porta.

Winter si premette una mano sul cuore. Batteva così forte che le sembrava di sentirne i colpi sotto al palmo. Dio, che sensazione incredibile...

Era assurdo, ma non poteva che chiamarla *nostalgia*. Rhys le mancava come l'ossigeno sott'acqua.

Non era possibile.

Si guardò attorno e scoprì che il mondo non era cambiato mentre lei parlava con Rhys: il signor Graves continuava ad aggirarsi per la biblioteca borbottando, la pioggia gallese bussava ai vetri e il suo quaderno d'appunti restava vuoto in modo desolante.

La mano le ricadde lungo il fianco e le spalle cedettero, più stanche.

Nel tentativo di impedire ai suoi pensieri di fuggire lontano, mordicchiò una matita e si concentrò sulle parole del professor Vaughan.

«Fatti lontanissimi, apparentemente disgiunti, possono essere in realtà profondamente connessi.»

La sua ricerca si era limitata a date piuttosto recenti, in fondo.

Si sistemò davanti a un computer e si diede della stupida per non averci pensato prima.

Digitò nervosamente. Quando il computer finì di elaborare i dati, ebbe la conferma che Cae Mefus non era sempre stata il piccolo paradiso che le era stato decantato.

31

Sdraiata insonne sul letto, Winter giocherellava col suo ciondolo. Sentiva di essere vicina a un risultato… bastava solo capire come collegare il tutto.

Peccato che il puzzle che stava cercando di comporre fosse un rompicapo di un milione di pezzi che un vento dispettoso si divertiva a ricombinare non appena le pareva di intravedere un filo logico.

— E così anche la pacifica contea non è sempre stata così pacifica… — mormorò a se stessa e alla notte.

Il consiglio di Vaughan era stato utile: era stato sufficiente affondare la vanga nel passato per scoprire che la quiete di quell'angolo di Galles non durava da più di quindici anni. Pochi perché il buon Evans non rabbrividisse alla nuova sparizione di una studentessa.

Però non ha senso…

Vent'anni prima, quei luoghi erano stati piuttosto turbolenti. Un buon numero di aggressioni, qualche abitante dei distretti vicini scomparso, un incendio che aveva distrutto una vecchissima dimora isolata…

Poi improvvisamente il silenzio, una calma tanto stagnante da sembrare innaturale.

Con un profondo sospiro, Winter comprese che non sarebbe riuscita ad addormentarsi molto presto.

Tanto valeva darsi da fare. Cercò a tentoni l'interruttore e la soffitta fu illuminata da una luce fioca.

Winter prese il portatile e ricominciò la ricerca.

Continuò a scarabocchiare appunti sul quaderno con ardore febbrile.

La logica era al paradosso: com'era possibile che gli animi si fossero calmati così all'improvviso, se i suoi nuovi concittadini erano stati tanto vivaci fino a non molto tempo prima?

E, fatto ancora più bizzarro, se i giornali locali andavano in escandescenze, i quotidiani nazionali riportavano poco o nulla, e con frasi rassicuranti.

Episodi scollegati...

L'allarme è sproporzionato...

Le autorità locali si dichiarano fiduciose...

Esattamente ciò che aveva ripetuto Ioan Evans al St Dewi's.

Certo, era ragionevole pensare che si trattasse di una coincidenza, nient'altro.

Winter ripassò gli elementi in suo possesso: misteriose aggressioni che si arrestavano all'improvviso per poi riprendere dopo quindici anni, un incendio e i suoi morti, Gareth che mentiva.

D'accordo. Erano supposizioni, nient'altro, forse addirittura il parto di una fantasia inquieta...

I suoi occhi sorvolarono veloci gli articoli che trovava, mentre la luce fastidosa dello schermo le bruciava gli occhi.

L'ultima cosa che vide prima di addormentarsi fu una foto del maniero di Ger Y Goeden prima che l'incendio lo radesse al suolo.

Certo, era difficile esserne sicuri, ma sul frontone

dell'ingresso parevano esserci due simboli di un sole e una stella.

Sembrava importante, anche se il motivo le sfuggiva.

Dormi, Winter! si ordinò quando gli occhi presero a lacrimarle.

32

— Accidenti!

La pioggia incessante dei giorni prima aveva lasciato tante di quelle pozzanghere che evitarle tutte era impossibile, e le All Star di Winter ne avevano fatto le spese.

Si era persa nella lettura, ed era in ritardo. Morwenna non le aveva mai chiesto di andare a prendere Dai e ora, l'unica volta che lo faceva, lei rischiava di arrivare ben oltre l'orario.

Per raggiungere la fattoria degli Harrison in cui i bambini si trovavano a giocare doveva attraversare tutto il paese. Non avrebbe mai fatto in tempo a riportarlo a casa entro il coprifuoco...

Rabbrividendo nell'aria novembrina, la ragazza cominciò a correre verso il bosco, nella speranza di accorciare il tragitto.

Si immerse tra gli alberi, senza curarsi del pantano del sottobosco in cui continuava a sprofondare. L'aria era acre di muschio e di funghi tardivi, più umida e calda che in paese.

Winter passò in fretta sul tappeto di foglie cadute. Lasciò il sentiero e si inoltrò in mezzo alla vegetazione, guidata solo dal proprio senso dell'orientamento.

Non si era spinta spesso da quelle parti. Quando il suo percorso si interruppe su una brusca discesa si immobilizzò per decidere che direzione prendere. Non c'era vento, e in mezzo al ticchettio delle gocce tra i rami e ai continui richiami degli uccelli, riuscì a distinguere un rumore lontano di acqua corrente.

Doveva essersi spinta fino all'Elwy.

Riprese a camminare lentamente, fino a trovarsi la strada sbarrata dal fiume. In quel punto il suo corso non era molto largo, appena più di un torrente, ma era comunque impossibile da oltrepassare senza bagnarsi. Nella luce digradante del tardo pomeriggio, dall'acqua cominciava a levarsi una nebbiolina argentea.

Winter lo costeggiò per qualche tempo alla ricerca di un guado.

Mentre avanzava lungo il greto del fiume, riuscì finalmente a scorgere un piccolo ponte di legno. Vi si diresse di corsa.

Appena mise piede sulle assi, tuttavia, la sensazione di non essere sola le diede un brivido.

Camminò sul ponticello, lentamente, continuando a guardarsi attorno, mentre la nebbia sembrava inghiottire ogni rumore.

Poi, le parve di vedere una sagoma appena distinguibile tra i tronchi degli alberi, un solo istante prima che tornasse a confondersi con le ombre.

Winter si paralizzò.

Suggestione, si disse cercando di essere razionale, *solo suggestione...*

Strinse le mani sul parapetto di legno e si costrinse ad avanzare. Solo quando fu al centro del ponticello, la presenza tornò visibile. Ora procedeva nella sua direzione a passi lenti, faticosi, nel biancore dell'aria.

Winter fu scossa da un nuovo brivido, rimpiangendo quell'esitazione che aveva dato alla presenza sconosciuta il tempo di accorgersi di lei. La tensione dei suoi muscoli precedette il pensiero mentre si chiedeva se fosse il caso di scappare.

— Non spaventarti, cara — disse una voce femminile, non più giovane.

Winter socchiuse gli occhi per vederla meglio: era una donna dagli abiti scuri, i capelli grigi confusi nella bruma.

— Chi è?

— Mi chiamo Bethan — rispose lei — e forse tu sei colei che stavo aspettando.

Rimasero immobili a studiarsi in quell'aria ferma, sospesa. Il viso della donna era solcato da una ragnatela di rughe che lasciava intuire come nella sua vita avesse conosciuto ogni sfumatura d'espressione. I suoi occhi erano profondi e pieni di una misteriosa malinconia.

— Sei tu, vero? Sei la giovane Starr…

La ragazza le rivolse un'occhiata piena di diffidenza.

— Perché?

Qualcosa in quella donna la attraeva e allo stesso tempo la inquietava: la guardava come se la conoscesse…

— Seguimi — insistette Bethan — c'è una favola che vorrei raccontarti…

Winter scosse il capo con decisione.

— No. Sono in ritardo.

Ormai erano una di fronte all'altra, a un passo di distanza.

— La gente di qui dice che sono pazza. E forse è anche vero. Da tanto tempo aspettavo di poter raccontare ciò che so…

Rimasero a fissarsi, occhi negli occhi. Le parole di Bethan sembravano folli, ma il suo sguardo no. Era intenso, solenne. In qualche modo saggio, uno sguardo che per un secondo appena le ricordò quello della nonna. Winter fu presa da una curiosità bruciante.

Ma i minuti si rincorrevano e Dai la aspettava. Doveva portarlo a casa prima del tramonto.

— Ora devo andare — ripeté.

Trasse un sospiro. Non sapeva se fosse una buona idea, ma non riuscì a trattenersi.

— Tornerò — disse in un sussurro.

Sul viso anziano della donna affiorò un sorriso.

— Lo so, bambina — rispose con dolcezza — e quando lo farai, ti racconterò del *sugnwr gwaed*...

Bethan rimase a guardarla mentre si allontanava. Winter Starr aveva paura, ma l'ombra del destino aveva già cominciato a guidare i suoi passi.

Con i suoi stivaletti gialli di gomma, Dai entrava in tutte le pozzanghere sollevando spruzzi che Winter non si curava più di evitare.

La pioggia aveva ricominciato a scendere poco dopo che avevano lasciato la fattoria degli Harrison.

Senza ombrello, come al solito, era così bagnata che sospettava di doversi strizzare prima di poter mettere piede in casa. Il bambino almeno, con la sua mantellina impermeabile, sembrava cavarsela meglio.

— Hai paura che la mamma ci sgridi perché siamo in ritardo? — domandò increspando il riflesso delle case nell'ennesima pozza.

Era evidente che quel gioco lo divertiva e a lei non dispiaceva il suo umore allegro. L'incontro con la donna del bosco era riuscito a turbarla.

— Non lo siamo troppo se camminiamo in fretta... — replicò con una leggerezza che era ben lontana dal provare.

Non aveva idea di chi fosse Bethan, ma le parole che le aveva rivolto continuavano a ronzarle in testa.

— Dai — disse infine, incapace di trattenersi — ho incontrato una strana donna prima...

Il bambino fece una smorfia che ricordava in modo bizzarro suo fratello.

— Sei passata dal bosco — comprese immediatamente — lo sai che mamma e papà non vogliono che ci andiamo.

Winter sbuffò.

— E tu non dirglielo!

Dai saltò in una nuova pozzanghera e nel silenzio si udì solo lo sciabordio dell'acqua.

— È di sicuro Bethan — spiegò quindi — vive in una casa vicino al bosco. Sta sempre per i fatti suoi e le manca qualche rotella.

Forse era davvero così, eppure...

— Cosa vuol dire *sugnwr gwaed*?

Il bambino rise.

— Devi proprio imparare la lingua, Winter — la rimproverò divertito. — Significa "succhiasangue", "vampiro"!

Winter lo trafisse con lo sguardo.

33

Dalla finestra del suo ufficio Vaughan guardava gli studenti affrettarsi verso le prossime lezioni. Il blu scuro delle divise scolastiche iniziava a essere inghiottito dalla moltitudine di colori di giacche e sciarpe, segno inequivocabile che l'inverno era alle porte.

A Darran Vaughan piaceva osservarli.

Una ragazza incespicò goffamente, in alcuni punti le pozzanghere si erano trasformate in un pantano fangoso. Nonostante la distanza, il professore poté leggere sulle sue labbra l'imprecazione che si era lasciata sfuggire.

Sorrise.

Lei si annunciò bussando tre colpi secchi alla porta.

Il professore sapeva già di chi si trattava: i suoi passi leggeri nel corridoio avevano rovinato la sorpresa, ma farglielo capire non sarebbe stata affatto una buona idea.

— Avanti — disse quindi con un sorriso

Mentre Winter Starr entrava, Vaughan si soffermò sulla sua figura sottile, i lunghi capelli, gli occhi di quel colore straordinario.

— Benvenuta.

— Mi scusi, professore — esordì la ragazza — ho appena cambiato istituto e mi sto ancora ambientando. Ormai è tardi, credo, ma in futuro sarei intenzionata a frequentare qualcuno dei suoi corsi…

Parlava in modo troppo deciso, quasi senza pause. Vaughan era abbastanza esperto da intuire che doveva aver imparato quella frase a memoria.

— Bene — le concesse perciò in tono volutamente neutro.

Non voleva davvero metterla in difficoltà, ma neppure semplificarle troppo le cose, perché Winter Starr era uno dei suoi soggetti di studio preferiti.

Lei infatti lo guardò perplessa. Era sveglia, recettiva, ma per fortuna ancora troppo confusa per dare un nome a ciò che vedeva.

Poi Winter si raddrizzò e il suo viso divenne una maschera inespressiva.

— Sono venuta a ritirare i moduli.

L'uomo annuì, nascondendo un sorriso dietro la mano. La ragazzina sapeva stare al gioco, a quanto pareva.

— Sì, certo… accomodati.

Aprì il cassetto della scrivania e ne tirò fuori un plico di fogli pinzati. Gli sarebbe bastato allungare la mano perché lei potesse prenderli.

Invece si alzò e girò attorno al tavolo fermandosi al suo fianco.

Posò i moduli sul ripiano davanti a lei.

Solo una piccola prova, bambina, si disse divertito.

Winter avvertì un brivido alla nuca, la pelle lungo la parte sinistra del suo corpo si increspò reagendo a quell'inaspettata vicinanza.

D'un tratto si sentì vulnerabile. Vaughan sembrava sovrastarla e la luce fioca dello studiolo gettava strane ombre sul suo viso.

— Grazie — mormorò concentrandosi sui fogli.

Winter cominciò a leggere giocherellando con la catenina d'argento che portava al collo.

Il ciondolo, una sferetta di cristallo perfettamente trasparente, catturava la luce riflettendo piccoli arcobaleni cangianti sul foglio bianco.

Un monile curioso, non poté fare a meno di considerare il professore, incapace di distogliere l'attenzione.

— Dunque sei interessata alla storia — considerò dopo qualche istante.

— Sì — rispose lei. Strinse il ciondolo tra le dita, unico indizio che tradisse il suo imbarazzo. — Le sue lezioni sul metodo d'indagine mi sono piaciute molto.

— Ma non ti sono state sufficienti, non è così?

Vaughan si appoggiò alla scrivania e incrociò le braccia. Si era allontanato solo di pochissimo da lei, ma il formicolio lungo il fianco sinistro si era già attenuato, rendendo la situazione un po' più sostenibile.

Eppure lo sguardo dell'uomo continuava a pesarle addosso.

— Non preoccuparti, ho solo tirato a indovinare — la tranquillizzò — le tue domande erano un po' troppo specifiche per non avere un motivo preciso.

La ragazza arrossì.

— Allora? — insistette cortesemente Vaughan. — Qual è l'argomento della tua ricerca?

E va bene, decise Winter, *allora scopriamo le carte*!

— Anche lei è appena arrivato, professore — replicò in tono serio — non si è mai chiesto cosa sta succedendo?

Le si addiceva quell'espressione severa, attenta.

— Qualcuno più competente ci ha già dato delle risposte — obiettò Vaughan — ma tu non sei ancora soddisfatta.

Winter si rendeva conto di aggirarsi in equilibrio precario. Le sembrava di camminare sul trampolino di una nave pirata.

Scosse il capo. I suoi capelli ondeggiarono e il loro profumo gli sfiorò il naso. Il professore si incupì.

— Posso conoscerne il motivo?

Lei si guardò attorno, incerta, e Vaughan comprese che si stava chiedendo quanto potesse fidarsi di lui.

— In questa parte del Galles sono già successe cose del genere, lo sapeva? — proruppe infine Winter. Teneva lo sguardo inchiodato al suo viso per non perdersi nemmeno la più piccola reazione... — Molte. E a lungo: sparizioni, aggressioni misteriose, strani incidenti. Meno di vent'anni fa Cae Mefus era tutt'altro che un ridente paesino. Poi all'improvviso, più nulla. Calma piatta, niente più fatti insoliti, né luci né ombre!

E così la bambina ha fatto i compiti, si disse.

Vaughan si domandò come comportarsi e, nel frattempo, sul suo viso scese una calma fredda, l'interesse scettico di uno studioso che si confronta con un allievo ingenuo eppure brillante.

— Tu come te lo spieghi?

Winter sbuffò sconfortata.

— Il punto è proprio questo — ammise frustrata — non ci riesco.

Una nuvola passeggera oscurò la stanza e il professore si risollevò, avvicinandosi alla finestra. Immobile, rimase a osservare il cortile.

— Due cose sole, Winter Starr — aggiunse poi senza voltarsi. — Gli studiosi dimenticano troppo spesso la tradizione... e la sorte.

— Significa che crede nel destino? — chiese lei, sinceramente curiosa.

Il professore rise.

— Non è la domanda giusta — replicò sarcastico.

34

Era quasi sera, ma Winter continuava a sostare inquieta nel cortile del St Dewi's.

Ormai la scuola era praticamente deserta.

Le nuvole si erano fatte grigie e gonfie di pioggia, e lei si sentiva esattamente come il cielo gallese: anche nella sua testa stava per scatenarsi il temporale.

Fatti, volti, incubi continuavano a cozzare nella sua mente.

La certezza che molti sapessero più di quanto fossero disposti a dire… il morso di Lorna guarito tanto in fretta.

Winter aveva i nervi a fior di pelle.

No! Non poteva prendere in considerazione quel pensiero, non sul serio.

Invece spiegherebbe molte cose… le fece notare una vocina che si era sempre rifiutata di ascoltare.

Nemmeno per idea! È da pazzi!

Tentò di lasciarsi distrarre dai giochi di luce sulla superficie di cristallo del suo ciondolo. Lo lasciava dondolare davanti a sé e osservava il tramonto lampeggiare su quella piccola luna.

Era ipnotico e rassicurante… Da piccola trascorreva

ore in quel modo. Avrebbe dato qualunque cosa per essere spensierata come allora.

— Oh, accidenti! — sbuffò infine tra sé.

Con un movimento deciso del polso riafferrò la collanina e strinse il pugno.

Si rialzò dalla panca dove si era seduta solo per qualche minuto e si incamminò senza meta, oltre il cortile.

Andrew Lloyd le rivolse un cenno di saluto quando passò accanto al campo dove i membri della squadra si allenavano ancora. Lei, però, non lo vide nemmeno.

Il fischietto dell'allenatore strideva di tanto in tanto, ma era un suono lontano, senza importanza.

Winter superò le gradinate, la palestra e proseguì.

Poi sorrise trovandosi di fronte al vecchio edificio.

La sede dei Nox.

«Crede nel destino?» aveva chiesto a Vaughan. Ora cominciava a capire perché non fosse la domanda giusta.

E tu, Winter Starr?

Cameron Farland aveva trascorso un pomeriggio pigro. I lampadari di vetro e ottone davano alla sede dei Nox un'illuminazione rilassante, e non c'era nulla che lui amasse più dell'ozio sui divanetti di velluto del Club mentre i suoi compagni intellettuali studiavano.

Era intelligente e brillante quanto loro, ma non vedeva cosa ci fosse di entusiasmante nello spaccarsi prematuramente la testa su libri che potevano attendere a Cambridge due anni ancora.

Cameron aveva altre ambizioni, c'erano altri vantaggi nella loro condizione che era più divertente sfruttare...

Come la povera Lorna, che lo detestava ma non poteva resistere alla passione.

Un vero peccato non poterla accontentare, pensò il ragazzo distrattamente.

Le regole erano regole… Triste non essere nato quando ancora non c'erano. Allora sì che la disponibilità di Lorna sarebbe stata più interessante!

Fu costretto ad alzarsi.

Gli insegnavano a monitorare i suoi bisogni da una vita e l'impulso in quel momento era comunque troppo forte per poterlo ignorare.

Si era destato all'improvviso, ma la sua intensità non gli lasciava scelta.

Strano, considerò svogliatamente mentre la gola gli si seccava rapida.

Winter trovò la porta aperta. Esitò per qualche istante, chiedendosi se fosse quello il destino… Eppure sapeva che era troppo tardi per impedirsi di entrare.

Sgattaiolò all'interno col cuore che le batteva fortissimo, tanto agitata da tremare. Si sentiva una specie di folle Cappuccetto Rosso pronta ad addentrarsi nella tana del lupo.

Il corridoio era buio e deserto. Nemmeno il più piccolo suono rompeva il silenzio.

Solo un'occhiata veloce, Winter! si ammonì.

Brividi improvvisi cominciarono a scuoterla mentre percorreva il corridoio.

C'era una porta alla sua destra. Winter l'aprì.

— Che diavolo ci fai qui?

Cameron Farland soffiò quelle parole con voce gelida, facendola sobbalzare. Si portò all'altro capo della stanza, vicino a un camino di pietra, e il suo volto pallido parve galleggiare sospeso nella penombra.

Winter represse l'urlo che le urgeva nel petto. *Calma, è solo Farland…*

Mosse un passo indietro e si ritrovò contro lo stipite di legno scuro.

Lo sguardo del ragazzo era rovente, graffiava la pelle.

— Lorna… — fu tutto ciò che riuscì a mettere insieme per giustificarsi — cercavo Lorna…

— Qui non c'è — disse lui, la voce resa roca dall'arsura.

Vattene! Le ordinò un istinto prudente.

La gola del ragazzo era serrata dai crampi. Winter Starr non avrebbe potuto scegliere un momento peggiore per quell'improvvisata. Tentò di fingere che non fosse lì. Doveva solo svuotare quel maledetto bicchiere…

Vattene! Le gridò contro nella sua mente. Resistere non avrebbe che peggiorato le cose.

Rigido, nello sforzo di controllarsi, si avvicinò al tavolino d'un passo.

Resisti, Cam, si ordinò serrando i denti.

— Qualcosa non va, Farland? — gli domandò la ragazza. Era innaturalmente pallido e un'espressione sofferente gli contorceva il viso.

Winter poteva avvertire la sua angoscia.

Senza distogliere gli occhi dal suo viso, riuscì a ricostruire la traiettoria del suo sguardo.

Il bicchiere.

Era colmo di un vino rosso cupo.

Muovendosi senza fretta, Winter lo prese in mano.

Aveva un odore strano, familiare in qualche modo. Fu in quell'istante che comprese.

Poi Cameron le fu addosso, intrappolandola contro il muro. Il contenuto del calice si rovesciò intorno in un'onda sanguigna.

Sugnwr gwaed, ripeté Bethan Davies nella sua mente. Vampiro.

Winter urlò, travolta dal terrore e da un turbinio di sensazioni.

35

Il professor Vaughan si gettò contro Farland con una rapidità inumana. Lo strappò letteralmente di dosso a Winter Starr, scaraventandolo lontano.

Il giovane ricadde contro la parete e la ragazza riprese a urlare.

Solo allora il tempo ricominciò a correre. Farland ricadde a terra, raccogliendo le ginocchia sotto di sé. Sollevò su di loro uno sguardo fiammeggiante e saltò di nuovo con la grazia possente di un grosso predatore. Rhys Llewelyn le si parò davanti un istante prima che riuscisse ad afferrarla. Lo spinse indietro come se non pesasse nulla.

Le ginocchia di Winter cedettero. Si lasciò scivolare in basso, premendosi il più possibile contro la parete.

Sugnwr gwaed…

Era travolta da una tempesta di sensazioni inspiegabili. Le vertigini erano così forti da immobilizzarla.

Scossa da brividi continui, giacque senza accorgersi delle lacrime che le scorrevano sulle guance.

Vaughan si parò al centro della stanza.

— Controllati, Farland! — ruggì fissandolo con una luce di minaccia ben visibile nello sguardo. Rhys era fermo davanti a lei, ogni muscolo teso e pronto allo scatto.

Non è possibile, non è possibile! Winter continuava a ripeterselo come una formula magica mentre sentiva montare sempre più il terrore.

Anche Farland tremava. Stava lottando per calmarsi, ma era una battaglia che non poteva vincere.

Il professore balzò su di lui e lo inchiodò a terra, piantandogli un ginocchio sulla pancia.

— Llewelyn — chiamò.

Winter si sentì naufragare quando Rhys si voltò a guardarla per un istante solo, prima di rialzarsi come in trance. I suoi occhi color diaspro avevano un luccichio innaturale, la bella bocca increspata lasciava intravedere i canini.

La pervase il terrore, ma nello stesso momento il sentimento sbiadito che non riusciva a dimenticare esplose come un vulcano.

Il palmo della mano le doleva. Costringendosi a riaprire le dita mentre il professore e Rhys circondavano Farland, Winter vi riscoprì il ciondolo di cristallo.

Automaticamente, se lo rimise al collo.

Quando comprese che le gambe l'avrebbero retta, si rialzò in piedi barcollando e mosse qualche passo incerto.

— Starr — la richiamò la voce gentile del professore. — Aspetta, Winter...

36

Sprofondata nel divanetto come se volesse lasciarsene inghiottire, Winter Starr continuava a rifiutarsi di guardarli. Teneva l'indice tra i denti, mordendolo abbastanza forte da farsi male.

Era solo quel lieve dolore a impedirle di abbandonarsi a una crisi nervosa.

Il professor Vaughan non poteva fare a meno di fissarla, chiedendosi cosa fare.

Qualcuno le aveva portato una maglietta pulita, ma Winter si sentiva ancora sulla pelle il liquido schizzato fuori dal bicchiere. Sangue.

Si strinse nelle braccia, mentre brividi ininterrotti continuavano a scuoterla.

I signori Chiplin e Gareth li avevano subito raggiunti, e ora le sedevano accanto con espressione tormentata. Morwenna le posò una mano sul ginocchio con un sospiro.

Winter l'avrebbe respinta se non fosse stata in qualche modo confortante.

Ne seguì il movimento a occhi sbarrati. Un alone rosso le macchiava la gamba, là dove era schizzato il liquido del bicchiere. Le sue palpitazioni aumentarono.

Vaughan parve intuire i suoi pensieri.

— Quello non è sangue umano, Winter — disse, parlando a voce bassa e ferma per non spaventarla ulteriormente.

Lo sguardo della ragazza guizzò su di lui, ritraendosi immediatamente. Era pallidissima.

— Nessuno di noi attacca gli umani, te lo giuro — soggiunse il professore. — Esiste un surrogato sintetico che ci permette di sopravvivere senza danneggiarvi. Il Patto ce lo vieta.

Winter vide Gareth incupirsi.

— Se non fosse che Farland l'ha appena aggredita! — ringhiò poi, incapace di trattenersi.

Farland, all'altro capo della stanza, riprese a tormentarsi le mani inquieto, gli occhi fissi sui disegni orientali del tappeto ai suoi piedi.

— È il Potere! — esclamò improvvisamente. Aveva gli occhi lucidi e sussultò sotto lo sguardo di Vaughan.

— Credi di aver diritto di giustificarti, Cameron? — lo gelò il professore. — Per quello che hai fatto non esiste alcuna scusante!

Farland continuò a tremare, ma cercò con gli occhi il viso di Winter.

— Lo so — mormorò.

Confusamente, Winter si ritrovò a pensare al morso perfettamente ovale sulla gamba della sua amica.

— Hai fatto del male anche a Lorna? — domandò con un filo di voce.

— No! — lo sguardo del giovane vampiro era pieno d'orrore. — Lei è attratta da noi. E a modo mio anch'io le sono affezionato.

— Solo perché il Patto ti vieta di morderla — lo accusò Gareth con rabbia — altrimenti non ti faresti alcuno scrupolo a bere il suo sangue!

Cameron alzò le spalle.

— Solo se fosse consentito, e se lei me lo offrisse, Chiplin — ammise con semplicità.

Winter si morse le labbra. In mezzo alla confusione, ricordò le sensazioni che Rhys aveva scatenato in lei. Era questo ciò che provava nei suoi confronti?

Perché qualcosa provava anche lui: ciò che avevano condiviso, il modo in cui continuava a spiare il suo viso senza poterselo impedire gliene davano la certezza.

Desiderava il suo sangue?

Lacrime di orrore le riempirono gli occhi. Un brivido congelò i suoi pensieri.

La voce di Gareth la raggiunse come un'eco lontana.

— Non è neppure la prima volta che Winter viene attaccata!

Vaughan gli rivolse uno sguardo duro, ma solo Rhys e Farland parvero davvero sorpresi. Gli altri sapevano già cosa le era accaduto.

— Purtroppo qualcuno si ribella ancora — sospirò il professore.

Winter nascose il viso tra le mani. Mentre la tensione si addensava nell'aria, Morwenna sollevò le braccia.

— Volete proprio spaventarla a morte? — esplose. — Questa ragazza non sa ancora niente. Non è abbastanza che abbia scoperto le cose in questo modo?

I suoi occhi inchiodarono quelli del marito, impegnandolo in una muta conversazione. Infine, Griffith si voltò verso Winter.

— *Quindici anni fa* l'Ordine della Notte, ossia la suprema autorità tra i vampiri, strinse con gli umani a cui era nota la loro esistenza un trattato di pace che li impegnava a non danneggiarli e a sottomettersi al Consiglio delle Due Stirpi — spiegò con un sospiro. — A capo del Consiglio sono posti il Gran Maestro dell'Ordine e il Pater, la guida di ciò che chiamiamo Famiglie.

L'uomo si interruppe per lasciarle il tempo di elaborare le informazioni. Aspirò profondamente dal cannello della pipa e l'aria si riempì di fumo dolce.

— Le Famiglie riuniscono gli umani che, come noi, si tramandano il segreto dell'esistenza dei vampiri di generazione in generazione.

Winter si limitò a guardarlo. L'immagine della balestra con il sole inciso, le balenò nella mente, ma si sentiva la testa annebbiata, troppo sconvolta persino per porsi domande.

Desiderava solo poter fuggire, scappare lontano da quegli incubi spaventosi.

— E l'impegno di tutti, Famiglie e Ordine della Notte, è quello di poter permettere una pacifica convivenza tra le nostre due razze. A questo serve il Patto. Ci è costato un prezzo durissimo, molti ci hanno rimesso la vita, però ha segnato l'inizio di una nuova era...

Winter lo ascoltò parlare attonita. Mentre il suo sguardo riprendeva a vagare, Vaughan le sorrise come se condividessero un segreto.

— Credo sia la risposta a buona parte dei tuoi dubbi, Winter — le disse. — Il conflitto che lo precedette fu così turbolento che, da queste parti, fummo costretti a dare alle fiamme la vecchia sede del Consiglio per poterlo coprire. Poi il Patto ha messo fine alle aggressioni... almeno fino a ora.

— Proprio alla vigilia del rinnovo... — osservò Griffith quasi tra sé.

Ripresero a parlare tra loro, le voci che si sovrapponevano, e Winter non riuscì più a sopportarlo.

— Perché mi avete raccontato tutto questo? Non esisteva alternativa o...

Dovette interrompersi. Improvvisamente le mancò il fiato.

Morwenna provò l'istinto di abbracciarla, ma la sua espressione bruciante, piena d'accusa, la trattenne.

Le prese una mano tra le sue.

— Questa è anche la *tua* storia, Winter. Susan Bray non poteva prevedere i disordini che si sono verificati, ma anche lei appartiene alle Famiglie e sapeva quello che faceva quando ti ha affidato a noi... Le Famiglie si sono sempre prese cura di te perché tua nonna è una di noi.

— No — mormorò Winter — no! Non può essere vero!

Non voleva più ascoltarla, non voleva nemmeno pensarci. Non poteva credere davvero che la nonna...

E i suoi genitori, allora?

Si sentì mancare. D'improvviso comprese che le avevano sempre mentito. Le parve che le avessero portato via tutta la sua vita.

Un singhiozzo le contorse la gola, la tristezza esplose con la violenza di un uragano.

Poi fu pervasa da una calma gelida come ghiaccio.

Lasciando la sede dei Nox, Winter lanciò un'ultima occhiata al professore.

— No, non credo al destino — gli disse seria.

Lui ricambiò lo sguardo, incuriosito.

— Non era questa la domanda giusta?

Il vampiro sorrise fuggevolmente.

37

— Che accidenti ci fai qui?
Madison Winston le aprì incredula.

Winter non le rispose nemmeno. Affondò tra le sue braccia e la strinse forte.

Madison odorava di casa, di luogo sicuro, di pace. Aveva il profumo della sua vecchia vita.

— Non chiedermi niente, Mad! — la supplicò aspirando avidamente l'aroma della sua maglietta punk impregnata di tabacco.

Era la solita Madison, con due codini rosso mogano disordinati, i residui di una ciocca verde e i jeans strappati.

Winter sospirò di sollievo.

Poi Madison le mise le mani sulle spalle scostandola appena e si prese qualche istante per valutare la sua espressione sconvolta.

— Hai ragione, non è il caso — convenne aggrottando la fronte. — Dai, usciamo!

La minuscola stazione di polizia di Cae Mefus era quanto di più lontano da Scotland Yard si potesse immaginare. Occupava qualche locale nel vecchio edificio in cui erano concentrati tutti gli uffici pubblici. I neon antiquati avrebbero avuto bisogno di una spolverata e i computer in dotazione non erano certo di ultimo modello, eppure Evans era affezionato a quel posto.

C'era un piccolo locale d'ingresso e un unico ufficio con un archivio di metallo chiaro, due scrivanie e una macchinetta del caffè, che produceva un intruglio pieno di calcare ma tutto sommato bevibile.

Evans, appena rientrato da un giro di pattuglia per il paese, era seduto alla scrivania più grande. Sollevando la propria tazza, sbuffò notando il cerchio umido e perfetto che aveva lasciato su un articolo del settimanale locale. Raccattò una velina dalla scatola di cartone che aveva sotterrato sotto pile di scartoffie e tentò di rimediare al danno senza troppa convinzione.

Il giornalista riferiva che la signora Martin di Glan Gors aveva denunciato da qualche giorno la presenza di vandali nei boschi poco lontani da casa sua.

Evans progettava di andarla a trovare, prima o poi.

Il telefono squillò a lungo prima di riuscire a interrompere i suoi pensieri, e per la verità lui si riscosse solo quando sentì il suo vice rispondere in tono calmo e deciso: — Polizia di Cae Mefus.

Sorrise. Danny era bravo al telefono. Era tranquillo, ma mai annoiato, e la sua bella voce bassa sembrava fatta apposta per comunicare una solida sicurezza.

Scambiò qualche parola con l'interlocutore sconosciuto, poi, con la fronte aggrottata, rivolse uno sguardo a Evans, che tese il braccio per prendere il cordless.

— Parla Evans — fu la sua concisa presentazione. — Ah, è lei, Morwenna...

Danny non era tipo da fare domande, ma il capo della polizia si alzò, allontanandosi di qualche passo per precauzione.

— Mi dica.

Il suo viso sbiancò, mentre Morwenna Chiplin parlava.

Cosa sta succedendo alla mia città? tornò a domandarsi sconsolato.

Forse mentre le trombe dell'Apocalisse suonavano, lui era stato troppo occupato a guardare i Saders realizzare una meta.

Al termine della conversazione lasciò la stazione di polizia senza una parola.

Morwenna invece trascorse ore in attesa gironzolando accanto al telefono della sala.

Aveva per Winter una simpatia che nessuno ignorava. Era tutt'altro che una stupida, perciò non le era molto difficile sospettare che la scomparsa della giovane Starr non fosse tanto una tragica fatalità quanto una fuga.

— Non possiamo più aspettare, Morwenna — le ricordò suo marito mentre anche il pomeriggio volgeva al termine.

La donna si decise finalmente a sedersi al suo fianco e lo abbracciò forte.

— D'accordo — acconsentì riluttante. Sapeva che Griffith aveva atteso fino a quel momento solo per amor suo.

— È meglio anche per lei, tesoro — tentò di confortarla l'uomo. — Winter ha bisogno di qualcuno che la protegga...

Morwenna gli scoccò un'occhiata insofferente.

— Intendi Fennah? — domandò con freddezza. — Le Famiglie continueranno a proteggerla come hanno fatto finora? Tenendola all'oscuro di tutto fino a quando non sarà troppo tardi?

Griffith emise un sospiro pensieroso.

— Non conosciamo tutte le ragioni dietro le scelte del Consiglio. Il Pater ha i mezzi per prendere le decisioni migliori... Avremmo dovuto chiamarlo già ore fa!

Il tono del marito la irritò.

— Abbiamo atteso che venisse aggredita due volte prima di rivelarle la verità, che ci si scontrasse da sola... Prova a pensare che al suo posto potrebbe esserci uno dei nostri figli, Griff! — insistette fieramente. — Farland poteva ucciderla, e anche quel vampiro nel bosco.

Griffith la guardò a lungo. Dopo tanti anni insieme riusciva a immaginare cosa passasse per la testa a sua moglie.

Ma anche lui stava pensando ai ragazzi. Bisognava tenere la testa sulle spalle. Eleri sapeva tutto ormai da anni, ma non sarebbe stata meno in pericolo di Winter se un vampiro l'avesse aggredita.

Fino a quel momento avevano entrambi creduto che Marion Starr avesse solo cercato di offrire alla nipote una vita più sicura. Che il Consiglio ne avesse semplicemente rispettato le decisioni.

L'uomo serrò le labbra. Erano tutti sotto pressione, ma Morwenna aveva ragione: che ragione c'era di riportare Winter in seno alle Famiglie?

Nessuno poteva prevedere i disordini che si stavano verificando... e nessuno ne conosceva le cause.

Evitando risolutamente di immergersi in nuovi dilemmi, sollevò il ricevitore, pronto a eseguire gli ordini.

38

Susan Bray sbuffò nell'istante esatto in cui i suoi occhi si aprirono e allungò la mano verso il telefono rischiando di abbattere la bottiglia d'acqua poggiata sul comodino.

— Chi è? — domandò con la cortesia tipica di chi viene svegliato a mezzanotte. Fino a pochi istanti prima stava beatamente dormendo nel suo letto con l'aiuto di qualche goccia di sonnifero.

Le chiamate a quell'ora in genere significavano guai, perciò non fu troppo sorpresa di riconoscere il buon giudice Moore all'altro capo della linea.

— Cristo, Bray, ma non lo guardi il cellulare?

— Non quando dormo, Richard — mormorò con la voce ancora impastata dal sonno.

— Be', fatti un caffè e svegliati!

Il tono dell'uomo suggeriva di non protestare. L'avvocatessa si alzò con un sospiro e rabbrividì al contatto con l'aria fredda.

Sta davvero arrivando l'inverno, considerò senza entusiasmo mentre i suoi ingranaggi riprendevano a funzionare.

Accese la luce e si diresse in cucina col cordless incastrato tra la spalla e l'orecchio.

— Allora, che nuovo problema abbiamo?

Moore le rise nell'orecchio.

— Credo il peggiore — replicò mentre lei già si accendeva una sigaretta — la ragazza è scomparsa...

L'accendino rischiò di caderle di mano.

— Scomparsa?

— Già. L'ufficio di Fennah mi sta sul collo. Come puoi immaginare.

— Addirittura il Consiglio...

— Per ora tentiamo di giocarcela in casa. — Una breve pausa e Susan riuscì quasi a visualizzarlo mentre mandava giù il suo scotch costoso. La sua preziosa riserva ne sarebbe uscita tutt'altro che indenne. — Ma Lochinvar e l'Ordine dovranno saperlo prima di sera. Chiama la Norton, i Chiplin, anche il Padreterno se ti riesce, ma ritrovala subito!

La donna aspirò tanto nervosamente da farsi venire le palpitazioni.

— Se pensi che sappia dove trovare Winter sei un illuso, Richard! — precisò tesa.

— Abbiamo sedici stramaledette ore prima che si prendano la nostra testa! — esclamò Moore.

— Tieni le linee libere. Non allontanarti dalla scrivania neanche per andare in bagno — ordinò l'avvocatessa senza mezzi termini. — Ho bisogno che raccogli ogni informazione possibile e me la passi. A me tocca perlustrare Londra pollice a pollice.

Winter era seduta sulle ginocchia di Madison, in mezzo ai Sin-derella, nel frastuono del Rainbow. Le girava la testa ma si sforzava disperatamente di divertirsi.

A quella festa improvvisata non mancava nessuno della band. Gli altoparlanti parevano ripetere la solita vecchia compilation di pezzi metal e l'unico cambiamento di quel periodo sembravano i dread ossigenati di Cob.

— Allora come ti va in Galles? — strillò Kenneth.

Winter si voltò a fissarlo con espressione truce.

— Al diavolo il Galles! — se ne uscì con un po' troppa enfasi. — Il prossimo che ne parla…

I Sin-derella risero.

— Il carattere è peggiorato! — borbottò Kenneth di rimando. Winter tentò di rifilargli un pugno sul braccio e, quando lui si scansò, perse l'equilibrio ritrovandosi sdraiata sulle sue gambe.

Senza curarsi di fargli male, si spostò sulla schiena e scoppiò a ridere.

— Mi siete mancati — annunciò.

Il ragazzo la guardò scuotendo la testa.

— Ma quanto cavolo hai bevuto?

— Pochissimo! — mentì Winter. — Adesso non posso neanche dire che mi mancavano i miei amici senza essere ubriaca?

Sapeva che Madison la stava fissando preoccupata. Non l'avevano mai vista in quelle condizioni.

Ma a Winter non importava, voleva solo assaporare quella serata, sentirsi a casa. Era quella la sua vita e aveva tutte le intenzioni di riprendersela lasciando gli incubi agli altri.

Dopo una perlustrazione infruttuosa nel vecchio appartamento di Winter e della nonna, l'ospedale era il luogo più ovvio da cui partire, forse addirittura troppo scontato perché Susan si attendesse davvero dei risultati.

— Lei può giurarmi che non è stata qui, vero?

L'infermiera di turno la guardò spazientita. Era un donnone massiccio con la divisa tesa sui fianchi.

— No, signora — la contraddisse in modo poco gentile — posso solo dirle che io non l'ho vista.

— D'accordo, d'accordo.

L'avvocatessa desistette. Che Winter fosse corsa al St Charles avrebbe davvero semplificato le cose, ma non ci aveva mai contato troppo.

Trasse dall'agenda un biglietto da visita e lo porse all'infermiera frettolosamente.

— Mi chiami subito se dovesse venire — la pregò con tutto il garbo possibile — è davvero importante.

Il donnone studiò il cartoncino senza fretta e solo quando ebbe terminato perse un po' della sua asprezza.

— Va bene, avvocato — acconsentì. — Lo riferirò anche alle colleghe del turno di giorno...

— Allora? — indagò Madison sulla porta di casa Starr al termine di quell'assurda serata. — Ti decidi a dirmi cosa ti sta succedendo?

Winter fece una smorfia sofferente.

— Niente — glissò.

L'altra ragazza provò il desiderio di scuoterla.

— Cazzate, Win! — ringhiò quindi. — Sei ubriaca fradicia e ancora non ti sei rilassata. Perché?

Winter sentì le lacrime salirle agli occhi.

— Avevo bisogno di cambiare aria — si limitò a rispondere.

Madison però non ci mise molto a capire.

— Sei scappata? — domandò incredula. — È così, Winter?

La conferma era dipinta sul suo viso.

— Sei impazzita? — la assalì quindi. — Te ne sei semplicemente andata senza una parola? Ma come accidenti ti è venuto in mente?

Lo sguardo di Winter rimaneva fisso sulla punta non più bianca delle sue All Star mentre la pazienza di Madison si esauriva del tutto.

— Win, saranno tutti terribilmente in pensiero! Non puoi sparire di punto in bianco...

E non era nemmeno il tipo da farlo, si obbligò a ricordare.

— Perché?

Winter infilò la chiave nella toppa con le mani che tremavano. Fece scattare la serratura come se da quello dipendesse la sua vita.

— Non rompere, Mad! — sibilò quando finalmente la porta si schiuse.

Il volto sempre sorridente di Madison si oscurò.

Le posò una mano sul braccio.

— Solo questa notte, Mad — la pregò con più dolcezza. — Lasciami solo questa notte per capire cosa fare. Domani ti spiegherò quello che posso, ma per il momento non dire niente a nessuno! Per favore!

Madison sbuffò.

Quando l'amica se ne fu andata, una profonda solitudine avvolse Winter.

Rigirò la chiave fino a bloccare la serratura e si lasciò scivolare a terra.

Deserta e buia, casa Starr non le era mai parsa così triste.

Mentre le lacrime ricominciavano a scorrere, si passò una mano sui capelli.

— E adesso? — domandò alle pareti silenziose.

Ripiegò la testa all'indietro e rimase a fissare l'unico raggio di luce che filtrava dalle persiane.

39

Il rumore del traffico londinese si insinuò nei suoi sogni. Era fastidioso e in qualche modo sbagliato.

Winter riaprì gli occhi lentamente e scoprì di essersi addormentata sul pavimento dell'ingresso. Si rialzò piano, indolenzita.

La sua testa si riempì immediatamente di incubi e ricordi. I vampiri, i Nox, il sangue nel calice...

Il cuore accelerò i battiti. Con uno sforzo enorme, Winter scacciò quelle immagini concentrandosi su ciò che la circondava.

La prima cosa che riuscì a mettere a fuoco fu una pallida ragnatela che penzolava dalla cornice della porta tra il corridoio e il salotto.

Premette l'interruttore continuando a guardarla e, alla luce, scorse il piccolo ragno che la abitava e che saggiava i fili con le zampe esili.

Winter lo invidiò. Nessuno lo aveva costretto a traslocare. Era rimasto nel punto in cui probabilmente la nonna si era dimenticata di togliere la polvere qualche mese prima, e si era anche sistemato bene.

Ne provò quasi rabbia.

Si trovava nell'appartamento dove aveva trascorso gli ultimi cinque anni della sua vita, ed era triste perché non era più casa.

Era inspiegabilmente diverso, *lei* era diversa.

Si diresse verso la cucina solo per un riflesso automatico. Stava per aprire il frigorifero quando si fermò, ricordando con una fitta di tristezza che nessuno viveva più lì.

Sospirando, tornò nell'ingresso. Indugiò per qualche istante poi proseguì attraverso il piccolo corridoio.

La casa era esattamente come l'aveva lasciata. Per un istante sperò quasi di sentire la voce della nonna che cantava mentre stendeva i panni in bagno.

Scosse la testa. Non voleva pensare a lei...

Spalancò la porta della propria stanza e un sentore pesante di chiuso le giunse alle narici.

Accese la luce. Le parve di contemplare una vecchissima foto.

Ogni cosa parlava di lei: il poster degli Apocalyptica che aveva vinto scommettendo con Kenneth, i suoi libri sullo scaffale, la mensola con qualche bambola di quando era bambina.

Ma le sembrava tutto lontano. E falso.

Winter raggiunse la stanza della nonna. Osservò il comò, un cimelio di famiglia che le aveva seguite in ogni trasloco, e la vista della cornicetta d'argento la fece sorridere. Dentro c'era una foto di loro due.

Ci tenevi così tanto, nonna...

Marion non era troppo sentimentale, ma aveva i suoi ricordi e le piaceva circondarsene.

All'improvviso le venne in mente che da qualche parte doveva esserci la foto dei suoi genitori.

Istintivamente, cominciò ad aprire i cassetti.

— Questa è la segreteria telefonica...

Madison richiuse l'aletta del cellulare con un sospiro. Winter le aveva chiesto una notte e una notte era passata.

Solo che al risveglio lei si era trovata davanti una preoccupatissima Susan Bray.

La ragazza era nervosa. Risollevò l'aletta e armeggiò per togliere la suoneria. Sbagliò un paio di tentativi nella fretta, e infine si cacciò il telefono nella tasca dei jeans.

L'unica cosa certa era che non poteva rivelare all'avvocatessa che Winter era stata lì.

— Ecco il caffè... — annunciò decidendosi a riemergere dalla cucina con un vassoio in mano.

Per poco l'agitazione non la fece inciampare nel tappeto. Susan sollevò su di lei uno sguardo indagatore.

— So quanto siete amiche, Madison — riprese quindi a dire senza staccarle gli occhi di dosso mentre posava il suo carico sul tavolo. Susan Bray non si fidava affatto e Madison non poteva proprio darle torto. Lei e Winter si erano coperte a vicenda fin dal primo giorno della loro conoscenza.

— Quanto zucchero? — domandò imponendosi di stare tranquilla.

— Amaro, grazie.

Accorgendosi che il tintinnio del cucchiaino contro la porcellana cominciava a risultare fastidioso, ricambiò lo sguardo della donna con aria di scusa.

Cercò di pensare più in fretta che poteva e si decise per una versione della verità solo leggermente corretta.

— A dire il vero non è che ci sentiamo più molto... Suppongo si stia inserendo nel nuovo ambiente, sa com'è.

Per maggiore realismo, Madison diede alla sua voce una sfumatura dispiaciuta.

Susan sollevò la tazzina.

— Ti ha mai raccontato qualcosa di particolare? — chiese quindi.

L'aveva buttata lì in modo quasi casuale, come se della risposta non le importasse granché. Madison finse lo stesso di pensarci.

— Nulla di importante... le solite cose, direi — prima di parlare aveva contato fino a dieci. Le parve una strategia abbastanza efficace.

In realtà nessuna delle loro conversazioni telefoniche l'aveva più convinta da quando Winter si era trasferita.

— Madison — fece ancora l'avvocatessa nell'evidente tentativo di impressionarla — mi prometteresti di chiamarmi in caso si facesse viva? O anche se dovesse venirti in mente qualcosa di interessante?

Lei chinò il capo guardando una goccia di caffè percorrere tutta la parete esterna della sua tazzina, sospirò e finalmente annuì.

— Come ha detto, sa quanto siamo amiche — affermò augurandosi che l'avvocatessa lo credesse un assenso.

Accompagnò la sua ospite alla porta e poi digitò in fretta un SMS.

«Stata qui Bray. Chiama!»

Susan ripassò davanti a casa Starr ormai prossima allo sconforto. Porta sprangata, persiane chiuse... Era già stata lì alle due di notte senza trovare niente e con ogni probabilità anche adesso avrebbe solo perso tempo prezioso.

Sbuffando, mise mano alla borsetta per cercare le chiavi dell'appartamento.

Non sapeva proprio cosa pensare. Dopotutto, Madison poteva essere stata sincera, anche lei era parsa preoccupata della notizia.

Stava quasi per infilare le chiavi nella toppa quando il suo telefono prese a squillare.

— Bray — rispose concisa.

— Sono Richard. Novità?

— Quanto scotch hai già bevuto, giudice? — gli rispose tagliente. — Non credi che saresti il primo a saperle se ce ne fossero?

Moore capiva quando era il caso di ignorare il suo sarcasmo.

— Scotland Yard — ordinò infatti come se lei non avesse fiatato. — Ho allertato uno dei nostri contatti. Ti aspetta tra venti minuti al McDonald's di Victoria Street.

La donna imprecò tra sé. Nel traffico londinese del mattino era come pretendere che si teletrasportasse.

— Vado. Ci aggiorniamo più tardi.

Richiuse la borsa e si avviò in fretta.

40

Gentile signora Starr,
a nome del Consiglio, desidero innanzitutto e nuovamente ringraziarla per il suo ottimo operato.

Ad attrarre Winter era stato il sole radioso stampato sulla busta. Lo stemma delle Famiglie.

Che la nonna sapesse, non era più un segreto. Un plico di vecchie lettere indirizzate a lei, nascoste sul fondo di un cassetto, la costrinse però a chiedersi quanto.

Il «suo ottimo operato?» Qualcosa le diceva che non si trattava di una semplice formula di cortesia.

Gli occhi della ragazza scorsero rapidamente le righe. Erano vergate a mano, con la calligrafia ordinata di una persona scrupolosa.

Il contenuto dei suoi rapporti è pienamente soddisfacente. Per il futuro, il nostro consiglio è di mantenersi sulla stessa linea.
Cogliendo l'occasione, le rinnovo i più cordiali saluti,
Aeron Fennah

Winter afferrò la busta successiva.
Stessa effigie, stessa grafia.

Gentile signora Starr,
i nostri osservatori riferiscono di disordini di incerta gravità nei dintorni di Edimburgo.
Certo del suo rigore impeccabile, ritengo superfluo dilungarmi sulla necessità della massima riservatezza.
Eventuali nuove disposizioni le saranno comunicate, ove necessarie, nel solito modo.
Cordiali saluti,

Aeron Fennah

Le sudavano i palmi. Indagare nel passato della nonna la metteva a disagio, per quanto si sforzasse di ripetersi che ne aveva ogni diritto.

La lettera seguente esordiva come le altre.

Winter fu tentata di rinunciare a leggerla. Gli affari delle Famiglie non la riguardavano. Che motivo aveva di invadere la sfera che la nonna si era sempre rifiutata di condividere con lei?

È anche la mia storia, si disse spazientita.

E ricominciò a leggere.

Le ribadisco che la bambina non deve sapere fino a che questo Consiglio non lo riterrà opportuno.
Confidando nella sua assoluta collaborazione, la saluto,

Aeron Fennah

Il cuore di Winter accelerò i battiti. La carta ingiallita l'aveva ingannata. Controllò le date, scoprendo che erano molto più recenti di quanto si fosse aspettata.

Settembre 1997, aprile 1998, dicembre 2004.

La «bambina», dunque, non poteva che essere lei.

Winter cominciò a passare in rassegna ogni foglio alla ricerca della prima missiva.

Novembre 1994.

Lei allora aveva un anno. Meno di due mesi dopo la morte dei suoi genitori.

Gentilissima signora Starr,
per delibera del Consiglio, abbiamo il privilegio di informarla che la sua richiesta è stata accolta.
L'avvocatessa Bray sbrigherà a nome suo, e con la nostra supervisione, le pratiche necessarie per ufficializzare l'adozione.
La sola condizione che il nostro Consiglio pone è che entrambe vi allontaniate dalle Famiglie e dall'Ordine. Richiediamo, a tal fine e per la vostra stessa sicurezza, che la bambina cresca ignorando le proprie origini, in modo da evitare qualsiasi rischio presente e futuro.
Ci riserviamo altresì il diritto di disporre diversamente qualora le condizioni lo rendano necessario.
Con la preghiera di non conservare i cartigli della nostra corrispondenza, le inviamo i nostri saluti e i migliori auguri.

Questa volta le firme erano due, Aeron Fennah e Alaric Lochinvar, ma Winter quasi non riuscì a leggerle. Una grossa lacrima le rotolò sulla guancia, poi cadde sul foglio scolorendo l'inchiostro.

Faceva un male dannato, eppure doveva sapere.

Winter ritrovò sulle pagine le date di ogni suo trasferimento, commenti sui suoi risultati, sul comportamento della nonna, su decine di piccoli fatti insignificanti.

Frugando nel cassetto con gesti nervosi, trovò un pesante faldone dalla copertina scura. Lo aprì senza esitazione e scoprì che conteneva una raccolta di articoli di giornale.

Cominciò a sfogliarli. *L'ombra del vampiro sull'aggressione di Walton Street.* Con un brivido, Winter ricordò di averlo già visto il 20 agosto 2009, proprio il giorno in cui la nonna era stata ricoverata, l'ultimo giorno della sua vecchia vita... Se solo se ne fosse ricordata prima!

Proseguì con mani tremanti.

"The Guardian". 17 gennaio 2005.
Vampiro azzanna Birmingham[1]
di Sam Jones

È risaputo che le leggende metropolitane occasionalmente ammiccano ai limiti della credibilità, ma gli abitanti di Birmingham trovano difficile ridere della possibilità che un vampiro possa essere in agguato in città.

Storie riguardo a un uomo che si aggira furtivo per le strade affondando i denti nei passanti hanno cominciato a circolare il mese scorso nell'area cittadina di Ward End...

I media locali sono stati inondati di chiamate da parte di abitanti delle aree di Saltley, Small Heath e Alum Rock, che riferiscono di attacchi.

E se non si fosse trattato di una leggenda metropolitana? Se fosse stato tutto reale?

Ma la West Midlands Police ritiene che tali segnalazioni abbiano più a che fare con un'esagerata montatura piuttosto che con un succhiasangue in caccia.

Perdevano credibilità a causa della mancanza di vittime autentiche. «A oggi non abbiamo ricevuto alcu-

[1] Liberamente tradotto da *Vampire takes a bite out of Brum,* di Sam Jones, "The Guardian", 17 gennaio 2005.

na denuncia da parte di qualcuno che dichiari di essere stato morso. Questa ha tutta l'apparenza della leggenda metropolitana.»

«Esagerata montatura», come l'aggressione di Lorna e tutte le cose strane che stavano capitando a Cae Mefus...

Gennaio 2005: proprio in quel mese il tribunale, o piuttosto le Famiglie, avevano decretato la necessità del loro ultimo trasferimento.

Aeron Fennah, nella lettera d'accompagnamento alla nonna, si raccomandava di non cedere. Segretezza. Di nuovo.

L'allarme pubblico è stato arginato. La linea di condotta da seguire è la medesima.

Lei e la nonna non avevano mai lasciato davvero le Famiglie. Erano state pedine di qualche gioco impossibile da capire. Le avevano osservate, vegliate, dirette in ogni loro passo.

Non erano mai state libere.

Perché?

Winter tirò fuori il cassetto successivo. Sfuggendo ai cardini, finì a terra in un mare di fogli.

41

Cameron Farland continuava a camminare nervosamente lungo il perimetro della stanza e Rhys non se la sentiva certo di biasimarlo.

Il professor Vaughan aveva caldamente consigliato che per qualche tempo non lasciasse la sede del Club e il ragazzo sapeva di essere agli arresti domiciliari almeno fino a quando l'Ordine non si fosse pronunciato.

— Non credo che la punizione sarà troppo severa, Cameron — provò a confortarlo Rhys.

L'altro rise, rimanendo poi a fissarlo con sguardo spento.

— Lo meriterei — replicò in tono duro.

Era evidente che era deluso da se stesso. Era sempre stato una testa calda, il più indisciplinato di tutti loro, ma non avrebbe mai creduto di poter perdere il controllo a tal punto.

Poi entrambi avvertirono un suono quasi impercettibile di passi dal ritmo familiare. Segno che Vaughan voleva annunciarsi o nemmeno loro sarebbero stati in grado di accorgersene.

— Sei tornato in te, Farland?

Facendo il suo ingresso nella stanza, il professore gli

scoccò uno sguardo impietoso. Non attese nemmeno risposta, perché dal suo punto di vista ne esisteva una sola che fosse adeguata.

Andò dritto verso il mobile bar e cominciò a sciogliere il Siero in un calice di cristallo. Rhys aveva notato che l'estetica di quel gesto era una sua piccola vanità. Vaughan lo rigirò nel bicchiere osservando la spirale cremisi allargarsi fino a che l'acqua non ne fu completamente pervasa. Il primo sorso gli diede un brivido di piacere. Forse Vaughan non giustificava il gesto di Cameron, ma di sicuro lo comprendeva. Bastava il solo pensiero di quella sera a far ancora avvertire il tocco formicolante del Potere.

— Confido che lo aiuterai a riflettere sulle possibili conseguenze del suo gesto, Llewelyn — esordì infine. — I Nox qui al St Dewi's sono un esperimento di cui il Gran Maestro potrebbe stancarsi in ogni istante.

Farland si lasciò sprofondare nel divano e Rhys annuì grave.

— Ne siamo consapevoli, professore — garantì senza timore di mentire.

— Meglio così, perché abbiamo un problema piuttosto serio.

I due ragazzi lo guardarono senza capire.

— Winter Starr se n'è andata.

Vaughan continuò a far ondeggiare il liquido nel bicchiere, divertito dalla loro totale confusione.

— Le Famiglie stanno ribaltando il Regno alla sua ricerca — soggiunse dopo qualche istante spiandoli con la coda dell'occhio.

Il volto di Rhys Llewelyn era divenuto impenetrabile, Cameron invece era scivolato nella più completa immobilità.

— Posso provare a indagare con Lorna, sono amiche — azzardò dopo qualche istante di silenzio.

— Voglio che Llewelyn sia la tua ombra. Ci vorrà un bel po' prima che ricominci a fidarmi delle tue capacità di controllo — mise in chiaro il professore — e mi aspetto che siate molto riservati.

Prima di seguire Farland all'esterno, Rhys si voltò come per un ripensamento.

— Una sola domanda, signor Vaughan.

Il professore sollevò un sopracciglio.

— Perché tanto fermento per una sola ragazza? Le Famiglie non se ne sono mai occupate prima... Cos'è cambiato?

Forse è qui che ti sbagli, Llewelyn, pensò lui. Poggiò il mento su una mano e socchiuse appena le palpebre, in atteggiamento riflessivo.

— Sarei curioso anch'io di saperlo.

Quando fu solo, Vaughan ricominciò a sorseggiare il Siero trovandolo insoddisfacente come non gli capitava da anni. Senza saperlo, Rhys Llewelyn aveva centrato perfettamente il punto.

Che importanza poteva avere Winter Starr nella partita?

Le Famiglie si prendevano cura dei loro affiliati, d'accordo, ma se c'era una cosa che aveva avuto tutto il tempo di imparare era che non amavano gli sforzi inutili.

E c'era di più: per quale motivo Alaric Lochinvar, il Gran Maestro dell'Ordine della Notte, aveva mandato proprio lui, il suo braccio destro, a vegliarla dopo l'aggressione nel bosco?

Sollevando il bicchiere, dedicò l'ultimo sorso agli occhi d'argento di Winter e ai suoi misteri.

42

15 luglio 2009

Gentile signora Starr,
le scrivo a seguito di una preoccupante segnalazione del giudice Moore.
Consideri questa mia un richiamo informale nella speranza di evitare provvedimenti spiacevoli per tutti.
Fermamente torno a ripeterle che qualsiasi iniziativa personale da parte sua rischierebbe di compromettere il lavoro prezioso di quindici lunghi anni.
Ricordi: questo è un pericolo che nessuno può permettersi di correre, e che né le Famiglie, né l'Ordine sono disposti a tollerare.
In virtù del suo ottimo comportamento degli anni precedenti, mi limito a darle quest'unico avvertimento.
Conosce le regole e la nostra opinione. Rivelare la verità a sua nipote non è decisione che spetti a lei.
Sono certo che non avrà dimenticato la giustizia del Consiglio.

Aeron Fennah

Winter notò alcuni aloni tondi sull'elegante carta color avorio e comprese che la nonna doveva aver pianto.

Lei invece non aveva più lacrime da versare, solo una rabbia cieca che le divorava il petto.

Dopo quindici anni di silenzio, Marion Starr aveva finalmente deciso di parlare, ma aveva commesso l'errore di rivelarlo proprio a chi aveva l'ordine di impedirglielo.

Forse era quello il motivo per cui alla fine aveva avuto intenzione di partire...

Tutto ciò che Winter sapeva di Aeron Fennah era che doveva occupare un vertice talmente alto delle Famiglie da aver diritto di parlare a nome del Consiglio delle Due Stirpi, eppure, per la prima volta, Winter fu certa di odiarlo.

Lo odiava per aver gestito la loro vita come un esperimento, per averla costretta all'ignoranza, per aver spaventato la nonna e per quella frase odiosa: «Rivelare la verità a sua nipote non è decisione che spetti a lei».

Winter sentì un'angoscia dilaniante premerle i polmoni. Le avevano portato via persino il fantasma dei suoi genitori perché ora sapeva che tutto quanto aveva creduto di conoscere di loro era falso.

Basta! Smettila!

Non poteva ancora pensarci o avrebbe perso del tutto il controllo.

Un sudore freddo le imperlò la fronte.

Non esisteva alcuna lettera successiva a quella, solo un foglietto vergato dalla stessa mano, in fretta e con rabbia.

Iago Rhoser. Ufficio di Moore.
h. 10.00 - 20 agosto

A. F.

Fu scossa da una vertigine. Quello stesso pomeriggio, la nonna era stata ricoverata.

PARTE II

Svegliarsi a una vita che scotta

43

— So che avresti voluto rivelarmi tutto, nonna — disse Winter a voce bassa e dolce.

Marion Starr la fissava con occhi vitrei dal proprio letto al St Charles. La sua mano ebbe solo una lieve contrazione sotto quella della nipote.

— C'è sangue dappertutto — mormorò senza alcuna logica.

— Già — replicò la ragazza.

— Sono tanti anni che scorre...

Winter non riuscì neppure a sorriderle.

— L'ho capito solo adesso, nonna.

Sotto i suoi occhi, Marion iniziò a riemergere dalle nebbie del suo stato. La vide annuire piano, incurvare le labbra.

— Sapevo che ce l'avresti fatta, cara.

— Mi dispiace averti lasciato da sola così a lungo...

La voce le si incrinò.

— Non potevi fare diversamente, nessuna di noi poteva farlo. Non sono riuscita a portarti via quel giorno.

Per un attimo sul volto vacuo della donna si riaccese la luce fiera che Winter ricordava. Gli occhi verdi si rianimarono.

— Adesso ci sono io con te, nonna. Non devi più combattere da sola — disse Winter.

Marion rise roca.

— Io ho già perso, piccola mia — disse in un sussurro — la mia testa non è più quella di un tempo...

— Passerà! — Winter sperò con tutta se stessa che non fosse una menzogna.

— Non interrompermi. Non sappiamo quanto tempo abbiamo a disposizione... — proseguì la nonna svelta. — Dovrei ancora dirti così tante cose!

Sospirò e le strinse forte le dita.

— Hai sempre il tuo ciondolo, vero?

Controllò con uno sguardo che la catenina d'argento le cingesse ancora il collo e annuì di nuovo.

— Non separartene mai! — ingiunse. — Né tra i nemici né tra gli amici. È la tua unica possibilità di salvezza, tesoro.

Winter sbatté le palpebre. Cosa c'entrava quel gioiello?

— Voglio che lo giuri adesso, mentre sono abbastanza lucida da sapere che hai capito. Tuo padre non mi piaceva e non ho mai capito perché Elaine abbia scelto proprio lui, però quel ciondolo è il dono migliore che lui potesse farti.

Winter si sentì bruciare gli occhi, ma non voleva che la nonna la vedesse in lacrime.

— Te lo prometto, nonna — disse solennemente.

Gli occhi di Marion si spalancarono e un filo di nebbia ricominciò a strisciarvi dentro.

Winter poté solo osservarla addensarsi pian piano.

— Perché? Da cosa mi protegge?

La donna abbassò le palpebre. I muscoli le si distesero poco alla volta.

— Da te stessa.

Poi, la ragazza comprese che il sonno aveva vinto.

— Adesso combatterò io per te — ripeté ancora.

Le posò un bacio lievissimo sulla fronte e se ne andò.

Pioveva a dirotto quando Susan cominciò a ripercorrere i propri passi, un forte acquazzone che rendeva i tergicristalli del taxi quasi inutili e costringeva il conducente a procedere a passo d'uomo.

Susan continuava a cambiare posizione: accavallava le gambe, le distendeva, le accavallava di nuovo. Dopo un po', persino il tassista iniziò a trovarla snervante.

— Ha fretta, signora? — domandò con una gentilezza dovuta esclusivamente al correre del tassametro.

— Sì. Decisamente — replicò lei nervosa. La mancanza di sonno cominciava a farsi sentire, il loro tempo stava per scadere e Winter non si era ancora fatta trovare.

Con un'ultima svolta, la vettura riuscì a raggiungere la meta. Susan sborsò una cifra spropositata all'autista e uscì sotto la pioggia torrenziale.

Non si soffermò neppure ad aprire l'ombrello, avanzando come una furia attraverso il lussuoso ingresso di una palazzina proprio al centro della City.

Rivolse un cenno veloce al portiere e si fermò in attesa dell'ascensore.

Era così tesa che lo squillo del proprio cellulare la fece sobbalzare.

— Dove diavolo sei? — esplose.

Winter sospirò.

— Avevo bisogno di vedere la nonna — disse con voce atona — e adesso sto tornando a Cae Mefus.

Per il sollievo Susan Bray si abbandonò contro il muro, una mano stretta al petto. Le venne quasi da ridere.

— Non credere che d'ora in poi non ti terremo d'occhio, Winter.

Le porte dell'ascensore si aprirono con un soffio leggero e tornarono a chiudersi.

— So che potete farlo — replicò la ragazza con asprezza.

I Chiplin le avevano raccontato di come lei avesse scoperto le cose. La donna si chiese quali cambiamenti avrebbe portato quella novità.

Aveva visto Winter crescere, eppure ultimamente le pareva di non conoscerla affatto, di non sapere prevedere alcuna delle sue reazioni.

— Era per il tuo bene. Mi dispiace che tu abbia saputo la verità così. Tua nonna voleva solo tenerti al sicuro. Voleva darti la possibilità di una vita normale.

Winter non rispose.

Le cose non stavano affatto così, e forse Susan lo sapeva anche meglio di lei. Era stato il Consiglio a imporre il silenzio a Marion Starr. Forse era addirittura coinvolto nella morte dei suoi genitori.

— Avrai così tante domande... — disse la donna con più gentilezza.

Per la prima volta Winter ebbe la lucida certezza di non potersi più fidare di lei.

Sì, tornò a dirsi per farsi coraggio, *è l'unica scelta possibile ormai...*

— Credimi, ti sbagli. Per quanto mi riguarda ho già scoperto fin troppo. Non voglio averci niente a che fare, Susan.

Winter rimise il telefono nella tasca della giacca con le lacrime agli occhi. Il treno avanzava veloce in mezzo alla campagna.

44

Le notizie a Cae Mefus correvano veloci se le si voleva cogliere, e ultimamente ciò che riguardava Winter Starr interessava Rhys Llewelyn persino più del dovuto.

Dopo un lungo vagabondaggio privo di meta, Rhys si ritrovò nei pressi della stazione. Non l'aveva deciso in modo consapevole. Forse era semplicemente inevitabile.

Percepì la vibrazione del terreno molto prima che il treno svoltasse oltre la collina, rendendosi visibile. Sorrise di se stesso: era arrivato in perfetto orario.

Portandosi rapidamente al riparo di una macchia d'alberi, rimase in attesa di vederla comparire. Non voleva che lei se ne accorgesse.

Il treno si arrestò sferragliando davanti alla banchina e dalle porte aperte cominciarono a scendere i passeggeri. Non erano poi molti e Winter l'avrebbe riconosciuta anche in mezzo a una folla.

Affondando nell'ombra, Rhys la vide sollevare i capelli perché non si impigliassero nello zaino, in un gesto candidamente affascinante.

Osservò ogni centimetro del suo viso, il disegno morbido delle labbra, la forma allungata degli occhi.

Winter aveva un'espressione diversa da quella che lei ricordava, il suo sguardo troppo spesso triste era pieno di determinazione.

Se fosse un bene o un male, Rhys non avrebbe davvero saputo dirlo.

In tre giorni, considerò tra sé, *la vita riesce a cambiarti...*

Rhys non capiva cosa fosse ad attrarlo, se lei stessa o solo il Potere che strisciava nella sua ombra.

Quando fu certo che non potesse più vederlo, seguì la traccia flebile del suo profumo.

Winter suonò al campanello di casa Chiplin tenendo gli occhi bassi.

Il rumore delle chiavi che giravano nella toppa precedette la comparsa nel suo campo visivo delle scarpe di lana colorata che Morwenna indossava sempre in casa.

— Bentornata — fu tutto ciò che disse la donna.

Aprì la porta per lasciarla entrare.

Winter sollevò lo sguardo solo quando fu all'interno.

Non si dissero nulla, ma la signora Chiplin la strinse forte tra le braccia.

— Siamo stati così in pensiero per te!

Lei ricambiò l'abbraccio dopo una lieve esitazione.

— Mi dispiace, Morwenna — mormorò — avevo bisogno di stare un po' sola, credo.

La sentì annuire contro la sua spalla.

— D'accordo. Almeno adesso sai.

— Sì.

Winter ebbe quasi la tentazione di ridere. Era tornata in Galles inghiottendo il dolore e la rabbia, fingendo che andasse tutto bene. Voleva che lo pensassero tutti.

La signora Chiplin le prese il viso tra le mani, guardandola con un misto di severità e affetto.

— Volevamo proteggerti.

Winter annuì.

— Lo so. Per questo sono tornata.

Le avevano sconvolto la vita, ma era pronta ad accettarlo. Tutti dovevano crederlo, perché la sua battaglia era appena iniziata.

— Se ci fai di nuovo uno scherzo simile ti strozzo! — esclamò Eleri stringendola fra le braccia per l'ennesima volta. Aveva insistito per accompagnarla in soffitta insieme al fratello e aveva trascorso una buona mezz'ora a raccontarle ogni singolo avvenimento degli ultimi giorni a Cae Mefus.

Winter ripensò alla serata al Rainbow, a Madison e Kenneth, e comprese che difficilmente avrebbero più potuto far parte della sua vita.

Niente sarebbe più stato lo stesso, ma poteva accettare anche questo, se era il prezzo.

— Mi dispiace avervi fatto preoccupare.

Eleri scrollò le spalle.

— Lascia perdere. Piuttosto riposati perché domani ti tocca venire a scuola.

Le rivolse un ultimo saluto dalla cornice della porta e uscì dalla soffitta.

Gareth si alzò, pronto a fare altrettanto. I suoi occhi però non la abbandonavano ancora.

— Come stai, Win? — le domandò infine. — Intendo dire come stai davvero. Ti ho sentito prima con la mamma, ma io ti conosco...

Winter non riuscì a trattenere un sorriso.

— Gli ultimi tre giorni sono stati piuttosto lunghi — commentò.

— Hai visto tua nonna?

— Tra le altre cose...

Si guardarono in silenzio.

Gareth le aveva nascosto la verità, proprio come tutti gli altri, eppure era anche il suo ultimo amico.

Aveva bisogno di fidarsi di lui.

I loro occhi si incontrarono mentre il ragazzo le si sedeva accanto come se fosse la cosa più naturale del mondo.

Non le offriva amicizia: era come se non ce ne fosse bisogno.

Improvvisamente non riuscì neanche più a essere arrabbiata con lui. Le aveva mentito, è vero, aveva lasciato che si struggesse nei suoi dubbi e nella confusione, ma ora sapeva che anche lei avrebbe dovuto fare lo stesso se i loro ruoli si fossero invertiti.

Gli occhi di Gareth erano di un colore indefinibile, azzurro e miele. Ed erano sinceri.

— E così adesso sai tutto... — le disse serio.

Inaspettatamente, Winter scosse il capo.

— No. Ho solo nuove domande.

— Be', allora troveremo risposta anche a quelle. Insieme.

Winter gli sorrise. A Gareth piacevano le sue labbra perché erano morbide e sempre rosee.

Si curvò su di lei per scostarle una ciocca di capelli dal viso.

— Sono tuo amico, Win. Mi dispiace non aver parlato prima.

— Non potevi farlo — replicò lei facendo spallucce.

— E non potrei nemmeno ora, credo... Ma non sono stupido: ci sono troppi misteri e non posso accettare che tutti cerchino solo di tenerci buoni, ripetendo che la situazione è sotto controllo. Stanno succedendo cose strane e anch'io voglio scoprire la verità!

La mano di Gareth le aveva percorso il collo ed era scivolata lungo il suo braccio, facendole venire la pelle d'oca.

Winter cercò di nuovo i suoi occhi.

— Se ci scoprono, dovrai dire che ti estorco informazioni con l'inganno — decise.

La mano si scostò lentamente per posarsi sulla coperta, abbastanza vicino, però, da sfiorarle la punta delle dita.

— Era anche la mia versione — concordò il ragazzo col suo sorriso obliquo. Le parve un po' meno sicuro di sé, tuttavia, quasi timido.

— Sei così incosciente che sembri stupida a volte — disse in un sussurro — ti fai aggredire dai vampiri più inoffensivi dell'universo e sparisci senza una parola. Come si fa a sopportare un tipo del genere?

Però sorrideva.

Si alzò lentamente, con riluttanza. Sembrò quasi sul punto di dirle qualcosa, poi vi rinunciò scrollando la testa.

In quel momento Winter desiderò potersi innamorare di lui.

45

— Sei pronta?

Non era un vero appuntamento, certo che no, ma la comparsa di Gareth sulla soglia della sua stanza aveva fatto comunque arrossire Winter.

Prima di voltarsi verso di lui, non riuscì a resistere alla tentazione di un'ultima sbirciatina allo specchio.

Aveva raccolto parte della sua abbondante chioma in una mezza coda morbida. Il resto ricadeva su un maglioncino verde appena più lezioso del solito.

Il ragazzo sorrise tra sé notando che per una volta indossava una corta gonnellina tartan, e i leggings. Le stavano bene, sarebbe stato bello illudersi che l'avesse fatto per lui e non perché Eleri l'aveva costretta.

L'aria rassegnata del condannato al patibolo, però, continuava a non intonarsi all'abbigliamento. Era certo che Winter dovesse amare le feste persino meno di lui.

— Ci sono! — gli annunciò infine.

Guardò il proprio lungo cappotto con disappunto, prevedendo che oltre ad annoiarsi avrebbe anche preso freddo.

Gareth si scostò per farla passare e la seguì, combattuto tra il divertimento e l'esasperazione.

Fuori nevicava a piccoli fiocchi. La luce dei lampioni li illuminava facendoli sembrare uno sciame di lucciole fuori stagione.

Ogni suono era stranamente attutito.

Era bello, rilassante, anche se probabilmente si sarebbero bagnati un bel po' prima di raggiungere il St Dewi's....

I ragazzi di Cae Mefus potevano anche aver accettato la necessità di muoversi in gruppo e persino la presenza della polizia a presidio della festa, ma di certo non erano disposti a rinunciare al divertimento. E visto che la festa di Natale era saltata, c'era da aspettarsi che a quella di Capodanno sarebbero stati in pochi a mancare.

— Jimmy e gli altri suonano bene.

Naturalmente era sempre Eleri a sciogliere il silenzio, mentre Winter e Gareth erano impegnati a decidere quanto potesse continuare a ripetersi il contatto casuale delle loro mani che si sfioravano camminando.

Grata per l'interruzione, Winter si girò verso di lei.

— Bene! Almeno nessuno litigherà per i CD da mettere... — osservò.

— Le cover punk però sono il loro cavallo di battaglia...

La festa si annunciava vivace.

Non dovettero proseguire a lungo, infatti, per riuscire a sentire nell'aria un fragoroso assolo di batteria.

Non c'era nessuno in giro, però, e non avendo un orologio, Winter non avrebbe saputo dire se fossero molto in anticipo o molto in ritardo.

A cento metri dai cancelli della scuola, un gatto bianco e nero tagliò loro la strada.

Evidentemente infastidito dal trambusto, l'animale sfrecciò via veloce col pelo ritto sulla schiena.

Winter lo guardò con invidia.

Poi si sentì afferrare il braccio.

— Giura che stavolta non uscirai mai da sola! — fece

Gareth curvandosi fino a poterle parlare nell'orecchio.

Winter provò l'impulso di ribellarsi per puro spirito di contraddizione.

— Gareth, calmati... ci sarà addirittura la polizia!

— Sono pronto a sequestrarti il cellulare — insistette lui con uno dei suoi sorrisi — e a legarti a una sedia, se necessario!

— Sei più apprensivo della nonna!

Il comitato organizzativo aveva fatto le cose in grande, predisponendo un servizio d'ordine di tutto rispetto.

Il professor Fowler e un paio di altri studenti erano seduti a un tavolo subito davanti all'ingresso della palestra, intenti a spuntare i nomi di tutti i nuovi venuti. Danny Roberts si teneva a qualche passo di distanza e il suo sguardo attento sembrava controllare ogni cosa.

Winter e i due Chiplin attesero che il professor Fowler li individuasse sulla lista, rabbrividendo per il freddo, e finalmente riuscirono ad accedere a una palestra insolitamente colorata e piena di festoni.

Lungo la parete d'ingresso erano disposti i tavoli del buffet e per la band era stato allestito un piccolo palco. Il resto del locale, invece, era completamente vuoto e offriva parecchio spazio per ballare.

Non si trattava proprio di un ambiente principesco, ma non era male.

Winter si guardò attorno. Era presto. La maggior parte degli studenti non era ancora arrivata e il complesso accordava gli strumenti, litigando con il bilanciamento degli altoparlanti.

— Win! — la richiamò subito Lorna con un grande sorriso.

Era insieme a Cynthia Earle, Dylis Allbright e Trevor Biven.

Aveva avuto tempo di superare lo stress e sul suo viso a cuore non c'era più traccia della smorfia capricciosa del mese precedente.

Winter andò ad abbracciarla.

Dopo l'incidente nella sede dei Nox, Farland aveva smesso progressivamente di cercare Lorna e ora le rivolgeva persino di rado la parola. Ma lei si era ripresa alla grande.

Il Club Nox invece si era rinchiuso quasi del tutto in se stesso, riducendo ulteriormente i rapporti con gli altri studenti.

Fu quindi una sorpresa quando tutti i suoi membri al gran completo si presentarono alla porta tra la folla degli invitati.

— Che cosa ci fanno qui? — domandò Eleri.

Winter invece tenne lo sguardo fisso sulla Coca che aveva in mano.

Non aveva previsto di dover incontrare Rhys.

Rhys Llewelyn si soffermò a studiare i presenti in prossimità della porta.

A quanto pareva, Winter Starr si stava abituando abbastanza in fretta a tutte quelle novità. E Gareth Chiplin la stava aiutando con notevole impegno, dato che negli ultimi giorni era stato praticamente impossibile vederli separati.

Come se fosse inevitabile, Winter incrociò lo sguardo di Rhys, mentre gli altri parlavano.

— I miei sono in viaggio a Parigi. Ho la casa libera per tutta la settimana! — Dare quella notizia riempì Cynthia di eccitazione.

— Grande! — Trevor si illuminò istantaneamente.

— Allora? Proposte per le vacanze?

— Non guardatemi. Io devo assolutamente finire una ricerca — rivelò Dylis.

— Secchiona! — la rimbeccò Cynthia. — Winter, dimmi che almeno tu non hai intenzione di sprecare il tuo tempo sui libri...

Winter parve non sentirla nemmeno mentre lo sguardo di Rhys Llewelyn intrappolava il suo.

I brividi ricominciarono a correrle lungo la schiena.

Avrebbe dovuto distogliere gli occhi, sarebbe stata la cosa migliore da fare, invece ebbe l'impressione che il mondo si congelasse esattamente in quell'istante.

Il cuore le batté più forte e una vampata di calore salì alle guance.

Abbassando il viso, dopo quello che le parve un tempo infinito, pensò che le mancava come l'aria.

— Pianeta Terra chiama Winter Starr... mi ricevi Win?

Trevor Biven le scosse una spalla senza troppa delicatezza e la ragazza tornò a mettere a fuoco il mondo circostante.

— Sì, Trev — gli assicurò in fretta — piantala!

Il suo umore era già peggiorato e non aveva alcun desiderio di indagarne la causa.

— Vado a prendermi qualcosa da mangiare.

Voltando loro le spalle si diresse a grandi passi verso i rinfreschi.

Quando li ebbe raggiunti, però, realizzò che solo il tavolo la separava da Rhys Llewelyn.

— Non pensavo che sareste venuti...

Winter si pentì di quella frase non appena le fu uscita di bocca.

Rhys le rivolse uno sguardo intenso.

Indossava una semplice felpa color borgogna che ne metteva in risalto la carnagione bianchissima e la straordinaria sfumatura rossa dello sguardo.

— Winter.

Dal modo in cui lo disse, morbidamente, senza sorpresa, sembrava quasi che la stesse aspettando.

Winter si avvicinò lentamente.

Aveva la tachicardia, non osava aprire bocca nel timore che le tremasse la voce.

— Già. Ora sai chi sono... — osservò lui in tono monocorde.

Winter si imbronciò appena.

— No... sì...

Scrollò le spalle e Rhys si lasciò sfuggire un sorriso.

— Conosci la mia vera natura.

— Immagino dovrei esserne terrorizzata — ribatté lei mesta.

— Sarebbe molto più sicuro.

Nessuno dei due si azzardava a superare l'invisibile confine che li separava, eppure nessuno sapeva davvero rinunciarvi.

Il vampiro gettò uno sguardo inquieto alla folla.

— Mi dispiace — mormorò.

Winter scrutò la sua espressione quasi con diffidenza.

— Non fa niente — disse in un soffio — va bene così.

Tentò di convincersi ad allontanarsi, ma il suo corpo si rifiutò di ubbidire. Incredibilmente, la verità cominciò a sfuggirle dalle labbra.

— Non c'è niente da aggiungere. Hai ragione tu: so cosa sei e tu sai cosa sono io. Avrei preferito scoprirlo diversamente, ma non cambierebbe le cose.

— Winter... avrei voluto dirtelo — la interruppe Rhys.

Il suo sguardo le carezzò le guance mentre scivolava avanti d'un passo.

Ormai era così vicino che lei riusciva a sentire il calore del suo corpo.

— Sapevo anche che l'avresti scoperto. Ma non avevo fretta che succedesse.

Catturò i suoi occhi d'argento, la vide arrossire dolcemente.

— Poi non ci saremmo più potuti scontrare nei corridoi — sussurrò pianissimo.

Winter si sentì soffocare. Nella confusione della festa, le parve che non vi fosse altro suono tranne la sua voce.

Abbassò il viso, lasciando che i capelli vi piovessero attorno, e desiderò disperatamente poter varcare il confine che continuava a dividerli.

— So cosa sei e tu sai cosa sono io — si costrinse invece a ripetere muovendo un passo indietro.

Urtò qualcuno alle sue spalle e si girò istintivamente in quella direzione.

Quando tornò a voltarsi scoprì che Rhys si era già allontanato.

46

Winter percorreva un corridoio buio da un tempo indefinibile.

Sotto i piedi nudi percepiva la morbidezza tiepida di una moquette che le ricordava casa Chiplin. Su entrambi i lati, però, si affacciavano porte di legno chiuse.

Erano tantissime, il corridoio sembrava non finire mai.

E ogni stanza nascondeva un segreto, o una risposta.

Solo dopo un certo tempo si rese conto che l'oscurità non era completa come le era sembrata, la illuminava una debole luce.

Winter si guardò attorno e finalmente comprese che proveniva dal suo ciondolo, che le brillava sul petto come una minuscola stella.

«Il dono migliore che tuo padre potesse farti»... le parole della nonna le tornarono in mente all'improvviso facendola sorridere.

Confortata da quel fioco bagliore, continuò a camminare e camminare.

Le parve di farlo per tutta la notte, perché una parte di lei si rendeva conto che quello era solo un sogno.

Poi, senza che fosse riuscita a prevederlo, il corri-

doio finì, andando a interrompersi contro una nuova porta.

La verità era lì dietro, ne era certa.

Facendosi coraggio abbassò la maniglia. Che fosse chiusa a chiave non la meravigliò troppo, doveva aspettarselo.

Cominciò a cercare, mentre il ciondolo disegnava piccoli arcobaleni sulle pareti.

Poi, la sua luce vacillò e si spense.

Winter non aveva mai avuto paura del buio, ma un brivido le percorse la schiena.

Istintivamente avvicinò le mani al collo, attendendosi di ritrovare il familiare, fresco contatto della pallina sfaccettata.

Le sue dita percorsero gli anellini argentei della catenina, e in fondo vi scoprirono una chiave.

Il suono della sveglia le strappò un gemito.

La scuola era ricominciata ed era ora di alzarsi.

Winter scivolò fuori dalle coperte senza piacere, sperando di fare in tempo a impossessarsi della doccia prima di Eleri.

Seduta a uno dei tavoli più isolati della biblioteca mentre il pomeriggio sfumava nella sera, Winter continuò a consultare grossi tomi polverosi sul folklore e gli archivi dei giornali dell'ultimo quarto di secolo.

Leggeva senza perdere un minuto e prendeva appunti su appunti.

Era alla ricerca di ogni informazione possibile sulle Famiglie e il Consiglio. Ma il nome che più di tutti desiderava rintracciare era Iago Rhoser.

Non si accorse nemmeno che l'ora di chiusura era passata.

E intanto, Vaughan la teneva d'occhio da lontano.

La piccola Starr aveva l'abitudine di mordicchiare le matite e arrotolarsi piccole ciocche di capelli attorno alle dita quando leggeva. Sembrava non rilassarsi mai, sempre impegnata com'era a tenere a bada qualcosa che le si agitava dentro.

La sua presenza non gli facilitava certo la concentrazione e il professore si accorse di essere ormai più attento ai suoi piccoli segni di nervosismo che ai documenti che doveva leggere.

Continuò a osservarla con un sorriso enigmatico mentre scarabocchiava qualche appunto a matita e muoveva le labbra leggendo silenziosamente.

Infine si decise a raggiungerla.

— Si placherà mai il tuo desiderio di conoscenza?

La voce del professore riscosse Winter dai suoi studi.

— Solo quando avrò trovato ciò che cerco — gli rispose aggrottando la fronte.

Vaughan si appoggiò al ripiano del tavolo, ma fece attenzione a non invadere il suo spazio.

— Non ti basta quello che già sai?

Winter ci rifletté.

Quanto poteva fidarsi di Darran Vaughan?

— Ho trascorso tutta la mia vita lontano dalle Famiglie — gli ricordò — non è così strano che voglia sapere...

— Probabilmente no — ammise il vampiro.

Senza curarsi di essere discreto, studiò i libri che lei stava consultando.

— Alcune cose non le troverai mai su nessun testo... — la avvertì.

— Ne sono consapevole.

Winter ricominciò a mordicchiare la matita. Non aveva idea del ruolo svolto dall'Ordine, Iago Rhoser poteva benissimo essere un vampiro.

— Chi è Iago Rhoser? — domandò d'impulso.

Vaughan si portò la mano al mento e la guardò. *Coraggiosa*, rifletté tra sé, *o magari solo incosciente...* Non avrebbe davvero saputo dirlo, ma Winter Starr rimaneva un tipetto interessante.

— Chi ti ha fatto questo nome?

Gli occhi della ragazza si spalancarono per un istante prima che il suo volto tornasse neutro. Il battito del cuore però continuava a tradire il suo nervosismo.

— Non sono sicura di poterglielo dire...

— Allora non sono sicuro di poterti rispondere — replicò lui ridendo.

— Mia nonna — ammise infine Winter in un soffio. Non sarebbe stata esattamente la verità, ma nemmeno una vera bugia. — Ogni tanto non... non è molto in sé...

Il professore allargò le braccia.

— Non c'è molto da dire su di lui — spiegò — è l'Esecutore del Consiglio e il suo portavoce ufficiale nelle situazioni più delicate. Non ti nascondo che mi sorprende sentirne parlare da te.

La ragazza cercò di nascondere un brivido scuotendo il capo.

— Quali "situazioni delicate"? — domandò senza più trattenersi.

Vaughan distolse lo sguardo per un attimo facendolo vagare sulla biblioteca deserta. Quando lo riportò su di lei era così serio da risultare inquietante.

— Quelle di cui è meglio sapere il meno possibile, Winter. Se vuoi un buon suggerimento, non cercare di risalire a lui.

Winter annuì piano. Quella poteva essere la prova che cercava.

Tornato nel proprio studio, Vaughan dovette come prima cosa placare la sua Sete. Da moltissimi anni non la sentiva tanto bruciante, una presenza dolorosa, quasi costante che non si attenuava mai.

Era il Potere a destarla, a soffiare su quel fuoco appena ai margini della consapevolezza.

Strane cose si agitavano in quei mesi...

Aggirando la scrivania, si sedette, i vestiti che scricchiolavano contro il cuoio dello schienale, e scivolò profondamente in se stesso.

C'erano così tante cose su cui riflettere. Non da ultima, la certezza che la giovane Starr non gli avesse raccontato tutta la verità.

In fondo non poteva biasimarla, si muoveva sola per terreni infidi, e almeno aveva compreso che i passi falsi avrebbero potuto risultarle fatali.

In sua presenza, Vaughan tentava ancora di minimizzare i suoi timori, ma anche lui era preoccupato. Cosa aveva a che fare l'Esecutore con una ragazzina che aveva trascorso l'intera vita in una sorta di inconsapevole esilio?

Che cosa stavano tramando le Famiglie in realtà?

Non temere, Winter, pensò con un sorrisetto ironico, *non sei l'unica a voler risolvere questi enigmi...*

E mentre loro si affannavano alla ricerca della soluzione, Alaric Lochinvar continuava a sorvegliarli dalla sua isola lontana.

Il professore richiamò il Potere e se ne servì per espandere la propria coscienza, tuffandola in dimensioni cui solo la sua razza aveva accesso.

E Alaric Lochinvar percepì il suo richiamo.

Quali novità, amico mio? disse nella sua mente.

Vaughan avvertì la scossa che si accompagnava a quelle parole, una sorta di vibrazione elettrica.

La bambina è alla ricerca di Rhoser, Gran Maestro, rispose semplicemente.

La corrente elettrica parve emettere scintille misurate nella sua testa. Sembravano bolle in una coppa di champagne. Riuscì quasi a visualizzare la risata benevola di Lochinvar.

Non è una che si accontenti, vero? Immagino l'abbia scritto nel sangue...

Oh, sì, il Gran Maestro vegliava eccome! Probabilmente nulla di ciò che stava capitando era realmente un mistero per lui.

Non sembra neppure troppo ubbidiente, replicò il professore.

E tu, amico mio, andrai pazzo per una piccina tanto sveglia...

Un nuovo scoppiettio ai margini del pensiero. Alaric Lochinvar aveva indubbiamente senso dell'umorismo.

Non riesco a capire in che modo l'Esecutore possa collegarsi a lei, considerò invece Vaughan.

Gli interessi delle Famiglie nei suoi confronti sono un po' oscuri, ne convengo.

Ma spingersi a usare uno strumento del Consiglio...

La coscienza del Gran Maestro palpitò contro la sua.

A questo penserò io, Darran, sentenziò duramente. *Il tuo compito è osservare cosa succede attorno a lei, adesso più che mai!*

Una leggera scossa – il professore immaginò che Lochinvar avesse agitato la mano nell'aria – parve liquidare l'argomento.

E i disordini nel vostro fazzoletto di paradiso? si sentì domandare infatti.

Per ora tacciono, ma l'agitazione aumenta.

La cosa non mi sorprende, in realtà... il Potere è inquieto.

La presenza si ritrasse e Vaughan fu catapultato nel presente prima di poter chiedere spiegazioni.

Era inquieto. Lochinvar aveva dei piani che non voleva condividere nemmeno con lui. Per la prima volta, dopo un'intera vita trascorsa a servirlo, cominciava ad avere la sensazione che lo stesse usando come una pedina.

Non gli piaceva affatto.

Con un sospiro sgranchì i muscoli e si avvicinò alla finestra. La spalancò lasciando che il vento entrasse nella stanza.

Respirò a fondo. Il cielo era plumbeo, come al solito. L'aria profumava d'inverno e di neve.

Il vento dello Snowdon aveva portato a Cae Mefus nuova neve, una coltre bianca e soffice in cui i piedi affondavano per tutto il tragitto verso casa Chiplin. A Londra Winter non aveva mai sperimentato un gelo simile, capace di ibernare la gola e di penetrare nelle ossa fino a farle credere che non si sarebbe scaldata mai più.

Era stata una nuova giornata improduttiva. Le Famiglie erano molto attente a nascondere il loro segreto. Esattamente come nel caso di Lorna ed Emma Jones, gli avvenimenti in cui erano coinvolte erano celati così abilmente da eludere i controlli.

Aggressioni da parte di animali, furti dall'esito tragico, incidenti dei più banali.

Winter continuava a tentare di districarsi tra quelle formule con poco successo.

Trasse un sospiro, e una palla di neve le si abbatté sulla giacca.

Si voltò stupita e fece appena in tempo a sorprendere Gareth, chino a raccogliere nuove munizioni.

Velocissima, la ragazza si armò a sua volta e il suo lancio riuscì a cogliere l'obiettivo di sorpresa.

Gareth lanciò di nuovo e Winter si abbassò per evitare di essere colpita.

— Comincia a correre... — gli suggerì ridendo.

Il ragazzo si lanciò giù per il prato in discesa che fiancheggiava la strada e Winter lo inseguì.

— Non ce la fai! — lo sentì gridare.

Winter evitò un'altra palla di neve e accelerò ancora. Le sue gambe si abituarono subito a quella coltre bianca e spessa rendendola velocissima.

Lo raggiunse in pochi secondi, ma l'impatto fece cadere a terra entrambi.

— Preso — dichiarò Winter schiacciandolo al suolo.

Gareth l'afferrò per la vita con un sorriso di sfida e lei gli crollò addosso. Rotolarono di lato e Winter fece appena in tempo a strisciare più lontano.

Affondò i guanti nella neve lanciandogliene contro una manciata.

La sua risata echeggiò limpida e parve a entrambi un bel suono. Rimasero a guardarsi l'uno accanto all'altra, fradici e senza fiato.

I capelli bagnati della ragazza erano incollati su guance insolitamente rosee, accaldate dalla corsa e dalla battaglia. Per una volta il suo sguardo era sereno e Gareth si sentì quasi arrossire.

Bianchi fiocchi freddi scendevano su di loro e lei spalancò la bocca per catturarne qualcuno mentre la osservava.

— Winter... — sussurrò rivolto più a se stesso che a lei.

Lei si sollevò su un gomito per guardarlo a sua volta.

— Che c'è? — chiese divertita.

Gareth emise uno sbuffo bianco.

— Niente. Solo che ti chiami Winter, come l'inverno...

Sul suo viso passò il vago rossore che aveva cercato di nascondere e lei non riuscì a trattenere nuove risa.

— Suppongo sia un nome come un altro — replicò — forse un po' più strano...

Gareth attese che qualche fiocco gli si posasse su un palmo.

— Però ti sta bene — soggiunse.

— Grazie.

Si rimise in piedi e le tese la mano per aiutarla. Lo fece senza traccia di scherno, in modo affettuoso. E lei accettò l'aiuto.

— Win — la chiamò dopo che ebbero ripreso il cammino senza che le loro mani si fossero separate — riguardo alle Famiglie... volevo chiederti... be', sei ancora convinta di voler andare fino in fondo?

Winter sospirò.

— Dovresti saperlo — rispose fintamente provocatoria. — Voglio dire... c'è scelta davvero?

Il ragazzo sorrise.

— Bene — commentò — bentornata a casa, allora. Tanto, nei guai ti ci cacceresti comunque, questo è chiaro ormai.

Lei rise di nuovo, felice di riuscirci ancora, e si appoggiò alla sua spalla.

— Ci sai proprio fare con le ragazze, eh?

Gareth scosse il capo fingendosi esasperato.

— Guarda che tu non fai proprio testo! — disse rimettendosi in cammino.

47

L'ultima passione di Dylis Allbright era l'organizzazione delle attività scolastiche facoltative.

Aveva seguito con entusiasmo le elezioni dei rappresentanti degli studenti e ora collaborava alla stesura del calendario eventi.

— In realtà c'è già un piano da paura — informò Winter e Trevor in tono enfatico. — Per riuscire a fare tutto dovremo cominciare immediatamente a metterci in moto.

Mentre cercavano insieme un posto nel refettorio del St Dewi's, Dylis procedette a illustrare tutta la sfilza di iniziative che i nuovi rappresentanti contavano di mettere in piedi, senza lesinare nemmeno un particolare.

— Vogliamo dare più spazio allo sportello psicologico e finalmente organizzare qualche incontro di educazione all'affettività.

— Se è come dire educazione sessuale, avrete un grande successo — osservò Trevor Biven in tono pratico — ma non vorrai mica proporti come insegnante, vero?

— Quanto sei scemo.

Infastidita dalla mancanza di interesse del suo ragazzo, Dylis appoggiò il vassoio su un tavolo e si voltò verso Winter, concentrando su di lei tutta la propria attenzione.

— Andiamo, è interessante!

— Certo. Sono tutte iniziative carine...

Personalmente avrebbe preferito investire altri fondi in software che avrebbero reso più veloci le sue ricerche in biblioteca, ma le sue esigenze attuali non erano esattamente quelle tipiche dei suoi coetanei.

L'arrivo di Gareth ed Eleri fu un piacevole diversivo.

— Ragazzi, se si mette con Claire gli tolgo il saluto! — annunciò Eleri sistemandosi sull'unica sedia rimasta vuota.

La discussione in cui sembrava essere intenzionata a coinvolgerli prometteva di essere più divertente della propaganda politica di Dylis Allbright. Trevor e Winter decisero con uno sguardo di non lasciarsi scappare l'occasione.

— Pensavo che dopo la festa di Annie si fosse arresa... — commentò il ragazzo.

— È quello che speravo anch'io. Ma allora perché continua a sculettargli davanti alla faccia? — insistette Eleri. — Forse mio fratello è troppo tonto per accorgersene, ma gli fa un filo indecente.

Per sedersi, Gareth dovette rubare una sedia da uno degli altri tavoli.

— Secondo te se la uccidessi mamma e papà se la prenderebbero molto? — domandò accostandola a quella di Winter.

Lei gli batté una pacca sulla schiena.

— Coraggio, eroe!

— Comunque sono più sveglia di qualcuno che conosco — ribatté Eleri scambiando col fratello un'occhiata eloquente.

Gareth distolse lo sguardo per primo e si strinse nelle spalle con un sorriso malizioso.

— Non è colpa mia se sono così terribilmente sexy!

— Pallone gonfiato! — lo insultò Eleri.

Winter rise.

Mentre i due continuavano a provocarsi e discutere, le parve quasi di essere tornata indietro nel tempo, ai battibecchi di Madison e Kenneth... Gareth aveva ragione, in fondo, la vita continuava che lo volesse o meno.

— Davvero c'è qualcuna che ha il coraggio di farti il filo? — si sforzò di intervenire in tono allegro.

— Saresti stupita di sapere quante, tesoro — ribatté Gareth. — È quasi un delitto che io sprechi tanto tempo con te.

— Abbassa la cresta, gallese!

Lui rise.

— Forse è per questo tuo caratterino adorabile... Non se ne può fare a meno di starti accanto!

Inaspettatamente, la ragazza si sentì arrossire.

— Vado a prendermi da bere — annunciò quindi alzandosi.

Winter appoggiò i gomiti al banco, perdendosi nell'attesa.

Quando il barista le mise davanti la lattina e un bicchiere, non se ne accorse quasi.

Poi la voce la fece trasalire.

— Credo che sia tua — disse Rhys Llewelyn dopo essersi inutilmente schiarito la gola nel tentativo di farsi sentire.

— Grazie.

Il ragazzo abbassò lo sguardo sul bicchiere.

— Figurati.

Mordendosi il labbro per trattenere un sorriso, Winter si accorse che la scena sembrava esattamente quella di Capodanno.

— Stiamo davvero parlando? — chiese provocatoria.

Lui scosse la testa.

— Certo che no — rispose mentre un sorriso involontario gli increspava le labbra.

— E anche stavolta sparirai appena mi volterò un attimo?

— A Capodanno sono stato scortese, perdonami.

Finalmente Rhys la guardò in viso. Il cuore di Winter batté più veloce.

— Va bene — rispose sforzandosi di mostrarsi indifferente.

— Quindi ci scontreremo di nuovo nei corridoi?

— Devo tornare dagli altri...

Il calore nello sguardo di Rhys cominciò a evaporare.

Stavano sbagliando, e il rischio era davvero grosso.

Gareth li aveva osservati per tutto il tempo con una strana apprensione.

Andiamo, tentò di convincersi ragionevolmente, *hai paura che la aggredisca in mezzo a tutta questa gente?*

Il problema era che quando si trattava di Winter semplicemente non riusciva a essere ragionevole. Di sicuro non dopo quello che era successo con Farland in quella stessa scuola.

Mentre lei tornava a sedersi al suo fianco, scosse il capo. *Non renderti ridicolo!* si ordinò.

Non appena furono soli però non riuscì più a evitarlo.

— Perché hai salutato Llewelyn?

Per qualche strano motivo quella domanda le diede fastidio. Winter si voltò a fronteggiarlo.

— Come?

Gareth cercò le parole per spiegarglielo.

— Loro sono diversi da noi, Win...

Distrattamente le scostò una ciocca scura dal viso mentre lei seguiva il gesto con sguardo freddo.

— Rhys Llewelyn mi ha salvato la vita — disse infine Winter.

I loro occhi si incontrarono.

— Esattamente come te.

48

Winter era sotto la doccia di casa Chiplin da una piccola, meravigliosa eternità.

L'acqua calda sembrava lavar via i problemi ed era bello lasciarsela scorrere addosso così, senza pensieri.

Il vapore era profumato di cannella.

Attese che il getto le togliesse il sapone dalla pelle e si sciacquò gli occhi per riuscire a identificare il flacone dello shampoo.

Se ne riempì le mani per poi riprendere a cantare una vecchia canzone che le ricordava la nonna, coperta dallo scrosciare dell'acqua.

Affondò le mani tra le ciocche, massaggiandosi la testa, e la schiuma cominciò a scivolare verso il basso.

Districare i ciuffi al primo risciacquo le strappò una smorfia contrariata.

Com'era prevedibile, i capelli si erano incastrati nella catenina d'argento.

Spazientita, cercò il gancio e lottò per aprirlo.

Nei pascoli a nord di Cae Mefus, una presenza si immobilizzò. Il suo viso aveva poco di umano: i capelli lunghi, color della terra, ricadevano scomposti fino alle spalle, incorniciando tratti forti. Gli occhi, piccoli, nerissimi, erano freddi e lucenti come quelli di un corvo.

Dilatò le narici, fremendo nel percepire un cambiamento nell'aria.

La testa cominciò a fargli male all'improvviso. Dapprima prese a martellare furiosamente, poi i colpi secchi e violenti si trasformarono in un bruciore che gli si riversò in tutto il corpo e lo fece ripiegare su se stesso.

L'essere si ritrovò bocconi sul terreno ghiacciato, ma il freddo non gli diede alcun conforto.

Era la soglia della pazzia.

Aveva ragione l'Incappucciato. Per quelli come lui il Patto non era la salvezza. Era un carcere di morale e regole troppo elevate per aver rispetto della sua stessa esistenza.

Emise un gemito e persino la gola sembrò crepitare e andare a pezzi.

Cosa ne sapevano gli adepti dell'Ordine di sensazioni tanto antiche e primordiali? Le avevano dimenticate nel tempo, le avevano addomesticate e non se ne lasciavano mordere.

Il dolore, assoluto e totalizzante, lo costrinse alla caccia.

Winter stava finendo di asciugarsi i capelli quando la porta si spalancò all'improvviso.

Griffith Chiplin si fiondò alla finestra senza perdere tempo a scusarsi.

Winter non l'aveva mai visto così agitato.

Dietro di lui, Gareth si immobilizzò per un istante sulla porta. Winter si rese conto che non era meno stupefatto di lei.

— Fuori di qui!

Riprendendosi in fretta, la sospinse oltre la porta senza delicatezza.

Lei rimase a guardarli dal corridoio.

Quando Griffith spalancò il vetro fu investita da una ventata gelida.

— È là, poco oltre il recinto — lo sentì dire.

Winter fece appena in tempo ad appiattirsi contro il muro per evitare Gareth che correva nuovamente verso il piano inferiore.

La finestra si richiuse con un tonfo e Griffith si precipitò a spegnere la luce. Il buio per un attimo disorientò entrambi.

— Torniamo giù — sussurrò l'uomo. — Sta succedendo qualcosa...

Winter lo seguì fino in sala.

Tutta la famiglia Chiplin era riunita nell'angolo più lontano dalle finestre. L'oscurità era rotta solo dalla luce che filtrava dal corridoio d'ingresso, l'aria era tesa.

Winter sedette tra Dai ed Eleri mentre Griffith si soffermava nei pressi della porta, prendendo a lucidare la balestra.

Lo spazio vuoto lasciato dall'arma era una macchia pallida sul caminetto, dall'aria spettrale.

— Che cosa sta succedendo, mamma? — domandò Eleri al posto suo.

Morwenna spostò il viso verso quello del marito senza sapere cosa rispondere.

Fu Gareth a rompere il silenzio.

— C'è un vampiro che sta cercando di introdursi in casa.

Si alzò e raggiunse il padre accanto alla porta.

Dai li guardò con ammirazione e una sorta di invidia. Era spaventato, ma contemporaneamente la situazione lo eccitava.

— Combatterete, papà?

Morwenna gli mise una mano sulla spalla.

— Non dirlo nemmeno, Dai — gli ordinò in tono autoritario. — Questo non è un gioco.

Per quanto stessero tentando di mostrarsi calmi, i Chiplin erano molto spaventati. Non era mai accaduta una cosa del genere...

Un rumore improvviso fece sobbalzare tutti. Proveniva dal giardino.

Winter si portò la mano alla gola e solo in quell'istante si accorse di non aver rimesso il ciondolo.

«Non toglierlo mai!» ripeté la nonna nella sua mente.

Si alzò senza una parola e Gareth la inseguì mentre correva su per le scale.

Spalancò la porta del bagno e corse al lavandino. L'aveva lasciato lì, da qualche parte... Winter cominciò a spostare i flaconi con gesti nervosi.

Avanti, su! Dov'è finito?

— Si può sapere cosa stai facendo?

— Era qui, da qualche parte — ansimò lei senza smettere di cercare.

Avanti, Win devi ricordartelo... dove l'hai lasciato?

Dall'esterno proveniva un suono metallico, attutito. Gareth corse alla finestra.

— Sta risalendo la grondaia — esclamò sgomento.

I respiri di Winter accelerarono. Si infilò oltre la tenda della doccia.

Il vampiro doveva aver raggiunto la tettoia. Potevano sentirlo strisciare sulle tegole.

— Vieni via di lì, Win!

La voce di Gareth era pressante.

Poi finalmente uno scintillio attrasse l'attenzione di Winter, che afferrò il ciondolo appeso al rubinetto. Le tremavano le mani mentre cercava di rimetterselo al collo.

Gareth la trascinò fuori dalla doccia senza troppi complimenti.

— Torniamo giù — ordinò — è pericoloso!

Lo sguardo argentato di Winter lo trafisse. — Lo so, ma aiutami a rimettere il ciondolo!

Il suono strascicato si interruppe per un istante.

— Dopo.

«Non toglierlo mai... non toglierlo mai...»

Gli occhi della ragazza erano enormi, ma pieni di determinazione.

— No, Gareth, adesso!

Il vampiro ricominciò a muoversi. Winter provò le stesse sensazioni che aveva provato poco prima che Farland perdesse il controllo. In qualche modo, comprese che sentiva la sua Sete, il desiderio irresistibile che lo spingeva...

Con un ringhio Gareth prese la catenina e gliela mise al collo. Il fermaglio d'argento si richiuse.

La Sete del vampiro si spense nella mente di Winter, poi anche l'eco delle sue sensazioni cominciò a svanire.

Con assoluta certezza la ragazza seppe che era tutto finito.

— Torniamo giù — ripeté Gareth guardandola spiritato attraverso lo specchio.

Lei annuì, seguendolo senza più ribellarsi. Il vampiro si stava allontanando nella notte.

Ora non poteva più farle del male.

Winter strinse tra le dita la piccola sfera di cristallo, il dono di suo padre.

Da cosa volevi proteggermi, papà?

Giurò a se stessa che presto l'avrebbe capito.

49

— Come stai?

Rhys raggiunse Winter sulle gradinate deserte davanti al campo da football.

Lei rimase a fissare il campo vuoto senza curarsi della pioggerella sottile che continuava a inzupparla. Non aveva smesso un attimo di pensarci, ma ciò che era capitato la sera prima continuava a non avere senso.

Non rispose neppure.

— Farti venire la febbre non credo ti sarà d'aiuto...

Il ragazzo si accostò con l'ombrello per ripararla dalla pioggia.

— Sei fradicia — le sussurrò accovacciandosi di fronte a lei e guardandola in volto con un sorriso lieve — e sei turbata.

Winter evitò il suo sguardo, a labbra serrate. Rhys Llewelyn era un vampiro.

Rimasero immobili per qualche tempo, mentre la pioggia gocciolava rumorosamente sulla cerata nera dell'ombrello. Lei continuava a mordersi le labbra.

— Ho saputo cos'è successo ieri notte.

Winter fece una risata piena di sarcasmo.

— Davvero? Benissimo, perché sarei curiosa anch'io di saperlo... Finora tutto quello che ho visto sono state aggressioni che nemmeno le Famiglie sanno spiegarsi. Sono stata attaccata due volte, Lorna lo è stata, la Jones è scomparsa e ieri notte hanno tentato di entrare dai Chiplin... ma tutti fingono che ogni cosa sia sotto controllo.

La scuola era ormai deserta ed essere soli faceva sembrare inutile la consueta prudenza.

Rhys le sedette accanto con un sospiro.

— Mi dispiace, nemmeno io so cosa stia succedendo.

I loro occhi si incontrarono.

— L'unica cosa che so è che non ti farei mai del male. Volevo solo dirti questo.

Gli occhi di Winter avevano lo stesso colore della pioggia.

— Come faccio a esserne certa? Tu sei...

— Un vampiro. E a questo punto posso solo offrirti la mia parola. Non voglio convincerti.

Il sorriso del ragazzo era lieve e remoto. Winter sentì le lacrime premere sulle sue ciglia.

— Vorrei crederti, Rhys...

— Non è a me che devi credere, ma a te stessa. Puoi fidarti solo di ciò che senti.

Winter abbassò il viso, nascondendolo tra le mani.

C'era così tanta confusione dentro di lei... Era spaventata, piena di rabbia, e turbata.

Assaporò i battiti del proprio cuore, scandagliando il fondo delle proprie emozioni. Conosceva già la risposta.

— Mi fido di te — mormorò pianissimo — anche se mi spaventa.

Fece un sorriso stanco.

— A volte semplicemente rivoglio la mia vita. Alzarmi dal letto e trovare la nonna in cucina davanti alla colazione, chiacchierare con la mia migliore amica, la sera andare a vedere quei pazzi dei Sin che suonano... In certi momenti vorrei poter tornare indietro nel tempo, darei qualsiasi cosa per non essere mai venuta qui e continuare come prima, senza misteri, senza pericoli. Era tutto così semplice...

Sapeva che la sua voce aveva una sfumatura lamentosa, ma non riusciva a fare niente per controllarla.

E forse era esattamente ciò che voleva: lamentarsi. Aveva bisogno che qualcuno la consolasse, che si prendesse la responsabilità di prometterle che tutto sarebbe finito per il meglio.

Rhys però taceva, lo sguardo fisso sulla pioggia che continuava a cadere.

— E invece devi affrontare tutto questo — concluse poi.

Lei annuì.

— La verità è sempre stata questa — mormorò con voce carica di amarezza — solo che non lo sapevo. E adesso mi manca il coraggio di affrontarla.

Il ragazzo si voltò a guardarla, facendo ondeggiare l'ombrello.

— Non è vero, Winter. Sei la ragazza più coraggiosa che conosca.

Aveva parlato d'impulso, ma mentre lo diceva comprese che lo pensava davvero.

— Sei forte, determinata. E non ti arrendi mai. È normale che tu sia spaventata dopo tutto quello che hai scoperto. Con tutto quello che sta succedendo...

Si sentiva nervoso.

Starle accanto non era affatto semplice, e non solo per il richiamo continuo e sottile del suo sangue. Voleva proteggerla, lo desiderava in un modo del tutto sconosciuto.

Winter affondò lo sguardo nel suo.

— C'è molto altro, Rhys — disse piano, calibrando le parole. Ma era stanca di tutta quella prudenza e fidarsi di lui era una sensazione troppo seducente. La faceva sentire più forte.

— Mia nonna ha avuto a che fare con l'Esecutore. È stata ricoverata perché ha perso i sensi ed è caduta... Be', per me quello le ha salvato la vita — rivelò con occhi fiammeggianti di rabbia. — Hanno trovato non so che sostanza tossica nel suo corpo, i medici non sanno spiegarlo ma io penso... penso che il Consiglio l'abbia avvelenata. Oddio! Non so nemmeno io perché ti sto raccontando queste cose.

Era la prima volta che formulava i suoi sospetti con tanta chiarezza. Una lacrima le sfuggì dalle ciglia e Rhys la guardò scivolare trattenendo il fiato.

— Perché l'avrebbero fatto?

Gli occhi argentei si riempirono di disperazione.

— Per impedirle di raccontarmi la verità! Non so perché ma è così...

Vederla soffrire era insopportabile. Eccolo il vero segreto di Winter, il peso dell'inquietudine che non la lasciava mai.

Senza sapersi trattenere, Rhys Llewelyn la strinse tra le braccia e il cuore della ragazza mancò un battito.

— Vattene — lo pregò senza convinzione.

Poi, piano piano, la sensazione di essere al sicuro cominciò a scaldarla e lei smise di lottare.

La assaporò appieno, invece, avvertendo il suo respiro tra i capelli. Si abbandonò tra quelle braccia e, finalmente, si sentì davvero a casa.

La nostalgia di ciò che aveva provato per lui esplose insopportabile.

— Perché non riusciamo a stare lontani? — mormorò contro il suo petto.

— Forse non abbiamo scelta...

Le labbra di Rhys le sfiorarono la pelle delicate come

il battito d'ali di una farfalla, piano, per caso, ma entrambi trattennero il fiato.

— È stato così fin dal primo momento, Winter, come se fosse inevitabile.

Winter lo strinse forte e annuì. Lo sentiva anche lui... Per un istante le parve che il calore che provava potesse ripagarla di ogni cosa.

Poi il vampiro sospirò.

— Il Patto — le ricordò sciogliendo l'abbraccio prima che fosse impossibile. — Questo è sbagliato, Winter. E lo sappiamo entrambi. Voi e noi siamo diversi.

Winter ricacciò indietro le lacrime. Scivolò fuori dal riparo dell'ombrello e si allontanò di corsa.

Cameron Farland rientrò rapido alla sede del Club. Non gli piaceva ciò che aveva visto. Non lasciava presagire niente di buono.

— Fai attenzione, Rhys — consigliò al silenzio che lo circondava.

In qualche modo si accorse di avere paura.

50

Nell'ufficio del giudice Moore, Susan Bray gettò un'occhiata nervosa all'orologio sulla scrivania.

Richard sarebbe arrivato entro pochi minuti, ma la loro riunione clandestina non sarebbe andata come si attendeva.

L'avvocatessa distese le gambe, mettendosi comoda quanto lo permetteva il tailleur severo che indossava, e attese sforzandosi di rimanere calma.

Richard spalancò la porta, puntuale come al solito, e marciò verso di lei.

— Che cosa hai in mente, Susan? — la investì senza neppure salutarla.

La donna gli rivolse un sorriso di sfida.

— Siediti, Richard, e stai tranquillo. Non è di me che devi avere paura, ricordi?

Il giudice si versò da bere prima di raggiungerla alla scrivania.

Stringeva forte il bicchiere e lo fissava come se morisse dalla voglia di svuotarlo d'un sorso. Nei periodi di tensione finiva fin troppo spesso per alzare il gomito.

— Non siamo costretti a immischiarci — le disse allentando il nodo della cravatta.

L'avvocatessa Bray annuì.

— Quello che sto cercando di capire è appunto quanto è tardi per tirarci fuori — dichiarò quindi lentamente — e se ne esiste il modo.

Scandire bene le parole la aiutava sempre a non farsi cedere i nervi.

Il suo sguardo rimbalzò dal cognac al volto del suo compagno di sventura.

— Bevi — lo esortò — mi servi calmo.

Lui aprì bocca alla ricerca di una risposta appropriata, poi deglutì amor proprio e liquore in una sola sorsata.

— Ora parla, Bray — ordinò sbrigativo. — Non so quanto sono bendisposto nei tuoi confronti.

Susan lo fissò senza nemmeno sbattere le palpebre.

— Prima voglio farti una premessa — esordì dopo una pausa ragionevole. — Credo che abbiamo svolto un gran bel lavoro finora: tu, io e persino la Norton. Un ottimo, prezioso lavoro. In quindici anni abbiamo controllato ogni cosa, dalle più inutili scartoffie ai dettagli più macroscopici. Siamo stati davvero bravi e, cosa ancor più importante, non ci siamo fatti domande e abbiamo tenuto la bocca chiusa.

Gli scoccò un'occhiata attraverso la mezzaluna degli occhiali e sorrise freddamente.

— Era solo un lavoro di routine in fondo, no?

Richard non cambiò espressione, ma si agitò sulla sedia.

— Se hai cambiato opinione, è solo perché sei troppo coinvolta... — la provocò.

— Lasciami finire — lo interruppe lei. — Stavo dicendo che abbiamo svolto un compito insostituibile. Il Consiglio non può che riconoscerlo.

— Dove vuoi arrivare?

Il livello di scortesia era un buon indice dell'umore di Moore, Susan ne era perfettamente consapevole.

— Perché ti agiti, giudice? — ribatté senza raccogliere la domanda. — È solo l'epilogo della storia a lasciarmi perplessa. Marion Starr è sempre stata fedele al Consiglio, e comunque sua nipote era il suo punto debole. All'inizio credevo davvero alla sua malattia, poi ho scoperto che il giorno stesso in cui è stata ricoverata d'urgenza era venuta nel tuo ufficio. E tu non c'eri. Piuttosto, credo che ci fosse l'Esecutore.

Richard impallidì, e insieme al colore parve perdere tutto il suo contegno.

— Dove diavolo vuoi arrivare, Susan? — disse scattando in piedi.

— Non intendo accusarti di niente. Quel giorno tu, io e la Norton eravamo impegnati in una riunione in tribunale, guarda caso. C'era la tua segretaria con noi e c'era anche il dottor Spencer. Loro delle Famiglie non sanno un accidente. E c'era Clarke, un vampiro. Dico solo che anche tu hai fatto i tuoi calcoli e che ti sei trovato un alibi di ferro!

Moore andò a versarsi nuovamente da bere.

— L'ho trovato anche a voi — le fece osservare torvo.

— Altrimenti non sarei qui con te — disse la donna. — Avrei semplicemente saltato questo passaggio e cercato di stare a galla per conto mio. Sono troppi anni che lavoriamo insieme: tu sapevi cosa sarebbe successo a Marion e hai cercato di coinvolgere un adepto dell'Ordine in modo che il Consiglio non dubitasse della nostra innocenza.

Si scambiarono uno sguardo ostile.

— Lo apprezzo, Richard — concesse Susan — però non sono proprio stupida. Se hai bisogno di giustificarti davanti a Lochinvar e ai vampiri, significa che Fennah non si sta più muovendo a nome del Consiglio. Ha preso da solo l'iniziativa di mandare l'Esecutore e sta proseguendo la partita per conto suo. In segreto.

Era un dannatissimo bluff. Susan non aveva uno straccio di prova se non l'espressione smarrita di Moore.

— Non fingere che sia una novità — lo accusò. — Da quanto tempo lo sapevi?

— Le nostre sono solo supposizioni, Bray!

Susan picchiò il pugno sulla scrivania.

— Noi sappiamo troppe cose! — gridò. — Non voglio ritrovarmi sul letto di fianco a quello di Marion! La sua espressione si fece triste. — Almeno sai per cosa rischiamo la vita?

— So che è meglio non chiederselo — replicò l'uomo.

Si scambiarono un ultimo sguardo e l'avvocatessa si diresse verso la porta con un sospiro.

Non appena l'ebbe richiusa alle sue spalle, il giudice prese il cellulare.

— Mi dica, Moore.

La voce aveva il tono di chi è abituato a impartire ordini e il telefono non riusciva ad attenuarlo.

— Susan Bray sa, signor Fennah — spiegò Richard.

Gli rispose un sospiro scontento.

— Allora riconsidererò la sua posizione — disse il Consigliere Maggiore. Interruppe la conversazione senza aggiungere altro.

Il cellulare tornò nella tasca e Moore si versò un nuovo bicchiere.

Un tempo lui e Susan erano stati piuttosto intimi. Era stato molti, molti anni prima.

Poi la vita era andata avanti e aveva indurito la loro corazza. Un vago sentimentalismo era ormai l'unica traccia in lei che gli rammentasse talvolta il passato.

— Alle vecchie amicizie — mormorò dando fondo alla bottiglia. Dopo aver tradito i compagni di una vita, gli rimaneva solo quello.

Era certo di trovarla in biblioteca.

Vaughan raggiunse Winter Starr affrettandosi lungo i corridoi.

Se l'Esecutore era sulle sue tracce, erano stati tutti dannatamente imprudenti.

— Seguimi — ordinò richiudendo il volume che lei stava leggendo proprio sotto il suo naso.

Le lasciò appena il tempo di raccogliere le sue cose e la precedette attraverso i corridoi del St Dewi's.

Winter lo seguì, scartando gli studenti che vagavano da un'aula all'altra, fino al suo ufficio.

Quando furono entrati, il professore si richiuse la porta alle spalle.

— Che significa? — gli domandò.

Lui tese le mani per farsi consegnare i libri e li depositò sulla scrivania.

— Che da questo momento puoi considerare questa la tua nuova aula studio.

Le indicò una sedia e si sedette dall'altra parte della scrivania.

— Continuo a pensare che faresti meglio a lasciar perdere le tue ricerche, ma se proprio non puoi farne a meno tanto vale che le faccia in un posto protetto.

Il Gran Maestro era stato molto chiaro sulla necessità di tenerla al sicuro. E Vaughan aveva una gran voglia di scoprirne il motivo.

— Credo anche che dovresti condurle con una certa discrezione...

Winter lo guardò serissima.

— Perché continua ad aiutarmi?

Vaughan trasse un lungo sospiro e si lasciò sfuggire un sorrisetto.

— Spesso me lo chiedo anch'io.

51

Appena prima dell'inizio delle lezioni pomeridiane, Winter attraversò trafelata i corridoi del St Dewi's.

Doveva trovare Rhys immediatamente. Non si erano più parlati dopo quell'unico abbraccio, eppure i loro occhi non avevano mai smesso di cercarsi. Qualcosa, al di là della loro stessa volontà, continuava a spingerli l'uno verso l'altra.

Trovò Rhys nei pressi della biblioteca.

Guardava verso di lei, come se l'avesse sentita arrivare.

— Dobbiamo parlare...

— Non qui — replicò indicandole con un cenno il corridoio.

Seguendo la direzione del suo sguardo, Winter si accorse che Nerys Maddox e Cameron Farland si stavano avvicinando.

— Ci vediamo alle vecchie rovine verso Ger Y Goeden? — domandò in fretta.

Il ragazzo annuì. — Ti raggiungo alla fine delle lezioni.

Il pomeriggio trascorse in un lampo, e al termine della scuola Winter si incamminò verso la boscaglia col cuore che le batteva forte. Sperava con tutta se stessa che ogni cosa andasse bene.

Ignorando il pantano in cui la neve sciolta aveva trasformato i sentieri, avanzò svelta fino alle vecchie rovine. Sorgevano sulla cima di un colle, i resti di un maniero ridotto a un ammasso di pietra. Le aveva scoperte per caso, ma non c'era luogo che amasse di più.

Non sapeva se Rhys sarebbe venuto davvero, e forse avrebbe dovuto augurarsi che non lo facesse...

Si inerpicò tra i sassi coperti di muschio e le pareti diroccate fino a raggiungere ciò che rimaneva di una scalinata, e si sedette osservando il panorama.

Da quel punto si vedeva tutta la regione: il corso sinuoso dell'Elwy interrotto di tanto in tanto dalla boscaglia, i pascoli, Cae Mefus. Istintivamente Winter cercò casa Chiplin e poi il parco del St Dewi's. Se socchiudeva appena gli occhi riusciva a distinguere persino la baia di Colwyn e la linea azzurra del mare.

Il cielo era grigio acciaio, solo qua e là lasciava cadere lame di luce sui boschi.

Finalmente un suono le carezzò le orecchie. Winter respirò a fondo per farsi coraggio.

— So che ci sei... — disse infine.

Per un attimo non avvertì che il vento. Poi ci fu un fruscio appena percettibile.

— Potevo mancare? — domandò Rhys Llewelyn in tono neutro.

Avanzò, lasciando finalmente che lei lo vedesse.

Winter tenne il viso rivolto alla valle, improvvisamente insicura.

— Ne avresti avuto motivo...

Temeva ancora che potesse andarsene da un momento all'altro.

Rhys invece la raggiunse senza fretta.

Le sedette accanto con apparente disinvoltura e rimase a guardare i raggi del sole.

Il cielo, realizzò improvvisamente, aveva il colore dei suoi occhi.

— Davvero non eri sicura che ti avrei seguito?

L'intonazione della domanda era leggera, ma la ragazza comprese che la risposta gli interessava davvero.

Finalmente si decise a spiarlo, nascosta dalla massa dei capelli.

— No. Ma lo speravo — gli confessò arrossendo.

Erano sufficientemente lontani da non potersi sfiorare nemmeno per caso, ma la consapevolezza di averlo accanto bastava a trasmetterle piccoli brividi in tutto il corpo.

Il viso di Rhys non esprimeva alcuna emozione, sembrava una maschera immobile. Solo le sue dita continuavano, inquiete, a premere la roccia.

— Perché mi hai chiesto di venire qui?

Per sapere se l'avresti fatto! fu il primo pensiero di Winter. Sincero fino all'impudenza.

Serrò le labbra per impedirsi di rivelarlo e si concentrò sulla forma delle nuvole.

— Dobbiamo parlare — ripeté infine.

Nessuno di loro aveva mai avuto intenzione di farlo per primo, e davvero era una pessima idea. In fondo, però, non avevano niente da perdere...

Winter si fece coraggio.

— Senti, in questi mesi mi è crollato il mondo addosso. Mi hanno portato via tutto ciò che avevo per scaraventarmi in un sogno delirante. Mi stanno capitando tante di quelle cose assurde che a volte mi sembra di essere impazzita. — Lo guardò con un sorriso infelice. — Be', e tu sei una delle più strane... che lo vogliamo o meno. Rhys, io non so cosa sia per te. So solo che a dispetto di tutto continuiamo a cercarci.

Le guance di Winter erano in fiamme.

— Sei... un vampiro. Farland mi ha aggredito prima di Natale, e non è stato neanche il primo. Io dovrei essere terrorizzata da te, e invece no. Tu sei qui e io mi sento al sicuro...

Sorrise amara.

Lui si chiese quanto fossero morbide le sue labbra.

— Per me è la stessa cosa — mormorò poi, sollevando una mano per sentire l'aria fredda tra le dita — continuo a ripetermi che è sbagliato ma...

La guardò quasi con diffidenza, come se fosse il suo volto a dovergliene spiegare il motivo. Studiò i suoi lineamenti, la sua espressione seria, si chiese come fosse vederla ridere.

— Ma in fondo è inutile.

O forse era tutto più semplice, forse bastava ammettere che Winter lo attraeva e lo turbava come nessun'altra.

Non aveva il diritto nemmeno di sfiorarlo quel pensiero.

— Non sono sicura di volere che sia così — disse Winter simulando distacco. — Vorrei almeno che ci fosse un motivo...

Per cosa? si domandò il vampiro. *Per evitarci o per cercarci*?

Si guardò attorno, sperando che qualcosa, all'orizzonte, lo distraesse da lei.

Winter si mise a giocherellare col suo ciondolo, e il vento continuò a turbinare tra loro.

Si stava bene, tra le rovine. Rhys tornò a osservare la ragazza al suo fianco. Sorvolò con gli occhi ogni contorno del suo volto.

Aveva i capelli dietro le orecchie e il luccichio degli anellini di metallo che portava ai lobi imprigionò il suo sguardo. Winter indossava una sciarpa rossa che sembrava morbidissima. L'aveva rigirata per bene attorno al collo, nascondendolo alla vista.

Eppure, in quel momento, a lui pareva che riuscisse solo a metterlo in risalto.

La lana, poi, doveva essere impregnata del suo profumo, le accarezzava dolcemente la pelle.

Con un brivido si rese conto che avrebbe voluto fare altrettanto, scioglierla da quel tocco soffice e sostituirlo col proprio.

Cercando in fretta di dirottare i propri pensieri, allungò la mano verso di lei, sfiorando il ciondolo con l'indice.

Winter se lo sfilò dal collo senza un attimo di esitazione.

Mentre le parole della nonna le risuonavano nella mente, vide la piccola sfera di cristallo scivolare sul palmo bianco che l'attendeva, incapace di interrompere il gesto, e i brividi presero a scuoterla.

Attonito, Rhys si sentì sfiorare dal tocco del Potere.

Sarebbe stato difficile spiegare le sue sensazioni a chi non l'aveva mai percepito: era come se il mondo fosse sempre in un suo equilibrio costante, ma di tanto in tanto venisse percorso da un'increspatura nell'aria, un cambiamento d'intensità... Il tocco del Potere, appunto, una pulsazione cangiante, indefinibile, spesso inquieta.

La sua mano si richiuse attorno alla piccola sfera per puro riflesso.

— Lo avverti anche tu? — chiese in un sussurro roco.

Winter lo fissò di rimando, immobile e pallida.

— Che cos'è?

La voce le uscì così piano che nemmeno Rhys riuscì a udirla davvero.

Le spalle del ragazzo erano attraversate da piccoli fremiti. La luce rossa accesa nelle sue iridi era più che mai inumana.

— Fermalo, Winter. Qualunque cosa stia succedendo... interrompila. Ti prego.

Winter fu scossa da un tremito mentre l'intero universo si riduceva alla figura del ragazzo di fronte a lei.

Non so come fare...

Le sembrò che il suo stesso cuore si immergesse lentamente in acque tiepide, insinuanti e dolcissime. E intanto pulsava di felicità. Il calore sommerse tutto il suo corpo.

Amava Rhys Llewelyn.

E forse non era un ricordo remoto e irreale, ma ogni respiro di quell'attimo, una promessa del futuro...

Un sorriso pieno di meraviglia ridisegnò le labbra del vampiro come se non esistesse alcun confine tra le loro sensazioni, e il cuore di Winter sobbalzò di nuovo.

Permisero alle loro mani di sfiorarsi, esplorarsi.

Le intrecciarono l'una nell'altra. Era uno strano sogno colorato in cui sarebbe stato bello perdersi.

Non ne abbiamo il diritto, si sforzò di pensare Rhys.

Ma possiamo evitarlo? si chiese lei di rimando, come se quel pensiero fosse stato formulato ad alta voce.

Con movimenti ancora irrigiditi dalla tensione, Rhys scivolò alle sue spalle. Winter sentì la punta fredda delle sue dita sulla nuca e avvertì un nuovo fremito.

Lentamente il vampiro si fece strada tra le ciocche scure, scoprendole morbide come aveva immaginato. Tutti i suoi sensi erano sopraffatti dalla sua vicinanza, affascinati da ogni più impercettibile scoperta: il suo profumo, la consistenza dei suoi capelli, la sua fiduciosa arrendevolezza...

Ogni cosa lo assorbiva e distraeva.

Le scostò i capelli in un gesto che somigliava a una carezza. Affondò i polpastrelli nella lana della sciarpa provando una strana esaltazione.

Lei trattenne il respiro mentre gliela sfilava senza fretta, assaporando il gesto come un rituale languido.

Se l'avesse desiderato, avrebbe potuto prendersi la sua

vita in quel momento, berla d'un fiato, posarle la bocca sul collo e affondarvi i denti.

La sciarpa le ricadde sulle ginocchia, e Rhys si immobilizzò inspirando il profumo dei suoi capelli.

Infine le cinse il collo con la catenina d'argento e bloccò il fermaglio.

Per lungo tempo non si mossero mentre il ritmo dei loro cuori rallentava e le sensazioni si attenuavano. Winter ne sentì subito la mancanza e con sollievo comprese che non sarebbero scomparse del tutto, che ogni volta si lasciavano dietro una traccia sempre più profonda.

52

— Cos'è successo?

L'abbraccio di Rhys dava una sensazione calda e avvolgente. Cancellava ogni paura.

Le sembrava che ogni cosa fosse più tollerabile in quel rifugio sicuro.

Sedevano fianco a fianco, tra le rovine, intenti solo a riprendere fiato. Lui la abbracciava forte e lei non voleva più sottrarsi a quel contatto nella luce rosata del tramonto.

— Perché abbiamo sentito la stessa cosa, vero? — insistette tuttavia.

Lo sentì sospirare.

— Tu probabilmente non hai sentito la Sete... — le rispose quindi con un'ombra di tristezza nella voce.

Winter gli sorrise a disagio.

Si concentrò sulle loro dita intrecciate.

— Non mi farai mai del male, Rhys.

Lui la guardò in bilico tra ironia ed esasperazione, lasciando ricadere il braccio che le circondava le spalle.

— Come puoi esserne certa? Il tuo sangue mi attrae... e il tocco del Potere...

La ragazza rafforzò la stretta attorno alla sua mano, rifiutandosi di lasciarla allontanare.

Tuttavia era arrabbiata.

— Quindi è solo questo per te? Sangue e Potere?

— *Dovrebbe* essere così — replicò lui rinunciando a liberarsi dalla presa anche se in teoria non gli sarebbe stato difficile — renderebbe tutto più semplice!

Lei si irrigidì. Poi una scintilla di comprensione la fece arrossire. Le sarebbe piaciuto proseguire quel discorso, un giorno, ma si costrinse lo stesso a cambiare argomento.

— È il ciondolo, vero? — chiese senza preamboli. — L'interruttore, dico...

— Così sembra — rispose Rhys con un sospiro.

Winter era troppo vicina e il battito del suo cuore continuava a scivolargli nei pensieri. Si alzò, sperando che camminare lo aiutasse a schiarirsi la mente.

— Sto arrivando vicino al limite di sopportazione — mormorò tra i denti.

— Allora lasciami qui con i miei misteri! — sbottò Winter più arrabbiata che spaventata.

Il ragazzo alzò gli occhi al cielo.

Era un gigantesco errore. Era contro tutte le regole. Bastava davvero illudersi che fosse anche l'unico modo che aveva per proteggerla?

— Sarei felice di poterlo fare — ammise — ma immagino che dobbiamo capirci qualcosa...

Il broncio della ragazza si attenuò appena.

Toccò la sferetta di cristallo e sbuffò.

— La nonna mi ha detto che è un dono di mio padre. E per essere sincera mi ha fatto giurare di non toglierlo mai... Scosse il capo con riprovazione. — Ma non sono troppo ubbidiente, alla fine... — commentò scontenta.

— No, non lo sei — sottolineò il vampiro con una certa soddisfazione — però questo non ci dice molto. Se non che adesso sappiamo che era un buon consiglio.

Winter fu tentata di ribattere. L'avrebbe rifatto in ogni momento, se significava provare ancora ciò che aveva appena provato.

E se al posto di Rhys, con te, ci fosse stato qualcun altro? obiettò quella che somigliava terribilmente alla voce della sua coscienza.

Per esempio il vampiro che qualche sera prima era giunto fino a casa Chiplin...

In quel caso era probabile che sarebbe semplicemente morta.

— Ma com'è possibile? — si limitò a domandare.

Lui si strinse nelle spalle.

— Cos'hai sentito prima, Rhys?

Un sacco di cose, pensò il vampiro con un vago imbarazzo. Selezionò rapidamente quali informazioni potesse darle.

— Ho sentito che il Potere ti circonda — rivelò d'impulso — è una sensazione molto... attraente per noi, come se tu stessa supplicassi di morderti.

Tornarono verso il paese tenendosi per mano.

Poi, quando furono in vista delle prime case, Rhys la strinse in un ultimo abbraccio.

— Tienilo sempre addosso finché non riusciamo a capirci un po' di più — si fece promettere, azzardandosi a sfiorarle una guancia col dorso della mano.

Winter incurvò le labbra in un sorriso timido.

Dopo che si furono separati, entrò in casa Chiplin sentendosi stranamente leggera.

Aveva voglia di correre, e ridere.

Gareth ed Eleri guardavano la TV in sala, ma erano più intenti a discutere tra loro a bassa voce che a seguire il cartone animato da cui Dai non riusciva a distogliersi.

Winter andò a sedersi sul bracciolo del divano col sorriso ancora stampato sulla faccia.

— Sei di buon umore, stasera — osservò Eleri.

— Sono troppo giovane per continuare a essere depressa... — le rispose allungandosi verso il sacchetto di patatine sul tavolino.

— Ottimo! — approvò l'altra. — Sabato allora vieni anche tu al Manaros?

— Sì, penso di sì.

Era preoccupante che Gareth la guardasse come se si stesse chiedendo se era il caso di chiamare un esorcista. Probabilmente era un po' troppo di buon umore rispetto alla media delle sue giornate gallesi.

Sentiva anche fame, erano passati secoli dall'ultima volta che aveva avuto un simile appetito.

Quella sera, persino i colori sembravano più vividi.

53

Il cristallo di rocca, composto da biossido di silicio, è la varietà trasparente e incolore del quarzo.

Minerale molto diffuso in ogni parte del mondo, è conosciuto e impiegato sin dall'antichità.

A dispetto del colore limpido, differente dalla maggior parte delle pietre, il cristallo di rocca è una gemma estremamente resistente.

Grazie alla sua trasparenza e alla capacità di scomporre la luce nelle iridescenze dello spettro cromatico, gli venivano un tempo attribuite virtù magico-religiose e terapeutiche, tutt'oggi confermate dall'odierna cristalloterapia.

Si pensava che fosse in grado di disperdere le energie negative interiori ed esteriori e proteggesse dalla cattiva sorte.

Veniva perciò impiegato frequentemente come amuleto protettivo contro le febbri e gli squilibri dell'organismo o dell'animo.

Sfere di questo minerale si riteneva mostrassero il futuro.

Secondo altre tradizioni, invece, questa pietra convoglia le energie, donando all'individuo che la indossa equilibrio e calma interiore, protegge dagli incubi e tiene lontani gli spiriti maligni. Caricato dell'energia magica di un operatore sufficientemente abile, l'amuleto realizzato con questo materiale potrebbe servire anche a scopi differenti, per esempio a sigillare facoltà irrequiete e poteri interiori difficili da dominare o pericolosi, donando pace e serenità.

Testimonianze medievali e tardo-medievali riferiscono dell'esistenza di oggetti di potere realizzati o arricchiti con cristallo di rocca...

Winter richiuse il libro con un tonfo e il professor Vaughan la fissò perplesso.

— Qualche novità? — domandò, sollevando il naso da un noioso testo sull'epoca vittoriana che, secondo il parere di chi l'aveva vissuta, avrebbe avuto bisogno di parecchie revisioni.

— Non ne sono certa — replicò lei.

Era la solita formula elusiva, ma il vampiro rilevò la luce speranzosa del suo sguardo. Nelle ultime settimane avevano trascorso insieme un po' troppo tempo perché gli potesse sfuggire.

Era curioso ma non le mise fretta, lasciandole il tempo di raccogliere le idee.

Si abbandonò contro lo schienale e non dovette attendere a lungo.

— Magari è una perdita di tempo — premise la ragazza — ma mi stavo chiedendo se è possibile che un gioiello svolga una funzione protettiva.

A Vaughan il ciondolo di Winter tornò in mente solo molto tempo dopo, mentre si aggirava nella notte per il campus deserto.

Era un'eventualità remota, ma non del tutto da scartare.

La presenza di un oggetto di Potere avrebbe potuto spiegare un bel po' di cose. Tranne il motivo per cui apparteneva a una ragazzina delle Famiglie...

54

Nessuno dei due faceva nulla per impedirlo, quindi, semplicemente, continuava a succedere.

Winter aveva cura di scegliere un percorso differente ogni volta che Gareth o Eleri erano nei dintorni e anche Rhys faceva in modo di essere solo.

Sapevano entrambi quanto fosse stupido, ma a Winter non importava più. Se il rischio più grande era che Rhys la uccidesse, be', alla fine non era più insopportabile che rinunciare a vederlo.

Quel giorno si era soffermata a lungo in aula studio per finire un tema, lasciando che gli altri la precedessero. Quando aveva sollevato il capo, l'aveva individuato subito.

Come se si fossero scambiati un segnale, lei lo precedette nel cortile andando a sedersi su una panca.

— Qualche novità sul tuo ciondolo? — le domandò il ragazzo raggiungendola con cautela.

Non si vedeva nessuno, ma Winter fu certa che stesse ugualmente scandagliando il parco con i suoi sensi acutissimi.

Il cuore prese a sgropparle nel petto.

— Il cristallo di rocca veniva usato frequentemente per realizzare amuleti. E io che lo indossavo sempre solo perché mi ricordava i miei genitori...

Rhys studiò il suo volto, incerto su cosa pensare.

— E non sei contenta che sia qualcosa di più?

Lei fece una smorfia colpevole.

— Sì. Però non del tutto. Immagino di essere un po' spaventata da quello che potrei scoprire ancora.

Chiuse gli occhi e rimase a godersi quel momento di vicinanza.

— Non può essere niente di terribile — osservò Rhys. Non si fidava neppure a sfiorarla, ma spinse il ginocchio contro il suo cercando di farselo bastare.

Riuscì a strapparle un sorriso autentico.

— Come fai a dirlo?

— Perché è una protezione — le rispose.

Come aveva ipotizzato, vederla sorridere era bellissimo.

— Mi difende *da me stessa*, ricordi? — replicò Winter con una leggerezza un po' forzata. — Che razza di mostro ha bisogno di essere protetto da se stesso?

Rhys le rivolse uno sguardo obliquo, seducente.

— Tu non sei un mostro — disse in un sussurro.

Le sfiorò il naso con l'indice e lei sorrise.

L'espressione rilassata del ragazzo per un attimo le diede l'impressione che la felicità fosse davvero vicina.

I bagliori del tramonto stavano sbiadendo all'orizzonte. Presto non sarebbe più riuscita a scorgere la luce dei suoi occhi, la bellezza d'avorio dei suoi lineamenti.

Lo guardò in silenzio, gli sfiorò la fronte, gli zigomi, percorse la curva del mento.

Le tremavano le mani.

Rhys non respirava nemmeno.

— E se fosse semplice, in fondo? — la sentì mormorare — tra noi...

Con uno sforzo enorme, lui distolse il viso e si alzò, poi fece un passo indietro.

— Non lo è.

Winter lasciò ricadere la mano sentendosi respinta, offesa. Si alzò a sua volta, voltandogli le spalle, e il ragazzo temette che se ne sarebbe andata.

Gli sembrava che nei suoi polmoni non ci sarebbe mai più stata abbastanza aria e non poté che raggiungerla.

Winter si sentì avvolgere dalle sue braccia e appoggiò la schiena al suo petto.

— Vorrei tanto che ci fosse un modo — le disse Rhys premendole le labbra sulle tempie.

— Forse esiste...

Winter si allontanò prima che diventasse impossibile e lui non la trattenne.

Gareth Chiplin, che si stava avvicinando a grandi passi, non l'avrebbe gradito.

— Che cosa state combinando, Llewelyn?

Gareth mantenne un tono di voce basso solo perché Winter non era ancora abbastanza lontana da non poterli sentire, ma raggiunse il vampiro a passo di carica.

— Buonasera a te, Chiplin — replicò Rhys freddamente.

Lo vide fremere di rabbia, ma non gli diede importanza.

— Che cosa vuoi da lei? Credevo che almeno tu sapessi qual è il posto di voi succhiasangue!

— Perché non dici addirittura mostri? — incalzò. — Non è così che ci vedi?

Gareth lo fissava con occhi roventi. Gli tremavano le mani e lo sforzo di controllarsi gli contraeva ogni muscolo.

— Cosa vuoi da lei? — insistette.

— Stavamo parlando. Non c'è niente che lo vieti, mi

sembra... — Rhys udì l'accelerata del suo ritmo cardiaco. Gli ci volle uno sforzo immenso per ricordare che in fondo Gareth aveva ragione.

— Oh, certo, parlando... Ho visto male! È tutto sotto controllo, vero Llewelyn? È normale che tu, un vampiro, e lei... — dovette fare una pausa per dominarsi. — Lei è una di noi!

— So chi sono io. E so chi è Winter — rispose Rhys con una traccia di ammonimento nella voce.

Gareth levò gli occhi al cielo.

— Davvero? Eppure non lo sa nessuno... — gli venne quasi da ridere. — Di certo non lo sa lei!

Si squadrarono ostili, poi il vampiro sospirò.

— Si metterà nei guai cercando di capirlo — affermò cupo.

— Così non la aiuti di sicuro! — ringhiò Gareth di rimando.

Non voleva accorgersi che la preoccupazione del Nox era sincera e almeno pari alla sua.

— Ne sono consapevole, Chiplin.

Gareth sogghignò, ma più per se stesso.

— No, non lo sei! — dichiarò con assoluta certezza.

Si godette il suo sguardo interrogativo e la sua collera.

— Perché in questo sei esattamente come tutti noi — provò piacere nel dirlo. — Per quanto la riguarda, la tua testa è l'ultima cosa che ragiona!

Gareth rincasò diverso tempo più tardi. Alla fine si era messo a piovere e i capelli gli si erano appiccicati al viso, fradici, intanto che vagabondava per le strade del paese alla ricerca di un po' di calma.

Winter era al telefono con la sua amica o con l'avvocato.

O con qualche stramaledetto vampiro, per quanto ne so! si disse amaramente.

Non riuscì a guardarla in viso per tutta la sera. Erano troppi i motivi per cui era intervenuto, e alcuni non gli piacevano per niente.

55

Jago Rhoser era un uomo sulla cinquantina. Era forte, torvo e una lunga cicatrice, che gli percorreva tutto il lato sinistro del volto, dava un che di lugubre anche ai suoi rari sorrisi. Da molti era considerato un eroe, da altri la più terribile minaccia, e di questo l'Esecutore era più che consapevole.

Il suo nome poteva significare morte e la paura che suscitava era una delle tante armi che aveva a disposizione per muoversi indisturbato e compiere la sua missione.

Le sue visite erano sempre l'ultimo avvertimento del Consiglio.

Gli bastò mostrarsi alla donna per vederla impallidire.

— Che piacere inaspettato — disse Susan Bray.

L'uomo entrò in casa con un sorriso sarcastico.

— Spero di non disturbarla troppo, avvocatessa Bray — replicò, sfilandosi la giacca con noncuranza e abbracciando l'intera stanza con lo sguardo.

I convenevoli gli davano un piacere sadico. Poteva intuire i pensieri della donna, persino sentire l'odore della sua paura.

— È sempre un piacere servire il Consiglio — replicò lei, con ben poco calore.

Richard, quel codardo senza spina dorsale del suo vecchio amico, l'aveva tradita.

Avrei dovuto aspettarmelo.

Rimaneva solo da capire fino a che punto.

Tenendo duro, indicò all'uomo una poltrona e versò da bere a entrambi.

Lo sguardo dell'Esecutore continuò a seguire ogni suo movimento, le pesava sulle spalle come un presagio oscuro. Probabilmente voleva accertarsi che non stesse avvelenando il suo whisky.

— Prego — disse con garbo. E a scanso di equivoci lasciò che fosse lui stesso a scegliersi il bicchiere.

Iago Rhoser sogghignò compiaciuto.

Non gli avrebbe dato soddisfazione confrontarsi con un'idiota.

Accostò il bicchierino al naso per respirare l'aroma del suo contenuto ambrato e annuì piano. Era roba di classe, bisognava averne rispetto.

Prese a degustarlo lentamente come se ignorasse la tensione di lei.

Conosceva l'animo umano. L'avvocatessa andava logorato senza fretta.

— Delizioso — approvò sentendosi carezzare il palato.

Susan riuscì addirittura a sorridere.

— A cosa devo l'onore?

— Non lo immagina?

Prima trappola, si stavano solo scaldando.

— Ho vissuto abbastanza a lungo da sapere che è meglio non fare supposizioni.

Ne era uscita con grazia.

— Ma io so che è davvero acuta — obiettò l'Esecutore.

— Sono lieta che al Consiglio me lo riconoscano.

In realtà, in quel momento, Susan avrebbe venduto l'anima perché la credessero stupida, stupida e innocua.

— Oh sì. I casi di cui si occupa sono sempre seguiti con interesse.

Il tono era di miele, l'effetto minaccioso.

— Immagino che voglia qualche informazione, signor Rhoser... — buttò lì lei in tono colloquiale, disteso. — Anche se, per la verità, non so che dettaglio potrei aggiungere ai miei rapporti.

Nel silenzio, il pendolo batté l'una dell'ennesima notte insonne. La privazione di sonno era un buon metodo di tortura, Susan ammirò la perizia dell'Esecutore.

— Ha ragione — le riconobbe — i rapporti che giungono dall'ufficio di Moore sono sempre molto dettagliati.

Questa, invece, era la prima minaccia. Elegante, semplicemente perfetta.

Non ti conviene approfondire troppo, signora Bray, significava.

Rhoser mantenne la sua espressione impenetrabile. La sua faccia sembrava intagliata nel cuoio: la natura non l'aveva predisposto per l'allegria o lui aveva scordato come sorridere senza incutere spavento.

— Gliene interessa qualcuno in particolare?

Era una roulette russa e Susan non intendeva rivelargli nulla che non servisse a salvarle la vita.

— Il caso Starr.

Gli occhi dell'Esecutore sul viso le bruciavano come uno spruzzo d'acido.

— Bene — approvò l'avvocatessa. — L'ho seguito da vicino, come saprà.

Dare un'immagine collaborativa sembrava astuto.

— Crede di essere ancora in grado di seguirlo?

— Finché il Consiglio lo ritiene di mia competenza.

Sorrise a labbra troppo contratte.

— E se ormai fosse di *mia* competenza? E lo fosse sempre stato? — incalzò Rhoser.

— In quel caso le augurerei buon lavoro.

— Ottimo. Richard Moore la credeva troppo coinvolta...

— Mi crede un'inguaribile romantica. Penso gli ricordi la nostra gioventù!

L'Esecutore sogghignò di nuovo. Ma se il suo divertimento fosse un buon segno, Susan doveva ancora scoprirlo.

— Come sta Marion?

— La signora Starr? — si augurò che la domanda non sembrasse artificiosa. — Stazionaria. Non mi esprimerei più in favore di nuove visite della nipote in ospedale. La ragazza è rimasta traumatizzata dai suoi deliri.

— Questo rincrescerà al signor Fennah — osservò lui con un dispiacere ben interpretato. Si stavano lentamente avvicinando al punto cruciale di quella conversazione.

Per un attimo la donna provò un barlume di fiducia. Se sperava di incastrarla giocando sui titoli, potevano tirare mattino. Marion sarebbe rimasta "la signora Starr" tutta la notte e Fennah "il Consiglio" in persona.

Le pareva persino di non ricordare il nome di Winter, tanto era il distacco che manteneva dalle sue assistite.

— È triste, ha ragione, ma sono costretta a confermare quello che i Consiglieri Maggiori hanno già letto sui miei resoconti: meglio tenere Winter Starr lontana dall'ospedale.

Fece per versare nuovo liquore nei bicchieri vuoti, ma l'Esecutore scosse il capo.

— Adesso dobbiamo rimanere lucidi, avvocato — intimò severo.

Susan deglutì a vuoto.

— Lo sono, signor Rhoser.

— Che cosa sa di Morgan Soldier?

La domanda era più semplice del previsto.

— Che era il padre della ragazza e che è morto da quindici anni.

— Nient'altro, Bray? Si sforzi...

Susan avvertì il suo sguardo come grandine sul volto.

— Lo giuro sulla mia testa.

— Bene. Perché è appunto di questa che si sta parlando, lo capisce?

Un tremito la scosse e l'avvocatessa non poté fare niente per mascherarlo.

Annuì senza fiato.

— Posso riferire questo al signor Fennah?

Solo un cenno del capo.

— Lo sa, mi ha mandato da lei perché era preoccupato che avesse frainteso la situazione del Consiglio.

La donna lo guardò in attesa, gli occhi velati di paura, e Rhoser trasse un sospiro compiaciuto.

— Dovrei occuparmi personalmente di risolvere questa faccenda, può immaginarlo... C'è solo un fatto, avvocato Bray: che secondo me, invece, lei ha capito benissimo come stanno le cose.

Perché? Perché me lo sta dicendo? pensò Susan disperatamente.

— Quello che ha detto a Richard Moore era vero. Il Consiglio ha perso la sua compattezza e il capo delle Famiglie ha iniziato a fare i propri interessi. È una donna intelligente, non posso che complimentarmi con lei.

— Tutto ciò non mi riguarda, Esecutore.

L'uomo le rivolse un'occhiata fredda, di rimprovero.

— La riguarda eccome, invece. Nelle nostre posizioni, noi due possiamo fare molto, avvocatessa Bray. Devo davvero minacciarla per avere la sua collaborazione?

Susan Bray scosse il capo. Difficile dire se la proposta di Iago Rhoser fosse un colpo di fortuna o una trappola senza via d'uscita...

— Credo di averle offerto una buona scelta. Coraggio, devo confermare i sospetti di Fennah o vuole finalmente la verità?

La donna trasse un sospiro.

— Mi racconti tutto.

Winter nascose un sorriso passando accanto a Rhys Llewelyn nei corridoi della scuola. Le sue guance si fecero più rosee.

Il vampiro si allontanò rapido, ma Gareth non seppe trattenersi.

— Devo preoccuparmi davvero? — la investì costringendola a indietreggiare verso il muro.

La fissava con occhi roventi e Winter non impiegò molto a capire di cosa stesse parlando.

— Sai che mi sorprendi? — insistette lui con un tono più aggressivo di quanto avesse voluto. — Davvero geniale fare amicizia con un Nox!

E così ebbe la certezza di aver dato fuoco alle polveri.

Va bene, allora! decise, pronto al litigio. Winter avrebbe finalmente saputo ciò che da giorni cercava il modo migliore di dirle.

— Ne abbiamo già parlato, mi pare — sibilò la ragazza.

Gareth contrasse la mascella.

— Ma tu continui a non capire, Winter... Pensavo avessi bisogno di tempo, ma probabilmente non ci arrivi o sei troppo presa da te per fermarti a riflettere!

Winter non voleva ascoltarlo. Fece per superarlo, però, lui non si mosse impedendole il passaggio.

— Che ti prende? Che diritto hai...

Quella situazione cominciava a darle fastidio. Non gli avrebbe permesso di intromettersi.

Il sogghigno solitamente affascinante del ragazzo si riempì di disprezzo.

— Proprio non ti rendi conto che sono con te? Voglio solo proteggerti, come tutti noi!

Avanzando ancora, la spinse spalle al muro.

Lei sentì la parete fredda contro la schiena. Si fissarono in un silenzio teso che faceva scintille.

— Nessuno ve l'ha chiesto!

— Le Famiglie ti hanno affidata a noi... — la contraddisse lui.

Già. Le stesse Famiglie che avevano diretto ogni minuto della sua vita, che le avevano taciuto ogni cosa e che probabilmente avevano condannato sua nonna a un letto di ospedale.

— Non mi importa — dichiarò con fredda determinazione.

Gareth si sentiva ribollire. Capiva che cedere in quel modo alla rabbia era insensato, eppure non riusciva a calmarsi. Avrebbe dovuto cercare di spiegarle, di farle capire, nonostante tutta la confusione di quegli ultimi mesi, ma era troppo arrabbiato per poter essere ancora paziente. Qualcosa tra loro due rendeva l'equilibrio sempre troppo instabile.

— Credevo che dopo due aggressioni ne avessi abbastanza — riprese infatti — ma uscire con un Nox... Tu, tra tutte, persino adesso che sai!

Winter avvampò, non solo di stizza.

— Siamo amici, Gareth! — lo contraddisse immediatamente.

Lo sguardo di Gareth trasudò sarcasmo.

— *Noi* siamo amici, Winter... e non hai mai permesso a me di starti così vicino!

Inspirando, lei dovette reprimere l'istinto di fuggire. Non avrebbe mai desiderato che andasse così, di litigare con lui e di farlo soffrire.

— Credimi, Gareth. Non c'è nient'altro. La mia vita è già un tale casino...

Gareth le sollevò il mento per impedirle di guardare altrove. Rischiava di diventare ridicolo ma lo disse.

— In questo modo non la renderai più semplice. Non con uno di loro.

La cosa peggiore era che la sua pelle gli sembrava così morbida... e persino la sua collera lo logorava.

Poi Winter affondò gli occhi nei suoi, comprendendo all'improvviso.

— Mi hai seguito! È così, vero?

— Sono solo venuto a prenderti... mi sembrava carino.

— Non stiamo infrangendo alcuna regola, Gareth — mormorò la ragazza. — Stiamo solo cercando di capire.

— Sarebbe bello crederti.

La rapidità con cui tornò serio la spiazzò.

— Perché pensi che mi sia intromesso, se non perché sono preoccupato per te? — le sussurrò a voce bassa e rabbiosa. — Dovresti fare di tutto per evitarli. Sono pericolosi, Win!

— Rhys, no! — insistette la ragazza ignorando la sincera preoccupazione che gli si leggeva sul viso. Una parte di lei si rendeva addirittura conto che Gareth aveva perfettamente ragione, che si stava comportando da stupida senza alcuna giustificazione.

— Sei la persona più irragionevole che conosca! E per di più sei arrogante perché non sai un bel niente e neppure te ne curi! — la accusò.

Il ragazzo si puntellò contro il muro e non si spostò di un millimetro, continuando a incombere su di lei.

Winter si ritrovò in trappola.

— Te lo spiegherò ancora più chiaramente — proseguì lui inesorabile. — Il Patto vieta *qualsiasi* contatto tra vampiri e umani. Di ogni tipo. E punisce i trasgressori.

I loro occhi si incontrarono e Winter si sentì per un istante annegare nella vergogna.

— La stessa esistenza del Patto è stata pagata con la vita di molti ed è meno stabile di quanto tu non creda. Alcuni vampiri hanno vissuto secoli nutrendosi degli umani e aspettano solo un'occasione per far saltare tutto. Be', io non voglio giocare a questo gioco, Winter. Ci sarebbero dei morti, gente che conosci e che magari è tanto stupida da volerti bene... pensaci.

A lei scappò un singhiozzo, ma era troppo orgogliosa per cedere.

Litigare con Gareth era sbagliato, una parte di lei avrebbe piuttosto desiderato potergli confidare ogni cosa: ciò che provava, le sue scoperte, la battaglia solitaria che aveva deciso di combattere per sé e per la nonna...

La paura di perdere l'unico amico che avesse a Cae Mefus scelse quel momento per esploderle nella mente portando altra confusione.

— Credi che abbia deciso io di innamorarmi di lui? — mormorò con tutta la tristezza che provava.

Poi ammutolì di colpo, portandosi una mano alle labbra, scioccata dalle sue stesse parole.

Non poteva averlo detto davvero!

Sul volto di Gareth si inseguirono centinaia di emozioni fino a che uno stupore sconsolato non riuscì a prendere il sopravvento.

— No... — gemette voltandole bruscamente la schiena — no!

Lei vide il tremito incontrollato che gli scosse le spalle e desiderò con tutta se stessa di tornare indietro nel tempo per cancellare quelle parole.

La voce del ragazzo suonò innaturalmente piatta.

— Dimmi che ho capito male — riuscì solo a mormorare — non puoi fare sul serio...

56

Quando raggiunse lo studio di Vaughan, Winter stava ancora trattenendo le lacrime.

Si sentiva esausta, in attesa solo che il sonno della notte guarisse le ferite.

Bussò e rivolse al professore un saluto frettoloso, dirigendosi in fretta verso la scrivania.

Darran Vaughan le fu accanto in un attimo.

— Ehi — disse accovacciandosi di fronte a lei.

Sorrise tra sé: oltre due secoli di vita e quella era l'unica parola che gli venisse in mente davanti a una fanciulla in lacrime...

Winter si passò una mano sugli occhi per asciugarli maldestramente, ma una goccia trasparente precipitò sulla mano dell'uomo.

Vaughan estrasse di tasca un fazzoletto e glielo porse.

— Mi scusi.

Winter fece per alzarsi, ma lui la trattenne con una mano sulla spalla.

— Siediti un attimo, ti preparo qualcosa.

La ragazza lo fissò, più calma.

— Non importa, davvero — mentì.

Per farla arrossire d'imbarazzo gli bastò inarcare un sopracciglio.

Vaughan si rialzò e si avvicinò al bollitore. Trafficò per più tempo di quanto fosse necessario perché la ragazza avesse modo di ricomporsi.

— Gradisci del tè?

L'intera scena aveva un che di bizzarro agli occhi di entrambi.

— Non sapevo che ne bevesse... — si lasciò sfuggire Winter dopo essersi asciugata gli occhi.

— Solo una vecchia abitudine.

Il professore osservò l'acqua scivolare sulle bustine e scurirsi.

Sistemò tutto l'occorrente su un vassoio e andò a posarlo sulla scrivania.

— Un tempo era una consuetudine sociale, in certi ambienti almeno. Gli inglesi quasi diffidavano di chi sembrava non apprezzarlo — spiegò con un'ombra di divertimento.

La tazza di Winter tintinnò quando lei la prese in mano.

— E poi è l'orario perfetto, no?

Winter lasciò vagare lo sguardo fuori dalla finestra, osservando nel cielo i colori che precedevano l'arrivo della sera.

In mezzo ai rami scossi dal vento una cornacchia si mise a gracchiare.

— Hai voglia di parlare?

La ragazza riprese a rigirare il cucchiaino nella sua bevanda. Era almeno la terza volta che ripeteva il gesto.

— Non ce n'è bisogno — mormorò. — È solo una faccenda privata questa volta...

Vaughan annuì.

— Possono essere dolorose comunque.

Lei sorrise tristemente. Aveva litigato con Gareth, era

innamorata del presidente dei Nox e a consolarla era un professore vampiro.

— Temo non lo siano solo per me — osservò. — Si rischia sempre di far soffrire anche gli altri.

Vaughan posò su di lei uno sguardo intenso, su cui aleggiava cupa l'ombra dei secoli.

— Se c'è una cosa che ho imparato è che nessuna azione che compiamo è priva di conseguenze... alcune belle, altre massacranti. Alcune ce le fanno scontare il tempo, il destino, la giustizia. Altre le paghiamo in solitudine.

— Fa sembrare la vita una guerra infinita — protestò Winter.

Vaughan sorrise della sua voglia di vivere.

— Lo è. Prevede sconfitte e conquiste, e scelte continue. Per questo è così ricca.

La ragazza si imbronciò graziosamente.

— È un po' troppo filosofico per consolarmi davvero.

— Comune buon senso degli anziani — replicò lui ironico.

Dimostrava meno di quarant'anni. Solo i suoi occhi tradivano un'esperienza di vita molto più lunga.

— Se sei d'accordo vorrei sfidare l'ira dei tuoi tutori riaccompagnandoti a casa...

Lei si alzò stiracchiandosi.

— Tutta questa ostilità è assurda — borbottò.

Vaughan annuì.

— Hai compreso lo spirito del Patto... — buttò lì quasi con noncuranza.

Il viso di Winter però si incupì.

Quale? si domandò con amarezza. *Renderci alleati che non hanno diritto ai sentimenti?*

Quando l'auto di Vaughan accostò di fronte a casa Chiplin, Gareth mancò il canestro.

Riprese la palla e continuò a farla rimbalzare osservando la ragazza che ne scendeva alla luce dei lampioni fino a che scomparve oltre la soglia di casa.

Poi si mosse senza riflettere.

— Si può sapere che diavolo vuole da lei l'Ordine?

A Darran Vaughan non piaceva che la gente si sfogasse con la sua macchina e gettò un'occhiata critica alla mano che il ragazzo aveva calato sul tetto senza delicatezza.

— Assicurarsi che raggiunga casa sana e salva? — replicò attraverso il finestrino abbassato a metà.

Fortunatamente non era vendicativo, o il rendimento di Gareth Chiplin nella sua materia avrebbe presto rischiato un brusco calo.

— Sai, qualcuno è riuscito a farla piangere.

Vaughan mancava raramente il canestro. Gareth deglutì a vuoto accusando il colpo.

— Non sono affari che la riguardino. Si occupi piuttosto del suo stupido club.

Vaughan lo fulminò con lo sguardo.

— Cosa vuoi dire?

Solo allora Gareth si rese conto di cosa stava per fare.

— Niente, lasci perdere... ci vediamo a lezione.

Gli voltò le spalle e sperò che palleggiare bastasse a sciogliere la rabbia e a impedirgli di parlare.

57

Scendendo dal treno alla stazione di Cae Mefus, Iago Rhoser osservò il panorama gallese. La cicatrice, il testamento di Soldier, bruciava senza sosta tra il mento e l'occhio.

Ovunque tu sia, prega che tua figlia si comporti molto, molto bene, ordinò al suo fantasma mentre si avviava per le vie del paese.

Era maledettamente curioso di vedere cosa succedesse da quelle parti.

Winter scrisse per quasi un'ora, cancellando più spesso del possibile ogni parola e riscrivendola, sostituendola, cancellandola ancora, fin quando non si rassegnò ad abbattere le difese della propria razionalità e a scrivere di getto tutto ciò che le veniva in mente.

Caro Rhys,
sono stufa di essere triste, non posso farci niente.
Non mi importa di ciò che sei né di ciò che sono io, perché non riesco a rinunciare a quello che sento.
Però so anche che non abbiamo alcuna alternativa, e

sfidare regole che non capisco nemmeno è un rischio che non possiamo permetterci. Non sono disposta a consentirtelo, soprattutto. È la mia unica certezza...
Vorrei che esistesse un modo per essere felici e non smetterò di cercarlo, ma avevi ragione tu: evidentemente non esiste.
Mi mancherai più di quanto possa sopportare.

Winter

Preferì non rileggere. Infilò con cura il foglio in una piccola busta e vi appuntò il nome del destinatario.

Si buttò sul letto e rimase a fissare il soffitto della sua stanza con espressione assente.

Forse non avrebbe mai neanche avuto il coraggio di consegnare quel biglietto a Rhys, ma era stanca di attendere senza agire. Stava davvero andando tutto nel verso sbagliato. La nonna era in pessime condizioni, lei si era affezionata a Gareth solo per poi perderne l'affetto e la stima, era riuscita a trascurare Madison e a mentirle. E a crearsi il vuoto intorno.

Si sentiva triste, smarrita. Sola, e con la sconfortante sensazione di non conoscere neppure se stessa.

Mentre cercava disperatamente di addormentarsi, Winter pensò che la vita era davvero ingiusta.

58

La primavera stava riportando il sole. Winter aveva sempre amato quel periodo dell'anno, le piaceva camminare senza meta in mezzo ai suoi profumi, ai suoi colori. Adorava immergersi nella sua luce dolce, ancora un po' timida, a Hyde Park. Quell'anno per la prima volta la osservava sopraggiungere attraverso le lenti oscurate dello sconforto.

Era inquieta, alla costante ricerca di qualcosa che la distraesse. Aveva rallentato il ritmo delle sue indagini, stava a scuola il meno possibile per non incontrare Rhys, e lo stretto indispensabile in casa Chiplin.

Quel pomeriggio, passando accanto alla libreria, Winter si soffermò per controllare l'orologio. Mancava solo mezz'ora all'inizio dei seminari. A Londra avrebbe rinunciato subito al suo proposito: le librerie esercitavano su di lei l'attrazione di un buco nero, ma lì poteva essere un tempo sufficiente. Si infilò nel negozio con decisione.

Dubitava che avrebbe trovato qualcosa di interessante, ma fare un tentativo non costava niente.

Perciò cominciò a costeggiare l'intero perimetro di quell'unico locale, sbirciando i titoli sugli scaffali: i grandi classici e i best seller più comuni, come previsto niente di esaltante.

Solo quando stava per perdere le speranze, le cadde l'occhio su un volumetto di Wodehouse. Il suo l'aveva lasciato a Londra ed era comunque in pessime condizioni.

Lasciò scivolare a terra la borsa di tela e si accucciò, rovistando alla ricerca del portafoglio.

Si sentì improvvisamente a disagio, osservata.

Fantastico! Mi mancavano le manie di persecuzione! pensò con un sospiro.

Rialzandosi in fretta si diresse verso la cassa per pagare.

— Ecco il resto, cara! — disse la commessa richiamando la sua attenzione sulle monetine che giacevano sul banco.

Winter sorrise e le infilò in tasca distrattamente.

Provava ancora una specie di brivido alla nuca.

Voltandosi, per poco non si scontrò con un uomo subito alle sue spalle.

Aveva in mano un quotidiano e l'espressione distratta di chi è immerso nei propri pensieri.

— Mi scusi — si affrettò a dire.

Lo sconosciuto scosse il capo cortese.

— Colpa mia, non stavo guardando.

Mentre lei si allontanava, consegnò rapidamente alla donna dietro il banco qualche moneta e uscì a grandi passi.

— Perdonami! — la richiamò in fretta. — Sto cercando un negozio di articoli da pesca, mi hanno detto che dovrebbe essere da queste parti...

Winter si arrestò per un riflesso automatico. Non aveva voglia di fare conversazione, quindi tenne lo sguardo ostentatamente fisso al suolo.

— Sì — rispose tuttavia — deve prendere la prima traversa a sinistra e scendere...

Divertente, *parlava quasi come una del posto.*

— Ti ringrazio. Mi hanno già indicato la strada, ma le vie mi sembrano tutte uguali e mi stavo già perdendo.

Aveva un tono così affranto che la ragazza si sforzò di essere cordiale.

— Ha ragione, fa quest'effetto. Però non può proprio sbagliare. È appena dietro l'angolo.

Winter notò che teneva il viso un po' girato e le rivolgeva uno sguardo obliquo e discontinuo.

— Molte grazie allora — lo sconosciuto fece un vago sorriso. — *Diolch*, si dice così, vero?

— Esatto.

— Sei stata gentilissima. Buona giornata.

E se ne andò come se avesse dato fondo a tutta la sua disinvoltura.

Strano tipo, pensò lei rimettendosi in cammino.

La sensazione che qualcuno la spiasse non accennò a svanire per tutto il tragitto verso il St Dewi's.

Al professor Vaughan non piaceva che i suoi studenti si distraessero.

— 1215. Ti suggerisce qualcosa questa data?

Andrew Lloyd si guardò attorno smarrito.

— Magna Charta? — azzardò infine.

Vaughan fece un cenno d'assenso e riprese a camminare attraverso l'aula.

— Come stavamo dicendo...

Winter non seppe mai di cosa stessero parlando. Riabbassò lo sguardo e riprese a scarabocchiare il blocco degli appunti.

Quello di Vaughan sulla cavalleria era l'unico corso pomeridiano che avesse inserito in curriculum. Era aperto agli studenti di tutte le età, col risultato di diventare anche l'unica lezione che lei condividesse con Rhys.

Il presidente dei Nox era seduto all'estremità opposta

del locale e non distoglieva un attimo il viso da quello serio del professore.

Si limitava a far finta che lei non esistesse, e gli riusciva fin troppo bene.

Winter, invece, era tentata di cambiare insegnamento ogni volta che lo intercettava.

Quando gli avrai consegnato la lettera, si ripeté per l'ennesima volta, sfiorando un angolo della busta che spuntava dal quaderno.

Almeno la sensazione di essere osservata era scomparsa. Mentre raggiungeva la scuola non l'aveva mai abbandonata e il tragitto non era stato affatto piacevole.

Sono troppo stressata... considerò tra sé. Era snervante, perché aveva abbastanza problemi reali senza inventarsi pericoli immaginari.

Eppure era stata una percezione netta, fin troppo definita. Forse era così quando si diventava pazzi...

Mancavano solo dieci minuti alla fine delle lezioni e li trascorse tutti tamburellando la punta della matita sul banco.

Quando suonò la campanella, per la sorpresa le sfuggì quasi di mano. Si alzò stiracchiandosi e raccolse in fretta i propri libri.

— Credi non abbia notato che non hai sentito una sola parola? — la rimproverò Vaughan senza troppa convinzione quando passò davanti alla cattedra.

Winter si fermò con un sospiro colpevole.

— Qualcosa non va?

— Il solito.

— Mmm...

Il professore la conosceva troppo bene per accontentarsi. Le piantò sul viso uno sguardo scettico e lei capitolò.

— Ho avuto la sensazione di essere seguita.

Non valeva la pena abbassare la voce, visto che nell'aula era rimasto solo Rhys.

— Mi manca solo di iniziare a sentire le voci...

Allungandosi contro lo schienale, Vaughan cominciò a massaggiarsi il mento, segno che era immerso in una delle sue riflessioni.

— Non per spaventarti — lo premetteva sempre anche se non serviva a niente — ma potrebbe essere vero.

Winter ripensò all'angelo tenebroso che l'aveva vegliata almeno fino a quando lei stessa non glielo aveva vietato. La sensazione però era tutta sbagliata, non poteva trattarsi di Rhys.

Ci stai pensando di nuovo, si ammonì. Farne a meno era evidentemente troppo difficile.

— Purtroppo non abbiamo modo di saperlo... — osservò rassegnata.

Vaughan richiamò Rhys con un cenno.

Si stava avvicinando, comprese Winter.

Il ragazzo si fermò davanti alla cattedra, a un passo da lei.

— Magari hai notato qualcosa di cui non ti rendi conto: un indizio, un rumore, un'ombra, una faccia nuova... — suggerì il professore.

La campanella suonò ancora, ma questa volta solo nella mente di Winter.

— C'era un tizio in paese che non avevo mai visto...

Vaughan annuì soddisfatto, ma il suo viso si fece se possibile ancora più serio.

— Puoi descrivermelo?

Lei si prese un minuto per pensarci: spalle curve, un po' impacciato...

— Un tipo perfettamente innocuo, sulla cinquantina. Cercava un negozio di pesca e mi ha chiesto un paio di informazioni, tutto qui.

Davvero non era il caso di farsi prendere dal panico.

Darran Vaughan però era abituato ad assecondare la propria curiosità.

— Il suo aspetto? — insistette.
— Occhi chiari, capelli cortissimi.
Un tipo comune, avrebbe detto.
Poi le venne in mente la sua abitudine di tenere il viso un po' discosto e ciò che comprese in quel momento esserne il motivo.
— Aveva una lunga cicatrice. A sinistra, mi pare. Dalla fronte al mento...
Winter aveva evitato di guardarla per timore di imbarazzarlo. L'espressione del professore le fece capire di essere stata per lo meno superficiale.
— L'Esecutore — disse il vampiro dopo una lunga pausa guardando i due ragazzi con assoluta serietà. — Iago Rhoser.
Rise, perché a dispetto di tutto era maledettamente interessante, ma Winter si sentì gelare.
— D'ora in poi evitare di gironzolare da sola non sarà più un consiglio. Fai conto che te lo stia ordinando.
Le rivolse uno sguardo bruciante, poi osservò Rhys.
— Voglio che tu sia la sua ombra, Llewelyn — scandì col tono di chi non ammette repliche. — La lascerai sola esclusivamente se ci sono io o qualcuno dei Chiplin.

Più tardi, mentre camminava verso casa insieme a Rhys, Winter non riuscì più a tollerare il silenzio.
— Ti dà così fastidio stare con me? — domandò aspra.
Rhys fece una smorfia quasi sofferente.
— Complica un po' le cose — replicò.
Lei capiva benissimo cosa intendesse dire, ma aveva lo stesso bisogno di sentirlo dalla sua voce.
— Avevamo deciso di evitarci... — Rhys si lasciò scappare un sorriso sarcastico. — Be', più o meno...
— Siamo stati abbastanza bravi, mi pare — gli fece notare con una vaga sfumatura di rimprovero.

— Abbastanza da convincere Vaughan.

Lei sogghignò. Era un buon risultato, in fondo.

— Questo è pericoloso, Winter. Noi... siamo troppo vicini a un confine che non possiamo superare.

Le guance della ragazza si fecero più rosse. Ignorare l'ultima parte di quella frase non era semplice.

— Posso sempre barricarmi in casa Chiplin — propose con un grosso sforzo.

— Come se bastasse...

Rhys si rese conto di aver parlato troppo. Ormai, però, non gli importava più.

— Vaughan non doveva affidarmi questo incarico, ma non ho nessuna voglia di farglielo notare. Non posso più perderti di vista neanche cinque minuti, soprattutto adesso! Tu sei già in pericolo e io invece ho bisogno di sapere sempre che sei al sicuro... Rinuncerei subito a tutto quanto se davvero rischiassi di farti del male, ma non riesco nemmeno a concepirlo. Per quanto sia assurdo, tutto il resto può andarsene al diavolo... ma devo potermi accertare che non ti capiti niente con i miei occhi. Sempre, in ogni momento.

Winter gli si parò davanti, sbarrandogli il passo.

Gli scivolò tra le braccia in mezzo alla strada deserta.

— Nemmeno io voglio che tu corra dei rischi — mormorò stringendolo con tutta la forza che aveva.

Rhys ricambiò la stretta cercando solo di non farle male.

— Non potresti più impedirmelo nemmeno se lo volessi — replicò giocherellando con una ciocca dei suoi capelli.

Senza sciogliersi dall'abbraccio, Winter si fece scivolare una mano in tasca. Lo spigolo della busta che vi aveva infilato prima di uscire le punse le dita.

Facendosi coraggio, l'accartocciò nel pugno.

59

Jago Rhoser svoltò in una stradina sterrata che conduceva fuori dall'abitato mentre in paese qualche luce cominciava già ad accendersi.

Il suo lavoro era finito. Aveva trascorso l'intera notte vegliando in solitudine e ora poteva finalmente concedersi qualche ora di riposo.

Non dormiva mai molto quando era impegnato in una missione. Tutti i suoi sensi reclamavano l'attività, pervasi dall'esaltazione sottile di seguire una pista fino a comprendere davvero.

Ma era necessario agire con prudenza, calibrare ogni mossa, pianificarle una dopo l'altra. Era una situazione delicata.

Quando giudicò di essere abbastanza lontano da sguardi indiscreti, si fermò per sgranchire le spalle contratte.

In realtà, dal suo arrivo a Cae Mefus non si era curato troppo di nascondere le proprie tracce. Chiunque fosse anche solo lontanamente connesso alle Famiglie o all'Ordine ne era al corrente.

Era una specie di prova ad ampio raggio: se la ragazzina avesse saputo, bisognava ipotizzare che qualcuno stesse tradendo lo stemma del sole. E i Chiplin non gli erano parsi tipi da colpi di testa, ma Bethan Davies?

E le reazioni dei vampiri sarebbero state ancora più interessanti, un'incognita che era giunto il momento di rivelare.

Loro, soprattutto, non dovevano sapere.

Il rinnovo del Patto era abbastanza vicino da giustificare un intervento tanto diretto. Le Famiglie lo sostenevano e anche il Gran Maestro dell'Ordine, ma qualcuno, tra i vampiri, lo sentiva ancora stretto.

Riprendendo a camminare, mentre ormai albeggiava, l'Esecutore ripensò al suo incontro con la piccola Starr e agli occhi grigio argento che aveva ereditato dal padre.

Soldier si era lasciato dietro una cucciolettta interessante.

Nel vento freddo del primo mattino, l'uomo sollevò il bavero della giacca e sogghignò tra sé.

Nella propria abitazione ai margini del bosco, Bethan Davies sedette in veranda con una tazza di tè tra le mani. La mantella di lana spessa che indossava non bastava veramente a ripararla dal freddo delle prime ore di luce, ma stare all'aperto le schiariva le idee.

Il passato stava tornando, ora che persino lei cominciava a credere di poterselo lasciare alle spalle.

Winter Starr l'aveva portato con sé senza rendersene conto, e i segugi avevano seguito la sua scia.

In che guaio ti sei cacciata, bambina...

Pochi sapevano... lei stessa ci aveva messo tutti quei mesi a capirlo. Ma poi a che scopo ricordare se agire era impossibile?

Improvvisamente si sentiva vecchia e inutile, uno scrigno di ricordi tristi che sarebbero morti con lei.

— A cosa serve testimoniare? — aveva chiesto prima di compiere dieci anni.

Il nonno le aveva rivolto uno dei suoi sguardi severi.

— Per trasmettere — era stata la sua risposta.

Forse solo adesso ne capiva il senso.

60

Winter attraversava il paese a passo di danza.

Scoppiava di felicità, non riusciva a contenerla e ripensare alle braccia di Rhys attorno alla schiena, alla certezza che sarebbe accaduto ancora, continuava a rinnovare le sue vertigini.

Si sentiva talmente leggera che avrebbe spiccato il volo.

Quando fu in vista della fattoria degli Harrison, però, si bloccò improvvisamente e si impose di far sparire il sorriso che le brillava sul volto.

Dopo tanto tempo passato a fingere di essere allegra, c'era una certa ironia nel non poterlo mostrare ora che era vero.

Dai Chiplin però aveva un po' troppo spirito d'osservazione perché volesse correre il rischio.

Controllò l'ora e proseguì senza fretta.

Era addirittura in anticipo.

Bethan sapeva che l'Esecutore aveva molte facce: era un messaggero silenzioso capace di farsi accogliere col sorriso.

Poteva essere ovunque, persino in quel momento.

Forse stava impersonando l'uomo mite all'angolo, che

pareva chiedersi quando sarebbe arrivata la pioggia, o quello che faceva jogging nei campi col cappuccio tirato sulla testa.

Non doveva aver apprezzato che Soldier avesse reso inconfondibile il suo volto.

La donna sospirò attraversando il paese.

Sei qui per me, Esecutore? O per la bambina?

A passi lenti, risalì la stradina che portava alla fattoria. Uscire di casa, lasciare il bosco, la rendeva inquieta, perché c'erano fin troppe ragioni per cui era meglio non farsi vedere in giro.

Ma non aveva altro modo per rivedere Winter Starr.

Avrebbe preferito lasciarle più tempo per decidere, eppure nessuno di loro ne aveva più a disposizione.

Sperava proprio che lei sarebbe venuta...

Si sedette sotto una vecchia quercia e rimase ad aspettare di vederla comparire.

Nei dintorni della fattoria, i bambini si inseguivano schiamazzando.

Winter ebbe appena il tempo di riconoscere la donna del bosco. Vederla le diede un brivido. Bethan sapeva molte cose dei segreti della notte e la stava aspettando.

Bethan la fissò per un istante con uno sguardo intenso. I suoi occhi cercavano di dirle qualcosa... si rialzò e camminò verso di lei.

Non la salutò, e in qualche modo Winter comprese di dover fare lo stesso.

Poi, mentre la superava senza una parola, la donna del bosco le sfiorò fuggevolmente una mano.

Winter la richiuse attorno a un foglietto ripiegato.

Bethan Davies tornò in paese, aveva fatto tutto ciò che poteva.

— Adesso è il turno di voi giovani — mormorò quasi tra sé mentre il consiglio di suo nonno continuava a ripetersi nella sua testa. *Tramandare.*

Per tornare verso casa senza attraversare il bosco dovette passare accanto al parchetto cittadino. Fu solo lì che Iago Rhoser le permise di vederlo.

Seduto su una panchina isolata dalle altre, abbassò la copia del "Times" che gli copriva il volto sfregiato.

L'Esecutore si sbarazzò in un istante della sua aria dimessa. Raddrizzò le spalle, i suoi occhi riassunsero la loro luce attenta e il sorriso gli colò via dalla faccia come cera sciolta.

La sua metamorfosi era uno spettacolo specialissimo riservato esclusivamente a Bethan Davies.

Come biglietto da visita non era male: un po' superfluo semmai, perché la donna lo conosceva molto bene.

Mosse appena la mano in un saluto carico di sarcasmo, e lei lo ricambiò da lontano.

Certo che il messaggio fosse stato colto, Iago Rhoser infilò il giornale sottobraccio e se ne andò fischiettando.

61

Il sole era ancora alto in quella che era stata a tutti gli effetti una delle giornate più miti del mese.

Vaughan aveva scostato i tendoni per permettere alla luce di entrare e persino il suo studio sembrava un po' meno austero del solito.

Winter, seduta su una delle poltroncine vicino alla finestra, era immersa nei raggi del sole. Strappavano riflessi quasi blu ai suoi capelli e rendevano ancor più bianca la sua pelle.

Sembrava radiosa lei stessa.

In tutti i mesi trascorsi al St Dewi's, il vampiro non l'aveva mai sentita così piena di vita.

Ne era avvolta come in un manto.

La Sete si risvegliò pigramente e Darran Vaughan decise di averne abbastanza.

— Cosa leggi? — domandò prendendola alla lontana.

Winter sollevò su di lui uno sguardo tranquillo.

— *Molto rumore per nulla* — rispose — è stupendo, non trova?

Vaughan inarcò le sopracciglia.

— Il signor Shakespeare sarebbe onorato del tuo commento. È bello che ti sia finalmente ricordata che hai anche dei compiti da fare...

Lei fece un sorrisetto.

E chi diavolo sorride quando ha l'Esecutore alle calcagna? pensò il professore.

— Forse è più utile delle mie ricerche inconcludenti.

Rhys Llewelyn bussò alla porta con un tempismo perfetto e Winter fece nuovamente per immergersi nella lettura.

Il professore, però, non aveva alcuna intenzione di sorseggiare il Siero davanti a lei.

— È una bella giornata, Starr. Davvero non hai voglia di prendere una boccata d'aria?

Finalmente la vide scattare in piedi.

— La accompagno io, professore — disse Rhys.

Vaughan li congedò con un gesto sbrigativo.

Solo più tardi gli venne in mente l'espressione della ragazza.

Winter chiuse gli occhi e si godette l'attimo.

Rhys era seduto accanto a lei sulla panchina e il sole splendeva. Quasi si vergognava di essere tanto felice.

L'unico dettaglio imperfetto era che si trovavano ancora tra i cancelli della scuola, ma non aveva troppa importanza, in fondo.

— Finiranno per scoprirci — osservò Rhys dopo qualche tempo.

— Sei la mia guardia del corpo, ricordi? — lo provocò lei.

— Certo, dillo a Gareth Chiplin.

— Piantala.

Pensare a Gareth la metteva a disagio quando era insieme a lui.

— Ho visto Bethan Davies ieri — disse, sollevata di poter cambiare argomento.

Rhys non le diede troppa soddisfazione.

— Ti ho seguito — replicò infatti con un sorriso.

Se fosse stato meno incredibilmente bello, lei l'avrebbe trovato irritante.

— Però non credo ti sia accorto che mi ha dato qualcosa...

Il ragazzo si fece attento.

Winter estrasse il bigliettino e glielo porse con un gesto teatrale.

Poi, mentre lui leggeva, si distrasse guardando il movimento appena accennato delle sue labbra:

Conosco le risposte. Vieni il prima possibile,
Bethan Davies

Rhys le strinse la mano e Winter arrossì.

— Credi che sappia qualcosa del ciondolo?

— O di me... — gli rispose, confortata dalla sua vicinanza.

Osservarono il cielo per qualche istante. Rhys continuò a carezzarle le dita.

— Ti spaventa?

— Un po', credo. Non so davvero cosa aspettarmi.

Winter si sforzò di sorridere. Di fianco a lui era tutto più facile.

— Potrebbe essere qualcosa di orribile...

Rhys scosse la testa.

— Sai come la penso. Tu appartieni alle Famiglie e io sono un vampiro. Il fondo dovremmo averlo già toccato, no?

Lei rise.

— Me lo auguro.

Gli posò la testa sulla spalla senza riflettere, poi si ritrasse come se si fosse punta.

— Scusa.

Lui evitò il suo sguardo, ma ormai Winter lo conosceva abbastanza da sapere quando era semplicemente imbarazzato.

— Non dire una parola — mormorò infatti seppellendo il viso tra le mani.

Poi, imprevedibilmente, una risatina gli scosse le spalle.

— Dobbiamo proprio rimanere qui?

E vederla avvampare fu una buona vendetta.

— Ho lasciato lo zaino nello studio di Vaughan.

— Meglio che ti aspetti qui...

Winter distolse lo sguardo riluttante, tornando veloce allo studio del professore.

Intuendo le sue intenzioni, Vaughan lasciò ricadere la tenda attraverso cui li aveva osservati e si allontanò dalla finestra.

Non aver riconosciuto subito lo sguardo lo spazientì. Le volte in cui l'aveva visto su qualche viso non si contavano nemmeno.

Winter aveva l'espressione di una ragazza innamorata.

— E bravi ragazzi! Ma che bella sorpresa! — commentò sarcastico.

Poi distese i lineamenti aspettando di sentirla bussare.

— Mi scusi, sono così distratta in questo periodo...

Vaughan non accennò a spostarsi e Winter quasi lo sfiorò per oltrepassare la porta.

— Cose che capitano in questi frangenti — le rispose acido.

Continuò a fissarla, nella stessa posizione, per tutto il tempo che impiegò ad attraversare la stanza e raccogliere lo zaino.

Winter cominciò a sentirsi a disagio.

— Llewelyn non è con te?

Lei si limitò a scuotere il capo continuando a marciare verso la porta.

— Peccato, volevo parlare anche con lui.

Vaughan continuò a non muoversi dalla propria posizione. Ora era evidente che le stava impedendo la fuga.

Lei deglutì.

— Di cosa, professore?

— Del vostro comportamento — replicò il vampiro a braccia conserte, guardandola dall'alto in basso.

Mentire cominciava a sembrare stupido e Winter fece una smorfia angosciata.

— È tutto sotto controllo, professore.

— Non ne dubito, Starr — la interruppe Vaughan. — Conosco te e conosco Rhys Llewelyn. Per il momento so che siete prudenti, o almeno ci state provando... ma, appunto, per il momento. Il problema è proprio questo.

Stava parlando quasi con tenerezza, ma dentro di sé non era affatto felice.

Winter tenne lo sguardo a terra fino a che lui non le sollevò il mento.

— Ho avuto anch'io la vostra età, Winter — sorrise — anche se è passato parecchio tempo. E so che è facile ingannarsi.

— Non sarà così.

Lui sospirò.

— Sai perché nacque il Patto, quindici anni fa? — Non attese risposta. — Per impedire che ciò succedesse. Perché esistono confini che non vanno oltrepassati... Quelli che ci provarono dovettero pagare un prezzo molto alto, e non furono gli unici.

Lei fece un passo indietro.

— Non costringetemi a prendere provvedimenti.

Winter annuì e l'uomo si scostò dalla porta lasciandola libera.

— Mi aspetto risolviate in fretta questa situazione — precisò mentre gli passava accanto — e inutile dire che d'ora in poi è meglio che Llewelyn ti stia lontano. Troverò un altro modo per tenerti al sicuro.

Solo quando i passi della ragazza divennero lontani, si accorse del foglietto scivolato fuori dalla sua tasca.

Lo raccolse e, leggendo, inarcò le sopracciglia. L'ultima volta che l'aveva sentito, il nome della mittente era nell'elenco dei caduti nell'incendio al vecchio palazzo del Consiglio.

— Davvero molto scorretto, signora Davies — mormorò con un sorriso traverso.

62

Stare tra le braccia di Rhys le dava una sensazione meravigliosa e quasi sconosciuta che era dolcissimo esplorare. Lo desideravano entrambi da tanto – ogni sguardo scambiato, ogni parola, ogni sorriso – ma avevano dovuto tacerlo a lungo.

Il tempo pareva essersi fermato tra le vecchie rovine, e Winter sentiva le mani fresche del vampiro attorno alle sue, stringerla con lo stesso desiderio inesperto e timido che provava lei.

Era tutto perfetto. Per una volta una bolla di cristallo sembrava proteggerli.

I capelli di Rhys le sfioravano la fronte e, mentre osservava la calda sfumatura rossa dei suoi occhi, il cuore le batteva fortissimo...

Poi sangue.

Sangue che lacrimava dalle sue ciglia, macchiando l'alabastro puro del viso, sangue che colava tra le sue labbra mentre lo sguardo si spegneva.

Winter sorresse il corpo del vampiro, piangendo quando la vita lo lasciò.

Diventerà polvere, *pensò angosciata. Non voleva più*

guardare, aveva paura di voltarsi perché immaginava ciò che avrebbe scoperto.

All'improvviso attorno a lei c'era solo morte.

Gareth, Eleri, Griffith e Morwenna, la nonna. Il piccolo Dai.

I corpi ricadevano gli uni sugli altri, ma i loro volti continuavano a fissarla con le pupille vitree.

— Ricordo gli errori del passato e conosco le risposte, Winter Starr — disse una voce incorporea. — Ma tu... sei davvero pronta ad ascoltarle?

La ragazza cominciò a urlare.

Winter si sollevò di scatto nel letto e nascose il viso tra le mani. Amava Rhys, l'avrebbe amato per sempre e sempre di più. Ma era giusto, per questo motivo, mettere la sua vita in pericolo? Rhys quel prezzo lo aveva accettato. Era lei stessa, forse, a non esserne in grado.

Piegò la testa sulle ginocchia, scossa da tremiti fortissimi, e desiderò che tutto fosse molto più semplice.

Magari la felicità non è fatta per durare, magari sono io a non averne diritto.

Winter non lo sapeva, ma forse Bethan conosceva anche quella storia...

Si asciugò gli occhi nella felpa scura che indossava e si impose di calmarsi. Era presto, non si era appisolata che per pochi minuti, a tradimento, ancora prima di cambiarsi per la notte.

Bethan Davies sapeva.

La decisione fu immediata. Winter scattò giù dal letto, chiuse a chiave la porta della sua stanza e sperò di non aver perso in quei mesi tutta la propria agilità.

Il finestrone sopra la scrivania pareva guardarla con aria di sfida. Raggiungerlo non sarebbe stata una passeggiata, ma, per come la vedeva in quel momento, non esisteva alternativa.

Mise la sedia sul tavolo e salì, sperando che la costruzione precaria riuscisse a sostenerla.

Il legno del ripiano scricchiolò sotto il suo peso.

— Pessimo inizio.

In cima alla sedia, anche il suo piano pareva più che mai traballante. Allungandosi prudentemente afferrò la maniglia del finestrone, tirandola verso di sé per aprirla.

Il vento gliela strappò via dalle mani, riversandosi gelido nella soffitta.

Persino in punta di piedi, Winter riusciva appena a sfiorare il legno dell'infisso.

Lascia perdere, le consigliò ciò che rimaneva del suo istinto di conservazione.

Winter lo ignorò con un sogghigno. Darran Vaughan aveva scoperto lei e Rhys: non avrebbe più avuto un'altra occasione.

Piegò le ginocchia e saltò verso l'alto.

Le sue dita toccarono lo stipite e lei serrò i pugni. Cominciò a issarsi facendo leva sulle braccia. Appoggiò il busto alle tegole del tetto e con un ultimo sforzo fece passare le gambe oltre il riquadro del finestrone.

Per quasi un minuto non riuscì a muoversi.

Riprese fiato e si alzò prudentemente a sedere.

Faceva freddo sul tetto di casa Chiplin. L'aria soffiava gelida e Winter azzardò un'occhiata malinconica alla giacca a vento che si era dovuta lasciare dietro.

Si accertò di avere in tasca le chiavi – al ritorno non aveva alcuna intenzione di ripetere quelle acrobazie da trapezista – e si issò in piedi con le gambe che tremavano leggermente.

Spero che a Bethan non dispiacciano le sorprese, si augurò camminando piano sullo spiovente.

In alcuni punti la pioggia aveva riempito le tegole di muschio. Rischiando di scivolare a ogni passo, Winter percorse gli ultimi metri da seduta, spostandosi quasi esclusivamente a forza di braccia.

Infine, raggiunta l'estremità del tetto, si concesse un istante per calcolare il modo migliore di raggiungere la tettoia della veranda.

Le sue gambe penzolavano nel vuoto. Visto da lì, sembrava un bel salto.

Non avrai paura, Win? si provocò per racimolare il coraggio sufficiente.

Prima di poter cambiare idea si lasciò scivolare lentamente verso il basso.

L'atterraggio fu meno traumatico del previsto.

Sperava solo che nessuno, all'interno, l'avesse sentita. Restò in attesa ma non giunse alcun rumore.

Ottimo.

Muovendosi cautamente strisciò verso la grondaia.

L'ombra si slanciò giù dal ramo e raggiunse terra dopo un salto notevole. I lunghi capelli le piovvero sul viso.

Si immobilizzò guardandosi attorno furtiva, con occhi rapaci da corvo, poi riprese ad avanzare. I suoi passi non producevano alcun rumore.

Respirò l'aria notturna. La luce della luna, attraverso nubi argentee, era pallida, spettrale, rendeva candide le mura del piccolo cottage, i fiori innaturalmente incolori.

Era nel posto giusto.

Il lucchetto d'acciaio saltò facilmente, richiedendo un unico, piccolo sforzo.

Il vampiro scivolò oltre il cancello, facendolo cigolare sui cardini rugginosi al proprio passaggio, e si inoltrò lungo il vialetto di ghiaia con passo silenzioso. Era soddisfatto.

Non c'era illuminazione, ma lui non ne aveva bisogno. Bastavano solo quei raggi pallidi.

Era un segugio impegnato nella caccia più eccitante della sua vita.

Estese i propri sensi per cogliere ogni minimo dettaglio. Nulla doveva andare storto.

Si fermò per un istante appena, un battito di ciglia quasi impercettibile, eppure una minuscola eternità.

Il bosco era insolitamente frequentato quella notte, pensò rilevando le presenze che si avvicinavano, ignare di lui.

Poi il suo corpo riprese a muoversi, riunendo i fili di quella trama intricata. Lo costrinse ad avanzare fino a che i suoi stessi pensieri non furono precisi e affilati come una lama.

Il freddo strappò a Winter un nuovo brivido.

Si calò il cappuccio della felpa sulla testa e accelerò istintivamente l'andatura.

Nella quiete di Cae Mefus, le pareva che tutti dovessero udire il rumore dei suoi passi.

Le strade erano deserte. Winter sfilò accanto alle auto parcheggiate sui lati continuando a guardarsi attorno circospetta. Si spostò sul marciapiede opposto perché il cane della casa all'angolo non si mettesse ad abbaiare.

Si inoltrò nel paese cercando persino di evitare la luce dei lampioni.

I minuti si succedevano rapidi.

Winter attraversò il parchetto cittadino deserto, sobbalzando al lieve cigolio dell'altalena mossa dal vento.

Bethan Davies, nel salotto della sua casa ai margini del bosco, sollevò il capo di scatto.

Forse Winter Starr stava arrivando.

Richiuse il libro che teneva in grembo e prese a massaggiarsi il naso sotto al ponte degli occhiali.

O magari la mia è solo la rivolta di una pedina impazzita...

Se lo domandava da tanto, a volte aveva addirittura il sospetto che rivelare la verità fosse il suo scopo da sempre, che facesse anche quello parte del gioco.

Spazientita, agitò una mano nell'aria scacciando i pensieri come moscerini molesti.

Solo in quel momento comprese che poteva essere troppo tardi.

— Ciao, Bethan — disse una voce poco distante, facendola trasalire.

Bethan sospirò.

Ancora prima di alzare gli occhi sul viso del suo ospite inatteso, l'aveva riconosciuto senza possibilità d'errore.

— Quanto tempo, eh? — commentò lui in tono leggero facendosi più avanti.

— Molto, Esecutore.

Bethan Davies sperò che nemmeno lui avrebbe osato colpire una vecchia.

Ma forse la vera pedina impazzita l'aveva proprio davanti a sé.

— Non hai perso l'abitudine di raccontare storie...

Bethan inclinò la testa rivolgendogli uno sguardo obliquo.

— Ognuno ha i suoi passatempi — rispose.

Sul volto severo comparve un sorriso accattivante. Ma gli occhi dell'uomo non smisero di scrutare la stanza, vigili, inquieti.

— Tu chiacchieri. E io vado a caccia.

— Come ai vecchi tempi, amico mio.

Il sorriso evaporò piano.

— Vorrei poter dire "come è giusto che sia"...

Un passo in avanti, cui fece eco uno scricchiolio distante.

— Ma tu non stai più seguendo le nostre regole, Bethan.

La donna si sfilò gli occhiali. Li posò sul tavolinetto e si accomodò meglio sulla poltrona.

— E tu? — ribatté semplicemente.

La figura scattò, raggiungendola in due ampie falcate. Con una spinta la mandò a terra.

Bethan si preparò all'inevitabile.

Winter avvistò la casa di Bethan Davies in quell'istante esatto.

I suoi sensi fecero appena in tempo a rilevare qualcosa di sbagliato.

Hai solo paura! si rimproverò spazientita.

Mosse ancora qualche passo, ma stavolta senza fretta, cautamente.

Il cancellino d'ingresso era aperto, il vento forte lo faceva cigolare sui cardini.

Quando realizzò cos'era accaduto, che qualcuno aveva appena spento le luci lasciando la casa avvolta nell'oscurità e che non poteva essere stata Bethan, due braccia forti le tolsero ogni possibilità di fuga.

Stupida, riuscì solo a pensare.

63

Una mano le serrò la bocca impedendole di urlare e Winter si dibatté per riuscire a liberarsi.

I suoi talloni strisciarono sulla ghiaia mentre opponeva resistenza, ma il suo assalitore non si lasciò rallentare.

Continuò a trascinarla indietro, costeggiando il perimetro del giardino e insieme cercando di sollevarla da terra per impedirle di far rumore. La sua presa era quasi dolorosa.

Winter scalciò, si dimenò. Se solo fosse riuscita a mordere la mano che le premeva le labbra, avrebbe potuto gridare.

Riconobbe il profumo e la voce in perfetta sincronia.

— Sono io — sussurrò Rhys Llewelyn pianissimo.

Winter si rilassò all'istante e lui le tolse la mano dalla bocca.

— Cosa succede? — mormorò Winter mentre i suoi occhi scandagliavano il buio.

Rhys si portò un dito alle labbra, lasciando la presa.

Decisamente qualcosa non andava... e tuttavia le sue labbra che le sfioravano l'orecchio la fecero rabbrividire.

— Dobbiamo andarcene.

Anche a quella distanza, la voce del vampiro era quasi inudibile.

Certa che non sarebbe mai riuscita a essere altrettanto silenziosa, Winter afferrò la sua mano e la strinse in segno di conferma.

Si mossero cercando di non emettere alcun suono.

Winter correva, la mano stretta in quella di Rhys solo per avere la certezza di non essere separati.

Non sapevano con esattezza dove sarebbero andati, e i loro passi si susseguivano rapidi senza una meta precisa. Ma non potevano fermarsi e rischiare di essere sorpresi.

Ormai erano al centro del paese e difficilmente qualcuno li avrebbe attaccati in mezzo all'abitato.

La loro andatura rallentò fino a che ripresero a camminare, concedendo aria ai propri polmoni.

— Cos'è successo? — domandò Winter col fiato spezzato.

Il vampiro scosse il capo, gli occhi socchiusi per concentrarsi. Voleva essere certo che non li stessero seguendo.

— Qualcuno è entrato in casa di Bethan Davies — spiegò dopo qualche istante — ha forzato il lucchetto e la porta di casa... è possibile che ti stesse aspettando.

Lei sospirò.

Stava recuperando il controllo sul proprio respiro, ma si sentiva ancora le guance in fiamme e la bocca secca per la corsa.

— Sei riuscito a vederlo in faccia?

— Ero ancora troppo lontano. Però non credo fosse una persona sola. O un solo vampiro...

Winter si appoggiò a un lampione.

I suoi occhi incontrarono quelli di Rhys. Stavano pensando entrambi la stessa cosa... il cerchio si stava chiudendo.

Forse, con un po' di fortuna, avrebbero potuto nascondersi al pub per qualche ora. Nessuno li avrebbe seguiti in un luogo tanto affollato.

— Credi che ci sia ancora pericolo?

Rhys alzò le spalle.

— Forse non nell'immediato. Chiunque fosse magari non ha fatto neanche in tempo ad accorgersi che eravamo lì...

— Poteva essere l'Esecutore. Ed è arrivato fino a Bethan.

Il vampiro la trasse a sé e Winter lo abbracciò.

— Cosa sta succedendo davvero, Rhys?

— Non lo so — ammise lui cupamente.

Esitò, come tentando di reprimere un istinto più forte di lui.

Al diavolo tutto! La sua mano percorse la schiena di Winter, risalì lungo i fianchi, le spalle, lasciandosi dietro una scia di brividi. Le si insinuò dietro la nuca, il pollice che carezzava il disegno delle vene.

Rhys fu scosso da un brivido languido.

Winter lo guardava con fiducia. Era lui ad avere quasi paura.

Affondò le dita tra i suoi capelli, perdendosi nei bagliori d'argento del suo sguardo.

I loro volti erano vicinissimi.

La bocca di Winter era così morbida...

Rhys desiderò raggiungerla. Si fermò un istante prima che le loro labbra potessero sfiorarsi.

Era seducente e sbagliato e troppo potente per opporsi.

Winter fu scossa da una vertigine. Provò paura e gioia insieme... Stavano per superare il confine che avrebbe cambiato ogni cosa.

Però avrebbe messo in pericolo Rhys, e non poteva permetterlo.

Scostò appena il viso. Tentò di distogliere lo sguardo, ma lui la trattenne.

Cercò di dire qualcosa.

— Non...

Rhys posò le labbra sulle sue, delicatamente, incerto. Temeva che si sarebbe ritratta. Non sarebbe riuscito a sopportarlo...

Il contatto di un istante, travolgente, subito interrotto, strappò il fiato a entrambi. I battiti dei loro cuori si confusero e le loro labbra si cercarono ancora e ancora.

Scivolarono insieme in quel turbamento dolcissimo e inebriante, perdendosi in sensazioni mai provate. Smisero di opporsi.

La bocca di Rhys premette contro le labbra di Winter, che si schiusero a quel bacio inaspettato e voluto.

A occhi chiusi assaporò una felicità nuova, la risposta alla sua nostalgia, a tutta la confusione che la tormentava.

Forse non sarebbe durato, forse anche quello si sarebbe sgretolato come tutto il resto del loro mondo. Ma in quel momento non aveva importanza.

Rhys seppe che non l'avrebbe lasciata andare mai più.

— Vieni via con me — disse in un sussurro — non sei più al sicuro qui. Andiamocene.

Lei fu percorsa da piccoli fremiti, le scivolarono sul corpo e inghiottirono ogni altra sensazione.

Rhys l'aveva baciata. E Rhys era un vampiro.

Winter respirò il profumo della sua pelle, le era necessario come l'aria.

64

Fecero appena in tempo a saltare sul treno prima che le porte si richiudessero sbuffando.

Per il momento bastava allontanarsi da lì. Ed essere insieme.

Attraversarono il corridoio senza incontrare anima viva, ed entrarono in uno scompartimento vuoto tenendosi ancora per mano. Si sedettero ai posti più lontani dalla porta.

Dal finestrino si scorgeva solo un indistinto correre di luci. Winter rimase a osservare quel panorama a lungo, mentre Rhys continuava a guardarla.

La giacca scura che le aveva dato le stava bene e il calore della vettura le tingeva le guance d'un rosa delicato.

Improvvisamente gli sembrò di non aver mai visto niente di più bello.

Poi, il suo sguardo lo trafisse.

— Stavolta abbiamo deciso davvero...

Winter sorrise nel dirlo. Le brillavano gli occhi.

— Sì.

Poche volte aveva visto Rhys arrossire. Le sfuggì una risatina.

Lui le fu accanto con un solo, rapidissimo movimento, le dedicò un sorriso traverso, provocatorio, e la risata si spense.

— Sei già pentita?

Winter si imbronciò.

— Non ci sperare.

Ioan Evans scese dall'auto d'ordinanza e le sue scarpe affondarono per metà nel fango dello sterrato, proprio davanti alla casa di Bethan Davies.

— *Rech!*

A quell'ora di notte, lontano da testimoni indiscreti, riteneva di potersi permettere una sana imprecazione gallese.

Una telefonata anonima l'aveva avvertito che c'era stato un po' di movimento in quell'abitazione.

Studiando attentamente i dintorni, l'uomo si lasciò precedere da Danny Roberts.

Nel notare il cancellino aperto il vice emise un fischio basso. Si fermò senza toccarlo ed estrasse di tasca dei guanti di lattice.

Li infilò e attese che il suo superiore facesse altrettanto.

Danny era un buon poliziotto, efficiente, di quelli attenti a non contaminare le prove nemmeno quando forse non c'era niente da rilevare.

Evans apprezzò la sua lungimiranza.

Dubitava che sarebbe stato aperto un vero caso quella notte – affari come quello riguardavano le Famiglie un po' troppo da vicino – ma era sempre meglio essere previdenti.

E poi il ragazzo doveva continuare a credere che la situazione non fosse diversa dalle altre.

Non c'era nemmeno una luce accesa.

Evans cominciò a suonare il campanello.

— Crede che risponderà qualcuno? — la voce calda di Danny aveva una sfumatura scettica.

— Lo spero — replicò lui.

Ma naturalmente tutto continuò a tacere.

La porta non recava alcun segno di scasso, però la gente da quelle parti aveva ancora l'abitudine di tenere le chiavi di scorta sotto lo zerbino.

Solo un idiota si prenderebbe il disturbo di forzare una blindata...

Era già certo della risposta prima che il vice controllasse.

— Niente chiavi...

Evans afferrò la maniglia. Chiunque avesse fatto visita alla vecchia donna era stato tanto cortese da richiudere la porta alle proprie spalle, portandosele via.

Costeggiando il perimetro della costruzione a grandi passi nervosi, Evans sperò con tutto se stesso che Bethan Davies fosse semplicemente andata in vacanza.

Tornò al punto di partenza e, servendosi di una delle sedie nella veranda, mandò in frantumi una finestra.

Non aveva mai capito a cosa servissero le porte blindate in assenza di inferriate e doppi vetri...

— Lo trovi poco ortodosso? — domandò al ragazzo che lo fissava nascondendo un sorriso dietro la mano.

— Lo trovo pratico, signore.

— Bene.

All'interno dell'edificio regnava la quiete più assoluta. Ordine perfetto e niente fuori posto, l'unica cosa che mancava era appunto la padrona di casa.

— E se fosse semplicemente partita? — domandò Danny mentre esploravano ogni stanza.

C'era persino qualche guida turistica posata sul tavolinetto della sala, in bella mostra.

Evans rilevò un unico dettaglio un po' stonato.

— Vai a controllare se l'auto è in garage...

Attese che il vice si fosse allontanato e raccolse da terra un paio di occhiali da vista.

Giacevano in un angolo non troppo lontano dal tavolino.

Poteva immaginare la scena con chiarezza: l'aggressione, il mobiletto ribaltato, una sagoma che si chinava a raccoglierlo e addirittura vi predisponeva le guide turistiche perché qualcuno le trovasse.

Non poteva esserne certo, ma sembrava perfettamente nello stile del Consiglio delle Due Stirpi. Non c'era altra prova tranne quel paio d'occhiali.

Attento a non farsi sorprendere dal suo vice, Evans li fece sparire nella propria tasca. Avrebbe sempre potuto tirarli fuori in seguito, quando fosse stato chiaro che linea d'azione seguire.

Tornò in cucina e controllò la lavagnetta magnetica appesa al frigorifero.

Comprare zucchero, latte, olio...

Niente che potesse dargli un indizio.

— La macchina non c'è, signore.

Evans scambiò un'occhiata col ragazzo e scosse il capo.

— Forse avevi ragione, vice...

— Vuole che faccia qualche chiamata di controllo? Se aveva in mente una gita, qualcuno potrebbe saperlo...

L'uomo decise in fretta.

— No, non importa... ci penso io.

Aeron Fennah liquidò Evans in pochi minuti.

Bethan Davies... rifletté con espressione dura, un nome che credeva sepolto nel tempo.

Riordinando le idee prese a percorrere la sua stanza. Per quindici anni aveva pensato che fosse morta e ora, nel momento più delicato, scopriva che era sempre rimasta nascosta nei boschi attorno a Cae Mefus. Ed era scomparsa.

— Maledizione!

L'uomo tornò alla scrivania e sollevò la cornetta del telefono. Compose il numero stringendo i pugni nell'attesa.

— Mi dica, signore — rispose infine l'Esecutore.

Fennah andò dritto al punto.

— Le risultava che Bethan Davies fosse a Cae Mefus, Rhoser?

— Mi risultava che fosse morta durante l'incendio del Palazzo del Consiglio...

Fennah scosse il capo.

— Invece no. Evans mi ha appena comunicato che una donna con quel nome è appena scomparsa dal paese. Dunque abbiamo un problema.

— Teme l'abbiano rapita? Che possa essere stato l'Ordine?

— Sa anche lei che deve essere così.

Era furente. E non solo perché se il loro segreto fosse stato scoperto, il Patto sarebbe stato davvero a rischio. Era certo di essere stato ingannato.

— Lochinvar ha lasciato che fossero le Famiglie a occuparsi della piccola Starr, ma ha preteso che la trasferissimo lì. Sapeva che la Davies non era morta e voleva che la ragazza la incontrasse...

Solo che qualcuno era arrivato per primo alla donna, intralciando il suo piano.

Se questo non avesse messo in serio pericolo tutti quanti, Fennah vi avrebbe letto una sorta di giustizia cosmica.

Fu l'Esecutore a rompere il silenzio.

— Penserò io a ritrovarla, Consigliere.

65

— Accidenti, Win... è uno schianto!

Madison era riuscita ad attendere che Rhys si allontanasse solo di qualche passo prima di esplodere.

Winter sorrise tra sé, certa che il ragazzo riuscisse a sentire ogni parola.

Lo scantinato di Bad era a tutti gli effetti il covo dei Sin-derella. Lei e Rhys avrebbero dormito lì, almeno per quella notte. Come sistemazione non era granché: c'era disordine dappertutto e puzza di fumo, ma l'appartamento di Winter sarebbe stato il primo posto in cui li avrebbero cercati.

E poi che importava? Erano a Londra, insieme. Sembrava quasi un sogno...

— Sono tutti così in Galles?

Winter scosse il capo ironica.

— Quelli come lui sono davvero pochi...

Si lasciò cadere su una delle brande da campeggio che costituivano l'arredamento. Era scomoda e mezza sfondata, ma Winter temette lo stesso di potersi addormentare all'istante.

Era stata una lunga notte.

Sbadigliò e Madison la guardò un po' perplessa.

— Un giorno mi dirai per quale motivo continui a scappare di casa?

— Volevo rivedere la nonna. Susan non mi manda più i permessi.

Era una scusa abbastanza credibile, comunque la migliore che le fosse venuta in mente.

Madison se la fece bastare.

— Lasciate la chiave nella serratura, i ragazzi faranno di tutto per sorprendervi di soppiatto...

Winter scoppiò a ridere. Tipico dei Sin, pensò con affetto.

— E se ti dicono che lui non gli piace per niente, non starli ad ascoltare e fregatene. Non gli parleranno, tenteranno di metterlo in imbarazzo con i mezzi più subdoli, cercheranno la rissa e lo tratteranno malissimo. Credo sia colpa del testosterone... Neth ci ha messo cinque mesi a rivolgere la parola al mio ragazzo e alla fine sembravano vecchi compagni di caserma. Ci credi? Quando l'ho lasciato si è addirittura offeso!

Era divertente vederla sprizzare entusiasmo all'idea che persino lei fosse riuscita a trovare l'anima gemella.

C'è solo un piccolo problema, Mad, si immaginò di dirle Winter. *Sai, lui è un vampiro, perciò con ogni probabilità ci sono un bel po' di persone che ci vogliono morti...*

Fu felice di non farlo, però. Niente pensieri tristi per quel giorno.

Sbadigliò di nuovo e si abbandonò sulle coperte.

Scivolò nel sonno in un istante.

Madison la coprì con un plaid e lasciò la stanza in punta di piedi.

Si sedette su una panca vicino all'ingresso e sorrise pensando all'espressione di Winter. Era bello vederla di nuovo felice dopo tutti quei mesi.

Rhys la raggiunse dopo poco. Aveva fatto la doccia e aveva ancora i capelli umidi.

Camminava con eleganza, pensò Madison.

Mentre si avvicinava, lo osservò sfacciatamente. Sperava con tutta se stessa che fosse davvero innamorato della sua amica, perché Winter non lo era mai stata altrettanto.

— Sai — si ritrovò a dirgli — Win non è solo la mia migliore amica, per me è come una sorella. Ha già dovuto sopportare fin troppe cose orribili nella sua vita.

Gli cacciò l'indice in mezzo al petto.

— Perciò se la fai soffrire vengo in Galles a prendermi la tua testa!

Rhys si curvò leggermente, nell'accenno di un inchino che le tolse le parole.

— In quel caso non opporrei resistenza — dichiarò con assoluta serietà.

Non avrebbe potuto darle risposta migliore. Madison gli sorrise con calore e uscì lasciandolo solo.

Rhys rimase per qualche tempo immobile con la sensazione di averle appena mentito. Non sarebbe stato certo lui a farle del male, ma per colpa sua Winter avrebbe sofferto. Non sarebbero mai riusciti a evitarlo.

Doveva trovare in fretta una soluzione.

E se fosse il momento di chiamare mio padre? si domandò per la prima volta da quando quell'assurda situazione era cominciata.

Significava che era davvero allo stremo. Non gli aveva più chiesto aiuto dall'età di dieci anni e non riusciva neanche a immaginare cosa ne avrebbe pensato Hywel Llewelyn, Guardiano della Loggia di Cardiff, ma di certo non gli sarebbe piaciuto per niente.

Rhys sbuffò.

Dire che non erano in ottimi rapporti era un eufemismo, visto che da quando l'aveva spedito a Cae Mefus a studiare quasi non si parlavano.

Gli parve di sentire la sua voce dura, piena di riprovazione e rabbia fredda, che gli rinfacciava per l'ennesima volta le aspettative che riponeva in lui.

Non preoccuparti, papà, ringhiò tra sé, *me la caverò da solo anche stavolta.*

Dall'altra stanza riusciva a sentire il respiro regolare della ragazza.

Winter... Ogni altro pensiero fu sostituito da un insieme pressante di attrazione e Sete.

Rhys si spostò nel minuscolo cucinino e sciolse il Siero in un bicchiere, osservando l'acqua mutare in sangue.

I canini scivolarono fuori dalle labbra. Aveva la gola secca, serrata dall'intensità del desiderio. L'espressione del suo volto si trasformò in quella impenetrabile, aliena, del predatore.

La Sete divenne tutto il suo mondo, e lui cercò conforto nel sangue in un unico lungo sorso.

— Rhys — chiamò Winter con voce ancora assonnata.

Era immobile nella cornice della porta e l'aria si stava riempiendo del suo profumo.

Rhys sollevò la testa di scatto. I suoi occhi scintillarono dandole un brivido.

— Credevo dormissi.

— Mi sono accorta che non c'eri...

Le luci erano spente, ma quella che filtrava dalle prese d'aria era sufficiente a entrambi.

Winter gli tese una mano e lui le fu accanto, più rapido di qualsiasi umano.

Lasciò che lei lo conducesse nell'altra stanza, mentre un turbamento più dolce sostituiva di nuovo la Sete. Non le avrebbe mai fatto del male. Per quanto gli fosse possibile l'avrebbe protetta.

Sedette accanto a lei sulla brandina scomoda e, nel buio, si trovarono una tra le braccia dell'altro. I rumori lontani del traffico di Londra furono sostituiti dai loro respiri.

Winter si abbandonò contro di lui, stanca e felice.

Stavano sbagliando. Anche se, adesso che l'aveva così vicina, Rhys non riusciva nemmeno a ricordare perché.

— Dormi — le sussurrò piano, sfiorandole la pelle con le labbra.

Winter non avrebbe voluto, ma si sentiva esausta e al sicuro...

Quando i suoi respiri si fecero più lenti e regolari, Rhys sorrise e rimase a vegliarla.

Winter Starr era scappata di nuovo.

Ragazzina cocciuta e irrispettosa, considerò tra sé Darran Vaughan.

Ma questa volta era scomparso anche Llewelyn, ed era troppo sperare che si trattasse di una coincidenza.

Quando glielo aveva comunicato, il Gran Maestro aveva riso. Lui invece non ci trovava niente di comico, soprattutto perché ora gli toccava trovare il modo di rimediare. E informarne Hywel Llewelyn non era stato affatto piacevole...

— Avete idea di dove possa essere? — domandò a Griffith Chiplin senza distogliere gli occhi dalle proprie mani intrecciate.

L'uomo esprimeva abbastanza agitazione per tutti e due, da quando era entrato nel suo studio non aveva fatto altro che far sbuffare la pipa come una locomotiva e aggiustarsi gli occhiali sul naso.

Vaughan non poteva biasimarlo, ma preferì lasciare a lui le manifestazioni plateali di ansia.

— Se lo sapessi sarei già andato a prenderla...

— Non potrebbe essere di nuovo a Londra?

Griffith prese a battere il braciere nel portacenere. Era irritante.

— L'avvocatessa Bray sta già controllando. Se il suo ragazzino le ha fatto qualcosa, Vaughan...

Quella frase fu ancor più irritante.

— Perché gli addossa tutta la responsabilità?

— Perché è lui che conosce le regole. Winter non ha ricevuto nessuna educazione.

— Mi creda, Chiplin, Winter Starr è sveglia, e non certo una vittima.

Griffith Chiplin agitò la pipa nell'aria.

— Allora è una pazza! — esclamò.

Vaughan non la vedeva troppo diversamente.

Erano trascorsi oltre quindici anni da quando il Consiglio aveva firmato il Patto pagandolo col sangue, e ora, mentre stava per essere rinnovato, due adolescenti rischiavano di far saltare tutto...

— Il Consigliere Maggiore Lochinvar mi ha autorizzato a occuparmi dell'intera faccenda, ma temo lo stesso che ci saranno delle ripercussioni.

— Non sono tanto stupido da credere il contrario, Vaughan — ribatté l'uomo con una risata tesa.

Si congedò con un saluto frettoloso. Non c'era poi molto altro che potessero dirsi.

Il professore si immerse in se stesso.

Iago Rhoser era sulle tracce di Winter Starr e lei gli aveva fornito il migliore dei pretesti per inseguirla, le Famiglie avrebbero ribaltato il Regno pur di trovare lei e Llewelyn, e l'Ordine non sarebbe stato da meno.

Non c'era da stupirsi che il Gran Maestro avesse incaricato anche lui delle indagini.

A quel punto si trattava di una gara. Soprattutto se, come pareva, il Consiglio non agiva più in modo compatto come un tempo.

Gareth si nascose dietro l'angolo appena in tempo per evitare suo padre che usciva dallo studio di Vaughan.

Origliando dietro la porta non si era perso una singola parola del loro colloquio riservato, nonostante una fitta al petto gli annunciasse che la tristezza era pronta a ballare sul suo cuore con i tacchi a spillo.

Era ferito, anche se era da idioti perché in fondo aveva sempre saputo che lei amava Llewelyn.

Eppure, da perfetto imbecille, si rendeva conto di non essersi mai arreso e di non avere ancora voglia di farlo.

Twpsyn! si insultò per il puro gusto di sfogare la propria rabbia. *Bravo stupido!*

Era scappata con Llewelyn perché Llewelyn aveva avuto il coraggio di rimanere al suo fianco.

E tu dov'eri, invece? In un angolo a compatire i tuoi sentimenti feriti?

Componendo per l'ennesima volta il numero di Winter, fu addirittura sollevato nel sentire che il cellulare era spento.

Lui non sarebbe stato in grado di trovarla, ma forse neppure gli altri...

Almeno avete un piano?

66

Jago Rhoser uscì dal metrò in Piccadilly in perfetta tenuta da londinese: completo grigio, ventiquattrore in una mano e ombrello.

Si immise nel flusso dei pendolari, mimetizzandosi in una folla uniforme, e ripassò per l'ennesima volta la sua tabella di marcia.

La prima tappa era andata benone, il buon giudice Moore era così terrorizzato da lui che gli avrebbe venduto la sua stessa madre.

Però non sapeva nulla della ragazza.

L'Esecutore era consapevole di dover trovare la figlia di Soldier e il suo amichetto prima che la notizia si spargesse troppo, perché i guai non avrebbero fatto altro che aumentare.

A passo svelto scivolò tra i passanti e svoltò per un'infinità di viottoli fino a che la ressa che lo circondava non cominciò a diradarsi.

Solo allora si decise a buttare via l'ombrello.

Proseguì ancora. Si infilò in un bar, ordinò un caffè e depositò l'impermeabile sugli appendiabiti. Raggiunse il bagno degli uomini fischiettando.

Un colletto bianco da quelle parti non era così raro, forse un po' fuori dalle solite rotte ma non abbastanza da venire notato davvero.

Solo, in una toilette nemmeno troppo pulita, si sfilò la giacca, tolse cravatta e camicia e le gettò nel cestino dei rifiuti.

Il cambio era nella ventiquattrore, accuratamente piegato perché non occupasse molto spazio. Ne estrasse anche un logoro borsone di tela e la fece sparire al suo interno.

Quando uscì, non uno dei presenti fece caso a quello che aveva tutta l'aria del duro.

Iago Rhoser prese una giacca a vento a caso dall'appendiabiti contando che nessuno fosse tanto imprudente da averci lasciato documenti o portafoglio.

Le sue prossime mosse prevedevano qualche giro nei bassifondi.

Aveva abbastanza agganci da riuscire a organizzare una piccola squadretta di ricerca...

La voce che stava succedendo qualcosa si era sparsa in fretta.

Bethan Davies era scomparsa e si mormorava che qualcuno avesse infranto il tabù.

C'era inquietudine nell'aria intorno a Cae Mefus e le Famiglie erano in allerta, perché ogni volta che il Consiglio sembrava allentare la presa le rivolte non mancavano.

67

Una grande stanza immersa nella penombra. Soffitti altissimi, scuri, tappezzerie damascate.

Un uomo e una donna, seminascosti da quella luce incerta, si scanbiavano parole sussurrate, tese, colme d'urgenza.

Impossibile capire chi fossero a quella distanza.

Nel silenzio tagliente, un rumore ritmico, monotono, forse una sedia a dondolo, continuava a ripetersi, ipnotico fin quasi a divenire rassicurante.

Il suo ritmo rallentava pianissimo, un'oscillazione tenue e pigra mentre l'uomo camminava inquieto davanti alla porta.

Ogni tanto il suo sguardo si posava sulla donna, sfiorandola malinconico.

Winter non riusciva a capire cosa li rendesse tanto tristi, ma era una cosa ingiusta. Desiderò chiamarli, però si accorse di non poterlo fare.

Il pianto improvviso di un neonato la riscosse.

Lo scricchiolio ritmico si trasformò in un bussare concitato che la svegliò nello scantinato dei Sin-derella. Sulla sua pelle era rimasto il calore di Rhys, doveva essersi alzato da poco.

Si concesse un istante per ascoltare i suoni dello scantinato, i suoi passi leggeri risuonarono dalla cucina, subito coperti dai rintocchi alla porta.

Winter andò ad aprire non troppo entusiasta.

— Ciao, ragazzi.

I Sin-derella guardarono i suoi occhi ancora gonfi di sonno senza nascondere la delusione, e Cob sghignazzò sonoramente.

— Ma hai dormito? — le disse come saluto.

Lei si strinse nelle spalle con aria innocente.

— Stai scherzando? Noi lasciamo la nostra tana a te e al tuo ragazzo e voi dormite?

Kenneth invece la abbracciò. Per farlo dovette piegarsi in due dando l'impressione che il suo lungo corpo stesse per spezzarsi.

— E dai, Cob — rise poi da sopra la sua testa. — Win ti è mai sembrata sveglia?

— Se lo fosse stata, Voice avrebbe scassato di meno! — replicò Cob tenendo lo sguardo fisso sul ragazzo sconosciuto che osservava la scena dalla porta.

— E tu pure! — lo prese in giro Kenneth.

Winter si divincolò dalla sua stretta.

— Scemi! — borbottò.

Marciò fino a Rhys e insinuò una mano nella sua.

— Loro sono i Sin: Neth, Hard, Cob, Voice. E Bad, che è il padrone della baracca — spiegò in fretta.

Comprese dalla sua immobilità che Rhys non era del tutto a suo agio, e sorrise.

Umani incontrano vampiro atto primo, pensò godendosi la scena con un piacere segreto.

— Lui è Rhys.

I Sin-derella si comportarono bene: strinsero la mano al loro ospite con una certa diffidenza, ma non fecero commenti.

Rhys fu semplicemente perfetto, o forse lei non era un buon giudice...

— Pronto per la vita notturna di Londra? — gli chiese Voice con una certa dose di provocazione. — Stasera suoniamo al Rainbow. Non potete mancare.

— Certo, con piacere. Winter mi ha parlato della vostra musica — replicò Rhys.

Bugiardo! pensò la ragazza divertita.

Con tutto quello che avevano passato, i Sin-derella non erano stati certo tra i loro argomenti di conversazione.

— Significa che non vi hanno ancora scacciato da quel locale? — si intromise provocatoria. — Mi chiedo cosa stiano aspettando...

Bad le fece un gestaccio.

Aveva le lentiggini e lunghi riccioli color carota che lo facevano somigliare più a un giovane paggio che a un bassista heavy metal. I boccoli si erano allungati leggermente e il suo soprannome sembrava più che mai una presa in giro.

— Che vuoi? — le chiese con un sorriso bianchissimo. — Da quando abbiamo smesso di portarci in giro nanerottole assurde come te, hanno cominciato finalmente a prenderci sul serio! Vedrai che concerto!

Già, un concerto. In compagnia di Rhys e dei suoi vecchi amici.

A dispetto di tutto, sarebbe stata una serata grandiosa!

L'allevamento dei Phillips si trovava poco fuori Ger Y Goeden, sulla riva dell'Elwy al di là della boscaglia.

Avvertendo rumori e voci provenire dal cortile, Siarl Phillips si svegliò e imbracciò il proprio fucile prima di affacciarsi alla finestra.

C'erano quattro tizi in cortile, che si muovevano con un'agilità nevrile, e quel signore grosso, appesantito dalla birra e dall'amore per il buon cibo, si immobilizzò dietro il vetro.

— Che c'è, Siarl? — domandò sua moglie rigirandosi pigramente nel letto.

— Gente, Polly.

— Chiama la polizia — replicò lei scattando a sedere — non sei più nell'esercito...

Madison era a bordo palco con la ragazza di Kenneth.

Era bello essere al Rainbow insieme, faceva sembrare tutte le preoccupazioni un incubo lontano.

Winter sorrise al vampiro che le stava di fronte.

Continuava a cullarla piano tra le braccia. Le posava piccoli baci sui capelli che la facevano fremere.

Winter sollevò il viso e sfiorò le sue labbra con le proprie.

L'abbraccio si fece improvvisamente serrato, il bacio più profondo.

Winter si alzò sulle punte e Rhys la sollevò quasi da terra.

Ciò che provava era intenso come la Sete, ma aveva un sapore ancora più inebriante.

Riprese fiato e le passò la bocca sul mento, sul collo. Il sangue di Winter scorreva lì, sotto la pelle liscia.

Le prese il lobo tra i denti e morse pianissimo, togliendole il fiato.

Doveva trattenersi. Si ritrasse di scatto, ma non la lasciò andare nemmeno allora.

La vide arrossire. Poi le sue braccia lo avvolsero ancora più strettamente.

I baci divennero sempre più urgenti.

— Non è prudente... — mormorò il ragazzo sforzandosi di resistere.

Gli occhi di Winter continuavano a tentarlo.

— Non mi importa — sussurrò lei — niente importa. *Neanche se tutto il mondo è contrario, neanche se dobbiamo farlo crollare...*

Cercò di nuovo le sue labbra e Rhys la strinse a sé.

Ciò che Polly e Siarl Phillips non avevano previsto era che il loro figlio maggiore, John, potesse uscire nel cortile di casa a controllare l'origine del trambusto che li aveva svegliati.

A John piaceva bere, lo faceva spesso e con grande soddisfazione. Forse era ubriaco anche quella sera.

Altrimenti si sarebbe accorto prima delle figure che si aggiravano furtive nel cortile, avrebbe notato la luce febbrile dei loro sguardi.

— Chi diavolo siete? — fece appena in tempo a domandare con voce impastata.

Gli risposero solo delle risate gelide, disumane.

Poi, i quattro gli furono addosso.

Nessuno poteva essere tanto forte.

John tentò di opporre resistenza, ma venne catapultato contro il muro.

Qualche centimetro più in là, e la sua testa avrebbe fracassato il vetro di una delle finestre al piano terra.

Dalla cucina, Red, il cane pastore, iniziò ad abbaiare.

Quando uno degli intrusi gli addentò il collo, l'urlo di John si unì al frastuono.

Spòrgendosi dal davanzale al piano superiore, Polly Phillips gridò con quanto fiato aveva in corpo, richiamando l'attenzione dei vampiri.

Con la scusa di raggiungere Trevor al termine degli allenamenti della squadra, Gareth passeggiava avanti e indietro nel cortile del St Dewi's. *Stai solo prendendo tempo*, si accusò passando per l'ennesima volta davanti alla sede del Club Nox.

Rendendosi conto di essere impegnato a litigare con se stesso, la sua esasperazione raggiunse il culmine. Per la verità non era poi così ansioso di parlare con Farland, anche se, ragionevolmente, il momento sarebbe stato perfetto.

A quell'ora Vaughan non sarebbe passato di lì e non si sarebbe potuto intromettere. Gareth sapeva fin troppo bene di non godere della sua simpatia...

Chissà perché? si domandò ironico.

Il sentimento, per altro, era perfettamente ricambiato: il nuovo professore di storia aveva le idee piuttosto chiare sui rapporti che legavano i suoi studenti, e non gli andava di divertirlo facendo una volta di più la figura dell'innamorato respinto.

Cavolo! Accidenti a te, Win! Se solo non fosse stato tanto preoccupato non avrebbe mai bussato alla porta.

Il suo pugno si scontrò invece inevitabilmente con la superficie liscia del legno.

Adesso era troppo tardi per tirarsi indietro.

Sospirando, rimase in attesa di sentire un rumore qualsiasi, di intuire una luce che veniva accesa...

— Chiplin?! — fece Nerys Maddox aprendo la porta.

Gareth la riconobbe solo perché era l'unica ragazza del gruppo. Lei, invece, lo vedeva benissimo anche in quell'oscurità avvolgente.

— Ciao — si sforzò di risponderle con una disinvoltura tutta apparente — cerco Farland.

— Ha di nuovo combinato qualcosa? — si informò lei nemmeno troppo interessata.

Il ragazzo scosse la testa.

— Lui no.

Poi la Maddox si decise a spalancare la porta e finalmente accese una luce che abbagliò entrambi per un istante.

Indossava una tuta blu scura, semplicissima, ma riusciva lo stesso a sembrare perfetta. Faceva parte del fascino della sua razza, si disse Gareth aggrottando la fronte.

— Entra, te lo chiamo.

Raggiunse a passi elastici la base della scala e lui non ebbe altra scelta che entrare.

— Cameron! Hai visite! — chiamò la vampira a voce appena un po' più alta.

Succhiasangue sbruffoni! pensò Gareth in modo poco amichevole. Eleri, se qualcuno dei suoi amici veniva a trovarlo, non era mai tanto compita.

Farland scese le scale senza fretta.

— È qui per te, Cam — annunciò la Maddox allontanandosi rapidamente.

Il Nox non sembrava nemmeno stupito.

— Andiamo fuori — propose, immaginando gli argomenti della conversazione che avrebbero avuto.

Gareth accettò e lo precedette nella brezza della sera accendendosi una sigaretta.

— Hai notizie di Llewelyn? — domandò emettendo fumo a ogni parola.

— Speravo tu ne avessi della Starr — replicò il Nox mettendosi sopravento.

Era surreale. A Gareth non piacevano i vampiri e Cameron Farland era sempre stato quello che sopportava meno. Prima che Llewelyn gli soffiasse Winter, almeno...

— Se ne sono andati insieme — osservò con noncuranza.

L'altro si perse a guardare le cime degli alberi.

— Cosa te lo fa pensare? — chiese quasi distrattamente.

Gareth ebbe l'impressione che lo stesse valutando, chiedendosi cosa sapesse. Quanto fidarsi di lui.

Sbuffò, ma non poteva biasimarlo davvero. Tra loro non c'era alcuna simpatia.

Il silenzio che seguì fu molto eloquente. Il vampiro annuì.

— Ok, d'accordo. Tu conosci la Starr e io conosco Rhys. Ci tocca unire le forze.

La situazione non era più solo surreale, cominciava a diventare addirittura imbarazzante.

— Nemmeno Vaughan ha informazioni? — replicò Gareth prudente.

— E le Famiglie?

In quel modo non avrebbero ottenuto niente.

— A me interessa ritrovare Winter — ammise dopo un istante — non me ne frega un gran che di fare una gara.

Aspirò quasi con rabbia e la brace si tinse di rosso.

Non sapeva neanche più per quale motivo avesse deciso di parlare al Nox. Era tutta una perdita di tempo, e intanto Winter poteva essere chissà dove. Sempre ammesso che ci si potesse fidare di Rhys Llewelyn.

— Perciò se venissi a scoprire qualcosa te lo direi. Vedi di fare lo stesso — buttò lì incamminandosi.

Farland sbuffò.

— Contaci — lo sentì dire.

E... strano! Sembrava sincero.

68

Quando Rhys e Winter uscirono dal Rainbow, li accolse un venticello frizzante.

Era tutto perfetto. Si tenevano abbracciati e camminavano lentamente, fermandosi troppo spesso per scambiarsi baci sempre più pressanti, senza più paura né esitazione.

Volevano solo stare insieme, in una solitudine rimandata per lungo tempo, che niente aveva più il diritto di turbare.

Winter vacillò e dovettero entrambi appoggiarsi al muro. Rhys continuò a carezzarle la schiena facendola rabbrividire. Al mondo esisteva solo l'emozione travolgente che entrambi provavano.

Poi, un'ombra dietro di loro si schiarì la gola. Rhys spinse Winter indietro, tendendosi in posizione d'attacco.

— Calma, amico — disse lo sconosciuto con un sorriso gelido.

Rhys si voltò a guardarlo con occhi roventi.

— Cosa vuoi?

Tra le labbra dello sconosciuto scintillarono due bianchi canini.

— Io vengo in pace. E tu?

Percepiva la Sete del giovane vampiro. L'aria ne era pervasa, come dell'emozione della ragazza umana.

Rhys si rilassò, lentamente, un muscolo alla volta.

— Questo è il tuo territorio? — domandò in uno strano tono solenne.

— No. E non è nemmeno il tuo. Sono stato incaricato dall'Ordine di prevenire incidenti. Tu, invece, che motivo hai di stare qui? Con lei...

Winter si sentì pervadere da una paura gelida. Dovette prendere fiato un paio di volte prima di riuscire a parlare.

— Non mi ha fatto del male — dichiarò tesa.

Il vampiro sconosciuto le rivolse un sorrisetto ironico.

— La facilità con cui voi umani vi lasciate ingannare è incredibile... ma è chiaro che tu conosci il nostro segreto, invece.

— Appartengo alle Famiglie.

Pronunciare quelle parole le diede una fitta di disagio. Non l'aveva mai detto prima di allora e solo dopo averlo fatto comprese il proprio errore.

Lo sguardo di lui vagò nella notte, un fischio gli rispose dal buio.

Le si avvicinò e fece in modo di catturare i suoi occhi nei propri.

— Allora dovresti conoscere le regole, piccola — le disse con voce di velluto.

Rhys si guardò attorno inquieto mentre due nuove figure si avvicinavano, emergendo dall'ombra.

Muovendosi con rapidità inumana, il loro capo balzò verso Winter.

Danny Roberts contemplò il massacro senza una parola.

Non riusciva a distogliere gli occhi da quel corpo riverso in una posizione innaturale e dallo squarcio che gli devastava la gola, così perversamente pulito.

Sembrava il morso di un animale: una lama avrebbe prodotto un taglio netto, non quella lacerazione. Eppure non c'era traccia di sangue in giro, né al suolo, né sulle pareti della casa.

Perdio! comprese in quel momento. *Nemmeno i suoi vestiti ne sono macchiati.*

Solo sulla ferita se ne vedeva una traccia raggrumata, come un effetto speciale da film horror di serie B.

Il mondo di Danny, il suo piccolo mondo tranquillo, era morto con Siarl Phillips.

— Chiama un'ambulanza — gli ordinò Evans con voce fredda, svuotata d'ogni emozione.

Forse John e Polly si potevano ancora salvare...

Rhys scattò in avanti. Smise di riflettere, di pianificare le proprie azioni, divenendo puro istinto. Liberò Winter dal primo assalitore con uno spintone che lo mandò lontano e corse con lei verso le luci del locale nel parcheggio deserto.

Possiamo ancora farcela...

Era la prima volta che si trovava davvero a lottare. Riusciva esclusivamente a pensare che non avrebbe permesso a nessuno di farle del male.

Rhys spinse Winter più avanti, poi una vampira gli atterrò sulla schiena. Era sottile, fortissima.

Lui scartò, i muscoli contratti per sottrarsi alla presa, però non riuscì a rimanere in equilibrio. Cadde, cercando di trascinarla sotto di sé.

L'altro vampiro sopraggiunse di corsa, i piedi che sfioravano il terreno un po' troppo rapidi, e con un salto agile sbarrò la strada a Winter.

Rhys rotolò di lato e tentò di alzarsi nuovamente.

Ancora a terra, la vampira gli arpionò la caviglia e lui scalciò per liberarsi dalla presa.

Riuscì a colpirla, ma il suo compagno gli calò il gomito sullo stomaco. Rhys si ripiegò su se stesso. Non aveva mai provato un dolore simile.

La vampira lo spintonò di nuovo. Mentre cadeva a terra, Rhys poté solo mettere le mani davanti al viso.

A pochi passi di distanza, Winter urlò.

— Scappa! — le gridò col poco fiato che gli rimaneva.

Poi, la sua assalitrice lo immobilizzò a pancia in giù premendogli le ginocchia nelle reni. Gli afferrò i capelli senza delicatezza e gli fece alzare il volto.

— Zitto — ordinò.

Lasciò la presa così all'improvviso che Rhys batté lo zigomo sull'asfalto. Voltò il viso appena in tempo per vedere il primo vampiro afferrare Winter e costringerla a piegare la testa di lato, mettendo a nudo il collo.

Gli gettò uno sguardo di sfida posandole le labbra sulla pelle.

— Sappiamo come si trattano i cuccioli disobbedienti... Fai il bravo bambino se non vuoi che le faccia molto male.

Diede uno strattone e la ragazza emise un gemito.

Rhys si sentì invadere da una furia cieca che sostituì ogni altro pensiero. Se solo fosse stato più lucido non avrebbe creduto un solo istante al bluff, nessun vampiro avrebbe mai davvero morso qualcuno delle Famiglie...

In un ultimo disperato tentativo, radunò energie che non credeva di possedere.

Devo aspettare il momento giusto... si impose.

Quando lo costrinsero a rialzarsi non oppose resistenza. Si lasciò addirittura aiutare.

I sorveglianti dell'Ordine lo spinsero verso la macchina e lui continuò ad assecondarli. Con la coda dell'occhio poteva ancora vedere quello che scortava Winter.

Anche lei aveva smesso di lottare. Aveva le labbra serrate, doveva essere terrorizzata.

Winter finse di incespicare e la sua guardia rallentò

l'andatura. La vampira li precedette andando a mettere in moto. L'altro, ormai, li aveva quasi raggiunti. Contro due rimaneva qualche possibilità.

Calma, si ripeté con uno sforzo immenso, *manca poco...*

Ruotò un po' il collo come se lo sentisse dolorante, e ne approfittò per scoccarle uno sguardo rapidissimo.

Il vampiro che l'aveva imprigionata aveva lasciato la presa limitandosi a camminarle di fianco.

Ottimo! pensò. *Ora, Win!*

Sferrò un calcio al suo sorvegliante e le afferrò la mano, mettendosi a correre.

69

Rhys e Winter corsero a perdifiato verso il Rainbow. Se solo fossero riusciti a entrarci sarebbero stati al sicuro.

Raggiunsero la costruzione, ma i loro inseguitori erano ancora vicini.

Quando scorsero una porta secondaria vi si infilarono senza fiato, ritrovandosi nel magazzino del locale.

Solo allora si permisero di rallentare l'andatura. A tentoni, ancora mano nella mano, costeggiarono le pareti alla ricerca di una via di fuga.

Winter inciampò e Rhys fu rapido a sostenerla.

— Non credo che rinunceranno tanto facilmente... — sussurrò pianissimo avvolgendola in un abbraccio.

La sentì sospirare.

— Ha davvero senso tentare di fuggire?

— Non posso permettere che ti prendano.

Winter si abbandonò contro il suo corpo, i lunghi capelli gli solleticavano gli zigomi.

Rhys tentò di riflettere. Potevano farcela, dovevano solo tornare in mezzo alla folla. Gli emissari dell'Ordine non li avrebbero inseguiti in un locale pieno di umani.

E poi?

Il Consiglio non avrebbe mai rinunciato a catturarli e prima o poi li avrebbe trovati.

Winter si voltò fino a poterlo guardare in viso.

— Ti amo, Rhys — mormorò posandogli una mano sul petto per sentire il battito del suo cuore. — Troppo per permetterti di correre dei rischi come questi.

Contemplò con dolcezza i suoi occhi color diaspro, la loro sfumatura rossa. Era vero, le bastava che lui fosse salvo.

— Andrò da loro. Non mi faranno del male e forse gli sarà sufficiente...

Con un movimento improvviso, Rhys la costrinse tra sé e il muro.

— Prima liberati — sibilò feroce. Accostò il viso al suo, sapendo che, per la prima volta, la stava spaventando.

Le immobilizzò le mani sollevandogliele in alto con facilità.

Winter teneva gli occhi fissi nei suoi. Fu scossa da un brivido quando le rinserrò la presa attorno ai polsi.

I suoi respiri accelerarono.

— Non voglio perderti — disse Rhys sulla sua pelle. Le baciò la guancia e sfiorò le sue labbra.

Poi si ritrasse di scatto.

L'adrenalina del combattimento aveva fatto riaffiorare il mostro che nascondeva in sé e ora era stordito dalle proprie sensazioni.

La sua mente era annebbiata dalla violenza e dalla Sete.

— Rhys...

La voce di Winter parve una carezza esitante.

— Sono qui. Con te.

Lui serrò le palpebre, imponendosi dei lunghi respiri. La sua stretta si ammorbidì lentamente e Winter poté riabbassare le braccia.

Una ragazza comparve in quel momento, facendo precipitare la situazione.

PARTE III

Conoscere il buio

70

La reazione di Rhys, non appena rilevò la nuova presenza, fu immediata e istintiva.

Si slanciò sull'intruso, i canini che scintillavano tra le labbra, gettandolo a terra fulmineo. Trovò il collo senza esitazione e la preda riuscì a stento a divincolarsi.

Winter gli si gettò contro e cominciò a tempestargli la schiena di colpi.

Non li sentì nemmeno. Immobilizzò la sua vittima, i denti che già toccavano la pelle.

Lei gridava terrorizzata.

Di chi erano le mani che lo strattonavano?

— Fermati! — lo supplicò Winter. — Rhys, smettila!

Fu la sua disperazione a colpirlo come una staffilata.

Il vampiro tornò in sé, scoprendo di aver appena rischiato di uccidere Madison Winston.

Winter era aggrappata alla sua schiena. Lui riusciva a sentire il martellare furioso del suo cuore persino attraverso tutti gli strati di vestiti.

Poi, la ragazza cominciò a singhiozzare.

Rhys perse ogni forza, accasciandosi sotto di lei. Cosa aveva fatto?

Sarebbe bastato un istante, un singolo, dannatissimo istante, per accorgersi che non si trattava dei loro inseguitori, per riconoscere l'odore di Madison...

E invece aveva completamente perso il controllo, rischiando di assassinare un'umana innocente.

Madison continuava ad arretrare, senza il coraggio di voltare loro la schiena o di alzarsi. Aveva gli occhi sbarrati, troppo scioccata persino per gridare o per piangere.

Ancora singhiozzante, Winter lo strinse forte, incerta se accusarlo o consolarlo.

— Scappa, Win! — riuscì solo a dire la sua amica con voce soffocata.

Osservò Winter mentre si alzava piano, guardando alternativamente lei e il ragazzo a terra.

Winter le venne incontro a passi instabili, tendendo le mani in avanti, i palmi in alto, quasi volesse mostrarsi inoffensiva.

Quando comprese che sapeva, sul viso di Madison si dipinse l'orrore. In qualche modo trovò la forza di alzarsi.

— Che cos'è? — domandò con un filo di voce.

Si rendeva conto di ciò che era appena successo, ma era inaccettabile. La sua mente si ribellava, rifiutandosi di dare un nome alla creatura che l'aveva appena aggredita.

— Non ci posso credere...

Winter avanzò ancora.

— Madison, lascia che ti spieghi — la implorò — non voleva farti del male...

— Win, che cos'è lui?

Finalmente furono abbastanza vicine da potersi toccare. Winter tentò di prenderle la mano, ma Madison si scostò.

— Rispondimi!

A Winter tremarono le labbra.

— Un vampiro.

La risata di Madison fu un suono innaturale, le stavano cedendo i nervi.

— Stai scherzando?

Winter tenne lo sguardo fisso nel suo.

— Non voleva farti del male — ripeté scuotendo il capo.

Provò di nuovo a toccarla e Madison si allontanò correndo.

Forse l'avrebbe inseguita se i vampiri dell'Ordine non fossero arrivati.

71

Dall'esterno sembrava solo una vecchia palazzina industriale che nessuno avrebbe degnato di uno sguardo.

Quando la macchina nera si fermò dinanzi ai suoi cancelli, però, le telecamere ne seguirono ogni mossa.

Era una vettura un po' troppo sofisticata per sostare da quelle parti. Il conducente abbassò un finestrino e annunciò ai microfoni nascosti il nome del suo passeggero.

Il portellone scivolò silenziosamente sui binari permettendo all'auto di inoltrarsi in un cortile asettico, di nudo cemento.

L'auto si fermò accanto all'ingresso e due imponenti uomini in uniforme le si fecero incontro.

Il passeggero scese e le guardie lo scortarono passo passo.

Era un uomo non più giovane, alto e severo, dai lineamenti duri. Il suo incedere aveva una fierezza quasi militare.

Varcò la soglia e venne subito raggiunto da una donna che indossava un sobrio tailleur scuro e scarpe basse ma raffinate.

— Benvenuto, Consigliere Maggiore Fennah — disse Susan Bray.

Aeron Fennah, Pater delle Famiglie, le rispose con un cenno di saluto frettoloso.

La porta, naturalmente, era chiusa.

Winter trattenne un urlo rabbioso. I vampiri li avevano trascinati fin lì dopo averli bendati. L'avevano chiusa in quella stanza senza alcuna spiegazione, lasciandola sola con se stessa. Erano trascorse ore da quel momento.

Non sapeva neppure dire se si trovasse ancora a Londra, poteva solo supporre che Rhys fosse da qualche parte, in quello stesso edificio, e fossero entrambi in attesa del proprio destino.

Sperò con tutta se stessa che almeno Madison fosse al sicuro. Forse i sorveglianti dell'Ordine non si erano accorti di lei...

Iago Rhoser si introdusse nella palazzina senza difficoltà: nessuno sbarrava mai il passo all'Esecutore del Consiglio.

Sapeva che Aeron Fennah era già lì, quindi ciò che aveva in mente era un rischio enorme, ma ne sarebbe valsa la pena se fosse riuscito nel suo intento.

Chiamavano quel luogo, alla periferia estrema di Londra, la Prigione. L'Esecutore vi aveva passato tanto di quel tempo da considerarla una specie di seconda casa.

Attraversando con sicurezza quei corridoi ben noti, puntò dritto verso i vecchi depositi, certo di trovarvi Winter Starr.

Si fermò senza esitazione davanti alla prima porta alla sua destra. Controllò che l'area fosse deserta ed estrasse di tasca il duplicato delle chiavi.

Winter sobbalzò nell'udire il rumore della serratura e per un attimo si ritrovò a valutare se esistesse un modo di nascondersi dietro al materasso che costituiva l'unico arredamento della stanza.

La porta si spalancò e un uomo dal volto sfregiato scivolò dentro.

L'Esecutore... Nonostante la paura, gli occhi della ragazza scintillarono d'odio.

Si alzò puntellando la schiena contro la parete. Per un lungo istante rimasero a fronteggiarsi in silenzio.

Poi Iago Rhoser percorse senza pause la distanza che li separava. La corda che aveva in mano sciabolava l'aria a ogni passo.

Winter tentò di allontanarsi, ma le gambe le risposero una frazione di secondo troppo tardi.

—Voltati — mormorò l'uomo — abbiamo poco tempo.

Tese la corda tra i pugni, e Winter si guardò attorno alla disperata ricerca di una via di fuga.

Il cuore le batteva tanto forte nel petto da darle le vertigini.

— Voltati — ripeté lui.

Lei non riuscì a muoversi.

Solo quando l'Esecutore le afferrò un braccio con un movimento improvviso, qualcosa dentro di lei reagì.

Winter si divincolò, lo spinse violentemente indietro, riuscì quasi a fargli perdere l'equilibrio.

Se solo avesse potuto urlare... ma le mancava il respiro. La presa che la stringeva non si allentò. Ruotando su se stesso, l'uomo la trasse contro di sé con uno strattone. Impietosamente le piegò il braccio dietro alla schiena.

Il dolore improvviso le strappò un gemito soffocato. Le sue gambe cedettero e Winter si ritrovò in ginocchio.

Sentì che lui le piegava anche l'altro braccio, e tentò di resistere. Riuscì a liberarsi, però lui fu rapidissimo, le sue dita le graffiarono la schiena mentre afferravano la sua maglietta.

Winter sentì una pressione violenta alla gola, una resistenza inattesa che le ferì il collo. Durò un istante, mentre la catenina d'argento del suo ciondolo si spezzava. La sferetta di cristallo cadde a terra con un tintinnio appena percettibile.

Poi Iago Rhoser riuscì a intrappolarla, schiacciandola a terra con tutto il suo peso.

La vista di Winter iniziò lentamente ad appannarsi.

Nell'apice del terrore, la ragazza fu consapevole solo della corda che le sfregava i polsi bloccandoli in una morsa invincibile, del pavimento freddo sotto di lei, del martellare impazzito del suo cuore. Infine ogni cosa perse significato.

L'Esecutore la sollevò in piedi senza delicatezza.

I capelli le ricadevano scomposti sul viso. Tra le ciocche scure l'uomo fece appena in tempo a distinguere la luce argentea dei suoi occhi.

Poi il Potere lo travolse in un'onda rovente che lo scagliò lontano. Ricadde a terra accanto alla porta, sbatté dolorosamente la schiena ma non se ne accorse quasi. Sotto quell'energia sferzante gli parve che la sua stessa pelle andasse a fuoco, consumando ogni altra sensazione.

Winter Starr, improvvisamente libera dalla corda con cui l'aveva legata, lo fissava immobile all'altro capo della stanza, gli occhi ardenti di una luce sovrannaturale, gli occhi di suo padre.

Dentro di lei non c'erano né ragionamento né calcolo. Era puro istinto, puro Potere, lo scatenarsi di ciò che tutti loro avevano atteso e temuto per sedici anni.

Si era destata per proteggerla e ora quella vibrazione inumana le scorreva dentro pervadendo tutti i suoi sensi e si riversava attorno come un uragano.

Il suo corpo fu scosso da brividi violenti. Ogni cosa in lei gridò di attaccare.

Immobile, Iago Rhoser la osservò lottare con se stessa.

Poi voci allarmate echeggiarono nei corridoi, si avvicinarono di corsa e Winter si aggrappò disperatamente a quel suono.

Le girava la testa. Annaspò per prendere fiato con un ansito roco e dai suoi occhi cominciarono a scendere le lacrime.

Infine, mentre quattro persone entravano nella stanza, l'incubo si spense.

La ragazza barcollò e solo la presa forte di Darran Vaughan le impedì di cadere a terra.

— Vuole spiegarci cosa succede, Esecutore? — domandò uno dei nuovi venuti.

Iago Rhoser si rialzò lentamente.

— Succede che la festa è cominciata, signor Fennah.

Nell'osservare il gruppetto variegato dei suoi soccorritori, si concesse un sogghigno: Susan Bray, Aeron Fennah, c'era persino il Gran Maestro, uscito dalla cripta insieme al suo braccio destro.

Nella stanza cadde un silenzio teso, increspato solo dai singhiozzi della ragazza.

— Ho pensato di preparare la nostra ospite all'incontro con i Consiglieri Maggiori — disse quindi Rhoser. — Volevo approfittarne per ricordarle alcune regole di base...

— Spero non sia stato troppo rude con una creatura tanto speciale — lo interruppe il Gran Maestro con disinvoltura ben costruita.

Ogni cosa in lui traspirava un'esistenza antica di secoli: il viso senza età, lo sguardo profondo che sembrava osservare il mondo dalla notte dei tempi. Persino in quel momento, mentre ancora l'eco del Potere saturava l'aria, tutti riuscirono ad avvertire la sua potenza.

— Quello a terra ero io, Consigliere Lochinvar — replicò Rhoser con un sorrisetto sarcastico. — La vostra preziosa ragazzina è solo spaventata da ciò che mi ha fatto...

O da ciò che sarebbe accaduto se il Potere non vi avesse richiamati qui, concluse tra sé. Arrischiò un'occhiata fino ai resti della corda: cenere, brandelli ancora fumanti. Sembrava esplosa in mille irriconoscibili frammenti.

— Bene, signori — disse con allegria gelida dirigendosi alla porta — godetevi la caduta che vi attende!

72

— Questo non era nei piani, Rhoser!

L'Esecutore si voltò bruscamente a fronteggiare Susan Bray che l'aveva inseguito attraverso i corridoi.

— Non nei suoi, forse... — replicò con irritante freddezza.

Susan l'aveva seguito per puro istinto perché aveva un'idea piuttosto diversa di come si fossero svolti i fatti. E a suo parere c'erano limiti che non andavano oltrepassati.

— Consideri saltati i nostri accordi — dichiarò a dispetto della paura.

L'uomo le afferrò un polso e la trascinò dietro di sé in una stanza deserta.

— Credevo avesse capito la situazione, Bray — sibilò lasciando la presa.

Susan mosse un passo indietro.

— Quello che ho capito è che lei ha appena tentato di uccidere una mia assistita, signor Rhoser. Una ragazza di sedici anni...

Il volto sfregiato dell'uomo si contrasse in un sorriso cattivo.

— Mi spiace solo di non averlo fatto davvero. Potrei aver sprecato l'ultima occasione che avevo.

— Lei è pazzo!

— No — replicò Rhoser con durezza — i pazzi siete voi: Fennah e Lochinvar... che fanno a gara per averla nelle loro mani e adesso le stanno raccontando ogni cosa.

Si passò la mano sul volto, le dita che seguivano il rilievo indelebile della cicatrice.

— Ma lei sa, Bray... Si ricorda del primo Patto? Vuole davvero che tutto si ripeta?

Si fissarono a lungo, poi Susan dovette distogliere lo sguardo.

— Non può essere questa la soluzione — insistette.

Le labbra dell'Esecutore si sollevarono in un sorriso laconico.

— Comunque non deve preoccuparsi. Non le lasceranno più correre alcun rischio d'ora in poi. E se non voglio perdere del tutto la fiducia del Pater, anch'io dovrò stare molto attento...

Susan si passò una mano tra i capelli. Avrebbe preferito crederlo pazzo, un'omicida violento e senza morale.

— A volte vorrei semplicemente poterla denunciare, Rhoser. Rivelare a tutti il suo maledetto gioco e tornare a far finta di niente.

— Lo faccia, Bray — mormorò l'Esecutore con voce stanca — se pensa che sia la soluzione migliore.

Lei sospirò con amarezza.

— Sa anche lei che non lo farò, e non solo perché mi trascinerebbe con sé. Ma perché ormai le credo, Rhoser. Purtroppo le credo.

L'uomo annuì lentamente.

— Allora trovi le prove, Susan — disse avvicinandosi alla porta. — Ora. Non avremo mai un'occasione migliore.

Susan Bray si sentì improvvisamente cent'anni più vecchia. Raggiunse lo studio di Fennah a passi rapidi, con decisione, e cominciò a frugare nei cassetti.

Non poteva ancora permettersi di crollare.

— Chiplin!

Mancava poco più di un minuto al suono della campanella che avrebbe annunciato l'inizio delle lezioni quando Gareth si sentì chiamare attraverso i corridoi.

Era Cameron Farland, e Trevor si voltò a guardarlo come se si trattasse di un fantasma.

Era evidente che si stava chiedendo cosa potesse volere un Nox dal suo amico.

— Ti raggiungo subito, Trev! — lo liquidò Gareth correndo incontro a Cameron.

Si fermarono davanti a una vetrata e lui si prese del tempo per studiare il Nox, provando la solita diffidenza.

Cameron Farland sembrava persino più nervoso di lui. Aveva la mascella contratta e la fronte aggrottata.

— Vaughan è andato a Londra — annunciò senza perdere un istante. — Rhys e Winter sono stati presi dai sorveglianti dell'Ordine...

Le sopracciglia di Gareth schizzarono verso l'alto, poi tutta la sua figura parve congelarsi.

— Cosa le hanno fatto? — domandò con la bocca improvvisamente asciutta.

— Li hanno portati alla Prigione.

73

Winter oscillò ancora, stremata, e qualcuno la sorresse con gentile fermezza aiutandola a sedersi.

Nella sua visuale del mondo continuavano a sbocciare fioriture grigiastre mentre il sangue pompava furiosamente verso il cervello.

Darran Vaughan le accostò un bicchiere d'acqua alla bocca guardandola assorto.

Winter bevve. La frescura le diede sollievo. Le bruciavano gli occhi, tutto il suo corpo ardeva di un calore più intenso della febbre.

Non era mai stata così confusa e spaventata, ma in qualche modo ne era quasi sollevata. Una volta che quella nebbia si fosse dispersa, il ricordo di ciò che era successo sarebbe tornato.

La violenza e il Potere l'avevano accecata completamente, ed erano scaturiti da lei...

Chiuse forte gli occhi per scacciare le immagini che la tormentavano, e, quando li riaprì, la patina grigia che le velava gli occhi era scomparsa dalla stanza.

— Rhys... — mormorò. Fu l'unico pensiero lucido in mezzo a quel vortice delirante.

La sua voce era flebile. Suonò a stento udibile alle sue stesse orecchie.

Il professore sedette al suo fianco e un vampiro sconosciuto le sorrise dolcemente. Ogni cosa nel suo aspetto suggeriva autorevolezza.

— Tornerà a Cae Mefus tra qualche giorno.

Si inginocchiò fino a trovarsi alla sua stessa altezza.

— Sono Alaric Lochinvar — le annunciò senza alcun compiacimento. Il Gran Maestro, come se si trattasse di un'ovvia constatazione.

— Hai lo stesso sguardo di tuo padre, giovane Winter.

Nel suo tono c'era una sfumatura affettuosa. Lei lo guardò quasi senza sorpresa. Non voleva ancora capire, però, il dolore in agguato era troppo grande.

— Lo conosceva?

Il vampiro fece una bella risata musicale, e lei lo fissò, incapace di distogliere lo sguardo, mentre annuiva con espressione enigmatica.

— Sì. Era il mio migliore allievo, senza offesa per Darran. Avrebbe preso il mio posto... se non si fosse innamorato di un'umana, tua madre.

Winter fu scossa da una nuova vertigine. Gli incubi che avevano tormentato le sue notti le invasero la mente.

Una grande stanza immersa nella penombra. Soffitti altissimi, scuri, tappezzerie damascate.

Un uomo e una donna parlavano, le loro voci erano sussurri tristi.

Suo padre e sua madre.

No, prese a ripetere dentro di sé, *no, no. No!*

Aveva bisogno di sentirselo dire.

— Morgan Soldier era un vampiro?

Il Gran Maestro sospirò.

— Soldier era il suo titolo all'interno dell'Ordine, bambina mia. Tuo padre si chiamava Morgan Blackwood.

Raccolse da terra il ciondolo di cristallo e glielo porse mentre un velo di malinconia gli adombrava lo sguardo.

— Ha fatto un ottimo lavoro con il tuo amuleto. Non saresti mai sopravvissuta senza.

Un altro incubo: la catenina d'argento che le scivolava tra le dita. Al posto del ciondolo c'era una chiave.

Era sempre stata lì, accanto a lei. Nello scantinato dei Sin-derella, mentre Rhys la teneva tra le braccia, era stata così vicina a comprendere...

La stanza era immersa in un silenzio denso, le mura stesse sembravano intrise di disperazione. Era orrendo, insopportabile.

Winter desiderò fuggire.

Ogni fibra del suo corpo vibrava di paura, rabbia, tristezza. Voleva scappare ancora una volta, come aveva fatto per tutta la vita, sottrarsi a quell'incubo, al ricordo feroce dell'ultima volta che aveva visto Morgan ed Elaine. A se stessa.

— Devi essere orgogliosa di ciò che sei, bambina — disse ancora Alaric Lochinvar. — Il Potere congiunto dell'Ordine e delle Famiglie che scorre nel tuo sangue ti rende unica e preziosa. E, anche se generandoti Morgan ed Elaine hanno infranto il più antico dei nostri tabù, in un certo senso rappresenti l'essenza stessa del Patto.

Nella stanza c'era un solo, vivido suono, uno scricchiolio di legno lento e ripetitivo.

Il suo ritmo diminuiva piano.

Morgan Blackwood aveva posato la mano sul legno della culla e spinto con dolcezza. L'oscillazione era ricominciata e lo sguardo di Winter si era appannato mentre gli alti soffitti ondeggiavano lenti sopra di lei.

La mamma aveva gli occhi verdi e sorrideva sempre. Le si era avvicinata e Winter si era tuffata nel suo sguardo alla ricerca di conforto.

La donna aveva sfiorato le guance di Winter in una carezza piena di tenerezza, e un po' della tensione era scivolata via.

La risata di Aeron Fennah risuonò tagliente, strappandola al passato.

— Già, Lochinvar — convenne pieno di sarcasmo. — È l'essenza del Patto e la causa degli stermini che l'hanno provocato.

Della morte dei suoi stessi genitori...

Le vertigini della ragazza divennero incontrollabili, perché ora sapeva quale fosse la fine dell'incubo.

Erano i ricordi più lontani che avesse: vi rivide l'ultimo bacio che i suoi genitori si erano scambiati.

All'epoca le parole dei nuovi venuti non erano state altro che un rumore confuso, privo di senso, che aveva fatto urlare di paura sua madre.

Morgan Blackwood lottava. E il suo avversario era Iago Rhoser, l'Esecutore.

Proprio nell'ultimo istante, mani forti avevano sollevato Winter con perfida gentilezza trasportandola lontano da quella stanza scura, dai suoi genitori...

Fennah la trafisse con uno sguardo bruciante.

— La tua vita è nostra, Winter Blackwood Starr — sentenziò severo — non dimenticarlo mai. È questo Consiglio che ti ha permesso di continuare a esistere dopo la morte dei tuoi genitori. Nonostante le loro azioni abbiano scatenato uno scontro costato decine di morti, e nonostante il pericolo che tu stessa rappresenti senza neanche saperlo. La tua duplice eredità e il tuo sangue che dona potere e immortalità ai vampiri è nostro...

«La morte dei tuoi genitori...»

Era stato proprio il Consiglio a ucciderli, in un certo senso. A condannarla all'esilio per quindici lunghi anni. A controllare ogni sua mossa, manovrando lei e Marion come fantocci privi di volontà. A risparmiarle la vita e poi a distruggergliela.

«La tua vita è nostra... il tuo sangue che dona potere e immortalità...»

«La tua duplice eredità...»

Non può essere...

— I vampiri sono una stirpe forte e longeva, ma solo tu puoi renderli davvero immortali. Quasi nessuno conosce il segreto, né dovrà conoscerlo.

Per la prima volta, Winter desiderò davvero essere morta quindici anni prima. Non avrebbe avuto nemmeno il diritto di nascere.

Sentì sul viso la pioggia calda delle lacrime, e Darran Vaughan la strinse a sé.

Era un vampiro. Come suo padre.

74

Nella soffitta di casa Chiplin, Winter continuava a oscillare tra sonno e veglia. Nonostante la protezione del ciondolo, gli incubi erano riusciti a divorarla. Non sapeva quasi dove fosse, il tempo non aveva alcun significato per lei.

Seduta sul letto, le gambe strette al corpo, pianse. Esaurì le lacrime e i singhiozzi rimasero asciutti. Dalle finestre la vegliava un cielo plumbeo.

I volti dei suoi genitori erano fantasmi che la tormentavano.

Le sembrò che fossero morti per la seconda volta e il dolore che per tutta la vita era riuscita a seppellire finalmente esplose avvelenandole il respiro.

Hanno pagato la mia vita con le loro...

Il pensiero si trasformò in ossessione. Per ore temette d'impazzire.

Avevano pagato perché si erano amati, un vampiro e un'umana, e avevano infranto le regole. Ma non trovò alcuna rabbia per loro, solo una tristezza troppo grande per sopportarla.

Rhys...

I pensieri si inseguivano senza ordine, confusi e ammassati.

Le parve di averli uccisi lei stessa. Ed era colpa sua se la nonna era all'ospedale.

Dai suoi occhi caddero nuove lacrime. Era dannata. Il suo sangue raro e prezioso avvelenava tutto ciò che amava. Lo distruggeva per sempre.

Si addormentò. Immagini fosche la fecero urlare nel sonno. Aveva sentito il Potere a Londra, e per la prima volta aveva compreso che era parte di lei, che faceva parte del sangue che suo padre le aveva trasmesso.

Non era umana. Non del tutto.

Il giorno sfumò nella notte e venne il mattino. Winter osò muoversi per la prima volta.

Mentre la disperazione minacciava di distruggerla, si avvicinò alla scrivania. Colse la propria immagine nello specchio che vi era posato.

Il cuore le batté più forte.

Dannata, si ripeté, *ecco cosa sono. Una creatura maledetta, né umana né vampira. Un mostro.*

I momenti di felicità erano stati un inganno. Provò a sorridere ma i suoi occhi rimasero insopportabilmente tristi.

Una scintilla di rabbia si affacciò dentro di lei. Non era giusto. Non era giusto che fosse condannata a quel tormento.

Osservò il suo viso. L'aveva sempre considerato infantile. E improvvisamente si sentì davvero una bambina, troppo giovane e indifesa per tutto quel dolore.

Esisteva il modo di ribellarsi? E a cosa, poi? Per quale motivo?

Si sentiva debole, terrorizzata. E disperatamente sola.

Non sarebbe dovuta nascere.

Il dolore le mordeva la gola, soffocante.

Il suo sangue donava l'immortalità ai vampiri. Per questo non sarebbe mai stata libera, per questo le Famiglie e l'Ordine avevano vegliato ogni sua mossa. Non avrebbero rinunciato a manovrarla, ma lei non apparteneva a nessuno di quei due mondi.

Si sentiva prigioniera, sospesa. La sua vita era sempre stata una farsa, una recita costruita per giochi di potere che lei non poteva comprendere. Non c'erano mai state altro che bugie.

Non aveva più nulla. Per lei non esisteva un posto al mondo. Che senso aveva combattere ancora?

Winter ripensò a Elaine e Morgan. Avrebbe dovuto combattere per loro. Cercò di convincersene, eppure non provò altro che dolore e paura.

Gareth osservò la scala che portava alla soffitta.

Da quando era tornata a Cae Mefus, Winter non era più uscita da lì neppure per mangiare.

La sera precedente l'aveva sentita urlare nel sonno.

Gareth odiava quella situazione. Odiava dover assistere alla sua disperazione senza poter fare nulla per alleviarla, senza neppure sapere contro quali demoni stesse combattendo.

Piano, uno alla volta, prese a salire i gradini.

All'interno della stanza non si sentiva che il silenzio.

Bussò.

— Winter...

— Vai via.

La voce della ragazza era incrinata.

Gareth sospirò.

— No, neanche per idea. Fammi entrare.

— Per favore...

Il ragazzo si appoggiò alla parete.

— Dimmi cosa ti succede...

— Vai via — ripeté lei.

— Ti prego, Win. Siamo amici...

Winter guardò la propria immagine riflessa con uno strano distacco. Vi trovò un tormento nuovo. Voleva aprire quella porta e cercare rifugio tra le braccia di Gareth. Cullarsi nell'illusione che esistesse un modo.

Però non poteva farlo. Non l'avrebbe mai coinvolto nella propria maledizione. E se quell'istinto prepotente, incontrollabile, si fosse risvegliato di nuovo? Faceva parte di lei...

Se un giorno si fosse rivoltato contro di lei, contro Gareth così come si era scatenato contro l'Esecutore?

Non poteva accettarlo.

Inaspettatamente dentro di lei calò una quiete innaturale.

— Non sei obbligata a dirmi cosa succede.

Sentì che il ragazzo si muoveva, il rumore attutito dei suoi abiti che scivolavano contro il legno.

Gareth si sedette sull'ultimo gradino, la schiena appoggiata alla porta.

— Solo non mi piace sapere che soffri. E nemmeno a El. Volevo solo dirti che... puoi contare su di noi. Se avessi bisogno di qualsiasi cosa, be', noi ci siamo.

— Ho solo bisogno di tempo.

Né vampira né umana.

— D'accordo.

Gareth si rialzò con movimenti tesi.

— Ricordati che questa è anche casa tua.

Sospesa tra due mondi.

— E che ti vogliamo bene, Win.

Winter sentì il calore della sua voce come una carezza. Gareth ed Eleri le volevano bene. E la nonna... e i genitori che l'avevano desiderata al di là di ogni ragione.

E lei ne voleva a loro.

Pensò a quante sfumature di sentimento potevano esistere e un po' di calore si trasmise anche a lei.

Aveva la nonna. I suoi amici.

Sfiorò il ciondolino di cristallo.

E aveva Rhys.

Oh, sì, forse era un mostro, ma finché c'erano loro, aveva ancora un motivo per cui lottare.

La piccola sfera trasparente catturò un raggio di luce e Winter finalmente si fermò, col respiro più calmo, a osservarne i bagliori.

C'era stato troppo dolore fino ad allora, per lei e per tutti quelli che le stavano attorno. Le parve di riscaldarsi lentamente.

Non avrebbe rinunciato a loro. E non avrebbe permesso a nessuno di danneggiarli.

— Perciò non sei sola... — disse Gareth in un ultimo tentativo.

Avrebbe mentito a quelli che amava per il loro stesso bene, e a qualsiasi prezzo.

Né vampira né umana.

Non apparteneva completamente né a un mondo né all'altro.

Forse, comprese infine, doveva essere lei stessa a costruirne uno nuovo, una dimensione in cui li avrebbe protetti per sempre.

Winter si alzò di scatto e abbassò la maniglia con decisione.

75

Ancora intrappolato all'interno della Prigione, Rhys sollevò uno sguardo ostile sull'uomo appena comparso nel suo campo visivo. Per quanto una parte di lui sapesse di essersela cercata, non gli piaceva trovarsi in trappola.

Rabbiosamente, strattonò le catene d'acciaio che gli serravano i polsi.

— Sono molto deluso da te — disse suo padre guardandolo con blando disprezzo.

Rhys non disse una parola.

— Almeno ti rendi conto di cosa hai fatto? — proseguì inesorabile Hywel Llewelyn continuando a sovrastarlo.

Era umiliante sorbirsi il suo rimprovero stando incatenato. Si domandò se il Guardiano della Loggia di Cardiff, invece, non ne fosse addirittura segretamente compiaciuto.

— Hai idea di come ci siamo sentiti io e tua madre in questi giorni?

— Winter? — domandò per tutta risposta Rhys.

Hywel Llewelyn fremette di sdegno.

— Il suo destino non deve più riguardarti.

Si fissarono a lungo. Infine Rhys assestò un nuovo colpo ai suoi ceppi.

— Dimmi cosa le faranno!

Il Guardiano gli voltò le spalle.

— Comportati bene, hai un ospite. E vedi di mostrare almeno un po' di riconoscenza.

Dopo che se ne fu andato, Rhys deglutì a vuoto riconoscendo colui che stava facendo il suo ingresso.

— Lo capisci che, con il vostro comportamento, avete messo a repentaglio il Patto, vero, ragazzo mio? — domandò con composta severità il Gran Maestro in persona.

— Non era nostra intenzione. Volevo solo...

Alaric Lochinvar rise.

— Salvare la ragazza che ami, immagino.

Rhys avvampò.

— So che non le hai fatto del male, Rhys Llewelyn. A parte le assicurazioni di tuo padre, Darran si fida ancora di te, e per tua fortuna, io mi fido di lui. Non è necessario scatenarti contro l'ira del Consiglio... tanto più che ho ogni interesse a trattar bene la piccola Starr.

Gli mostrò le chiavi dei ceppi che lo imbrigliavano e Rhys lo fissò, incapace di credere alle sue parole persino mentre cominciava a far scattare le serrature.

Il Gran Maestro gli passò la mano tra i capelli e fece in modo che posasse la testa sulla sua spalla.

Quindi, improvvisamente, strinse le ciocche.

— Voglio dire che il prezzo che pagherai sarà differente, non so se più lieve o addirittura superiore.

Il giovane ebbe un tremito in quella presa ferrea.

— La ascolto, signore.

Alaric Lochinvar gli accostò la bocca all'orecchio e gli parlò per qualche tempo.

Gli narrò del segreto di Winter, della storia tragica dei

suoi genitori, del suo Potere, e gli spiegò che sarebbe stata in pericolo per sempre.

Gli rivolse poi uno sguardo bruciante, che gli scandagliò il fondo dell'anima.

— Ti chiedo semplicemente di fare ciò che desideri e continuare a vegliarla.

Gli carezzò il collo con tenerezza e un istante dopo vi affondò i denti.

Quando risollevò il capo, le sue labbra erano umide e scarlatte. Ciò che andava fatto si era compiuto e il Gran Maestro poté solo augurarsi di aver scelto per il meglio.

— È una stilla di sangue per la fedeltà che ti impongo.

Lo sciolse dalle catene e lo invitò a uscire. Suo padre si sarebbe occupato di riportarlo in Galles.

— Vai, giovane Llewelyn. Da questo momento i tuoi occhi saranno i miei...

76

— Per la prossima lezione vorrei che leggeste le fotocopie che vi ho dato — annunciò Darran Vaughan al termine dell'ora.

Tra gli studenti furono in pochi a lasciarsi sfuggire un sospiro di disappunto. Era addirittura raro che gli parlassero, quasi riuscissero a percepire la sua natura di predatore dietro all'aspetto inappuntabile.

— Crede che riusciremo a introdurre la Grande Guerra? — chiese cortesemente Aled Uprice.

I Nox, naturalmente, sfuggivano alla regola.

— Sarebbe mia intenzione — replicò il professore.

In realtà era distratto dalla figuretta pallida che sostava fuori dalla porta, tenendosi appena in disparte. Nei mesi aveva imparato a riconoscere ogni indizio della sua presenza.

— Ci sono altre domande?

Sorvolò il suo pubblico con uno sguardo intenso e, come immaginava, nessuno trovò niente da dire.

Vaughan attese che i presenti cominciassero ad alzarsi e lasciò l'aula a grandi passi.

Se era venuta fin lì invece di aspettare la fine delle lezioni, significava che Winter Starr aveva da dirgli qualcosa di urgente.

La ragazza infatti gli si affiancò immediatamente e la loro andatura si sincronizzò con facilità.

— Qualche novità?

— Credo che non abbiamo mai parlato di una cosa importante...

Percorsero il corridoio principale con rapidità, per riuscire a evitare la folla di studenti che di lì a poco si sarebbe riversata fuori dalle aule.

— Deve essere davvero urgente per aspettarmi fuori dalla mia classe — insinuò lui con un sorriso.

La pilotò all'esterno, al centro del campus deserto.

— Sì. Almeno credo.

Si arrestarono uno di fronte all'altra.

Winter era nervosa: si passò una mano sulla fronte per scostare i capelli e spostò il peso da una gamba all'altra.

Se solo si fosse fermata a riflettere non avrebbe più saputo come dirlo, perciò parlò in fretta, in un unico respiro.

— Si ricorda di quando le ho chiesto se esistano amuleti o cose del genere? Oggetti in grado di proteggere...

A braccia conserte, il vampiro la guardò in attesa. Era raro che dimenticasse qualcosa.

— Credo che il Gran Maestro ci abbia confermato che ne possiedo uno.

— Il ciondolo di tuo padre.

Winter distolse gli occhi, ricordando ciò che aveva provato alla Prigione, il desiderio spietato di aggredire l'Esecutore.

E ciò che aveva condiviso con Rhys.

Deglutì a vuoto, cercando di mostrarsi impassibile.

— Quando la nonna me ne ha parlato mi è sembrata una cosa folle, ma ogni volta che non l'ho indossato sono successe cose stranissime... a me o a quelli che mi stavano intorno. Come se cambiasse equilibri invisibili...

Vaughan era davvero curioso. Ora che conosceva la sua vera identità, trovava la ragazzina ancora più interessante. Sarebbe stato affascinante scoprire i poteri della sua duplice eredità.

Prese a massaggiarsi il mento con uno sguardo indecifrabile.

— Ho bisogno di sapere cosa è successo.

Ho scoperto di amare Rhys con tutta me stessa, pensò Winter con un'improvvisa ondata di rossore, *come se il mio cuore si fosse risvegliato all'improvviso da un lungo letargo, e il ghiaccio che lo avvolgeva si fosse sciolto... E ho rischiato di uccidere un uomo.*

— Cambia le mie percezioni, è come se tutto diventasse più vivido... Intendo dire... ho sensi più sviluppati della maggior parte della gente, ma senza il ciondolo è anche peggio, non è solo questione di vederci meglio o avere un udito più acuto. Percepisco cose che non sono nemmeno fisiche. Il Potere non è più trattenuto da alcuna barriera...

— Probabilmente sigilla le facoltà che ti ha trasmesso tuo padre.

Winter tacque, a disagio. Non sapeva cosa comportasse abbracciare anche quella parte di sé. Rivide l'Esecutore crollare a terra, schiacciato dall'energia della sua rabbia.

— Il prezzo è che nel frattempo sono più esposta. E non ne ho il controllo...

Vaughan distese il braccio con lentezza meditata. Aveva urgenza di vedere quel ciondolo.

— Mostramelo di nuovo — la invitò.

Winter fissò il suo palmo teso per un attimo, poi alzò su di lui uno sguardo deciso.

— Non posso toglierlo, mi dispiace.

Sollevò la catenina e la sferetta scintillò tra le sue dita.

La mano del vampiro si contrasse e ricadde nuovamente lungo il fianco.

— Perché?

— Perché lei è un vampiro. Quando Farland ha cercato di aggredirmi non ha potuto farne a meno, è stato costretto perché l'amuleto non mi proteggeva. Io stessa ho avvertito la sua Sete. E quando quel vampiro è arrivato dai Chiplin, nemmeno allora lo indossavo. Forse persino ciò che è successo a Emma Jones o a Lorna è colpa mia.

Vaughan tentò di far chiarezza tra i suoi pensieri. Un oggetto di Potere che la schermava da quelli della sua razza... Persino dal sangue che Morgan Blackwood le aveva trasmesso.

— Cosa ti ha indotta a parlarmene?

— Se avesse voluto uccidermi avrebbe avuto decine di occasioni. Invece per qualche motivo continua a proteggermi.

Winter permise al ciondolo di tornare al suo posto.

— Voglio capire cosa sono davvero, professore. Può aiutarmi?

Lui sospirò, pensieroso.

— Possiamo provare, Winter. Ma dovrai fidarti di me...

Per la prima volta, lasciò che dal suo viso trasparisse davvero il vampiro, il predatore letale, l'essere centenario.

Winter si sentì sfiorare da un brivido. In quel momento, Darran Vaughan era affascinante e pericoloso.

Era quasi impossibile ricordare che si era presentato al St Dewi's come professore, mentre le permetteva di intuire la natura che solitamente celava.

Nel suo sorriso scintillarono candidi i canini e Winter comprese che era una prova: voleva la verità tanto da danzare con la morte?

Ma ormai non credeva più che esistesse un'alternativa.

— Mi fido — dichiarò senza esitazione.

Lentamente, Vaughan riassunse la maschera consueta, tornando a essere il severo, controllato professore di storia che conosceva.

— Allora prossimamente dovremo darci da fare! Ma sarà come entrare in una polveriera con una candela accesa...

La ragazza chinò il capo in segno di assenso e il vampiro si allontanò d'un passo, per poi bloccarsi.

— Sai che potrebbe essere un errore, vero? Che potrebbe esporti al pericolo?

Winter spalancò un po' di più gli occhi. Dato tutto ciò che stava capitando, era persino probabile.

— Sono stufa di cercare risposte lontane — replicò in un sussurro. — Voglio scoprire chi sono.

77

Rhys tornò a scuola il giorno successivo. La certezza che Winter fosse lì attorno, da qualche parte, pervadeva ogni sua fibra.

La vide attraverso i corridoi affollati. Non si concessero più di uno sguardo… Presto sarebbe arrivato il tempo, ma per ora dovevano attendere.

Gareth Chiplin fu accanto a Winter all'improvviso.

— Devo regalarti un orologio prima o poi — disse.

Le tolse i libri di mano e li infilò nella sua borsa senza troppe cerimonie.

— Ho fame — fu la sua unica spiegazione.

Winter sorrise. Sapeva che l'istante era passato, che non avrebbe più trovato Rhys se avesse permesso ai suoi occhi di cercarlo.

— Scusa, ci sono — disse.

Gareth studiò criticamente il suo viso. Avrebbe dato qualsiasi cosa per capire cosa nascondesse, ma almeno la sua espressione era più distesa. Forse aveva perso un po' della sua tristezza, forse, semplicemente, la vita doveva andare avanti.

Le cinse le spallecon un braccio, le labbra incurvate nel loro sorriso traverso, e la trascinò verso la mensa.

— Spero che sia avanzato qualcosa da mangiare — borbottò mentre attraversavano i corridoi a passo di marcia. — Se andiamo al bar del paese, guarda che ti tocca offrirmi il pranzo.

Winter si lasciò condurre. La vita era ricominciata, tra il St Dewi's, i compiti, Gareth... Sembrava tornata quella di sempre, ma allo stesso tempo niente sarebbe più stato davvero come prima.

— D'accordo, te lo devo. Ma non perdere tempo apposta! — replicò in tono leggero.

— Non potrei mai.

— Figurati se ti credo...

Erano ormai davanti alla mensa quando Winter si sentì chiamare.

— Win! — disse Madison Winston.

Winter si portò le mani alla bocca mentre i suoi occhi diventavano enormi per la sorpresa.

Madison era lì...

Si gettò tra le sue braccia travolgendola in un turbinio di capelli corvini.

La sua amica la strinse forte tanto da tremare.

— Mi sei mancata, Mad. Ho avuto paura che non volessi più vedermi...

Madison scosse il capo.

— Dovrai spiegarmi tante cose, Win — sussurrò contro il suo collo.

Rimasero abbracciate a lungo, felici di essere di nuovo insieme.

Quel venerdì non aveva smesso un attimo di piovere e per Iago Rhoser guidare fino al Galles non era stato esattamente rilassante.

Nella pioggia battente l'A55 sembrava tutta uguale. Vide la svolta per Colwyn Bay appena in tempo.

Bethan sedeva al suo fianco. Era tesa, ma solo per ciò che li attendeva, perché la loro alleanza durava ormai da quasi sedici anni.

— Il Pater non deve essere troppo contento di sapermi viva... — osservò ponendo termine all'ennesimo lungo silenzio.

L'Esecutore spostò appena lo sguardo su di lei.

— L'importante è che non ne capisca il motivo...

Perché quello doveva rimanere un segreto tra loro.

Bethan sorrise.

— Rovinerebbe la tua immagine se si sapesse che salvi la vita alla gente...

La notte in cui si era introdotto a Cae Mefus, Bethan aveva creduto che fosse giunta la sua ora. L'Esecutore invece aveva messo in fuga il vampiro dagli occhi di corvo che l'aveva preceduto e l'aveva nascosta.

Per la seconda volta, Bethan Davies era viva grazie a lui.

— Fennah teme che tu possa fare precisamente ciò che stai già facendo: collegare i fatti e incastrarlo.

Si ritrovarono entrambi a ricordare il passato, dal giorno in cui avevano compreso insieme che tutti loro erano stati ingannati.

— Abbiamo atteso molto a lungo, Esecutore.

L'uomo sogghignò in quel suo modo cupo, ma tra loro c'erano i fantasmi di Elaine Mitchell e Morgan Blackwood.

Ucciderli era stato inevitabile, e dopo quindici anni lo sfregio che da allora portava sul volto ricordava a Iago Rhoser il prezzo dei suoi doveri.

Bethan al contrario aveva provato per loro affetto autentico, non avrebbe mai potuto tradirli. Su una cosa, però, erano d'accordo: erano stati usati.

La cicatrice riprese a bruciare, sale su una ferita mai rimarginata.

— Forse il momento è arrivato, Bethan...
— Lo spero — la sentì dire. C'era rassegnazione nel suo tono, quasi il perverso compiacimento di infliggersi una sofferenza — perché sono sempre più convinta di ciò che ti dissi anni fa, Esecutore: io stessa senza saperlo ho fatto parte del piano di Fennah.
La donna si interruppe. Iago Rhoser era l'unico cui avesse mai raccontato quella storia.
— Il Pater si è servito di me perché sapeva che Elaine si sarebbe fidata. Avevo già tentato di metterla in guardia quando mi sono resa conto che era innamorata di un vampiro.
Bethan fece un sorriso triste al ricordo. Elaine era così felice quando aveva scoperto di essere incinta...
— È stata lei stessa a dirmi che aspettava un figlio di Blackwood. Era un segreto troppo grande! Oddio, Iago, non avrei mai creduto... Sai anche tu quanto il concepimento della bambina sia eccezionale!
Già, considerò l'uomo tra sé, *raro e inaspettato. E innaturale.*
Bethan esalò il fiato lentamente, lasciando vagare lo sguardo fuori dal finestrino.
Un sospiro represso le increspò la voce.
— Fennah mi assicurò che li avrebbe risparmiati, che eravamo ancora in tempo. Fece in modo che li avvertissi, che li facessi allontanare da Edimburgo perché nessun altro lo scoprisse.
Iago serrò i pugni.
— Hai agito per il meglio — disse.
Bethan rise.
— No. Se solo avessi capito che sapeva già di loro, che voleva la bambina... se ci fossi arrivata prima non li avrei mandati là e loro non avrebbero atteso la morte tra le montagne.

— Ha organizzato tutto molto bene. Ha tenuto Lochinvar all'oscuro facendo in modo che la figlia delle due Stirpi nascesse.

Per questo l'Esecutore e Bethan Davies avevano stretto un'improbabile alleanza. Perché quel dettaglio cambiava tutto: Fennah aveva sempre voluto la bambina. Aveva creato l'arma perfetta e si era sbarazzato di ogni ostacolo. Winter Starr, il cui sangue donava l'immortalità ai vampiri, era la chiave stessa del Potere.

Lo sguardo dell'Esecutore era gelido di disprezzo. Non avrebbe permesso a Fennah di trascinare le Famiglie nella rovina con la sua ambizione.

— L'ha salvata perché ogni vampiro si inginocchierebbe davanti a lui pur di avere il suo sangue. E perché poteva già contare sul sostegno di qualcuno all'interno dell'Ordine.

— Chi?

Sapere chi li aveva traditi non avrebbe alleggerito la sua responsabilità, ma Bethan non si sarebbe data pace fino a che non l'avesse scoperto.

L'uomo si massaggiò la fronte, gli occhi che bruciavano di concentrazione. Lo stava cercando da tanti anni...

— Qualcuno vicino a Soldier. Un vampiro delle Logge scozzesi.

— Ma cosa ti fa credere che...

— Tra poco avremo le prove che ci servono. Sarà Susan Bray a trovarle. E quando avremo capito chi lo sostiene nel complotto potremo rovesciarlo.

Bethan sorrise. Niente avrebbe riportato indietro Elaine, placato l'angoscia che la distruggeva o reso a Winter Starr i genitori o almeno una vita tranquilla, ma cos'altro poteva fare?

Tramandare, ripeté una voce dentro di lei.

Anche se significava distruggere le Famiglie per poterle ricreare.

— E il Patto? Quindici anni fa Aeron Fennah era l'unico che potesse imporlo, l'unica guida che le Famiglie avrebbero seguito.

— Se necessario, aspetteremo il suo rinnovo. Abbiamo così tante cose a cui pensare prima... Per esempio capire chi ha mandato quel vampiro a casa tua e perché. Finora ho scoperto solo che si chiama Crow.

Bethan annuì solennemente.

Forse l'Esecutore non era l'alleato che avrebbe scelto, ma era l'unico su cui potesse contare davvero.

Nell'abitacolo cadde un silenzio greve, mentre l'auto si lasciava alle spalle l'abitato.

Raggiunsero Cae Mefus viaggiando per strade deserte.

Iago si fece lasciare a un miglio dal villaggio.

— Meglio che prosegui da sola, ormai. — Si scambiarono uno sguardo carico di promesse. — Buon rientro, Bethan.

Rimasta sola, la donna si stiracchiò prima di mettersi al posto di guida. Strana alleanza la loro...

Sapeva già dei sigilli che impedivano l'ingresso a casa sua, perciò proseguì fino alla stazione di polizia.

Al suo interno, completamente solo, Danny Roberts languiva davanti al computer.

La morte di Siarl Phillips l'aveva turbato profondamente, e ancor più gli aveva trasmesso il senso della propria inutilità.

— Giovanotto! — disse Bethan facendolo sobbalzare.

Era stato così impegnato nelle sue ricerche inconcludenti che non aveva nemmeno sentito il rumore dei passi.

— Ci sono dei sigilli attorno a casa mia, ne sa niente?

Danny Roberts impallidì come se avesse visto un fantasma.

— Li abbiamo messi noi, signora Davies — replicò quindi con voce malferma.

La donna, ricomparsa dal nulla dopo settimane di assenza, annuì frettolosamente.

— Sono autorizzata a rimuoverli?

— Naturalmente, signora Davies.

— Bene!

Aveva una gran voglia di tornare a casa.

Stava già uscendo quando il poliziotto la raggiunse di corsa.

— Dunque era in viaggio — le disse. Era sollevato ma anche confuso.

— Dovevo sbrigare una faccenda.

Per qualche strano motivo, quell'affermazione gli suonò sinistra.

78

Era bello avere Madison nella soffitta dei Chiplin quel pomeriggio. Si erano fatte persino la tradizionale cioccolata calda della pace, come ogni volta che dovevano risolvere qualche tensione, e avevano parlato.

— Non avrei mai voluto mentirti, Mad — disse Winter.

— In realtà da un lato preferirei che potessi farlo ancora... — confessò Madison con sincerità disarmante — ma se puoi affrontarlo tu che ci sei dentro fino al collo, immagino di poterci riuscire anch'io.

Si sorrisero, con la certezza che quanto era accaduto a Londra non avesse cambiato le cose tra loro.

— Solo, credo mi ci vorrà un po' per digerirlo. Cioè... è troppo assurdo! Non credevo che esistessero i...

Madison non riuscì neppure a dirlo.

— Vampiri — concluse Winter al suo posto. Era orgogliosa di lei, del coraggio che aveva dimostrato venendola a cercare.

Madison si spostò una ciocca di capelli dalla fronte. Era ancora inquieta, ma stava cercando di accettare l'esistenza delle Famiglie e dell'Ordine.

Annuì.

— Siamo qui a parlarne invece di raccontarci dei Sin e della tua nuova scuola. E tu sei coinvolta in tutta questa storia e il tuo ragazzo mi ha...

— Mi dispiace che sia successo — la interruppe Winter. Non poteva spiegare a Madison tutto ciò che era successo a Londra, ma doveva trovare il modo di farle capire. — Lui... voleva solo difendermi dai vampiri che ci stavano cercando. Non avrebbe mai attaccato un essere umano, e di certo non la mia migliore amica!

Pensare a Rhys era ancora troppo doloroso.

— Scusa. Voglio crederti, Win — disse Madison con più dolcezza — ma ho bisogno che mi aiuti.

Era pronta ad accettare gli incubi solo per amicizia. Anche se non poteva sapere tutto, meritava una spiegazione.

— È complicato, Mad. Le Famiglie e l'Ordine hanno delle regole e noi due abbiamo rischiato di infrangerle cercando di stare insieme. Per questo ci cercavano e... be', in poche parole ci hanno vietato di stare insieme.

Winter sospirò con amarezza. Sarebbe stato bello poter condividere il suo vero segreto con Madison, ma non avrebbe fatto altro che metterla in pericolo.

— Mi dispiace tanto che tu debba soffrire ancora, tesoro. Vorrei poterti aiutare!

— Non abbiamo ancora parlato da quando siamo tornati. Non so nemmeno cosa pensi.

Gli occhi grigi di Winter sembravano pieni di nuvole, più prevedibili della pioggia in Galles.

— Quello lo so io, Win — dichiarò inaspettatamente Madison — ti ama.

Lo disse senza traccia di esitazione perché ricordava l'espressione di Rhys nello scantinato dei Sin-derella quando avevano parlato. Winter arrossì.

— Quindi dovete trovare un modo.

— Non esiste. Mamma e papà sono morti per questo.

Le loro mani si intrecciarono nell'aria che profumava di cioccolata.

Lo Strong Ale era un piccolo pub nascosto tra le viuzze di un quartiere periferico di Londra.

Come posto lasciava parecchio a desiderare, ma aveva il pregio di offrire privacy e buona birra, e il cielo sapeva quanto l'Esecutore avesse bisogno di entrambe per poter riordinare le idee.

Quando una cameriera formosa e piacente passò accanto al tavolo, la trattenne con un cenno frettoloso e ruvido.

— Che vi porto? — chiese la donna, concedendo loro attenzione per la prima volta da quando erano entrati.

Ora che la poteva guardare bene in faccia, a Iago Rhoser non sfuggì che era più vecchia di quanto gli fosse sembrata a prima vista, più vicina ai quaranta che ai trent'anni, e che i suoi capelli biondi avevano goduto di qualche contributo chimico.

Comunque aveva l'aria abbastanza sveglia da essere in grado di portare le loro ordinazioni rapidamente.

— Per me una pinta chiara — rispose in fretta senza neppure accennare a chiedere cosa volesse il suo accompagnatore.

— Va bene lo stesso — disse allora l'altro uomo con un sorriso viscido.

L'Esecutore lo disprezzava profondamente. E non perché fosse un vampiro, ma per quel suo modo di fare, prepotente con i più deboli e umile fino al servilismo con chi gli era superiore.

Del resto non si incontravano certo per farsi due chiacchiere tra amici lui e il suo informatore...

Attesero che la cameriera portasse ciò che avevano ordinato e Rhoser bevve una buona boccata senza degnarlo di uno sguardo.

L'altro, invece, rimase a fissarlo in attesa.

— Cosa vuole sapere? — cedette infine.

Aveva resistito persino meno di quanto l'Esecutore si fosse aspettato.

— Tutto quello che si dice in giro...

L'informatore finse di dover raccogliere le idee. Da copione, avrebbe esordito con qualche informazione stupida e già nota a tutti per tentare di estorcergli un prezzo migliore.

— In Galles c'è un bel po' di fermento — rispose infatti prevedibilmente.

— Vengo da lì — lo gelò Rhoser senza dargli alcuna soddisfazione.

— E su al Nord tira aria di ribellione.

— Pretendi che ti paghi per questo?

Il labbro dell'informatore fu scosso da un tremito. Era un piccolo segnale di nervosismo che, prima o poi, lo coglieva sempre nel corso delle loro conversazioni.

— Non parlo dei soliti sbandati, Esecutore, parlo di pezzi grossi all'interno dell'Ordine. Forse addirittura della Loggia di Edimburgo.

Questo era decisamente più interessante.

— Grossi quanto?

— Molto. Gente che conta davvero.

Iago Rhoser si fece finalmente attento.

Non fu una conversazione davvero risolutiva. Il suo informatore era un pesce troppo piccolo per sapergli dire nomi o gradi. Ma, dopo Morgan Blackwood, era la prima volta che fiutava di nuovo la pista scozzese.

— C'è altro? — chiese l'Esecutore al termine di quell'incontro.

Il vampiro annuì.

— Non so se sia un'informazione attendibile. Dicono che ieri dei ribelli abbiano fatto un po' di macello nei bassifondi. Sono stati puliti, però. Niente morti inutili, niente tracce.

Infilò la giacca e parve domandarsi se fosse il caso di aggiungere ancora qualcosa.

— Parla — lo invitò Rhoser.

— Gira voce che in passato qualcuno abbia infranto il tabù.

Questa, invece, era una pessima notizia. Perché se i ribelli fossero arrivati fino a Winter Blackwood Starr, qualcuno avrebbe trovato nel suo sangue lo strumento decisivo per rovesciare il Consiglio.

— Se è vero, alcuni smetteranno di sostenere il Patto, non crede?

Il vampiro si prese qualche istante per studiare il suo volto e Iago Rhoser si sforzò di mostrarsi impassibile.

— Sulla base di qualche vaga voce? — disse, prima di alzarsi e chiudersi la porta del locale alle spalle.

79

All'ora del tè il Manaros era abbastanza tranquillo, e comunque Cae Mefus non offriva molte alternative. Winter e Madison si infilarono nel locale con entusiasmo e attesero che Mairi, una cameriera rubiconda e paffuta sulla cinquantina, le raggiungesse per prendere le ordinazioni.

Era stata una bella giornata, ma l'umidità pervadeva l'aria e arruffava i capelli.

Davanti a una tazza fumante e a qualche biscotto, le due ragazze si misero a parlare di Londra, dei Sin-derella che forse avevano trovato un vero agente, dei vecchi tempi, insomma.

Quando ebbero fatto il pieno di chiacchiere, si accorsero che il tempo era volato. Pagarono il conto e Winter cominciò a uscire mentre Madison andava in bagno.

Stava camminando avanti e indietro a testa bassa, quando si sentì improvvisamente osservata.

Si impose di stare tranquilla, sollevò lo sguardo e non fu stupita di trovare Rhys dall'altra parte della strada.

Lui la raggiunse sorridendo.

— Buonasera, Winter — la salutò con la sua voce carezzevole quando le fu davanti.

Bastò a darle i brividi.

La ragazza lanciò un'occhiata alla porta del pub, consapevole che Madison ne sarebbe uscita di lì a poco.

— Buonasera — rispose vagamente a disagio.

Rhys la studiò in silenzio per qualche istante, catturando i suoi occhi.

— Stai bene?

— Sono con Mad — gli spiegò in fretta.

Lui annuì. Il ricordo di come avesse perso il controllo a Londra spense il suo sorriso.

— Non preoccuparti, ha capito come sono andate le cose...

Mentre Madison apriva nel modo più lento e rumoroso possibile la porta del pub per manifestare la sua presenza, il giovane rimase perfettamente immobile.

— Ciao — disse infine Mad in un tono calmo che rese Winter orgogliosa.

Rhys tenne lo sguardo fisso a terra.

— Io vorrei...

Madison scosse la testa, le mani aperte davanti a sé.

— Lascia stare, per favore. Win mi ha parlato di voi due...

Espirò a fondo e incurvò le labbra in un sorrisetto.

— Piuttosto, ho proprio voglia di farmi un giro in libreria — annunciò poi candida — ma tu sei agli arresti domiciliari, Winter, ed è un vero peccato rovinare la tua ora d'aria. Magari potreste fare due passi insieme, nel frattempo...

Winter cercò un modo di protestare. I suoi pensieri, però, parvero congelarsi quando lui la prese per mano.

— Ottima idea — approvò Rhys con un sorriso affascinante.

— Andate — rise Madison — ci ritroviamo qui tra una mezz'ora.

Rimase a guardarli mentre si allontanavano.
Che si amassero traspariva da ogni sguardo che si scambiavano, dal modo in cui tenevano le dita intrecciate.
Si convinse di aver fatto la scelta più giusta.
Speriamo solo di non dovercene pentire...
Soltanto in quel momento si rese conto di non sapere affatto dove si trovasse la libreria di Cae Mefus.
Questo posto è un buco, risolse con un'alzata di spalle, *non sarà difficile localizzarla.*
E si avviò per le vie del paese.

Winter e Rhys camminarono fino al parchetto cittadino. Si sedettero sulle altalene.
— La tua amica è incredibile — disse Rhys mentre il suo sedile dondolava appena.
Il parchetto era deserto, si sentiva solo il gracchiare di qualche cornacchia tra gli alberi. Persino il tramonto era tinto di colori perfetti.
Winter sorrise.
— Mad è grande.
Reggendosi alle catene, si sbilanciò indietro sul sedile stendendo la schiena.
Contemplò la forma delle nuvole e lui comprese che era ancora inquieta.
— Le hai davvero raccontato tutto? Intendo dei tuoi genitori...
Lei non cambiò posizione. Non la sorprese che lui sapesse.
— No, essere mia amica è già abbastanza difficile anche senza rivelarle i segreti più scottanti.
Lasciò ricadere indietro la testa e i suoi capelli furono sfiorati dalla brezza.
Rhys la guardò affascinato.
— Sai, dice che dovremmo ribellarci...

Piegando le gambe Winter si diede una spinta decisa e la sua altalena prese a oscillare sempre più forte.

Proseguì fino a che la velocità non le strappò un sorriso. Era bellissima.

— Perché no? — si lasciò sfuggire lui. — In parte sei come me.

Winter si curvò in avanti, i suoi piedi strisciarono per terra e la corsa si interruppe bruscamente.

— Ribellarci all'intero Consiglio? — domandò sarcastica.

— Perché no? — ripeté Rhys.

Lei appoggiò il capo alla catena spiandolo da dietro le ciglia.

I suoi occhi erano sempre più argentei.

— L'Esecutore mi ucciderà, prima o poi... ci ha già provato.

Rhys le si fece accanto. Le allacciò le braccia attorno al busto.

— Un motivo in più per portarti via, Winter.

La risata della ragazza non fu allegra.

— Non posso ancora andarmene — dichiarò con serietà — prima devo scoprire cosa sono davvero.

Rhys sospirò abbracciandola più forte.

— Ti aspetterò.

Crow emerse dalle ombre di un angolo buio e si incamminò silenzioso.

Procedette lentamente, a testa china, badando di non attirare troppa attenzione. Non aveva bisogno della vista, gli bastava concentrarsi sulla scia olfattiva, flebile ma inconfondibile per quelli della sua specie.

Non aveva progettato lui quella caccia. Era un semplice strumento dell'Incappucciato mentre attraversava Cae Mefus, attento al ritmo, al suono particolare di quei passi.

Non sarà difficile, considerò tra sé.

La Sete si risvegliò dolorosamente nell'esaltazione della caccia, e il vampiro accelerò l'andatura tentando di raggiungerla. Sarebbe stato in grado di scovarla ovunque, ormai.

Lei non sapeva che stava per catturarla, passeggiava tranquilla come se non esistessero preoccupazioni in grado di turbarla, piena di vita e di energia...

Il cacciatore controllò: non c'era nessuno, intorno, che potesse privarlo della sua preda.

Poi tornò a guardare lei. Si chiese se lasciarle il tempo di accorgersi del pericolo sarebbe stato ancor più eccitante.

La ragazza coi codini si fermò a controllare l'ora.

Le si avventò contro accecato dalla brama.

Con un ruggito la atterrò, bloccandola al suolo

Mentre lei scalciava, disperata, il vampiro le afferrò il mento con una mano, costringendola a guardarlo negli occhi.

Nell'universo della sua preda non rimase spazio per nient'altro, solo l'immagine delle sue iridi, nerissime e fredde, che pervadeva ogni percezione.

Madison Winston smise di lottare.

80

Nel salotto di casa Chiplin, Winter era raggomitolata sul divano, le braccia serrate attorno alle ginocchia. Il suo viso era devastato da ore di pianto e la testa pulsava tanto forte da darle l'impressione che stesse per rompersi.

— Tieni...

Morwenna Chiplin lottò per sciogliere il nodo delle sue mani e farle prendere una tazza di tisana calda.

Quando Winter sollevò su di lei uno sguardo vacuo, sconvolto, sentì una morsa al petto.

Quando finirà tutto questo?

Non riusciva ad approvare il comportamento della ragazza, ma vederla soffrire in quel modo era inaccettabile.

Le sistemò la coperta attorno alle spalle e sedette al suo fianco.

— Hanno preso anche lei — la sentì mormorare con un filo di voce.

Si trovavano in quella stanza da ore, in attesa che Griffith, Gareth e il capitano Evans tornassero con qualche notizia.

Eleri si fece sfuggire uno sbadiglio con aria colpevole.

Nemmeno lei aveva alcuna intenzione di andare a dormire.

— Bevi, Winnie — la invitò la signora Chiplin con delicatezza.

Winter eseguì meccanicamente.

Si scottò la lingua senza nemmeno accorgersene.

Poi posò la tazza e tornò ad accovacciarsi nella stessa posizione.

È tutta colpa mia, Mad, come ho potuto?

Avrebbe desiderato morire in quel momento.

Se ti è successo qualcosa, io...

Era distrutta dal rimorso. Non avrebbe mai dovuto coinvolgere la sua migliore amica in quella storia. L'avrebbe dovuta rimettere sul treno a costo di litigare.

Perdonami... mi dispiace tanto, Mad!

Lei e Rhys avevano lasciato il parco mano nella mano, ma non avevano trovato Madison dove si erano dati appuntamento.

Avevano atteso, poi si erano messi a cercarla.

Era sparita senza lasciare traccia. Non sapevano neppure se fosse viva.

Winter provò l'impulso di abbandonarsi a una risata tetra, feroce.

L'amore, la sua stessa vita, valevano quel prezzo?

Chinò la testa sulle ginocchia e attese, dondolandosi.

Danny Roberts era disorientato dagli ultimi eventi: un'aggressione, il cadavere dissanguato di Emma Jones ritrovato in un cantiere alla periferia di Conwy, solo due giorni prima, Phillips ucciso, il tutto nel giro di qualche mese.

Aveva preso servizio solo da pochi anni e i poliziotti più anziani non si stancavano di ripetergli che era coraggioso ma non era un duro.

In effetti anche il suo incarico di rilievo a Cae Mefus non

gli era mai parso una vera promozione: il Galles settentrionale era sempre stato l'immagine stessa della quiete.

Adesso invece era scomparsa anche la ragazza di Londra.

Mentre batteva il paese palmo a palmo insieme a Evans, si sentiva confuso e arrabbiato.

— Che c'è, Dan? — gli domandò il suo superiore, notando la tensione delle sue spalle e la rabbia repressa nell'andatura.

Danny calciò via un sasso dalla strada. Lo scagliò lontano e rimase a guardarlo sparire in una pozzanghera con un gorgoglio.

Voleva una birra, una dormita serena e qualcuno che al risveglio gli dicesse che tutti i casi si erano felicemente risolti.

Il suo sospiro suonò più simile a un ringhio. Prima di rispondere si accertò che Griffith Chiplin e suo figlio fossero troppo lontani per riuscire a sentirli.

— Stanno impazzendo tutti?

Evans gli mostrò i palmi.

— Capita che le bestie dormienti si risveglino... persino qui in mezzo allo stramaledetto niente!

Il ragazzo sbuffò di nuovo.

— A Natale non mi aspetto nessun vecchio barbuto col sacco dei regali. Dopo i primi mesi in polizia uno lo capisce che il paradiso non sta sulla terra e che gli uomini possono essere marci.

— Purtroppo è così.

— Non dico che qui non possa succedere niente di male — il ragazzo si calò il pugno sulla coscia con violenza — ma in questo modo?! Non abbiamo mai avuto tanti maledetti casi come in questi mesi!

Evans gli mise una mano sulla spalla.

Danny gli piaceva. Era un bravo poliziotto, uno di quelli onesti.

Cercò di convincersi che gli stava mentendo anche per il suo bene, eppure quelle scuse nobili a volte gli sembravano talmente traballanti...

Il Consiglio, le Famiglie...

— Non troveremo traccia della ragazza.

Evans sbuffò.

— Bethan Davies però è tornata a casa sana e salva. Non abbiamo indizi che alla ragazza londinese sia capitato qualcosa — gli ricordò forse per la decima volta.

Il suo vice però era troppo nervoso per essere prudente.

— Ci crede davvero, signore? — esplose irritato.

Lo sguardo severo di Evans lo fece vergognare di sé. Non riuscì a scusarsi ma ricominciò a scandagliare l'asfalto alla ricerca di indizi.

I Chiplin abitavano proprio in quella via.

Presto avrebbe dovuto guardare negli occhi la Starr, la ragazzina che viveva con loro, e dirle che della sua migliore amica non c'erano notizie.

Danny aveva una sorellina della stessa età: sapeva quanto fossero profondi i legami tra adolescenti.

Chiedere la buonuscita e investirla in pecore, rifletté cupo. A volte gli sembrava un'idea dannatamente buona.

81

Il trambusto sulla soglia strappò a tutti un sussulto.

— Novità? — chiese Morwenna reagendo per prima.

Winter Starr fissò i due Chiplin e i poliziotti a occhi sgranati.

Mentre Gareth le si precipitava accanto, Danny studiò per qualche istante ciascuno dei presenti.

Era stato lui stesso, qualche ora prima, a rispondere alla telefonata della ragazza, e si sentiva responsabile dell'insuccesso. Cercò i suoi occhi per farle capire che desiderava aiutarla.

— Purtroppo nessuna — disse Evans gravemente.

Qualche lacrima le sfuggì dalle ciglia e Winter si premette le mani sul viso, asciugandole con gesti angosciati e coraggiosi.

Danny aveva sentito dire che era stata affidata ai Chiplin perché sua nonna, l'unica parente che avesse, era gravemente malata. Non era giusto che una ragazzina dovesse soffrire così.

— La troveremo, Win — cercò di consolarla Eleri. Si appollaiò sul bracciolo del divano e iniziò a carezzarle i capelli.

Winter appoggiò la fronte sulle ginocchia. Era scossa da tremiti leggeri.

Danny vide Evans sospirare.

— Non potrebbe semplicemente essere tornata a casa? — domandò.

La ragazza scosse il capo senza guardarlo.

— No. Avevamo appuntamento dopo mezz'ora. Mi avrebbe avvertito, sono sicura.

Dovette interrompersi per riprendere fiato.

— Madison doveva fermarsi tutto il weekend. Volevamo passare un po' di tempo insieme.

— Perché vi siete separate, allora?

Il tono severo del suo superiore sorprese Danny.

Winter si morse il labbro.

— Voleva andare in libreria e io... — disse piano — ecco... dovevo cercare dei quaderni all'emporio. Si trattava di mezz'ora al massimo...

Evans accolse quella dichiarazione con la fronte aggrottata e il suo vice comprese che era scettico.

— Non conosce la zona... potrebbe essersi spostata un bel po' nel frattempo — si limitò però a osservare.

Sembrava quasi ansioso di chiudere il caso, e la ragazza fremette di rabbia.

Sollevò su Evans uno sguardo intenso.

Nell'intercettarlo, Danny si sentì improvvisamente a disagio. Non aveva mai visto occhi del genere, grandi occhi d'argento ai quali sembrava impossibile mentire.

Fin troppo stanchi per quei lineamenti giovani e delicati.

Evans la ricambiò senza espressione.

— Oggi stesso inizieremo le ricerche nella baia.

Morwenna Chiplin annuì.

— La prego, ci faccia sapere ogni novità.

Poi, Evans si raddrizzò pronto a prendere congedo e Danny si voltò per seguirlo.

Mentre le passava di fronte, si ritrovò però a fissare Winter Starr.

Nessuno dei due disse una parola. Si limitarono a studiarsi in silenzio per qualche istante.

Poi Winter tentò di abbozzare un sorriso.

Per qualche insensato motivo, il poliziotto se ne andò con l'impressione che quella ragazzina sapesse molte cose.

Winter si alzò un po' traballante avvicinandosi alla porta del corridoio.

— Eri con Llewelyn, prima?

La domanda di Griffith Chiplin giunse come una pugnalata alle spalle.

Winter impallidì ancora e Gareth scoccò al padre un'occhiata piena di biasimo passandole un braccio attorno alla vita con fare protettivo.

— Non cambierebbe le cose, papà — scandì freddo.

Eleri li raggiunse mettendosi di fianco all'amcia con lo stesso atteggiamento.

— Ti accompagniamo di sopra, hai bisogno di riposo adesso.

Morwenna sorrise lievemente nel vederli. Griffith invece si sentì improvvisamente vecchio.

— Hai ragione — riconobbe — ti chiedo scusa, Winter.

Era passato così tanto tempo da quando lui stesso aveva rinunciato a ribellarsi...

82

— Buongiorno.

Eleri e Gareth fissarono Winter, apparsa sulla soglia della cucina, senza far niente per mascherare la preoccupazione. Nessuno quella mattina si aspettava di vederla addirittura pronta per andare a scuola.

— Come stai? — le chiese il ragazzo studiando il suo viso con attenzione.

Aveva gli occhi gonfi e sarebbe stata pallidissima se non avesse pianto fino ad arrossarsi le guance.

Winter si strinse nelle spalle.

— Fai colazione — la invitò Eleri facendole cenno di sedersi. — Non ti lascio uscire se no.

Attese che avesse bevuto almeno un po' di caffè e addentato una fetta di pane mentre l'aria si faceva sempre più cupa.

— Sicura che te la senti? — domandò poi.

— Meglio che restare qui da sola e aspettare che suo fratello mi chiami di nuovo.

Si scambiarono uno sguardo imbarazzato.

— Mi dispiace tanto, Win. Non avevamo il diritto di chiedertelo.

Winter distolse il viso. Pensarci la faceva sentire triste e sporca.

Kenneth aveva telefonato attorno all'una di notte per chiedere notizie di Madison. Non l'aveva mai sentito tanto turbato, non ricordava che fosse mai stato triste.

Ma gli aveva mentito. Aveva stretto i pugni e aveva ubbidito agli ordini del Pater.

«Stai dicendo che non è ancora rientrata, Neth?» ricordò di avergli chiesto.

«No» aveva risposto il ragazzo «mamma e papà sono arrabbiatissimi, preoccupati, ma Mad la conosciamo tutti. Pensavo avesse cambiato idea. Che fosse ancora lì con te.»

Gli aveva giurato di averla accompagnata in stazione nel pomeriggio.

E invece Madison era in qualche angolo del Galles, prigioniera, forse morta, per il semplice fatto di essere sua amica.

Winter si morse il labbro per impedirsi di piangere.

Si alzò e scivolò all'esterno. Aveva bisogno di vedere Vaughan, Rhys, di cercare una pista, per quanto vaga, che la guidasse fino alla sua amica.

— Vi aspetto fuori.

Prima che Eleri e Gareth fossero pronti, si ricordò del quadernino verde. Conteneva tutti i suoi appunti sui cristalli.

Lasciò lo zaino a terra e corse di nuovo in soffitta a prenderlo.

Quando tornò in veranda, persino la debole luce di quella giornata pallida le fece bruciare gli occhi.

Aveva ancora la vista appannata.

— Muoviti, El... facciamo tardi! — gridò Gareth raggiungendola fuori casa.

Strano, per un istante a Winter era parso di intravedere un'ombra dall'altra parte della strada...

Persino tra le mura del St Dewi's Winter continuava a sentirsi osservata, ogni suono inaspettato la faceva trasalire.

Aveva i nervi a fior di pelle, forse avrebbe fatto davvero meglio a non uscire di casa.

Camminò nei corridoi affollati continuando a guardarsi attorno come se dietro ogni angolo fosse nascosto un pericolo.

Avevano preso Madison. Ma chi?

Quando si accorse che i suoi occhi avevano ripreso a lacrimare, sbuffò esasperata. Lottò con i fermagli dello zaino per cercare un fazzoletto.

Le tremavano le mani e si sentiva debolissima. Ogni gesto sembrava troppo faticoso.

Per trovare il pacchetto di kleenex frugò il contenuto dello zaino, ma invece del cellophane le sue dita sfiorarono una superficie liscia e sconosciuta.

Ritrasse immediatamente la mano, mentre un brivido le percorreva la schiena.

Cercando di rallentare il ritmo dei suoi respiri, per un attimo rimase immobile.

— Ehi, Starr, hai visto un fantasma? — chiese Annie Parry passandole accanto con un sorrisetto velenoso.

Winter la ignorò. Facendosi coraggio, sollevò lo zaino e ne studiò l'interno scoprendovi un piccolo involto di stoffa.

Lo sollevò tra le mani con movimenti lenti. Era un fazzoletto di seta bianca, liscissima. Conteneva qualcosa, e non era stata lei a metterlo in borsa.

Consapevole di tutta la gente che la circondava, si obbligò a srotolarlo come se non ci fosse nulla di strano.

In mezzo alle pieghe della stoffa comparve un semplice anellino di ematite. Madison ne aveva comprato uno per sé e uno per lei in una bancarella di Londra prima di partire per il Galles...

Mentre la paura le congelava il pensiero, il suo corpo decise per lei.

Winter corse verso l'esterno. Le mancava l'aria. Aveva bisogno di sentire il conforto del sole sulla pelle.

Se avevano preso Madison era solo colpa sua!

Uscì nell'aria fresca del mattino, attraversò il campus senza fermarsi. La sensazione di essere spiata non le lasciava tregua.

Una presa forte la bloccò improvvisamente proprio mentre raggiungeva i primi alberi del parco.

83

— Aspetta, aspetta!

Danny Roberts le allentò la stretta attorno alla vita e Winter sollevò su di lui uno sguardo sconvolto.

Per qualche istante non riuscì nemmeno a riconoscerlo.

— Non volevo spaventarti — tentò di scusarsi lui.

— Be', l'ha fatto — replicò lei in tono seccato.

Trasse un lungo sospiro tenendo gli occhi fissi nei suoi e finalmente parve rilassarsi un po'.

— Ci sono novità?

— No, mi dispiace.

Danny sospirò a sua volta mentre ciascuno muoveva un passo indietro.

— Allora perché è qui?

Bella domanda davvero, rifletté lui tra sé.

Era il suo giorno di riposo, Evans in persona stava lavorando al caso e lui non aveva altro motivo di parlare con quella strana ragazza che una pallida sensazione.

— Volevo fare due chiacchiere con te. A proposito di Madison Winston.

Winter guardò per terra, ma lui si accorse della contrazione lieve delle sue spalle.

— Ho detto l'altro giorno tutto quello che sapevo.

— Mi chiedevo se ti fosse venuto in mente qualche altro particolare.

Winter lo guardò di sottecchi. Danny Roberts aveva un viso aperto, leale. Per un istante fu tentata di parlare.

— Voglio salvare la tua amica. Non siamo riusciti a fare niente per Emma Jones e per il signor Phillips, ma lei la ritroveremo! Però ho bisogno di tutto il tuo aiuto per questo.

Winter comprese che era sospettoso. Non la stava giudicando, ma aveva la sensazione che gli stesse nascondendo qualcosa.

Roberts era come lei fino a qualche mese prima: non sapeva nulla dei segreti della notte. Continuava a girare in tondo, tormentandosi e cercando di dare un senso a ciò che vedeva.

Lei però non poteva aiutarlo.

— Mi creda, farei qualsiasi cosa per Madison — mormorò.

— Tu la conosci bene, Winter, non hai idea del perché qualcuno potrebbe volerle fare del male?

Winter fece un sorriso amaro.

Sì, per colpa mia, Roberts, rispose nella propria mente, *perché è mia amica*.

— No — disse invece — e soprattutto non in Galles. Era arrivata a Cae Mefus solo venerdì!

Il poliziotto annuì gravemente. Poi le porse un bigliettino con un numero di telefono scarabocchiato in fretta.

— Se ti venisse in mente qualcosa, chiamami — la pregò. Poi qualcos'altro sembrò venirgli in mente. — Winter, è successo qualcosa poco fa? Sembravi terrorizzata.

Di nuovo la ragazza si irrigidì, solo un lieve incupirsi dell'espressione.

— Niente che la riguardi.

Danny si sentì quasi arrossire.

Non stava seguendo le procedure, con ogni probabilità stava solo tormentando una ragazzina già fin troppo scossa, ma doveva capire se era davvero sincera.

— Ne sei sicura?

Winter annuì. Il suo viso era completamente inespressivo.

— Certo. Mi lasci in pace, Roberts.

— La tua amica è in pericolo. La responsabilità di ritrovarla è di tutti noi.

Questa volta, gli occhi di Winter scintillarono di rabbia.

— Lo so benissimo — replicò con amarezza.

Si guardarono di nuovo e l'espressione di Danny si addolcì lentamente.

— È solo che odio questa situazione. Certe cose non dovrebbero succedere. È un incubo.

E sorprendentemente lei gli concesse un sorriso triste.

— Non sa quanto è vero.

In quell'istante Darran Vaughan li raggiunse.

— C'è qualcosa che non va, agente? — chiese con impeccabile cortesia.

Danny studiò il suo viso per qualche secondo.

— No, si figuri. Sono passato a vedere come sta Winter. Me ne stavo giusto andando.

Ioan Evans rimise in moto lentamente, allontanandosi dal parcheggio del St Dewi's.

Non gli piaceva affatto la piega che stavano prendendo gli eventi: un vampiro girava indisturbato attorno alla Starr, e Danny Roberts aveva deciso di passare all'azione.

Attento, Dan, potresti imbatterti in cose molto più grandi di te...

E quello, decisamente, era un rischio che non poteva permettersi di correre.

84

— Va tutto bene, Winter? — domandò di nuovo Vaughan quando Danny Roberts si fu allontanato.

Lei si passò le mani sul viso e scosse il capo.

— No. Non va affatto bene! — esplose infine. Tirò fuori dalla tasca il fazzoletto di seta con l'anellino e lo passò al professore.

— Era nel mio zaino questa mattina. E le giuro su quello che vuole che non ce l'ho messo io. È di Madison.

Vaughan studiò per qualche istante il piccolo gioiello, poi la guardò.

— L'hai detto a Roberts?

Winter scosse la testa. La sua espressione era stanca, tirata.

— E a Fennah?

— No, lei è il primo a saperlo.

La ragazza giocherellò con la catenina d'argento del suo ciondolo.

Improvvisamente ogni cosa sembrava chiara: chiunque avesse Madison la stava usando per arrivare a lei, per controllarla e attingere al potere misterioso che le scorreva nelle vene. Esattamente come tutti gli altri.

— Farò il possibile per aiutarti — dichiarò Darran Vaughan in tono solenne.

— Allora mi spieghi cosa sono.

I suoi occhi ora erano taglienti come lame.

— Sono stanca di nascondermi e fuggire.

Sei un mistero... pensò Darran Vaughan tra sé.

Rimase a osservarla in silenzio cercando di valutare ogni sfumatura di quella situazione.

— Sei un essere raro — le rispose quindi a mezza voce. — Non immagini neppure quanto... Da secoli non nasceva qualcuno come te.

Il suo sguardo la avvolse bruciante.

— Seguimi — disse con voce enigmatica.

Né vampira, né umana, ma entrambe le cose. La Sete e il sangue che la spegne. La chiave dell'immortalità.

Per questo ci sei proibita.

Winter respirò a fondo e lo seguì.

Camminarono a lungo, fino ai limiti estremi del parco della scuola. Si immersero nella vegetazione superando i paletti che delimitavano il confine.

Una muraglia di rami e tronchi li separava ormai dal St Dewi's. Ogni cosa era straordinariamente vivida, nel sole bianco di quel giorno. L'aria odorava di gemme fresche, la brezza portava dai pascoli oltre la boscaglia il profumo dei prati, gli occhi si adeguarono velocemente al continuo gioco di luci e ombre creato dagli alberi. I rumori del bosco soffocarono pian piano il vociare lontano degli studenti.

Vaughan avanzò a passi silenziosi, leggeri, e condusse Winter fino a una radura circolare. Compresero nello stesso momento che era il posto adatto.

— Se un vampiro bevesse il tuo sangue, i suoi poteri diventerebbero enormi. Non c'è niente di più pericoloso, Winter. Il Consiglio è nato per evitare questo. E ha istituito il Patto... — disse lui fermandosi — ma si è lasciato tentare dalla tua esistenza. Sei la sua arma più forte e allo stesso tempo ciò che più di ogni altra cosa può condurlo alla rovina.

Protese i suoi sensi per controllare che fossero da soli e infine si voltò a guardarla.

Non avevano molto tempo a disposizione, il loro piccolo esperimento non sarebbe passato certo inosservato.

— Qui dovremmo riuscire a stare tranquilli per un po' — commentò con semplicità. La Sete e ciò che deve saziarla... — Te lo ripeto: sicura di volerlo fare?

Winter nascose il viso tra le mani. I capelli le ricaddero intorno come una pioggia di seta.

Una nebbia fitta intorpidì le sue emozioni.

Avevano Madison...

Quando risollevò il viso, la sua espressione era severa e determinata.

Prese la catenina tra le dita, la risalì lentamente, un anellino alla volta. Tastò la chiusura.

Una vocina insistente dentro di lei le diceva che era pura follia, ma la mise a tacere con rabbia.

Aveva bisogno di tutte le sue risorse per ritrovare Madison, persino di quella parte di lei che ancora la spaventava.

Darran Vaughan seguì tutto il percorso come ipnotizzato.

Era pronto al tocco del Potere?

Il gioiello le ricadde lentamente sul palmo con uno scintillio iridescente. Il vampiro attese di percepire il cambiamento a occhi sbarrati.

Lo sorprese comunque, come un tuono estivo che i lampi non abbiano saputo predire.

La Sete gli contrasse la gola e lui serrò la mascella per impedirsi di cedere a quel richiamo inesorabile...

La presenza della ragazza, il pulsare ritmico delle sue vene erano una tentazione seducente.

L'istinto della caccia ruggì in ogni sua fibra, così forte che persino lei riuscì a percepirlo.

Vaughan si allontanò senza riuscire a deviare il proprio sguardo e Winter rabbrividì, consapevole per la prima volta in vita sua di ogni centimetro di pelle tra il mento e le spalle.

Il suo cuore accelerò la corsa. Vertigini.

— Che cosa senti?

Dominarsi abbastanza da riuscire a formulare quella domanda era stato uno sforzo lacerante. Vaughan si appoggiò al tronco di una quercia. Aspirò la polvere e l'odore del muschio, sperando che coprisse il profumo della ragazza.

— La sua Sete. È come se mi vibrasse dentro...

Il vampiro graffiò la corteccia con violenza, vi premette le dita.

Una scheggia lo punse permettendogli di riprendere il controllo.

La coscienza di Winter sfarfallava ai margini della sua, bussava dolcemente chiedendo di entrare.

Lo invitava alla danza.

Vaughan si lasciò cadere, scivolando contro il legno.

Seduto, si sforzò di concentrare l'attenzione su mille dettagli insignificanti, le venature bianche e nere di una pietra ai suoi piedi, la terra umida, il rumore appena percettibile delle foglie spostate dal vento.

Winter ansimò, mentre il confine tra loro si assottigliava. Vide con i suoi occhi, sentì come lui, i sensi acuiti da quella incredibile comunanza.

Poi fu come se ciò che la tratteneva andasse a pezzi.

I loro pensieri si confusero per un istante, riuscì quasi a scivolargli nella mente.

Sete. Il profumo che invita alla caccia. La preda...

Non riusciva neppure ad averne paura, nemmeno adesso che la sua vita era appesa al filo del suo autocontrollo.

Arsura bruciante... volontà... il richiamo del Potere e del sangue... desiderio di proteggerla...

Il vampiro voleva morderla, riusciva a stento a resistere al bisogno di affondare i denti nella sua gola. E con la stessa intensità voleva proteggerla.

Sarebbe così facile morire...

Non appena Winter lo pensò, Vaughan emise un rantolo. Si sollevò istintivamente, pronto ad aggredirla.

Dominati! Puoi resistere... il Siero...

L'ultima cosa che Winter intuì nella sua mente fu il viso di Madison. Poi ne venne strappata via violentemente. Il vampiro riuscì a erigere uno scudo.

— Rimetti il ciondolo — ordinò — ora!

Il suo cuore batteva all'impazzata ma Winter tentò lo stesso di opporsi.

— Svelta, se non vuoi morire!

Con un gemito frustrato, la ragazza si riportò il gioiello alla gola.

Bastò risentirlo addosso per placare quell'universo di sensazioni.

Madison...

Il professor Vaughan sapeva.

Le fu accanto con rapidità ferina. Le calò una mano sul polso e strinse tanto da farle male.

Il suo sguardo non aveva più niente d'umano. I canini scintillavano tra le sue labbra.

Winter soffocò un gemito e la stretta si allentò.

— Mi dica dov'è la mia amica!

Il vampiro ritrasse la mano e le voltò le spalle.

— Sei fortunata a essere ancora viva — replicò tagliente. Il ricordo del Potere che la circondava gli offuscava ancora la mente.

Winter lo ignorò.

— Lei sa dov'è Madison.

— Ne sei così certa?

Non poteva ancora allentare il controllo o avrebbe rischiato di squarciarle la gola.

— Parli, Vaughan!

Il professore esalò il fiato lentamente. Quella ragazza non si rendeva conto del pericolo.

— Allontanati di qui, Winter — le ordinò. La sua voce, però, aveva una sfumatura quasi supplichevole. — Non hai idea dello sforzo che devo fare...

Del tutto insensatamente, lei gli si gettò contro.

— Voglio sapere dov'è Madison — urlò, tempestandogli il petto di pugni.

Vaughan scattò e morse l'aria, arrestandosi a meno di una spanna dal pulsare della vena.

— Non ne sono sicuro — rispose dopo qualche istante con il volto di nuovo inespressivo. — La libererei io stesso se potessi. Adesso vattene. I tuoi poteri mi tentano più del lecito.

Winter scappò lontano.

85

Tutti i Nox percepirono il tocco del Potere.

Nella sede del club, spalancarono gli occhi dimenticando qualsiasi cosa stessero facendo.

Winter!

Rhys scattò in piedi col respiro accelerato. Se non indossava il ciondolo, significava forse che era in pericolo.

Senza riflettere nemmeno un istante lasciò la propria stanza.

Scese le scale in pochi balzi.

Erano tutti lì, ai piedi della scalinata: Aled e Idris Uprice, Nerys, Cameron, i loro occhi erano accesi di un bagliore sovrannaturale, alieno, febbrili occhi da vampiro che scandagliavano intorno.

— Che cosa sta succedendo? — domandò Idris con voce roca.

La Sete li stava divorando, improvvisa, inspiegabile.

Nerys scosse la sua chioma ramata muovendo un passo verso la porta. Le sue movenze erano quelle di una gatta, sinuose, vibranti di energia trattenuta.

— Non ho mai sentito nulla del genere...

Persino Aled, che solitamente era il più pacato di tutti

loro, aspirava l'aria, le narici dilatate, pallido nella morsa della Sete.

Rhys studiò i propri compagni. L'istinto di proteggere Winter era più forte di qualsiasi bisogno.

Idris si spostò così veloce da dare l'impressione di essersi smaterializzato per un istante, e Rhys si parò davanti all'ingresso.

Le sue labbra si schiusero. Emise un sordo, disumano brontolio di minaccia.

— Tu non lo senti, Rhys? — sussurrò Idris ansando.

— Certo che lo sente — sibilò Nerys con un sorrisetto feroce — lo stanno avvertendo tutti qua attorno.

Avanzò con la grazia letale di un predatore. Era ebbra di Sete e di Potere.

Rhys rimase immobile al proprio posto.

— Indietro, Nerys — ordinò secco.

La vampira mostrò i denti.

— È vicino, Rhys, ci vuole così poco a raggiungerlo...

Idris avanzò ancora.

Questione di istanti.

Rhys si preparò ad aggredire i suoi stessi compagni. La sua espressione si fece rovente mentre calcolava quanto tempo gli avrebbe fatto perdere spingere Idris indietro. Si chiedeva se Nerys gliene avrebbe lasciato modo.

Fu proprio lei a muoversi per prima, Rhys si tese pronto ad assorbire l'impatto.

Non voleva farle male. Doveva impedirle di lasciare quella stanza, di raggiungere Winter.

Il balzo della vampira tracciò un arco perfetto.

Inaspettatamente, però, qualcun altro le rovinò l'atterraggio ricacciandola indietro.

— Possiamo farcela, amico — garantì Cameron Farland portandosi di fianco a Rhys con un sogghigno.

— Grazie, Cam.

Idris tentò di avvicinarsi e Cameron gli saltò addosso.

— Sto solo saldando un debito... — mormorò schiacciando il suo avversario contro la parete.

Il calcio di Nerys colpì Rhys di sorpresa. Lui si piegò in due.

Riuscì ad afferrarla mentre aveva già una mano sulla maniglia e la trasse a sé, costringendola a piegare la testa di lato, contro il suo braccio.

Soffiò sul suo collo.

— Dominati. Subito!

Mentre Nerys continuava a dibattersi nella sua stretta, l'elettricità nell'aria si fece ancora più crepitante.

Poi, lentamente, cominciò a evaporare.

— Occupati di loro — ingiunse a Farland.

Spinse a terra la vampira e si precipitò fuori dalla porta.

Devo trovare Winter!

Winter si accoccolò su una panchina del campus, sollevata di trovarsi nuovamente all'ombra degli edifici scolastici.

Era sconvolta da ciò che era successo.

Respira, si impose ignorando i tremiti che ancora la scuotevano, *lentamente... sei di nuovo al sicuro.*

Si era spinta troppo oltre, Vaughan era stato sul punto di attaccarla poco prima.

Nella sua mente immagini fosche, ormai confuse, si alternavano, in una girandola ininterrotta, a ogni battito del suo cuore.

Continuava a vedere davanti a sé l'espressione disumana del professore, ad avvertire il pericolo.

I canini acuminati... Madison... lo sforzo per controllare la Sete e la danza del Potere.

Di nuovo il viso della sua amica.

Dove ti trovi, Mad?

Desiderò con tutta se stessa di poter tornare indietro,

rimpianse di non essere riuscita a strappare quel segreto dai pensieri di Vaughan...

La voce di Rhys la fece trasalire.

— Hai tolto l'amuleto, vero?

Annuì. Non si fidava ancora della propria voce.

— Perché?

Rhys le si avvicinò con prudenza. Il suo profumo era così attraente dopo lo scatenarsi della Sete...

Si inginocchiò senza fretta alle sue spalle, le sfiorò la schiena con delicatezza, una sofferenza autoimposta.

Voleva serrarla tra le braccia e saziarsi della fragranza della sua pelle. Voleva baciarla fino a toglierle il fiato.

Sospirò, mortificando la violenza delle proprie emozioni.

Le appoggiò il palmo alla guancia e Winter mosse la testa contro quel calore.

— Ho bisogno di capire di quali poteri mi priva — gli rispose.

Voltò il viso fino a sfiorargli la mano con le labbra.

Vennero scossi entrambi da un tremito identico.

Winter gli rivolse uno sguardo obliquo, ingenuamente affascinante, e Rhys dovette chiudere gli occhi.

— È troppo rischioso, Win...

Il sussurro gli uscì soffocato, incerto.

Sentì le sue dita fresche sulle guance. Sospirò.

Lei percorse il disegno perfetto delle sopracciglia, lasciò scivolare i polpastrelli sulle sue tempie, glieli premette sulle labbra.

Stava scivolando in un turbamento dolce e inebriante.

Lasciò ricadere la mano e scosse il capo per tornare lucida.

— C'era Vaughan con me.

Una nuova ondata di rabbia le contrasse i lineamenti.

Rhys percepì immediatamente la sua tensione. Riaprì

gli occhi e la guardò con aria interrogativa mentre lei lo ricambiava con uno sguardo duro.

— Sa qualcosa di Madison — dichiarò.

Dirlo ad alta voce le fece uno strano effetto: suonò assurdo alle sue stesse orecchie, inaccettabile, a dispetto di ciò che credeva di aver percepito.

— La sua posizione all'interno dell'Ordine è molto elevata — osservò Rhys — potrebbero essergli giunte delle voci. Gliel'hai chiesto?

Winter corrucciò le labbra.

— Dice che non ne ha la certezza. Non potevo insistere oltre, a meno di non volergli davvero far perdere il controllo del tutto.

Lui le scoccò un'occhiata piena di rimprovero.

— Vaughan ha avuto a disposizione secoli per imparare a dominarsi. Prova a chiederti cosa succederebbe se ripetessi l'esperimento con qualcuno di noi... — I suoi occhi si riempirono d'amarezza.

— Con me... — soggiunse pianissimo — credi che potrei sopravvivere se ti facessi del male?

— Sei riuscito a controllarti, ogni volta che ho tolto il ciondolo.

Winter ricambiò il suo sguardo e gli prese la mano trattenendolo accanto a sé.

86

Madison sedette sul davanzale e rimase a osservare, oltre le inferriate, le nuvole che fluttuavano nel blu del cielo notturno. Le vide aprirsi sempre più, fino a svelare la luna piena.

Sarebbe stato poetico se solo si fosse trovata al sicuro nella propria stanza.

Raccolse le ginocchia al petto sforzandosi nuovamente di controllare la paura.

L'unica cosa che era riuscita a capire durante quei giorni di prigionia era che i suoi rapitori non erano umani. Il motivo, quindi, non poteva che essere Winter.

In che razza di guai ti sei cacciata, sorellina?

Il silenzio era rotto solo da un costante gorgoglio d'acqua.

Secondo i suoi calcoli dovevano essere circa le nove quando qualcuno si introdusse nella stanza. Fu scossa da un brivido: non era certa che l'avrebbero lasciata in vita.

Se solo avesse trovato un senso in quella storia...

— Buonasera, Madison — disse la presenza.

Rimaneva in prossimità della porta, lasciando che l'oscurità le nascondesse completamente il viso.

Eppure il suo portamento, i movimenti fluidi e straordinariamente leggeri, denunciavano la sua natura di predatore.

La ragazza si limitò a sbuffare.

— Temo dovrai avere ancora un po' di pazienza. Sai, i meccanismi sono estremamente delicati: un solo passo falso o affrettato potrebbe incepparli...

Il vampiro fece una risata che le accapponò la pelle.

Madison deglutì a vuoto.

— Perché mi trovo qui? — domandò in un sussurro flebile.

Anche se era troppo buio per esserne certa, si sentì trafiggere da uno sguardo feroce, alieno.

— L'hai già capito, non fingere. Ci interessa la tua amica.

— Perché?

La risata risuonò di nuovo, stavolta carezzevole, di velluto.

— Non chiedertelo, mia cara, se ci tieni a sopravvivere.

Madison riprese a guardare fuori, cercando conforto nel movimento delle nuvole. Non aveva mai avuto tanta paura come in quelle lunghissime ore.

Il vampiro avanzò. Indossava un mantello scuro, di foggia antica, e un cappuccio gli copriva la testa e il volto. Lei non poteva saperlo, ma nemmeno Crow e i suoi conoscevano il suo aspetto.

Le si avvicinò lentamente e, a quella distanza così breve, lei riuscì a intuire la forma della sua bocca.

— Perché non le fai un altro regalo? — suggerì suadente.

— Perché non le mandi dei cioccolatini? — ribattè lei in tono tagliente.

Il vampiro la ignorò.

Madison aveva una tachicardia tanto forte da contrarle ritmicamente la gola. Il sangue le picchiava contro la trachea.

— Se mi ridate il cellulare posso spedirle un SMS. — Sentirsi prigioniera la faceva ribollire abbastanza da diventare incosciente.

— Siamo tutti un po' troppo nervosi per scherzare stasera — replicò il suo carceriere. — Ti suggerisco di collaborare. Hai un profumo davvero invitante e il mio autocontrollo si sta allentando...

— Come potete pretendere che vi aiuti a trascinarla in trappola?

Lui si abbandonò a un sospiro esasperato, che gli scosse le spalle.

— Credi di avere scelta? Questa volta potremmo farle trovare uno dei tuoi orecchini, cosa dici?

Una mano pallida emerse dalle pieghe del mantello fermandosi proprio davanti al suo viso.

Madison osservò quel palmo teso con un tremito. Si sfilò un cerchietto di legno dal lobo e ve lo fece ricadere.

Il vampiro vi richiuse attorno le dita con un sorriso compiaciuto.

Gli bastò fare un altro passo per immergersi di nuovo nel buio, scomparendo del tutto alla vista.

— Sai, Madison, in realtà dovrei davvero ringraziarti. Hai introdotto esattamente la variabile che mi serviva, quell'elemento di imprevedibilità che mi concederà di far scattare la trappola senza destare sospetti. Hai un ruolo insostituibile.

Lei si morse un labbro fin quasi a farlo sanguinare. Solo un'intuizione improvvisa le suggerì che non sarebbe stata una buona idea in quel momento.

— State facendo un errore. A Winter non importa così tanto di me — tentò di bluffare.

Le rispose il rumore della serratura che veniva richiusa e Madison lo accolse con un gesto eloquente.

Si lasciò ricadere sul letto e rimase a fissare la porta chiusa come se volesse darle fuoco.

Sono tutti psicopatici, Win, pensò amaramente. *Se esco di qui ti trascino a Londra e prendiamo un aereo per il Messico.*

Doveva trovare in fretta un modo di scappare.

87

Il mattino dopo, Winter raggiunse la scuola come in trance, mentre un pensiero continuava a tormentarla. Aveva poco tempo prima che gli altri la scoprissero e tentassero di fermarla, e anche se non era affatto certa che avrebbe funzionato, doveva almeno provarci.

Era stato l'esperimento con Vaughan, in un certo senso, a suggerirglielo, aver condiviso le sue sensazioni in modo tanto intenso.

Aveva capito da tanto che togliere il ciondolo la rendeva esposta e vulnerabile, ma il giorno precedente, per la prima volta, aveva sospettato che il legame potesse essere doppio.

Non perse un solo istante a chiedersi se fosse una buona idea, doveva agire o sarebbe impazzita.

Non le importava più di sopravvivere. Voleva solo che Madison fosse liberata, che Rhys e la nonna smettessero di correre rischi. E forse quella era l'unica arma che aveva a disposizione. Doveva semplicemente cercare di resistere, di controllare il Potere per una manciata di secondi.

Chiuse la porta del bagno ed estrasse il ciondolo dalla maglietta.

Se aveva ragione, non ci sarebbe voluto molto.

Aprì il fermaglio con mani tremanti.

Non sapeva con esattezza cosa fosse necessario fare, si limitò a espandere le proprie percezioni.

Era certa che qualcuno la stesse sorvegliando. Se avevano organizzato una trappola con tanta cura, di certo sapevano che le ore di scuola erano gli unici momenti in cui era davvero possibile sorprenderla da sola.

Le parve di venire proiettata fuori del suo stesso corpo.

Sfiorò più rapidamente possibile le presenze dei Nox, si spinse più lontano.

Finalmente ne avvertì di nuove, le parvero vicine.

Rimettendo in fretta il ciondolo, si augurò di riuscire a raggiungerle.

Winter attraversò il parco correndo.

In qualche modo sapeva per istinto dove dirigersi per raggiungere i vampiri che l'aspettavano.

Saettò tra gli alberi, sperando che nessuno se ne accorgesse. *Ti salverò, Madison,* continuò a ripetersi sforzandosi di crederci.

Infine riuscì a individuarli, proprio nella radura in cui era stata insieme al professore.

— Benvenuta, giovane Starr — la accolse uno dei tre con un sogghigno ironico.

Aveva un volto duro, e piccoli occhi inquieti.

— Non ci aspettavamo che ci raggiungessi così presto.

Agitò davanti a sé l'orecchino di legno di Madison.

— Ti avevamo addirittura portato un nuovo regalino.

— Voglio che lasciate libera la mia amica — disse Winter rabbiosamente.

Il secondo membro del terzetto avanzò d'un passo. Era una vampira dai capelli dorati. La guardava con l'aria di chiedersi che sapore avesse il suo sangue.

— Tu vuoi qualcosa? — la schernì. — E credi di essere nella posizione di poterlo esigere? Ma la senti, Crow?

— Avete dettato voi stessi le regole — insistette Winter. — Madison vi serviva per arrivare a me.

Si obbligò a non pensare, perché se solo si fosse fermata un secondo avrebbe ceduto al terrore. Era un piano suicida. Probabilmente anche stupido.

— Bene, eccomi...

La vampira fece una risata graffiante.

— C'è solo un piccolo particolare — la contraddisse cantilenando — la tua amica ha un aspetto gustoso e noi non abbiamo bisogno del tuo aiuto per portarti via.

— Ne sei convinta? — ribatté sperando che la sua voce suonasse abbastanza sicura. Le stavano cedendo i nervi. — Io dico che invece non siete poi così certi di riuscire a catturarmi. Siete venuti qui in tre... il sangue congiunto delle due Stirpi vi spaventa!

Nell'espressione della vampira lampeggiò il dubbio.

Crow non prese posizione. Ma era il terzo vampiro, quello rimasto fino ad allora tanto immobile da sembrare una statua, a preoccuparla maggiormente. Le sue intenzioni erano impossibili da valutare.

— Sei solo una mocciosa — la derise la vampira.

Voleva impressionarla, ma Winter decise di proseguire la recita.

— E se avessi già scoperto i miei poteri?

Aveva gli occhi un po' troppo spalancati e la bocca secca.

— Non potete sapere di cosa sia capace.

— Menti, dolcezza.

— Aspetta, Charlotte — intervenne ancora Crow. I suoi grandi occhi ferini erano indecifrabili. — Lascia parlare la figlia di Blackwood, sentiamo cos'ha da dire...

La sua voce aveva un suono inquietante e ammaliante insieme.

Winter se ne sentì carezzare le orecchie. Catturava tutta la sua attenzione.

Di aver perso di vista troppo a lungo il terzo vampiro, lo comprese tardi.

— Vieni a raccontarlo anche al nostro capo, piccina — sussurrò con voce priva di inflessione passandole un braccio attorno al collo.

Non tentò di terrorizzarla, le assestò solo una breve stretta dimostrativa, giusto per farle capire di essere in trappola.

Rhys gli sferrò un calcio a mezza schiena.

Per il dolore il vampiro si ripiegò addosso a Winter, schiacciandola col proprio peso. Lei non riuscì a sostenerlo e caddero in avanti.

I suoi compagni attaccarono Rhys in perfetta sincronia, macchine da guerra abituate ad agire insieme.

Quello che teneva la ragazza si rialzò rapido.

— Iniziamo ad andare — le mormorò spingendosi addirittura a strizzarle l'occhio come se fossero vecchi amici e non si trovassero nel bel mezzo di uno scontro.

Se la caricò in spalla e Winter cominciò a gridare così all'improvviso da spiazzarlo, approfittandone per affibbiargli una ginocchiata nello sterno con tutta la sua forza.

Il vampiro si lasciò sfuggire un lamento ma non abbandonò la presa.

— Buona, ragazzina! — sibilò invece rabbioso.

Rhys calò il pugno sul naso di un avversario.

Sprizzò sangue.

La ragazza continuò a dimenarsi come una forsennata. Il suo catturatore perse la presa consentendole di scivolare più in basso. Un nuovo calcio centrò il bersaglio.

Winter si puntellò contro di lui per saltare agilmente fuori portata proprio mentre Rhys riusciva ad atterrare la vampira.

Le affondò le dita nella carne del viso, e lei strillò di dolore.

Potevano resistere ancora, persino infliggere parecchi danni, ma entrambi sapevano di non poterli mettere fuori combattimento.

Corsero l'uno verso l'altra. Gli edifici della scuola non erano mai sembrati così lontani...

Winter non avrebbe voluto scappare. Sarebbe stata Madison a pagare la sua fuga. La presa di Rhys attorno al suo polso, però, la trascinò lontano.

Smisero di correre solo quando raggiunsero le rive dell'Elwy.

88

Rhys la fece sedere su un tronco caduto e le lasciò la mano di scatto. Era semplicemente furioso.

— Hai tanta fretta di morire? — esplose trafiggendola con uno sguardo rovente — che accidenti ti è saltato in testa?

Winter tentò di sbuffare, ma dalla sua bocca uscì qualcosa di più simile a un singhiozzo.

Nascose il viso dietro un braccio, ma il ragazzo era ancora troppo alterato per desistere.

— Winter, ti rendi conto del pericolo che hai corso?

Il tono però si era fatto un po' meno aggressivo. Le si avvicinò di nuovo e tentò più volte di intercettare il suo sguardo.

Lei continuò ostinatamente a fuggirlo.

Era desolata. Con il suo piano non era riuscita a fare altro che peggiorare la situazione.

Complimenti davvero, Winter!

— Dovevo provarci — mormorò.

Rhys si batté una mano sulla fronte.

— No! Neanche per idea!

Si stava arrabbiando di nuovo. L'idea di aver rischiato di perderla lo faceva infuriare.

— Dovevi rimanere al sicuro... ecco cosa dovevi provare a fare per una volta!

Winter lo fulminò.

— Hanno Madison — gridò. — Cosa dovrei fare? Restarmene buona in attesa che si decidano a venirmi a prendere? La mia migliore amica è in pericolo per colpa mia, non venirmi a dire che dovrei semplicemente far finta di niente. Se la vita delle Famiglie e dell'Ordine è questa, be', io non ci sto!

Rhys trasse un lungo sospiro rassegnato.

— Winter, la stiamo cercando tutti... e tu sei troppo preziosa perché il Consiglio possa accettare che qualcuno ti ricatti.

Winter scosse il capo.

— Non capisci, Rhys? A nessuno delle Famiglie o dell'Ordine importa davvero di Madison. Finché mi credono al sicuro nessuno si impegnerà a ritrovarla.

Il vampiro cedette.

L'abbracciò quasi troppo forte.

— Win, non sei sola: i Chiplin sono con te, Vaughan è con te... io...

Winter provò una fitta al petto.

— I Chiplin e Vaughan hanno le mani legate finché i Consiglieri non prendono posizione — sospirò, non sapendo come dirlo. — Tu invece... sarebbe stato meglio se non ci fossimo mai conosciuti. Sono stanca di metterti continuamente nei guai, e nemmeno io tollero l'idea di perderti!

Rhys le posò una mano sulle labbra con delicatezza.

— Io non rimpiango affatto di essermi innamorato di te, è la cosa più bella che mi sia capitata — disse dolcemente.

Si perse nei suoi occhi chiarissimi. Non gli importava di nient'altro in quel momento, né di tutti i nemici che avevano, né del sangue che gli imbrattava i vestiti, né del bruciore sordo che gli pungeva il fianco.

Sedette accanto a lei, la sollevò sulle proprie ginocchia. Le loro labbra si cercarono piene d'urgenza e Winter gli carezzò il petto.

Impiegò qualche istante a realizzare che il sangue le sporcava le mani.

Aprendogli i lembi della felpa scoprì una macchia scarlatta che gli percorreva il fianco sinistro.

— Sei ferito...

Lui scrollò le spalle e la contrazione gli dipinse un'espressione rapida di dolore.

— Fammi vedere, Rhys.

Senza attendere la sua reazione, cominciò a sfilargli la felpa. Sollevò la maglietta.

Rhys tentò di riprenderla tra le braccia.

— Non è grave come sembra, non mi fa neanche male — le assicurò con un sorriso perfetto.

Winter non lo ascoltò nemmeno.

Si frugò nelle tasche alla ricerca di un fazzoletto e corse a bagnarlo nel fiume.

Non sentì neppure freddo immergendo le mani in acqua.

Rhys era ferito.

Per colpa mia.

Tornò da lui e cominciò a tamponare la ferita.

Sentì che le carezzava i capelli e si ritrasse di colpo.

— Il taglio è superficiale, Winter.

Lei riprese a pulire, mordendosi la labbra. Tremava.

Il ragazzo ripeté il suo nome.

Non sollevò il viso fino a che tutto il sangue non fu rimosso. Studiò i graffi sulla sua pelle: non era una ferita profonda, era vero.

Gli rivolse uno sguardo intenso, pieno d'angoscia.

— Giurami che non correrai mai più un rischio del genere.

Rhys si chinò verso di lei, ma Winter si sottrasse al bacio.

— Giuralo.

Lui rise.

— No — rispose — mentirei. Ho chiesto a te la stessa cosa, ma ormai dovremmo aver capito che è impossibile.

Questa volta fu rapido a intrappolarla di nuovo in un abbraccio.

— Ti inseguirò fino all'inferno se sarà necessario, perciò non sperarci neppure...

Sappiamo entrambi che potremmo morire, realizzò Winter sconvolta.

Se fosse toccato solo a lei non sarebbe stato troppo grave. Ma Rhys... non riusciva neppure a concepire che venisse ucciso. Non l'avrebbe mai accettato.

Se solo ci fosse un modo per proteggerlo!

Tutti attorno a lei finivano col rischiare la vita, com'era successo alla nonna e a Madison.

Ma forse per Rhys qualcosa poteva farlo davvero.

Era folle, pericoloso. Eppure era anche la sua unica possibilità.

Coprì la sua bocca con la propria in un bacio disperato.

Il cuore di entrambi prese a galoppare furiosamente. Vennero travolti da vertigini identiche, dal bisogno di respirare l'altro, di perdersi in quella tempesta languida.

Dovettero riprendere fiato, scossi da brividi ardenti.

Le bruciava la pelle, là dove le mani di Rhys la stringevano.

89

Susan Bray si sforzò di non pensare che le sue azioni erano al limite del tradimento.

Si trovava in un Internet Cafe nei pressi di Camden Town, intenzionalmente in una zona che non frequentava quasi mai e connessa a un terminale un po' più appartato degli altri.

Svuotò una nuova bustina di zucchero nel suo caffè allungato e rimescolò distrattamente.

I suoi occhi continuavano a guizzare dallo schermo al foglietto scarabocchiato velocemente che aveva posato sulla tastiera.

A rintracciare quell'indirizzo e-mail, intestato a un improbabile John Smith, e quella lista di password ci aveva messo settimane.

Verosimilmente la aspettava un gran buco nell'acqua, ma negli ultimi giorni la tentazione di dare almeno una sbirciatina era diventata troppo forte.

E così eccoci!

Bevve un sorso, nonostante la sua bevanda fosse ancora quasi troppo calda, e digitò veloce.

Solo al terzo tentativo la clessidra indicò che il sistema stava elaborando. Poi, la casella mail divenne finalmente visibile.

Posta in arrivo. *Click.*

1 messaggio non letto, annunciava il computer.

Da macduff@qualchecosa.

Non si aspettava che fosse il cognome di qualcuno, più probabilmente era un riferimento al vendicatore del Macbeth.

Assurdo, si disse l'avvocatessa scuotendo appena il capo.

Allungò le gambe sotto al tavolo, sperando che sgranchirle allentasse un po' la tensione, e cliccò su APRI.

Dopo il Patto, i cavalieri del rinnovamento saranno pronti a muoversi.
Conto sulla mia ricompensa.

Susan rilesse il messaggio più volte mentre un brivido le percorreva la schiena. Iago Rhoser aveva detto la verità.

Finì il caffè in un unico, lungo sorso e cominciò a curiosare tra le mail già aperte. Erano poche, sempre telegrafiche.

Posta inviata. *Click.*

Susan trascorse la mezz'ora seguente riordinando quella scarna corrispondenza.

Da johnsmith: Il rinnovamento cerca un cavaliere.

Da macduff: La sua offerta mi tenta. Cerco gloria IMMORTALE.

Da johnsmith: Ho l'elisir che le serve, macduff. Da molto lo serbo per il giusto brindisi. Lei ha coraggio?

Si aprano le danze, pensò l'avvocatessa infilando nel computer una chiavetta per copiare i file.

Da macduff: Coraggio, forze, e sedici anni di Sete della sua bottiglia.
Da johnsmith: Il suo predecessore ha del lavoro da sbrigare, macduff. Prima il Patto, poi brinderà...

Susan non aveva dubbi su cosa, o meglio *chi*, fosse l'elisir che Fennah teneva in serbo per il giusto brindisi. Macduff, dunque, non poteva che essere un vampiro dell'Ordine.

Da macduff: Alla salute, allora. Se al suo elisir capita qualcosa, il Patto salta.

Le garantisco che lo conserverò con cura.

Questa era l'ultima risposta di Aeron Fennah.
— Povera Winter!
E poveri loro, ora che il Pater si preparava al colpo di mano.

Le mani di Rhys cominciarono a percorrerle la schiena, le sue labbra avevano un sapore dolcissimo, inebriante.
Winter si sollevò sulle punte affondandogli le dita tra i capelli. Avevano una consistenza di seta.
Si inarcò contro di lui. Un calore rovente, fiammeggiante le saliva alle guance, le incendiava i sensi.
I baci divennero meno cauti.
Rhys insinuò le dita sotto la sua camicetta, le carezzò i fianchi dandole brividi elettrici. La sollevò da terra spostandola tra sé e il tronco di un albero.
Lei avvertì il muschio contro la schiena. Lo trasse ancora più vicino, fino a sentirsi addosso il suo peso.
Esplorò la sua bocca arrivando a sentire la punta acuminata dei canini. Lo strinse forte temendo che si sarebbe allontanato e lui ansimò ricambiando il bacio.

Aveva sete delle sue labbra, della sua pelle.

In qualche modo si ritrovò a sciogliere i bottoni della sua camicetta. Winter lo aiutò senza interrompere il bacio per un solo istante.

Rhys affondò il viso nella sua chioma. Aveva un profumo delizioso, tentatore...

La sentì gemere. La sua stessa maglietta finì a terra.

La vicinanza lo faceva impazzire, solleticava la Sete e un desiderio quasi insopportabile. Ritrovò la sua bocca.

Doveva saziarsene, la stretta si fece più intensa, Winter trasalì. Continuò a percorrergli il petto in una carezza sempre più urgente.

Persino il sottile dolore della sua presa era inebriante.

Lo strinse alle spalle, quasi graffiandolo, e il cuore di Rhys corse veloce.

Ti amo, pensò lei, stordita dall'intensità dei suoi sentimenti. E anche lui la amava.

Era tutto perfetto...

Gli si appese al collo.

Si ritrovarono a terra, intrecciati. Non c'era più prudenza, non c'era niente che non fosse quel turbamento ardito.

Rhys si puntellò sui gomiti.

Le premette il viso sulla pancia, coprendola di baci. Era quasi spaventato da ciò che stava provando. Sollevò su di lei uno sguardo ammaliatore, catturò i suoi occhi nei propri, o forse era il contrario...

Erano entrambi predatori e prede in quel gioco sensuale e pericoloso.

Voleva morderla. Lo voleva in modo insopportabile.

La sua bocca risalì verso il viso, lasciandosi dietro una scia di baci che le increspava la pelle.

Era naturale. Era giusto.

Mentre si abbandonavano alle proprie emozioni, Winter si strappò l'amuleto con un movimento impercettibile. Ormai non le serviva più.

Si baciarono ancora. Rhys le insinuò una mano dietro alla vita. Con delicatezza e forza insieme le fece inarcare il corpo. La mano risalì fino alla nuca. Strinse quasi fino a farle male.

Il sangue prese a scorrerle più forte.

Poi lo sguardo del vampiro si accese di uno scintillio inumano, inquietante.

La intrappolò sotto di sé. Comprese che stava perdendo il controllo. Le sfiorò le guance con le labbra, ricoprì di baci il mento. Le prese il lobo tra i denti, mordicchiandolo piano.

Winter ebbe un sussulto. I brividi le correvano lungo tutto il corpo.

Sospirò di piacere. Piegò il viso contro il suo.

Rhys strinse il pugno, afferrando strettamente i capelli sulla sua nuca.

Riluttante, lei dovette distogliere il volto.

Improvvisamente, lui fu consapevole solo del suo collo bianco, della pelle morbida come un frutto, della pulsazione leggera delle sue vene.

Ti amo, pensò, affondandole i canini nella carne.

Il sangue zampillò nella sua bocca rendendolo folle.

90

Winter sentì crollare ogni barriera.

Voleva offrire a Rhys il suo sangue e se stessa.

Quando i suoi denti le scivolarono nel collo, il dolore le strappò un lamento. Lo sentì bere, succhiare.

Udì i suoi sospiri mentre si nutriva del suo sangue, percepì la sua gioia incontrollata, selvaggia.

Letale.

Rhys sospirava di piacere, e continuò a bere. Riusciva solo a pensare alla fragranza del liquido che gli riempiva la bocca.

Invece di placarsi, però, la Sete non faceva che aumentare.

Non esisteva altro modo di spegnerla che bere quel sangue pieno di Potere.

Voleva assorbirlo in sé, sentirlo scorrere nel proprio corpo.

Lo risucchiò fino a sentirsi soffocare.

Non esisteva nient'altro.

Winter sentì che le forze cominciavano ad abbandonarla.

Era stordita, le mancava il respiro.

Istintivamente, iniziò a spingere, tentando invano di

allontanarlo da sé. Seppe con certezza che sarebbe morta.

E non riuscì più a controllare la paura.

— Rhys — lo chiamò in un gemito soffocato.

Il dolore divenne quasi insopportabile.

Comprese di doverlo fermare e con altrettanta chiarezza capì che era quasi troppo tardi.

Rhys era sprofondato nella propria Sete, il Potere era troppo forte, e continuava a implorarlo di bere.

Facendo appello alle sue ultime energie, Winter tentò di dibattersi.

Il suo tremito ormai era solo paura.

— Fermati — lo supplicò, cercando di opporsi a quella parte di lei stessa che desiderava solo abbandonarsi a quel tumulto spaventoso e feroce.

— Fermati!

In un ultimo, disperato tentativo, cominciò a colpirlo.

Era troppo debole persino perché lui se ne accorgesse.

Allora gli gettò contro il proprio terrore e seppe di aver sfiorato le sue percezioni.

Lacrime di paura e dolore le bagnavano il viso.

— Ti prego...

Stava perdendo troppo sangue.

Rhys fu scosso da un tremito. Esitò per un singolo istante. Tentò di tornare a galla.

Disperatamente, Winter ricominciò a divincolarsi, le sue mani graffiarono la terra alla ricerca della collanina.

Non voleva morire...

Non poteva ancora.

Finalmente riuscì ad afferrare la catenina d'argento, piegò le dita per avvicinarla. Riuscì a sgusciare fuori da quell'abbraccio mortale solo quando il cristallo le rotolò nel palmo.

Si alzò.

Mentre scappava lontano, Rhys le rivolse uno sguardo lacerato, le labbra ancora umide di gocce scarlatte.

I tremiti che lo scuotevano si trasformarono in singhiozzi.

Barcollando, Winter riuscì a trascinarsi fino alla scuola tenendo stretti i lembi della camicetta.

Si sentiva debolissima, travolta da capogiri continui.

Continuava a tremare e il collo le bruciava da impazzire. Sperava solo che i capelli sciolti nascondessero il sangue.

Rhys aveva appena rischiato di ucciderla, era orribile persino pensarlo.

Che cosa abbiamo combinato?

L'immagine delle sue labbra bagnate di sangue l'avrebbe perseguitata per sempre.

A passi incerti, si rifugiò negli spogliatoi della palestra, sussultando a ogni rumore.

Nei suoi occhi, un velo di lacrime appannava ogni cosa.

Rhys era un vampiro e lei lo amava disperatamente, persino in quel momento.

Si avvicinò ai lavandini e scoprì che anche aprire i rubinetti era uno sforzo quasi oltre la sua portata.

Lo scroscio gelido e improvviso le fece rimbalzare addosso gocce trasparenti.

Winter si bagnò i polsi in cerca di sollievo.

Rhys...

Scoprire che ora lui le faceva paura le spezzò il cuore. Le cedettero le gambe e dovette scivolare in ginocchio.

Appoggiò la fronte rovente alla ceramica e attese che le vertigini e il dolore si attenuassero.

Strinse le dita su quella superficie fresca, liscia, rimanendo a spiare tra le ciglia il sangue che si diluiva nell'acqua, poi non riuscì più a resistere, si tirò in piedi con uno sforzo disumano e cominciò a lavarsi furiosamente, sperando che fosse sufficiente a cancellare la sofferenza che la tormentava.

Rhys...

Quando si sentì un po' più sicura si raddrizzò lentamente davanti allo specchio. Tutto il suo corpo tremava. Il ricordo del dolore e della dolcezza languida che aveva pervaso entrambi si rincorrevano.

Winter si sciacquò il viso ancora e ancora, a lungo.

Mentre fissava il suo riflesso spettrale, gli occhi liquidi, chiarissimi e cerchiati di nero, i contorni netti del morso, scoppiò di nuovo a piangere.

Non le importava nemmeno che qualcuno potesse sentirla...

Doveva liberarsi di quell'agonia terribile o sarebbe crollata.

Sfilò la camicetta e insaponò il colletto strofinandolo con rabbia.

Quando le macchie non furono più che un alone vago, riuscì a riguadagnare un po' di controllo.

Lentamente, con movimenti irrigiditi dallo sforzo, si avviò verso casa Chiplin.

Amava Rhys con tutta se stessa, aveva fatto per lui davvero tutto ciò che poteva.

E aveva rovinato tutto.

Il segno dei suoi denti le parve un marchio gelido sul cuore.

91

In una mattina che cominciava a parergli eterna, Danny Roberts gettò un'occhiata alla bacheca dell'ufficio che condivideva con Evans.

Era piena di ritagli, appunti.

Sbadigliò e alzò il volume della radio, sperando che per una volta la stazione su cui il suo superiore si ostinava a sintonizzarla non trasmettesse la solita musica vecchia di due decenni.

Solo la sigla del giornale radio riuscì a dargli un'idea dell'ora.

— L'inspiegabile ondata di violenza continua a investire il Galles. Proprio ieri notte, a Llandudno, una senzatetto di sessantacinque anni è stata rinvenuta priva di vita nell'area portuale — annunciò una voce femminile nel tono innaturale che lui associava sempre ai giornalisti. — Gli inquirenti non escludono ancora la possibilità di un decesso naturale. A Conwy, invece, si è verificata una nuova aggressione. La vittima, J. S., un operaio padre di tre figli, è sotto shock. Ancora impossibile stabilire se a perpetrare l'attacco sia stato un essere umano o un animale.

— *Cer y'r Diawl!* — esplose il giovane.

Era semplicemente troppo.

— E intanto proseguono le ricerche di Madison Winston, diciassette anni, scomparsa da ormai cinque giorni tra Cae Mefus, nel distretto di Conwy, e Londra. La sua foto è pubblicata sul nostro sito. Chiunque ne abbia notizia è pregato di contattare le autorità.

Dannati giornalisti! li maledisse Danny. Tutto ciò di cui si curavano era di fare sensazione, e intanto trasmettevano informazioni false che rischiavano di compromettere le indagini.

Il ricordo della sera in casa Chiplin lo fece fremere di indignazione.

Che razza di animale può prendersela con delle ragazzine di quell'età?

Il mondo era ingiusto.

E per quanto si sforzasse di fidarsi del giudizio di Evans, non riusciva a pensare che fra quelle sparizioni non esistesse una connessione di qualche tipo.

La Jones è stata ritrovata dopo settimane... e poi Siarl Phillips.

Era quello il fatto davvero inspiegabile: gli assassini seriali solitamente seguivano a lungo il medesimo *modus operandi*. Quello che lui aveva battezzato in segreto "il Mostro di Cae Mefus", invece, sembrava procedere senza alcuna logica.

Sbuffò, alle prese con la stranissima sensazione che ci fosse dietro un mistero più grande.

Evans non sarebbe rientrato prima di un paio d'ore per dargli il cambio.

Il vice era in servizio da diciotto ore filate.

— Ha ragione lui... è chiaro che sto lavorando troppo... — borbottò tra sé.

Se almeno il telefono si fosse deciso a squillare. In genere, nei casi di sparizione le segnalazioni, almeno quelle infondate, intasavano le linee.

Invece da cinque giorni tutto taceva.

Guardandosi continuamente attorno si avvicinò alla scrivania del suo superiore, incapace di resistere oltre alla tentazione. Il suo eterno disordine gli strappò una smorfia divertita.

Spostò le immancabili veline, una copia sgualcita del "North Wales Pioneer", e finalmente trovò il fascicolo che cercava.

Evans aveva steso il rapporto di persona, concedendo al suo attendente qualche ora di sonno.

Gli occhi del ragazzo scorsero rapidamente le righe.

Ultimo avvistamento da parte di Griffith Chiplin e Winter Starr. Accompagnata in stazione h.17.00. Chiamata da Winter Starr alle 20.00 circa, non ha più risposto al telefono.

— *Rech!* — imprecò tra i denti. Che storia era quella?

Rimise il dossier sulla scrivania.

Qualche ora dopo, Ioan Evans si accorse che era stato spostato. *Ti credevo più disciplinato, ragazzo*, considerò con un sospiro.

A Londra, l'Esecutore varcò la soglia dello Strong Ale perfettamente puntuale.

Sfilò la giacca e puntò dritto al tavolo a cui era atteso. Non ci voleva molto a individuare una donna come Susan Bray lì dentro.

— Trovato qualcosa? — domandò prendendo posto davanti a lei.

L'avvocatessa Bray si irrigidì per qualche secondo, poi sospirò rassegnata.

— Credeva che volessi offrirle un caffè?

Iago Rhoser le concesse un sorrisetto. C'era una calma diversa nel suo tono, non la solita freddezza ostentata con cui si sforzava di nascondere la paura.

Coinvolgerla era stata una buona scelta.

— Cosa prendete? — chiese la solita cameriera bionda incapace di nascondere la propria curiosità. Erano una coppia davvero mal assortita.

Susan scambiò un'occhiata con l'uomo.

— Due caffè, naturalmente — rispose quindi ironica.

Attesero che la donna si fosse allontanata, poi lei estrasse una chiavetta da una tasca della borsetta.

— Non sono sicura che mi faccia piacere, ma aveva ragione lei, Rhoser — disse quindi facendola scivolare sul tavolo.

Iago guardò l'oggetto con aria assorta.

— Quindi ha trovato le prove...

— Non le impugnerei in un tribunale, ma sono pur sempre un inizio.

Susan incrociò le mani sul tavolo. Era un po' troppo tardi per tirarsi indietro, ma quella segreta collaborazione con l'Esecutore le dava uno strano disagio.

— Sono entrata nella mail di Fennah. Ho scoperto che ha una interessante corrispondenza con un certo MacDuff. Credo vogliano rovesciare Lochinvar dopo la firma del Patto.

— Ecco a voi.

La cameriera depose le tazzine sul tavolo. Il tintinnio dei cucchiaini si protrasse per tutto il tempo che impiegò a tornare al bancone.

— Si rende conto che questo mette Winter Starr in una bruttissima posizione?

Lo sguardo di Rhoser era fermo sul suo viso e Susan si limitò a scuotere il capo.

— In questo sbaglia. Chiunque sia MacDuff, è intenzionato a sollevare un bel polverone se le succede qualcosa.

Picchiettò l'indice smaltato sul tavolo proprio accanto alla chiavetta.

— Farà saltare il Patto a meno che Fennah non dimostri che Winter è al sicuro.

L'Esecutore rise.

— Ora mi spiego perché è così rilassata, Bray!

— Già. Anche se "rilassata" non è la parola che userei io...

Bevvero il caffè in silenzio.

Dunque, mani legate... considerò Rhoser. E probabilmente un nuovo indizio che lo conduceva alla pista scozzese. Ora dovevano solo stabilire chi fosse il misterioso MacDuff.

— Non torcerò un capello alla ragazzina fino a che il Patto non sarà rinnovato — promise mettendosi la mano sul cuore pieno di sarcasmo.

— Fino alla cattura di MacDuff, Esecutore — precisò Susan tagliente.

Sfilò gli occhiali e li ripulì con cura.

— E comunque ha mai provato a pensare che Winter le è più utile viva? Non troverà mai un'esca migliore.

— Né più pericolosa.

Susan osservò la sua espressione cupa e comprese che lo credeva davvero.

— Andiamo! — esclamò. — Pensa davvero che se lei non ci fosse, la pace regnerebbe sul mondo intero? Che vampiri e Famiglie troverebbero la formula dell'ordine perfetto?

Iago Rhoser realizzò l'accusa solo in quell'istante.

— È ancora convinta che abbia tentato di ucciderla...

La donna chinò il capo, ma fu un assenso sufficiente.

— Crede davvero che mi diverta a fare quello che faccio? Che abbia interesse a tormentare una ragazzina?

— Perché era nella sua cella?

— Buon Dio, Bray! Se Lochinvar non fosse intervenuto, sarebbe stata nelle mani di Fennah. Bisognava portarla via da lì!

Susan lo fissò a occhi sbarrati. Avrebbe voluto dire qualcosa, forse addirittura scusarsi, ma le mancò la voce.

L'Esecutore agitò una mano nell'aria, come a cancellare l'argomento.

— Ci attenderà un periodo entusiasmante, avvocato...

Riguadagnato il controllo, la donna lo guardò perplessa.

— *La* attenderà. Sarà *lei* a opporsi al Pater in nome del Consiglio.

Si alzò e inaspettatamente Rhoser la aiutò a rimettere il soprabito con un sorriso traverso.

— Sa, avvocato, a rigor di logica lo sta già facendo anche lei. Ed è la scelta giusta, qualsiasi siano le ragioni che la spingono.

— Se ci fossimo chiariti prima mi sarei risparmiata un bel po' di dubbi.

Iago Rhoser annuì gravemente e le aprì la porta.

Sulla città scendeva una pioggerellina quasi impalpabile ma persistente mentre uscivano.

Neppure adesso era certa che la loro non fosse follia, pensò Susan Bray allontanandosi alla luce pallida dei lampioni. Ma ormai sapeva troppo per poter ancora permettere a Fennah di manovrarli.

92

L'aveva quasi uccisa, e la cosa peggiore era che sentiva ancora fra le labbra il suo sapore incredibile.

Maledizione! Aveva rischiato di assassinare la ragazza che amava e la belva che era in lui faceva le fusa al ricordo.

Rhys si odiò con tutte le sue forze.

Era un mostro... solo una bestia sanguinaria poteva fare un cosa del genere.

Aveva messo a repentaglio la vita di Winter e non se lo sarebbe mai perdonato.

Gli assassini non meritano perdono.

E dire che il Gran Maestro, a Londra, gli aveva affidato il compito di vegliarla prima di lasciarlo tornare a Cae Mefus.

«La stilla di sangue della tua fedeltà» ricordò con rabbia.

Rhys aveva persino creduto che ce l'avrebbe fatta, che avrebbe saputo dominare la violenza della Sete, che ciò che provava per lei gli avrebbe permesso di superare l'istinto della propria stessa razza.

Era stato un tragico errore, non aveva saputo guardare nel fondo di se stesso abbastanza da comprendere che voleva ogni cosa di lei: il suo cuore, la sua pelle liscia... il suo sangue.

Aveva rovinato tutto dimenticando di essere un assassino. Ma il Potere di cui s'era nutrito non sarebbe andato sprecato.

Rhys non si illudeva di potersi davvero riscattare. Voleva semplicemente fare qualcosa per lei prima di lasciarla libera per sempre.

Si acquattò in un angolo buio del fienile dietro casa Chiplin e rimase in agguato.

Lo attendeva una notte di caccia.

Qualche ora dopo, con una ginocchiata, Rhys colpì in pieno stomaco uno dei vampiri con cui aveva già lottato al St Dewi's. Lo mandò a sbattere sulla parete del fienile tanto forte che l'aria gli svuotò i polmoni.

Puntellandosi al muro, il vampiro accolse la nuova carica del ragazzo scalciando fortissimo.

Rhys dovette arretrare.

Si gettò di nuovo su di lui sferrandogli un pugno che gli fece scattare indietro la testa.

Rhys l'aveva atteso per ore. Aveva compreso che qualcuno di loro sarebbe rimasto di sentinella nei pascoli dietro casa Chiplin e gli aveva teso un agguato.

Al loro incontro precedente, nella boscaglia attorno al St Dewi's, il vampiro dal volto inespressivo non l'aveva giudicato un pericolo, solo un bambino noioso che voleva giocare all'eroe.

In quel momento, mentre gli arpionava la gola nel modo più doloroso possibile, si pentì di quell'errore di valutazione.

— Dove la tenete prigioniera?

Nel castano cangiante di quegli occhi non c'era traccia di pietà.

— Al diavolo! — ansimò. — Tanto mi ucciderai comunque.

Rhys scoprì i canini in un sogghigno feroce.

— Sì — replicò premendogli le unghie sulla trachea — puoi solo decidere quanto sarà doloroso.

Era un mostro. Cosa importava ormai? Il sangue di Winter gli vorticava nelle vene, maledetto e pieno di Potere.

Alla ricerca disperata di aria, l'altro trovò la forza di afferrargli i capelli. Tirò più che poté e Rhys dovette allentare la presa.

Lui riuscì a saltare fuori portata.

Allora il volto di Rhys divenne una maschera crudele, inumana, il volto della morte stessa.

La belva ruggì..

Perdonami, Winter! Gridò tra sé attaccando di nuovo.

Fu una danza spietata, violenta, e il Mostro se la godette tutta, feroce e sornione.

Riuscì a spingerlo pancia al muro, gli sferrò un colpo ben calibrato alla nuca. La fronte del suo avversario colpì la parete. Cominciò a sanguinare, si sentiva stordito, ma Rhys non aveva ancora intenzione di lasciarlo morire.

Schiacciandolo col proprio corpo gli prese il viso tra le mani, la sinistra sotto al mento, la destra ad avvolgergli completamente la testa. Sarebbe bastata una sola torsione per spezzargli il collo.

Gli lasciò il tempo di capirlo.

— Adesso facciamo un po' di conversazione — sibilò quindi. — Dimmi dove tenete Madison.

Ma una parte di lui sperava quasi che l'avversario continuasse a resistere. Voleva naufragare in quella spirale letale. Se non poteva lavare via ciò che aveva commesso, arrendersi al Mostro sarebbe stata la sua punizione.

Gli premette il ginocchio nelle reni.

Il vampiro grugnì di dolore.

— Vicino a Glan Gors c'è un mulino abbandonato: la ragazza è lì — rantolò.

Non è lontano. Rhys esultò.

— Chi c'è di guardia? Solo i tuoi compagni?

Contrasse le dita attorno al suo viso.

Un ansito roco.

— Ce ne sono altri due.

C'era un'ultima cosa che voleva farsi dire.

— È stato uno di loro a organizzare il rapimento?

Il vampiro comprese che la risposta a quella domanda sarebbe stata la sua condanna a morte.

Respirò e radunò tutto il coraggio che aveva prima di affrontare il suo destino.

— No — confessò infine — qualcuno infinitamente più forte. Ti giuro che non conosco il suo nome.

La sua espressione era rassegnata e sincera. Quell'essere era pronto a morire.

Capì all'ultimo istante che a ucciderlo non sarebbe stato un ragazzino, ma colui che si era nutrito del sangue delle due Stirpi, poi il suo collo si piegò in modo innaturale.

Rhys Llewelyn non provò alcun sentimento di fronte al suo corpo senza vita, né colpa, né rimpianto.

Il Mostro aveva vinto di nuovo.

93

Nella sede dei Nox, Cameron Farland non riusciva a dormire.

Fissava il soffitto ascoltando i rumori della notte.

Rhys era uscito da diverse ore, come faceva spesso ultimamente, quando credeva che gli altri si fossero ormai addormentati.

Era strano in quei giorni.

Aveva l'espressione di chi odia se stesso.

Cameron si era convinto che sorvegliasse la casa di Winter Starr, e in effetti quella ragazza aveva così tanto talento nel cacciarsi nei guai che vegliare su di lei non doveva essere un compito rilassante.

Udì il fruscio leggero della porta d'ingresso al piano di sotto, il suono appena percettibile dei passi.

Si alzò silenziosamente.

Rhys sapeva con esattezza cosa avrebbe dovuto fare.

Raggiunse in fretta la propria stanza e afferrò il Siero.

Non ci avrebbe messo molto ad arrivare a Glan Gors, quattro avversari non sarebbero stati una passeggiata ma non gli sarebbe importato di morire, se solo fosse riuscito a salvare l'amica di Winter.

Sciolse il Siero in un bicchiere e bevve, sperando che il Mostro si sarebbe quietato abbastanza da consentirgli di ragionare con più lucidità.

Il primo sorso gli contrasse lo stomaco. Ora sapeva quanto fosse sbagliato, sgradevole il suo sapore...

Si costrinse a mandarlo giù d'un fiato. Il Mostro ringhiò oltraggiato.

Rhys si sedette in attesa del sollievo che avrebbe dovuto seguire all'assunzione. Il suo organismo minacciò di rigettare il sangue sintetico, squassato da spasmi violentissimi, poi la sostanza cominciò a fare effetto, attenuando la Sete.

La sua testa iniziò a snebbiarsi, permettendogli di riflettere.

Al momento era l'unico a sapere dove fosse tenuta prigioniera, quindi Madison Winston non avrebbe avuto altre speranze se lui si fosse fatto uccidere con il suo segreto.

Prese un foglio dal blocco che teneva sulla scrivania e trascrisse le indicazioni estorte al vampiro che aveva ucciso.

Bene. Adesso finalmente ho il diritto di farmi ammazzare! Stabilì con crudele ironia.

Raccolse il foglio e lasciò la stanza.

— Dove stai andando, Rhys? — volle sapere Cameron Farland sbarrandogli la strada nel corridoio.

— Non sono affari tuoi.

— Scherzi? Hai la faccia di chi vuole farsi del male...

Rhys sorrise, ma nessun calore gli salì agli occhi.

— Forse me lo merito.

Cameron lo fissò intensamente, a lungo. Rhys era il migliore di loro. Non riusciva neanche a immaginare che potesse sbagliare.

— Non sopravvalutarmi, Cam — si sentì dire, quasi in risposta ai suoi pensieri.

Cameron non distolse gli occhi fino a che lo sguardo di Rhys non si fece insostenibile. Non l'aveva mai visto tanto cupo, determinato...

Né altrettanto potente.

Sospirò.

— Conosci tu le tue colpe, Rhys — dichiarò con una scrollata di spalle — ma io conosco te. Quindi se ora vai in cerca del pericolo, ti verrò dietro a meno che non riesca a impedirmelo.

Rhys sorrise ironico mentre il Mostro dentro di lui apriva gli occhi e stirava le membra. Gli suggerì di raccogliere la sfida implicita in quelle parole.

Questa volta no, replicò lui digrignando i denti. Non avrebbe colpito un amico colpevole solo di volerlo aiutare.

— Credimi — garantì in un sussurro lugubre — sarei in grado di farlo...

Era serissimo: Cameron realizzò che metterlo alla prova sarebbe stato stupido e doloroso.

— Hai scoperto qualcosa di nuovo, vero?

— So dove tengono l'amica di... — la voce di Rhys incespicò nel pronunciare quel nome. La sofferenza era devastante — Winter.

L'altro annuì.

— Allora andiamo a prenderla. Ho da saldare un debito con la Starr.

A Rhys venne da ridere. *Sei fortunato. Io il mio non potrò mai scontarlo...*

Depositò il biglietto sul tavolo e Cameron si fece di lato per consentirgli di aprire la porta.

Poteva anche seguirlo.

Per il Mostro non avrebbe fatto differenza.

94

Nella stazione di polizia di Cae Mefus, Danny Roberts prese la busta che Evans gli porgeva e la aprì.

Nella luce tremula dei neon riconobbe immediatamente l'intestazione ufficiale.

Incuriosito, cominciò a leggere, rinunciando per il momento ad affrontare il suo superiore.

— Che diavolo significa, signore? — domandò poi fissandolo incredulo.

— Che devo farti i miei complimenti, figliolo — rispose Evans prontamente — e che è il caso di brindare alla tua promozione.

Il giovane era così stupito dalla novità che il dettaglio della promozione gli era sfuggito.

— Sono stato trasferito... — mormorò tra sé, assaporando il suono di quelle parole.

Decise che non gli piaceva.

— Sentirò la tua mancanza, eravamo una bella squadra.

La mente del vice elaborò le informazioni in fretta giungendo all'unica conclusione possibile.

— No — lo contraddisse — una vera squadra non ha segreti.

Evans annuì gravemente spostando il peso da un piede all'altro.

— Tutti ne hanno, Daniel — disse severamente — e alcuni sono più pericolosi di altri.

Danny non riuscì più a controllare la rabbia.

— Falsificare i verbali, per esempio... — suggerì.

Evans inclinò il capo, sollevando le sopracciglia.

— Non capisco a cosa ti stia riferendo.

— Oh, andiamo, signore, se non lo capisse non avrebbe fatto firmare il mio trasferimento.

— Ti troverai bene a Cardiff. È una grande occasione per te — replicò l'uomo.

Danny alzò il viso al cielo.

— Caso Winston, citazione non proprio letterale: ultimo avvistamento da parte di Griffith Chiplin e Winter Starr, ore 17.00, stazione di Cae Mefus...

Evans incrociò le braccia sul petto.

— È ciò che è successo.

Il ragazzo ripensò alla fattoria dei suoi sogni che ancora lo attendeva in uno dei futuri possibili. *Pecore*, pensò mentre il suo mondo traballante si capovolgeva del tutto, *e un cane pastore bianco e nero... sono migliori degli uomini*.

— Una ragazza è scomparsa misteriosamente e lei falsifica i verbali. Perché, Evans? Crede che possa davvero accettarlo in cambio di un aumento di stipendio?

L'altro non cambiò espressione.

— La tua fidanzata ne sarà entusiasta.

— Perché?

Danny ebbe la tentazione di afferrarlo per la camicia e sbatterlo contro il muro.

Un'ombra di stanchezza passò sul viso di Evans.

— Credimi, non vorresti conoscere la risposta. È un'offerta molto più vantaggiosa di quanto immagini.

Si piegò sul proprio cassetto e ne estrasse un protocollo. Lo sventolò nell'aria e si schiarì la voce prima di iniziare a leggerlo.

— «Verbale di denuncia contro l'agente di polizia Daniel Roberts, incensurato, anni venticinque, per abuso di potere. Bla bla bla...» Ti risparmio il resto delle intestazioni... — si interruppe un istante per studiare le sue reazioni e riprese con voce atona: — Ma guarda, pare che costui abbia pedinato, interrogato e... wow... addirittura minacciato Winter Starr, anni sedici, con la pistola d'ordinanza, al di fuori dell'esercizio dei suoi incarichi. Che mascalzone, abusare così della divisa...

La rabbia di Danny evaporò all'istante.

— Cos'è questa storia? Winter non può aver sporto denuncia.

— Infatti è stato Griffith Chiplin. E probabilmente il professor Vaughan potrebbe confermare di averti visto al St Dewi's con la Starr mentre non eri in servizio. Brutta situazione, agente Roberts. Non me lo aspettavo da te.

— È questa una squadra per lei? Sa che non ho fatto niente di tutto questo.

Evans piantò gli occhi nei suoi.

— No, non l'hai fatto. Perché Madison Winston è salita su quel maledetto treno quel maledetto pomeriggio alle cinque. Una mano lava l'altra: questa è una squadra.

Sollevò da terra il cestino della carta e lo posizionò sul tavolo.

— È il meglio che posso offrirti, ragazzo.

Danny annuì a labbra serrate. Non aveva mai provato tanta vergogna, non capiva nemmeno se fosse più oltraggiato da quella montatura o dalla necessità di piegarsi al ricatto.

— Aveva tutta la mia stima, Evans — disse con durezza. — Butti via quella spazzatura.

Gli voltò semplicemente le spalle e se ne andò.

Evans accartocciò i fogli e li gettò con rabbia.

Improvvisamente stanco, si abbandonò contro lo schienale della sua sedia.

— Rifatti una vita, Daniel — augurò mentre i passi del suo vice si facevano indistinguibili — lontano dagli incubi.

Era sincero. Incrociò le braccia dietro la testa e rimase solo ad affrontare quella brutta notte.

Danny Roberts sedette su una delle panchine nel parchetto. L'avevano incastrato.

— Perché? — domandò con rabbia alla notte.

Cosa c'era sotto davvero?

Un complotto... o un incubo, di cui molti a Cae Mefus facevano parte.

Ripensò agli occhi chiarissimi di Winter Starr che sembravano aver già visto troppe cose, alla firma di Griffith Chiplin sul foglio della sua denuncia.

— Perché? — ripeté.

Appoggiò i gomiti alle ginocchia, osservando la ghiaia polverosa ai suoi piedi.

Sbuffò. Non sapeva quale fosse la decisione giusta, ma non si sarebbe arreso.

Cercò il telefono nella tasca dei pantaloni e compose il numero.

— Voglio delle spiegazioni, Chiplin — mormorò non appena Griffith rispose — aspetto lei e sua moglie al Manaros.

Riattaccò.

Griffith e Morwenna uscirono di casa dopo pochi minuti.

95

Nella soffitta di casa Chiplin, Gareth ed Eleri stavano fissando nello schermo del computer i titoli di coda di uno dei film più noiosi che avessero mai visto. Mentre Winter sonnecchiava tra loro, nessuno aveva davvero voglia di alzarsi per porre fine al tormento. Era una gara: il primo a cedere avrebbe perso.

Avevano fatto compagnia a Winter tutta la sera, cercando di starle vicino.

Era piacevole scoprire che almeno nel sonno il suo viso si faceva più disteso.

La colonna sonora diminuì d'intensità, poi la schermata divenne nera. I due fratelli si scambiarono un'occhiata chiedendosi se la sfida potesse ritenersi conclusa.

Continuarono a non muoversi mentre scendeva il silenzio.

Winter stava dormendo un sonno senza sogni.

Nessuna immagine, non un suono o un pensiero. Era piacevole, finalmente rilassante.

Poi, un tumulto ai margini della sua sfera di coscienza la strappò a quel limbo tranquillo, scaraventandola lontano.

Gli occhi cominciarono a guizzare inquieti dietro alle palpebre abbassate, i suoi muscoli si contrassero.

Inspiegabilmente, i suoi sensi si colmarono delle vibrazioni della notte.

Winter ne vide le ombre, ne sentì i profumi e, annaspando, fu costretta a chiedersi come avesse fatto a trovarsi là fuori nel buio.

Sentì il suo corpo scatenarsi in una corsa rapida come il vento, leggero, scattante, possente. Le sue percezioni erano come amplificate, più vivide che mai.

Cameron Farland era al suo fianco. Dentro di lei un essere feroce cominciò a srotolare le sue spire, affamato di violenza e sangue.

Winter non sapeva cosa stesse succedendo. Ma non era un sogno.

Gridò, ed Eleri e Gareth scattarono a sedere in perfetta sincronia.

— Winter... Winter...

Aveva il viso contorto in una smorfia di terrore ed Eleri cominciò a scuoterla leggermente per interrompere l'incubo.

Continuò a ripetere il suo nome finché non la vide aprire gli occhi, la fronte imperlata di sudore.

Winter si aggrappò alla voce di Eleri, al tocco di Gareth attorno alle sue dita fredde, come al salvagente che le impediva di affogare.

Mentre i suoni che udiva ricominciavano ad avere senso, davanti ai suoi occhi turbinavano ancora le immagini fosche e indistinte della notte, come se un filo invisibile tentasse di riportarla indietro.

La soffitta e le ombre del bosco continuavano a sovrapporsi a ogni battito di ciglia dandole le vertigini, stralci di visioni confuse e vorticose che si susseguivano al ritmo del suo cuore.

— Va tutto bene? — le chiese Gareth con preoccupazione evidente.

La domanda le strappò una risata.

Le sembrava di essere contemporaneamente nella sua stanza e fuori a respirare il vento freddo.

Come fa ad andare tutto bene?

Winter inspirò a fondo. Cosa stava succedendo? Aveva il ciondolo, non poteva accaderle nulla di strano mentre lo indossava.

Si sentì sdoppiata e aveva paura della creatura famelica che la attendeva in uno dei due luoghi in cui si trovava.

Era forte, spietata... inumana...

Si passò la mano sul viso. I capelli le stavano incollati alla fronte.

Sbuffò, spazientita, e li spostò dietro alle orecchie. Le dita scesero fino al collo, sfiorarono la sciarpa che lo copriva nascondendo il segno ormai quasi invisibile del morso.

Rhys! comprese quindi. Stava condividendo le sue sensazioni...

Dove sei? domandò al fantasma che aveva lasciato nella sua mente.

Non l'aveva mai abbandonata da quando era riuscita a fargli bere il suo sangue. La consapevolezza della sua esistenza, di un legame diventato indissolubile, aveva continuato a gettare sale sulle ferite.

La belva emise un sospiro di piacere. In qualche modo era innamorata di lei perché faceva parte di Rhys.

Eleri continuò a carezzarle il viso, attendendo pazientemente che vi fluisse nuovamente un po' di colore.

Che diavolo sta succedendo? si domandò nervosa.

Non c'era modo di opporsi.

Winter smise di combattere, tolse il ciondolo e fu nella mente di Rhys.

Il Mostro emise un cupo brontolio d'avvertimento.

Che cosa stai facendo? gli domandò angosciata.

Allontanati. Non voglio che tu veda...

Il terrore della ragazza era una tortura per entrambi.

Perché sento ciò che provi?

Rhys sospirò.

È il Dono di Sangue. Perdonami... non potrò mai lasciarti libera davvero, a meno di...

Si sforzò di nasconderle la conclusione di quel pensiero.

Winter fremette di rabbia.

Non pensarci nemmeno! Credi che potrei sopportare la tua morte?

Nella soffitta di casa Chiplin, Gareth riprese a scuotere il suo corpo e Winter venne strappata lontano.

Lottò per riprendere fiato come se i suoi polmoni fossero pieni d'acqua. Ansimò.

Gareth la obbligò a distendersi e le palpitazioni si ridussero leggermente.

— Voglio andare da Vaughan — mormorò Winter con un filo di voce.

Sarebbe venuto tutto a galla, la sua natura, forse addirittura il Dono di Sangue.

Gareth ed Eleri avrebbero scoperto che era un mostro lei stessa.

Ma non importava.

Rhys aveva bisogno di aiuto.

96

Darran Vaughan non sembrò troppo stupito di trovare Winter e i due Chiplin fuori dalla porta della sua camera. Ogni vampiro nel giro di chilometri doveva essersi accorto del tumulto di quella notte.

Winter aveva uno sguardo stralunato, catturare i suoi occhi richiese un certo sforzo.

— Non ho idea di cosa stia succedendo — dichiarò piantandole sul viso uno sguardo inespressivo. Dischiuse la porta e loro videro che indossava una lunga vestaglia di seta nera. — Voi sì, però…

Winter annuì.

Rhys è in pericolo, fu il suo primo pensiero. Tuttavia, riuscì a controllarsi abbastanza da porre la questione in termini diversi.

— Rhys Llewelyn ha scoperto dov'è prigioniera Madison. È andato a liberarla.

Vaughan inarcò un sopracciglio.

— Come fai a…

Senza immaginarlo, Nerys Maddox intervenne in tempo per impedirgli di finire la frase.

— È vero — confermò in un tono nervoso che nessuno le aveva mai sentito — ha lasciato questo. Lui e Cameron sono scomparsi.

Sventolò il biglietto di Rhys davanti al viso del professore e Vaughan nascose dietro una mano un sorriso divertito.

Idris e Aled Uprice venivano dietro di lei.

— Pensavamo di aiutarlo — spiegarono con semplicità.

— Dobbiamo liberare Madison — ribadì Winter.

Che ragazzini intraprendenti, commentò il professore tra sé.

Sospirò, stirando le membra voluttuosamente.

— Immagino mi toccherà darvi una mano...

Poco dopo, due macchine sfrecciavano nel buio verso Glan Gors.

Mentre Rhys Llewelyn si dirigeva verso il mulino abbandonato di Glan Gors, Alaric Lochinvar annuì compiaciuto.

Aveva predisposto tutto con grande cura, aveva atteso, vegliato, osservato. E ora la sua trappola era finalmente pronta a scattare.

In quei mesi aveva riunito le pedine, una dopo l'altra, in modo che quella notte potessero esserci tutte: Darran, il piccolo vampiro innamorato, la preziosa figlia delle due Stirpi e persino due ragazzi delle Famiglie.

Restava solo da capire chi ci sarebbe caduto per primo e in che modo. Forse, quella notte, sarebbe persino riuscito a capire quale fosse il gioco di Fennah.

Protese la mente verso i suoi servi più fedeli e diede loro ordine di tenersi pronti.

Quando fu certo che il messaggio fosse stato raccolto, rise con autentico divertimento.

Adorava il gioco della caccia. Per questo, dopo aver incontrato Aeron Fennah a Londra, aveva fatto visita a Rhys.

Doveva esserci anche lui, in qualche modo.

Rhys Llewelyn avrebbe aperto le danze per suo conto.
Affondò il viso nel cappuccio del proprio pastrano e protese la mente, nella notte, per assistere allo spettacolo.

Il professore guidava con sicurezza nell'oscurità quasi totale di quella notte piena di nubi.
Solo ogni tanto distoglieva per attimi brevissimi l'attenzione dalla strada sconnessa che portava al vecchio mulino per spiare Winter.
Forse, riflettendoci meglio, non era un gran bel piano. Al mulino, rischiava di esporre fin troppo lei e il suo preziosissimo Potere.
Sarebbe bastato un solo, minuscolo errore...
— Quando saremo là dentro — dichiarò sbrigativo — non allontanarti mai dalla mia ombra, Winter. Intesi?
Sospirò. Non lo stava nemmeno ascoltando, avrebbe fatto prima a parlare al vento.
Gareth Chiplin si agitò sul sedile posteriore.
— La aiuteremo noi a tenerla al sicuro — promise in tono duro.
Sarebbe diventato un buon elemento per le Famiglie, un giorno.
Vaughan scrollò le spalle.
— Vedete di occuparvi della vostra incolumità prima di tutto!
Era una situazione assurda, non li stava certo portando in gita scolastica...
— In altre parole — precisò — mi farebbe piacere che evitaste di fare gli eroi. Cercate di non perdere di vista gli altri, ma se le cose si mettono male pensate a voi stessi e scappate più veloci che potete.
Davvero non avrebbe saputo dire quando fosse diventato il punto di riferimento di quel gruppetto male assortito.

Accanto al posto di guida, Winter guardava fisso davanti a sé senza riuscire a mettere a fuoco nulla.

Le scoppiava la testa da quasi due ore di fila a causa di quello sdoppiamento continuo.

Nemmeno il ciondolino riusciva più a proteggerla del tutto dal fiume in piena delle percezioni di Rhys. Le attenuava solo parzialmente evitandole di esserne sommersa senza scampo.

La belva continuava a ruggire e lei era terrorizzata perché sapeva che a Rhys non importava più di vivere o morire.

Si portò le dita alle labbra e cominciò a mordicchiarle mentre le lacrime scendevano silenziose.

Dobbiamo fare in fretta!

Sapeva che, in quello stesso abitacolo, Gareth, Eleri e il professor Vaughan stavano elaborando strategie, probabilmente quello che dicevano era importante, ma lei continuava ad avvertirlo solo come un monotono brusio di sottofondo.

Non riusciva a distinguere le parole né a darvi un senso.

— Mi hai sentito, Winter? — la voce di Vaughan si era fatta pressante.

Dovette tirare su col naso. Asciugò gli occhi nelle maniche del maglione enorme che indossava.

Faceva quasi tenerezza vista così, fragile e disperata.

— Ho detto che non dovrai mai allontanarti da me!

Forse era una raccomandazione superflua. Sembrava a stento in grado di camminare da sola.

Le vide chinare il capo.

— D'accordo — disse Winter in un sussurro che solo il vampiro fu in grado di cogliere.

Per l'ennesima volta, Darran Vaughan tornò ad augurarsi che tutto andasse per il meglio.

Non poteva permettere nemmeno a lei di rovinare tutto.

Nello specchietto retrovisore, riuscì a cogliere il movimento di Eleri Chiplin che si protendeva verso l'amica per cingerla in un abbraccio reso complicato dal sedile.

— Vedrai che riusciremo a salvare tutti e due, Win — le promise piena di coraggio.

Il vampiro obbligò l'auto a rallentare, parcheggiando a circa trecento metri dal vecchio mulino.

La pensava anche lui allo stesso modo.

La trappola era tutta per la piccola Starr.

97

Nascosti nella chioma di una quercia secolare, Rhys e Cameron rimasero immobili a lungo cercando di attutire persino i respiri. Il mulino era un edificio massiccio, di un paio di piani, molto meno diroccato di quanto si fossero aspettati.

Il meccanismo della ruota cigolava e l'acqua del torrente gorgogliava selvaggiamente nel superare l'ostacolo. Coprivano quasi ogni altro rumore.

L'informatore non aveva mentito: Rhys riusciva a percepire con chiarezza la presenza di quattro vampiri all'interno del mulino. E, persino a quella distanza, la traccia del profumo di Madison Winston.

Cameron lo guardava pazientemente, in attesa di ordini.

— È là dentro — lo informò in un soffio.

L'altro non chiese neppure come lo sapesse. Si limitò a guardarlo facendogli capire di essere pronto a scommettere la vita sulle sue parole.

Infine si sciolse in un sogghigno.

— Ce l'abbiamo un piano, amico?

Le labbra di Rhys sfuggirono verso l'alto.

— Entriamo là dentro e piantiamo un po' di casino, Cam!

Vista così non era il massimo, ma il Mostro lanciò il suo grido di battaglia.

Winter, pensò Rhys con nostalgia mentre il suo corpo si gettava all'assalto.

Madison Winston si era appena appisolata, cedendo alla stanchezza, quando la vampira fece il suo ingresso nella stanzetta al primo piano in cui era tenuta prigioniera.

— Sbrigati — le ordinò traendola in piedi senza delicatezza — ce ne andiamo.

Continuando ad arpionarle dolorosamente il braccio, la tirò verso la porta.

Madison tentò di puntare i piedi. L'ondata improvvisa di adrenalina l'aveva svegliata per bene e non le andava di collaborare.

— Perché? Cosa succede?

La vampira non la degnò di uno sguardo. Mormorando a denti stretti frasi non proprio cordiali continuò a trascinarla lungo il corridoio fino all'angolo cieco in cui il suo compagno le attendeva.

Il vampiro aveva l'aria nervosa, impaziente.

— Muovetevi — intimò in un basso brontolio.

Lui invece continuava a rimanere immobile davanti alla cornice di una vecchia stampa. Sconnessamente, la ragazza pensò di non averne mai vista una di dimensioni così grandi.

— Arriviamo, Crow, vedi di calmarti — gli ringhiò la vampira.

Madison non poteva esserne certa, ma ebbe l'impressione che avesse addirittura rallentato l'andatura, quasi volesse fargli un dispetto.

Le era già capitato di osservare che tra i due non doveva esserci molta simpatia. Si chiese se fosse possibile sfruttare l'informazione a proprio vantaggio, ma una spinta proprio al centro della schiena la convinse a occuparsi di problemi più immediati.

Sudore freddo cominciò a imperlarle la fronte. Non voleva che la intrappolassero in quell'angolo senza via d'uscita.

Forse, dopotutto, non serviva più, forse stava per essere uccisa...

La mano di Crow sostituì quella della vampira sul suo avambraccio e Madison fu quasi sicura della propria sorte.

Poi, inaspettatamente, il vampiro fece scivolare di lato il quadro con un gesto secco. Era fissato a un pannello che scattò a sinistra rivelando una cavità nella parete.

La vampira vi si introdusse agilmente. Il pertugio non sembrava più grande del suo corpo e Madison emise un grido quando Crow la sospinse verso l'apertura.

La vampira la strattonò e lei si ritrovò all'interno con la faccia premuta su una parete che odorava di muffa.

Sperò ardentemente che quella non fosse la sua nuova prigione, che Crow non si decidesse a riabbassare il pannello privandole di aria e luce. Le sue dimensioni erano claustrofobiche.

— Vai, Charlotte: se vi trovano ce la passeremo brutta davvero...

Il pannello venne rimesso al proprio posto e la vampira avanzò d'un passo, tanto in fretta che Madison perse l'equilibrio finendole addosso.

Cominciarono a scendere i gradini di una scala di cui non avrebbe mai sospettato l'esistenza.

Madison Winston era di sicuro all'interno dell'edificio centrale.

Il suo odore si riconosceva sopra quello dell'acqua e della ruggine.

Le finestre al pianterreno e a quello sovrastante erano sbarrate. Rhys e Cameron cominciarono a percorrere il perimetro dell'edificio alla ricerca di una via d'accesso.

Erano stati abbastanza silenziosi da poter puntare sull'effetto sorpresa.

L'Incappucciato li aveva avvertiti dell'arrivo degli intrusi.

Non appena ebbe richiuso il passaggio segreto, Crow raggiunse i due compagni sperando che Charlotte riuscisse davvero a portare la prigioniera al sicuro.

Ormai, a loro non restava che attendere l'arrivo dei nuovi ospiti.

Un tonfo improvviso fu il segnale che aspettavano.

— Cliff, Gordon — chiamò gli altri — non devono superare quella porta!

Fu un buon salto, agile, preciso.

Un vero peccato che uno strato spesso di alghe incrostasse la ruota del mulino rendendola scivolosa.

Cameron sentì un suono fradicio mentre la suola delle scarpe strizzava quel tappeto, poi comprese di non avere aderenza.

Andando a sbattere rumorosamente contro il metallo arrugginito, fece appena in tempo a proteggersi il viso.

Qualcosa gli diceva che avevano perso il vantaggio della sorpresa.

Con una torsione delle reni, saltò di nuovo accanto a Rhys e si accovacciò in posizione di attacco.

I vampiri uscirono dalla costruzione in quel momento.

I gradini sembravano non finire mai.

In quell'aria stantia, intrisa di umidità e muffa, quella scala poteva benissimo condurre giù fino all'inferno.

A Madison cominciava a mancare il respiro, mentre

la claustrofobia si aggiungeva al lungo elenco dei suoi problemi.

Coraggio Mad, tentò di confortarsi, *mantieni la calma*.

Non sapendo a cos'altro aggrapparsi, prese a contare gli scalini. L'istinto le diceva che era l'unica cosa da fare per non lasciar cedere i nervi.

Al ventiduesimo, la vampira saltò nel vuoto.

In quello spazio angusto, la rampa si bloccava senza preavviso.

Le sue mani afferrarono le caviglie della ragazza.

— Scendi, tesorino — la invitò ironica — c'è la tua amica Charlotte...

La strattonò e rise, mentre Madison cercava invano di attutire la caduta.

La ragazza gemette quando sbatté all'indietro e annaspò per riuscire a puntellarsi. I suoi piedi trovarono solo uno spazio vuoto che parve risucchiarla.

Sospesa a metà tra una rampa e la successiva, si dibatté furiosamente. Era la stessa reazione di quando al mare smetteva improvvisamente di sentire il fondale e si agitava per restare a galla.

Il calcio che sferrò allo zigomo di Charlotte fu tutt'altro che intenzionale.

La vampira la trascinò in basso e si appiattì contro il muro per lasciarla cadere in avanti.

Madison sentì che la parete ruvida le bruciava guance e braccia dai palmi al gomito. Le cedette la caviglia e colpì col fianco sinistro la pietra dura sotto di sé.

— Lo sai, tesoruccio? — la canzonò Charlotte. — Tra poco non ci servirai più. L'Incappucciato si terrà la bastardina del Consiglio e ti lascerà a noi...

La ragazza sentì le lacrime salate tormentare il suo viso escoriato.

— Che diavolo volete da Winter? — gridò sussultando al rimbombo della sua stessa voce.

La vampira rise di nuovo.

— Le sei così amica e non ti ha nemmeno detto di essere umana solo a metà? — sibilò velenosa.

— Smettila! Non voglio ascoltarti.

Charlotte attese che si rialzasse, e quando vide che rimaneva a terra le appoggiò una scarpa sulle reni in una minaccia che non aveva bisogno di spiegazioni.

— Muoviti.

I rinforzi riuscirono a cogliere di sorpresa Rhys e Cameron.

Erano rimasti lontani fino all'ultimo per riuscirci e ora altri cinque vampiri li incalzavano senza tregua.

Il Mostro li attendeva soddisfatto. Lui non aveva paura di uccidere né di essere ucciso.

L'adrenalina e la violenza erano una droga che gli aveva fatto dimenticare ogni cosa, persino la sua missione, persino l'amico che si batteva al suo fianco.

Gli dispiaceva solo non poter rivedere lei un'ultima volta.

Rhys lasciò che si scatenasse, ritirandosi in un angolino ai margini della coscienza.

98

Scendeva una pioggerella leggera quando il gruppetto del St Dewi's cominciò a inoltrarsi nella brughiera, i piedi che affondavano nel terriccio già umido.

Solo la luce fioca che filtrava da una finestra in lontananza permetteva anche agli umani di intuire in che direzione si trovasse il mulino.

Il ticchettio della pioggia, il gorgogliare del torrente e il cigolio della ruota facevano da contrappunto ai rumori dello scontro man mano che si avvicinavano.

Winter era sempre più stordita da tutte le percezioni confuse che la investivano.

Rhys e il Mostro erano vicini, sentiva la loro rabbia, la furia non più trattenuta.

E Madison...

Sperò con tutta se stessa che stesse bene, che il loro sopraggiungere non avesse piuttosto decretato la sua fine.

Dovevano trovarla in fretta.

Inconsapevolmente allungò il passo e Vaughan dovette afferrarla per una spalla per impedirle di mettersi a correre.

— Non ho nessuna intenzione di assistere alla tua morte oggi — scandì in un ringhio minaccioso.

— Loro sono in pericolo — replicò Winter colpendogli il braccio per liberarsi.

Era fuori di sé, nel suo sguardo lampeggiava tutta la collera dei vampiri. Non gli era mai parsa meno umana.

Il professore rinsaldò la presa con un sorriso divertito.

— Se perdi il controllo peggiorerai la situazione.

Il primo vampiro si slanciò in avanti con un balzo, ed Eleri Chiplin fece un salto indietro per evitare i suoi artigli.

Le sfuggì un urlo che richiamò su di loro l'attenzione di tutti gli avversari. La creatura graffiò l'aria e si acquattò preparandosi a un nuovo attacco. Gareth si mise in mezzo, pronto a fare da scudo. L'aria vibrava di tensione.

Un fremito d'energia, e l'essere scatenò la sua furia.

— Nooo! — il grido di Rhys fu l'ululato del Mostro.

Non dovevano seguirli fin lì, non dovevano portarvi lei!

I Nox si gettarono nella mischia lanciando grida d'esaltazione e il fronte avversario si divise.

Allontanati! È pericoloso! urlò Rhys nella sua mente.

Winter si tese allo spasmo, investita dalla rabbia del Mostro.

Il suo corpo cominciò a tremare in modo incontrollabile.

Non ce la faceva più.

Devi andartene, la incalzò Rhys.

La tachicardia era fortissima. L'aria non riusciva a raggiungere i polmoni. Infine le gambe non seppero più sostenerla.

Mad... pensò mentre l'oscurità calava su di lei.

I vampiri si gettarono contro di loro e Nerys Maddox scoprì i denti minacciosa.

Una sagoma resa indistinta dalla velocità corse fino a lei, la spinse. Lei parò l'assalto, indietreggiò e si slanciò al contrattacco, tentando di raggiungerla con un calcio.

Il silenzio risuonò di sibili e grida.

Idris Uprice si portò al suo fianco in posizione di difesa, ma l'avversario riuscì a scivolare oltre la guardia, il volto contorto che gridava la sua brama di sangue. Lottarono, si divisero e tornarono ad affrontarsi mentre un terzo assalitore correva verso i Chiplin.

Con la coda dell'occhio, vide Nerys che evitava un affondo letale. A pochi metri, Rhys e Cameron erano ormai impegnati in un combattimento serrato, aggraziato ma feroce fino all'estremo.

Idris si abbassò per evitare un colpo e saltò di lato per ristabilire l'equilibrio, mentre gli altri vampiri si muovevano come pedine degli scacchi, precisi e inesorabili. Voltandosi all'improvviso azzardò un fendente così rapido che il suo aggressore non riuscì a evitarlo del tutto.

— Ben ti sta — gli sibilò soddisfatto.

Impazzito dal dolore, l'essere si catapultò contro di lui con la violenza di un'esplosione.

Poco lontano, Eleri perse l'equilibrio ritrovandosi a incespicare. Annaspò nel disperato tentativo di rimanere in piedi, terrorizzata per sé e per Gareth. Resistette fino all'ultimo, e infine sbatté la schiena contro un albero. Il respiro le si mozzò a metà.

Un vampiro le mirò alla gola.

Quando Winter parve perdere i sensi, Vaughan non poté far altro che sollevarla tra le braccia.

Curioso, considerò tra sé. Non aveva previsto che le cose andassero in quel modo...

— Non crollare adesso, ragazzina — la ammonì severo.

Infuse in quella richiesta il tocco del proprio Potere e lei sbarrò gli occhi ricominciando a trarre respiri rochi.

Era il momento di allontanarla.

Gareth si abbassò per schivare una presa, e tentò un affondo dal basso che il suo avversario evitò con un salto agile.

Riusciva solo a pensare che sua sorella e Winter erano in pericolo e che l'addestramento al combattimento che tutti i ragazzi delle Famiglie ricevevano si stava rivelando perfettamente inutile.

Il vampiro lo incalzò senza tregua, costringendolo ad arretrare passo dopo passo. Il suolo fangoso minava il suo equilibrio.

Reagisci! Devi farcela! si impose raccogliendo tutto il coraggio che aveva.

Senza che se ne rendessero conto, i loro movimenti si coordinarono, fino a trasformare quella lotta in una coreografia armoniosa e letale.

Si colpivano senza risparmio, ma nessuno dei due metteva a segno il colpo decisivo.

Gareth emise un grido feroce e attaccò ancora.

Riuscì ad assestare un paio di calci e addirittura a mandare a terra l'avversario, ma quando tentò di immobilizzarlo, il vampiro si divincolò, liberandosi con una facilità sorprendente.

Gareth si ritrovò sdraiato accanto a lui, affondato nel fango.

— El — urlò a pieni polmoni — scappa!

Sul suo corpo cominciava a dipingersi una fioritura di lividi.

Stavano rischiando tutti la vita per salvare una ragazza sconosciuta e un vampiro.

O più probabilmente per Winter.

Coraggio, si ripeté, *vediamo di riportare a casa la pelle!*

99

Winter si accorse che la pioggia non le cadeva più sul viso.

Vaughan era riuscito a trascinarla all'interno di quelle che un tempo erano state le stalle del mulino.

— Mi metta giù — sibilò inferocita.

Non poteva accettare di correre a nascondersi mentre gli altri rischiavano la vita.

Il suo sguardo brillava d'un fuoco indignato mentre il vampiro la posava a terra.

— Cosa ne diresti di cercare la tua amica invece di darti in pasto ai leoni? — le domandò tradendo una sfumatura impaziente. — Immagino sia qui attorno da qualche parte, e finché là fuori sono tutti impegnati...

Il pensiero di Madison fece riguadagnare a Winter un po' di lucidità, ma era ancora disorientata.

Esalò tutto il fiato e annuì.

— Non crede che abbiano lasciato qualcuno di guardia?

— Non credi che sia in grado di occuparmene, Winter? — replicò il vampiro in tono gentile. — In fondo sono anch'io uno dei tuoi cavalieri, no?

Fu una strana frase, stonata tra le sue labbra.

— Mi dispiace esporvi tutti quanti al pericolo — mormorò Winter a disagio.

— Quello maggiore lo corri tu, figlia delle due Stirpi — le assicurò lui.

Le voltò le spalle con decisione e cominciò a traversare il vasto locale in cui si trovavano.

C'era una porta chiusa sul fondo e, non appena la notò, Winter vi si precipitò correndo.

— Mad! — cominciò a gridare.

Charlotte si alzò agilmente.

— Ma guarda — disse divertita — ti chiamano...

— Mad! — ripeté la voce lontana di Winter — Madison!

Madison si sentì soffocare.

Qualunque cosa stesse succedendo là fuori, era certa che i suoi rapitori l'avessero prevista.

Prima che la vampira riuscisse a impedirglielo, si slanciò contro la porta chiusa e cominciò a tempestarla di colpi.

— È una trappola, Win — gridò disperatamente — scappa!

Charlotte le calò la mano sul viso con tanta violenza da farlo scattare di lato.

— Parli troppo, tesorino — commentò assestandole una spinta che la fece finire a terra.

Spalancò la porta e cominciò a salire le scale.

A metà della discesa, Darran Vaughan se la trovò di fronte.

La vide rimbalzare indietro fino ai piedi della scala.

— La prigioniera è lì? — domandò tagliente come una lama.

Non lasciò a Charlotte nemmeno il tempo di rispondere.

— Mi dispiace, mia cara — sussurrò piegandole indietro la testa con uno schianto secco.

Charlotte si afflosciò con l'osso del collo rotto e Vaughan sogghignò.

Subito dietro di lui vide Winter appiattirsi contro il muro, scioccata, e, con la coda dell'occhio, Madison immobile sulla porta.

Ignorando il corpo morto della vampira risalì i gradini fino a Winter e le prese una mano premuroso.

— Abbiamo trovato la tua amica — le annunciò con dolcezza.

Winter le corse incontro e la travolse in un abbraccio.

Immersa nella sua chioma disordinata, Madison sentì grosse lacrime di sollievo straripare dagli occhi.

Una parte di lei non riusciva ancora a credere che Charlotte fosse davvero morta.

Ma non le dispiaceva affatto.

Winter strinse Madison tra le braccia e lei mugolò di dolore.

— Piano, Win — si lamentò ridendo e piangendo insieme — sono un po' ammaccata...

Forse, solo forse, sarebbe finito tutto bene.

I Nox e i due Chiplin erano quasi privi di forze. I loro avversari si limitavano ancora a tenerli a distanza. Solo Llewelyn continuava a combattere come se non avvertisse nemmeno la fatica.

Doveva raggiungere Winter, accertarsi che fosse al sicuro.

L'incertezza lo faceva impazzire e aizzava il Mostro.

La belva non aveva più pazienza.

— Adesso ti portiamo via di qui, Mad — disse Winter avvicinandosi di nuovo per aiutarla a camminare.

Madison ignorò le fitte alla caviglia con un sorriso poco convincente. Di sicuro non era rotta, però faceva piuttosto male.

— Win, con quella faccia è già un miracolo che riesca a

stare in piedi tu… — la rimproverò affettuosamente mettendosi a risalire la scala con lentezza.

Mentre l'adrenalina cominciava a diminuire, si rese conto di non aver nemmeno ringraziato il suo salvatore.

— Grazie — disse con voce affaticata — non conosco neppure il suo nome…

Il professore la guardò con espressione enigmatica dal primo gradino.

— Vaughan — rivelò quindi con un sorriso candido e inquietante — Darran Vaughan.

Madison impallidì all'istante.

— Sca… scappa, Win — riuscì appena a balbettare.

Quella era la voce del vampiro incappucciato.

100

Winter rimase pietrificata al suo posto per qualche istante.

Qualcosa terrorizzava la sua amica, ma lei era ancora troppo stordita per comprendere davvero il suo avvertimento.

Un manto di gelo parve cristallizzare ogni cosa.

Poi un vampiro si stagliò nella cornice della porta, a pochi metri da Madison, e lei pensò solo a raggiungerla.

— Corri, Mad — gridò rauca mentre le loro mani si intrecciavano.

Il gelo scomparve e il tempo accelerò la sua corsa. Madison risalì la scala più veloce che poté trascinandosela dietro in una fuga zoppicante.

Dovevano raggiungere la superficie se volevano avere qualche speranza di sopravvivere.

Vaughan reagì con rapidità spaventosa.

Winter fu schiacciata dal suo peso, e mentre precipitava sui gradini lasciò la mano dell'amica.

— Corri! — strillò realizzando di essere davvero in trappola.

Madison ubbidì, costretta dall'istinto.

Anche se gli passò proprio accanto, il vampiro in cima ai gradini non tentò neppure di trattenerla.

— Sì, corri pure — disse Vaughan intrappolando la sua vittima — non è di te che m'importa.

Quelli come Madison Winston erano bestiame al pascolo, facili prede senza alcuna importanza.

Nemmeno gli umani si preoccupano della mucca da cui proviene il loro hamburger. Non si chiedono di che colore fosse il suo manto, la dimensione delle sue corna, cosa pensasse mentre ruminava il suo fieno.

Qualsiasi Madison Winston è solo una riserva di sangue che passeggia in jeans e codini tinti.

Sfama, come il Siero, ma nulla di più.

E poi c'era lei... con il Potere che la seguiva come un'ombra fedele, che fluiva nelle sue vene e pulsava nel suo cuore.

I canini scivolarono fuori dal riparo delle labbra. In due secoli nessuno l'aveva mai attratto con la stessa intensità.

Vaughan sorrise in un baluginio bianco di zanne.

— Sorpresa, tesoro? — sussurrò sfiorandole con la bocca l'orecchio.

Era bello lasciarsi andare, finalmente. Le regole dell'Ordine non avevano mai placato davvero il predatore.

Perché lei era questo, da secoli, una creatura feroce figlia della Sete.

Winter perse ogni forza sotto di lui, non lottò né si oppose, devastata dal tradimento.

Darran Vaughan tuffò gli occhi nei suoi, lasciando che Winter contemplasse la realtà.

— Ti avevo avvertito che fidarti di me poteva non essere saggio — le ricordò con voce di velluto.

Senza distogliere lo sguardo dal suo viso, si rialzò portandola con sé.

— Stai di guardia alla porta, Gordon — ordinò alla sentinella ancora immobile.

Sospinse Winter verso l'ultima prigione di Madison.

Lei desiderava lottare. Ma non ne aveva più la forza.

— Perché?

Vaughan la condusse sempre più in basso.

— Signore... — lo richiamò Gordon prima che la porta si richiudesse alle loro spalle.

Lui lo guardò da sopra le ciocche corvine della ragazza.

— Cosa dobbiamo farne degli altri?

— È totalmente indifferente — rispose posandovi un bacio crudele. Le mise una mano sul collo, insinuando le dita sotto la sciarpa alla ricerca del rilievo leggero del morso. — Solo Llewelyn deve sparire.

Madison corse fuori dalla stalla ritrovandosi nel cortile in cui infuriava la lotta.

Nessuno l'aveva inseguita, ma era certa che la sua fortuna avesse i minuti contati.

Doveva fare in fretta se volevano salvare Winter.

I due schieramenti si fronteggiavano a un passo di distanza nella pioggia battente.

Facendosi coraggio si mise a correre tra le file.

— Sei scema? — gridò Gareth Chiplin tirandola dietro di sé per metterla al riparo.

Madison strillò prima di capire che si trattava di lui.

— Ha preso Winter! — gridò poi.

Pur non conoscendo il gallese, non ebbe difficoltà a comprendere il senso dell'imprecazione del ragazzo.

— Chi?

Lei si premette la mano sul petto come se potesse servire a rallentare i battiti furiosi del suo cuore.

— Quello che era con lei — ansimò — il vampiro.

Gareth emise un grido di frustrazione.
Si erano fatti ingannare come degli idioti!

Rhys comprese che Winter era in pericolo nell'attimo stesso in cui vide Madison comparire da sola.

Si liberò del vampiro con cui stava lottando con un calcio che produsse uno schianto umido e corse verso la casa.

Gordon e un paio di altri si pararono davanti all'ingresso. Poteva eliminarli, ma gli sarebbe costato del tempo prezioso.

Senza nemmeno riflettere spiccò un salto e strinse le dita attorno alla grondaia scivolosa, deciso a passare dal tetto.

Resisti Win! tentò di gridare alla sua mente.

In quel momento, lui e il Mostro erano tornati a essere la stessa cosa. Non l'avrebbero lasciata morire.

101

La Sete era una tentazione che cresceva a ogni passo. Darran Vaughan voleva disperatamente mordere quel collo bianco, cancellare il segno lasciato da Llewelyn...

Desiderava quel sangue e il Potere che vi fluiva.

Ma non sarebbe stato così rozzo da appagare la Sete in quel passaggio segreto in cui l'odore di muffa copriva il suo profumo meraviglioso.

Poteva ancora attendere perché tutto fosse perfetto.

Era stato un vero colpo di fortuna scoprire che i vampiri ribelli gallesi avevano il covo in quel vecchio mulino pieno di cunicoli. Erano pronti a insorgere, non aspettavano che una guida.

Era stato facile servirsene, lasciare loro il lavoro sporco in modo da restare al di sopra di ogni sospetto.

Gli erano bastate poche visite e le ultime tessere del mosaico erano scivolate al loro posto senza sforzo, in modo magistrale.

L'occasione che aspettava da decenni si era finalmente presentata, incantevole come la figlia delle due Stirpi.

Trascinandola con sé accelerò ancora.

In fondo a quella galleria lo attendeva il mezzo che li avrebbe portati lontano.

La vittoria avrebbe avuto il sapore inebriante del sangue.

Mentre continuavano ad avanzare, Winter avvertì il richiamo di Rhys sfiorarle i pensieri.

Ora che la morte era tanto vicina, non aveva alcuna intenzione di cederle.

Pensa, Win... pensa...

Doveva prendere tempo.

Winter si lasciò cadere a terra e il vampiro si bloccò.

Il passaggio era così stretto che la ragazza sentì il rumore dei suoi vestiti che sfioravano le pareti. Troppo stretto per un uomo come Vaughan, ma non per lei.

Forse, se fosse riuscita a correre...

— Non ce la faccio più — gemette piantandogli in viso uno sguardo stravolto — la prego... ho bisogno di fermarmi...

Vaughan sogghignò.

— Non appena arriveremo all'auto che ci attende — dichiarò divertito.

Winter deglutì a vuoto. La sua mente creava un ponte continuo tra lei e Rhys, il Dono di Sangue era un filo che li avrebbe uniti per sempre.

Lui ha capito! Sei in pericolo... tentò di avvertirlo.

— Coraggio — la spronò il professore inarcando un sopracciglio — credi che la mia pazienza nei tuoi confronti sia proprio infinita?

Sospirando Winter tentò di alzarsi. Doveva fare qualcosa, o sarebbe morta. Non le rimaneva che una possibilità. Mostrò di incespicare e lui si chinò sollecito per aiutarla.

Fulminea sfilò il ciondolo e gli scagliò contro il Potere. Vaughan venne sbalzato all'indietro nel tunnel saturo di energia.

Winter si mise a correre con tutte le sue forze.

Doveva farcela!

Rhys spinse la propria mente sino a lei.

Lasciami vedere dove ti trovi.

Winter continuò a correre a perdifiato. Non voleva che Rhys la raggiungesse perché Vaughan l'avrebbe ucciso con le sue stesse mani.

Non è il momento di immolarti, maledizione! ruggì il vampiro. *Sto venendo a prenderti, perciò non farmi perdere tempo.*

— Molto brava, Winter — la schernì Vaughan — ma non puoi scappare.

La sua voce produsse un'eco cupa che rimbombò in tutta la galleria, ma le dimensioni del passaggio gli rendevano difficile avanzare. Il Potere gli formicolava ancora sulla pelle, gli parve che l'aria stessa fosse densa, cercasse di respingerlo.

La ragazza fu percorsa da una nuova scarica di adrenalina, rimise il ciondolo con mani tremanti perché la barriera che in qualche modo aveva creato prosciugava le sue energie.

I suoi respiri erano così convulsi che entro breve sarebbe andata in iperventilazione.

Ti prego, Win...

Ricominciando a correre, Winter si aggrappò al filo che la univa a Rhys e gli dischiuse i propri sensi. Riuscì a sentire la sua voce nella mente.

Sto arrivando!

Il passaggio segreto si trasformò in una ripida rampa in salita. Al termine, una porta metallica lasciava filtrare l'odore della pioggia, del terriccio bagnato.

I passi di Vaughan erano sempre più vicini.

Appoggiandosi al muro, Winter si concesse pochi istanti di ripresa.

Le facevano male i muscoli, si sentiva svuotata d'ogni

forza. L'odore penetrante della muffa le grattava in gola dandole spasmi allo stomaco.

Ancora un piccolo sforzo...

Dopo pochi tentativi all'interno dell'edificio, Rhys aveva compreso che non sarebbe mai riuscito a trovare in tempo il tunnel in cui Vaughan aveva trascinato Winter.

Una macchina...

Doveva concentrarsi.

Tornò di nuovo sul tetto e si sforzò di vedere attraverso il velo della notte.

Le chiome degli alberi agitate dal vento sembravano un mare in tempesta. Si spingevano lontano.

Ragiona.

Se Vaughan voleva servirsi di un'auto per allontanarsi, l'uscita della galleria doveva essere vicino a una strada.

Sperando di aver avuto un'intuizione giusta, si lasciò calare dall'alto e ricominciò a correre.

Mentre Winter cercava disperatamente di far aprire la porta che le bloccava la fuga, Vaughan le si avvicinò senza fretta.

— Non renderti ridicola — suggerì con un sorriso gelido.

La ragazza diede un ultimo spintone alla superficie di metallo, poi si voltò e lo fissò terrorizzata premendo la schiena sulla sua superficie fredda.

— È logico che tu abbia paura in questo momento, Winter — le concesse il vampiro avanzando fino a trovarsi a una spanna di distanza — ma ti garantisco che non ne hai motivo.

Si curvò su di lei puntellando la spalla sinistra alla parete. Con una mano prese a giocherellare con una ciocca dei suoi capelli, avvolgendola in un languido sguardo obliquo.

— Ti giuro che non ho alcuna intenzione di ucciderti... Non mi credi?

Winter scosse il capo.

— Come posso fare per convincerti?

Lui mosse le dita, srotolando i capelli senza fretta, poi abbassò di nuovo la mano sfiorandole il fianco. Raggiunse la sua e se la accostò alle labbra mentre lei rimaneva pietrificata.

Vaughan strofinò la guancia contro le vene dei suoi polsi con la delicatezza di un gatto.

— Voglio il tuo sangue e il tuo Potere, Winter Blackwood Starr — dichiarò con una strana intensità — la tua vita, non la tua morte.

Winter strattonò la mano per liberarsi e lui la trattenne. Poi si risollevò con lentezza estenuante e batté due colpi secchi sulla porta con un sorrisetto ironico.

— Apri, Harold — ordinò al vampiro che li aveva attesi oltre la soglia per buona parte della notte.

La serratura scattò e solo la sua presa salda impedì a Winter di cadere all'indietro.

Rhys raggiunse Harold alle spalle nello stesso istante.

Lo colpì alla nuca con rapidità e precisione.

— Maledetto ragazzino! — ringhiò Vaughan.

Winter comprese di doversi allontanare prima che potesse servirsi di lei per minacciare Rhys. Diede uno strattone per liberare i polsi e riuscì a coglierlo di sorpresa.

I due vampiri si gettarono uno contro l'altro e lei cominciò a gridare.

Vaughan gli si slanciò addosso con violenza e Rhys dovette chinarsi per evitare il colpo. Tuttavia non si allontanò d'un passo, ruotò su se stesso voltandosi a fronteggiarlo.

Vaughan scattò di nuovo, ma lui rimase immobile ad attenderlo fino a che i loro abiti non aderirono.

La violenza e la velocità con cui continuavano a colpirsi rendeva impossibile distinguere i loro movimenti. Fu un duello rapido e brutale.

Winter sentì che il Potere veniva evocato, due correnti elettriche di verso opposto cominciarono a crepitare una contro l'altra.

Le parve che in quello spiazzo si stesse scatenando una bufera. L'energia di Rhys era possente, ma Vaughan dominava il Potere con una maestria secolare.

Lo scagliò contro il ragazzo in un vortice di fiamma, costringendolo a indietreggiare. Poi ne approfittò per trascinarsi fuori portata.

Il rombo sempre più vicino di motori in corsa poteva significare soltanto che stavano per arrivare i rinforzi, e Vaughan non dubitava che si sarebbe trattato di un esercito.

Gettò uno sguardo malinconico a Winter e si rifugiò in auto.

Rhys si immobilizzò mentre i suoi occhi continuavano a guizzare da lui alla ragazza.

— Acceleri, Roberts!

Griffith Chiplin non ebbe bisogno di ripetersi.

Danny Roberts premette sull'acceleratore e l'auto diede un balzo in avanti, schizzando fango sulla strada sterrata. Inseguì il rumore lontano della sirena dell'auto di Evans tra gli alberi del bosco che li circondava.

Le luci che venivano nella direzione opposta li abbagliarono.

Danny reagì d'istinto, sterzando con violenza e le gomme stridettero sull'asfalto sconnesso. L'altra auto frenò un istante prima di travolgerli.

— Che diavolo sta succedendo? — esclamò Danny.

Griffith e Morwenna spalancarono le portiere e si slanciarono all'esterno.

Nella luce bianca e innaturale dei fari, Danny Roberts fece appena in tempo a riconoscere la sagoma che usciva dalla vettura avanzando verso di loro: Darran Vaughan.

C'era qualcosa di sbagliato in lui: quello non era il volto controllato del professore che conosceva.

La sua espressione era feroce, inumana. Non l'avrebbe mai dimenticata.

Morwenna Chiplin era la più vicina. Vaughan scattò troppo rapidamente. Si avventò sulla sua gola.

In un lampo, Danny Roberts capì. Ricordò il morso sulla gola di Siarl Phillips, le aggressioni, i delitti.

Impugnò la pistola, la puntò verso Vaughan. Nella semioscurità della notte era difficile distinguere i due corpi, rischiava di colpirli entrambi. Cercando di controllare il tremore delle mani, strinse gli occhi e mirò.

La detonazione squarciò il silenzio.

Un fischio acuto gli risuonò nelle orecchie, e un colpo trafisse il petto di Vaughan, che si accasciò a terra con un grido.

Rimase al suolo, immobile.

Danny si avvicinò con circospezione, mentre Morwenna correva tra le braccia di Griffith.

Ma all'improvviso la sagoma agonizzante del professore si rialzò e in un lampo raggiunse l'auto. Un altro proiettile lo cercò, ma non lo raggiunse. Il veicolo era già stata inghiottito dall'oscurità.

Danny Roberts osservò la pistola fumante tra le proprie mani. Non era stato un colpo mortale, ma nessuno sarebbe riuscito a rialzarsi.

Nessuno che fosse umano.

Forse la risposta ai suoi quesiti era più di quanto riuscisse a tollerare.

Inseguirlo non è compito tuo, disse il Gran Maestro scivolandogli nella mente in quello stesso istante. *Lei ti aspetta.*

Rhys fu scosso da un tremito. *Cosa ne sarà di noi?*

Rispondete voi stessi a questa domanda, replicò Alaric Lochinvar ritraendosi da lui.

— Rhys! — sussurrò Winter stravolta.

Rhys si riscosse all'improvviso. Si inginocchiò al suo fianco e lei si immerse nel suo abbraccio.

— Non farmi mai più uno scherzo del genere — gli disse con voce piena di sollievo.

Lo strinse forte e rimasero immobili a scambiarsi il respiro sotto la pioggia.

Ci sarebbero state così tante cose da dirsi... cose belle e spiacevoli, promesse e addii.

Winter osservò le ciglia scure del vampiro brillanti di minuscole gocce, il suo sguardo color diaspro che sapeva essere ammaliante e feroce.

Poi, lentamente, Rhys abbassò il viso contro il suo.

Si scambiarono, forse per l'ultima volta, un lungo bacio timido, esitante, dolcissimo.

Epilogo

Madison si sporse fuori dal finestrino del treno per un ultimo saluto. Le tese la mano e Winter ricambiò la stretta dalla banchina della stazione di Cae Mefus. Non avevano troppa fretta di separarsi, adesso che tutto prometteva, per quanto possibile di tornare alla normalità. Le condizioni di salute della nonna stavano lentamente migliorando, anche se i medici per prudenza non volevano ancora dimetterla.

Nonostante le tensioni che ancora si sentivano nell'aria, il Patto tra l'Ordine e le Famiglie era stato rinnovato, garantendo, almeno in apparenza, altri quindici anni di pace.

— Stavolta fatti sentire più spesso, Win — ordinò Madison scherzando solo in parte. — Se ero già preoccupata prima, adesso che so tutto sarà anche peggio...

Winter sbuffò perché la commozione era fin troppo vicina.

Era vero, la sua amica sapeva tutto, anche che lei era un mostro. E ormai lo sapevano anche Gareth, Eleri e i signori Chiplin. Griffith e Morwenna non ne erano esattamente entusiasti, ma ai suoi amici non sembrava importare troppo.

— Sul serio, vedi di stare fuori dai guai almeno per un po'.

— D'accordo, mamma — replicò Winter con un sorriso innocente.

I suoi occhi però non poterono fare a meno di posarsi, con un guizzo colpevole, sul braccio che Madison teneva al collo. Le avevano dovuto dare dei punti e le avevano steccato la caviglia, ma Madison era in qualche modo riuscita a rimandare a casa i preoccupatissimi genitori che erano venuti a prenderla e si era goduta la convalescenza in Galles.

Tuttora, Winter non aveva idea di come ci fosse riuscita.

— Sei sicura di non voler aspettare che Neth venga a prenderti? — le domandò forse per la centesima volta.

La risata squillante con cui l'altra le rispose le strappò un sorriso.

— Scherzi? Mio fratello guida come un pazzo, non arriverei mai viva a Londra!

Madison era fatta così... e Winter era felice che fosse sua amica.

Il fischio del capostazione annunciò la partenza e il treno cominciò a scivolare lentamente sulle rotaie.

— Ti voglio bene, Mad — le disse lasciando scivolare via le sue dita per permetterle di sedersi.

— Anch'io! — esclamò Madison con voce tenera.

Poi le strizzò l'occhio.

Poco dopo Winter sorrideva ancora al treno ormai lontano.

Madison le sarebbe mancata da morire, ma, giurò a sé stessa, non avrebbe più permesso a nessuno di rischiare tanto per lei.

Mai più.

Non importava che se la fossero cavata tutti, e Gareth fosse addirittura orgoglioso del suo occhio nero, che, sosteneva, gli dava un'aria sexy da duro.

Mentre i vagoni sferragliavano verso Londra, Winter voltò loro le spalle e risalì la banchina.

Si fermò un solo istante, incapace di impedirselo, nell'avvertire un brivido che giorno e notte sembrava non abbandonarla mai.

Senza alcuna esitazione, sollevò lo sguardo a incontrare quello d'impenetrabile diaspro di Rhys Llewelyn.

Il tempo si arrestò, come sempre, mentre la paura e la nostalgia danzavano intrecciate.

Avvolto dalle ombre del bosco, Rhys incurvò le labbra in un sorriso malinconico e perfetto.

Cosa sei disposta a rischiare per amore, Winter Blackwood Starr?

Winter non aveva ancora una risposta.

Distolse gli occhi e riprese il suo cammino.

Ringraziamenti

Quando arrivo in fondo ai libri adoro trovare dei bei ringraziamenti vivaci e spiritosi (e chi ha la forza di scriverli dopo la fatica fatta per creare tutte le pagine che li precedono, ha tutta la mia stima).

Questo romanzo deve molto a tanti, tantissimi.

Visto che scegliere un ordine diverso sarebbe troppo compromettente, credo che elencherò i miei benefattori in modo meramente cronologico: partirei da chi mi ha insegnato l'alfabeto e con un salto di più di vent'anni arriverei direttamente a A. B., che senza nemmeno saperlo mi ha dato l'idea di provare a scrivere seriamente.

Poi a Elisa che ha scovato i miei segretissimi primi file sul computer e non si è fatta alcuno scrupolo a leggerli. Sul momento l'ho perdonata solo per un commento (testualmente: "sembra un libro vero!"), e la mia atroce vendetta è stata costringerla a seguirmi passo passo in questa avventura a qualsiasi ora del giorno e della notte. Ora non posso che dire: Grazie Eli, sei stata grande! Meravigliosa! Insostituibile!

A F. B. (spero capisca che mi riferisco a lui ma per discrezione non sarò più esplicita...).

Poi arriviamo ai ringraziamenti più delicati (perché chi sto per citare li leggerà anche prima della pubblicazione): a Francesco Gungui, scrittore, editor, preveggente, zio di Winter, insomma l'uomo che ha l'indiscutibile merito di avermi chiamata alle otto del mattino per dare il via al progetto. Grazie per tutto l'impegno che hai preteso e che ci hai messo.

Grazie anche a Silvia Sacco Stevanella per l'attenzione e la cura nelle revisioni, con la speranza di poter lavorare ancora insieme.

Proseguo poi con colleghe e colleghi (anche per loro elogi a profusione), per il sostegno incrollabile, la disponibilità e la pazienza che hanno avuto con me in questo periodo.

A tutti gli amici e le amiche coinvolti in questo incredibile gioco di squadra che ha messo tutti quanti alla prova.

A Crumb, che ha passato buona parte dell'agosto con me e tutti gli abitanti di Cae Mefus e ha fatto le fusa...

A James... grazie per ogni cosa: per aver tollerato e posto rimedio all'incredibile disordine delle mie fasi creative, per le battute e il conforto nei momenti bui, per avermi sopportata con ogni sorta di umore, per le sigarette sempre a disposizione e la birra sempre fresca. Ti devo un'impastatrice!

E poi a Manu, a cui ho fatto fare le quattro di notte e che ha seguito Winter fin dalla culla. Anche qui le parole non bastano...

Infine grazie anche al mio cane perché... be', è il mio cane... e a tutti coloro che potrebbero sorridere nel sentirsi chiamati in causa alla fine di questo libro.

Indice

Prologo 7

PARTE I
La notte e quel che ti combina 9

PARTE II
Svegliarsi a una vita che scotta 197

PARTE III
Conoscere il buio 335

Shout

Jay Asher
- 13

Barbara Baraldi
- Scarlett

Giulia Blasi
- Il mondo prima che arrivassi tu

Jessica Brandoo
- Io canto da sola

Rachel Cohn - David Levithan
- Nick & Norah: tutto accadde in una notte
- Va a finire che ti amo
- Come si scrive ti amo

Sarah Dessen
- Ti dedico una canzone
- Troppo vicino per starti lontano

Dorotea De Spirito
- Destinazione Tokio Hotel

Judith Fathallah
- Sono bruttissima

Gayle Forman
- Resta anche domani

Shout

Francesco Gungui
- L'importante è adesso
- Mi piaci ancora così

Christopher Pike
- Monster
- Preda

Arianna Principe
- Fino alla fine dei tuoi sogni

Rossella Rasulo
- Ti voglio vivere

Manuela Salvi
- E sarà bello morire insieme

Tabitha Suzuma
- Proibito

Ned Vizzini
- Mi ammazzo, per il resto tutto ok

Scott Westerfeld
- Brutti
- Perfetti

Paola Zannoner
- L'invisibile linea d'argento
- Dieci regole per amare